Arrogant ennemi

Une idylle de vacances

KIRA SINCLAIR

Arrogant ennemi

Traduction française de
MURIEL LEVET

PASSIONS

HARLEQUIN

Collection : PASSIONS

Titre original :
BLAME IT ON VEGAS

HARPERCOLLINS FRANCE
83-85, boulevard Vincent-Auriol, 75646 PARIS CEDEX 13
Service Lectrices — Tél. : 01 45 82 47 47 - www.harlequin.fr
ISBN 978-2-2804-8057-4 — ISSN 1950-2761

Composé et édité par HarperCollins France.
Imprimé en décembre 2022 par CPI Black Print (Barcelone)
en utilisant 100% d'électricité renouvelable.
Dépôt légal : janvier 2023.

FSC www.fsc.org MIXTE Papier issu de sources responsables FSC® C159065

Pour limiter l'empreinte environnementale de ses livres, HarperCollins France s'engage à n'utiliser que du papier fabriqué à partir de bois provenant de forêts gérées durablement et de manière responsable.

- 1 -

— M. Kilpatrick est arrivé.

Annalise Mercado prit une profonde inspiration. Luca Kilpatrick… la dernière personne qu'elle avait envie de voir.

Elle avait des papillons dans l'estomac, une sensation à laquelle elle s'était cependant habituée au cours des deux semaines passées. Rien de pire que le stress de l'appréhension, et c'était dans cet état d'esprit qu'elle vivait depuis que Luca l'avait coincée aux fiançailles de son frère pour lui annoncer qu'il était le sauveur dont son casino avait besoin.

Le problème était qu'il n'avait pas besoin d'un sauveur. Et encore moins d'un tricheur.

Casinos et tricheurs ne font pas bon ménage.

— Faites-le patienter cinq minutes.

Elle allait le faire mijoter un peu. C'était mesquin, certes, mais tant pis. Cet homme avait lâché une véritable bombe deux semaines plus tôt en lui expliquant qu'il avait été embauché pour lui venir en aide. Et tout aussi brusquement qu'il lui avait annoncé la nouvelle, il était parti. Sans lui laisser le temps de réagir et de protester.

Il méritait donc bien d'être ignoré quelques minutes.

Pour vérifier son maquillage, elle sortit son miroir de poche du tiroir de son bureau. Elle voulait avoir l'air professionnel quand elle lui dirait d'aller voir ailleurs si elle y était. Ce n'était pas de la coquetterie.

Et ça n'avait rien à voir avec cette étrange sensation de

désir qu'elle ressentait à chaque fois qu'il s'approchait un peu trop près.

Sa belle voix grave et virile brisa le silence du bureau :

— Pas besoin de vous faire belle pour moi, princesse.

Ah. Manifestement, elle allait devoir apprendre à son assistante à faire patienter les gens.

Elle se sentait à présent gênée, mais elle refusa de se laisser déstabiliser.

Instinctivement, elle passa en revue sa silhouette, en catalogua chaque détail. Grand, beau et ténébreux, il était magnifique et il le savait. Une beauté classique, des traits fins mais virils qui avaient quelque chose d'aristocratiques. Et sous le luxueux tissu de son costume sur mesure, son corps paraissait à la fois svelte et musclé.

Luca Kilpatrick se tenait devant elle comme si le monde entier était son royaume et qu'il le dirigeait d'une main de fer. Rien ne semblait échapper à ses yeux gris acier, ce qui ne manquait pas de l'agacer.

Car elle était tout de même chez elle, dans son casino.

S'étant levée, elle lui indiqua la chaise qui se trouvait devant son bureau. Un sourire entendu se dessina sur son beau visage au moment où il s'assit, un peu comme s'il était l'auteur d'une plaisanterie que le reste du monde n'était pas suffisamment intelligent pour comprendre.

Confortablement installé, il inspecta la pièce d'un air froid et détaché.

— C'est beaucoup plus joli que le sous-sol dans lequel on m'a conduit la dernière fois que j'ai passé les portes du Magnifique.

Des images de cette soirée, huit ans plus tôt, lui revinrent brusquement en mémoire. Le bruit écœurant de poings frappant la chair. Son estomac qui s'était retourné à la vue du sang couvrant le visage de cet homme qui était alors plus jeune, mais tout aussi arrogant.

Il avait été surpris à tricher aux tables de jeu, et à cette époque, son père, dans la plus pure tradition de Vegas, avait réagi avec une violence inouïe. Cette soirée avait changé son opinion sur son père, une chose qu'elle avait toujours du mal à accepter.

Car malgré tous les désaccords qu'elle pouvait avoir avec lui, c'était le seul parent qu'il lui restait. Sa mère avait été assassinée par son beau-père quand elle avait neuf ans. Sous ses yeux et ceux de son frère.

Mais elle ne devait pas penser à cela. Ce n'était pas le moment.

— Si vous aviez pris le temps de m'écouter, dit-elle en lui adressant un sourire froid, vous auriez compris que vous n'aviez aucune raison de repasser ces portes. J'ignore ce que mon frère ou Anderson Stone vous a dit, mais je n'ai pas besoin de votre aide.

Anderson Stone était un collègue et ami de son frère Dominic. Il dirigeait une prestigieuse agence de détectives privés en Géorgie. Millionnaire, il était par ailleurs l'héritier d'une riche et célèbre dynastie. Quand elle avait parlé à son frère des vols qui avaient eu lieu au Magnifique, il avait immédiatement contacté Stone pour lui demander conseil.

Et c'était Luca qu'on lui avait envoyé.

Elle avait déjà eu une conversation avec son frère : les décisions concernant le Magnifique n'appartenaient qu'à elle. Le casino avait beau faire partie de l'héritage familial, c'était elle qui le dirigeait et qui décidait de qui elle voulait embaucher.

Ou ne pas embaucher.

Mais elle avait été contrainte d'organiser cet entretien pour réparer les dégâts. Et licencier Luca.

Elle détestait licencier, même des personnes comme lui.

Au fond d'elle, elle avait espéré qu'il s'agirait d'un entretien bref et simple, au terme duquel Luca opinerait docilement du chef, se lèverait et passerait la porte. Mais il était là, bien assis sur sa chaise. Son grand corps musclé, si séduisant, fermement campé devant elle, comme s'il envisageait de rester dans ce bureau éternellement.

— Vous avez besoin d'aide, si.

Elle lui en voulait de paraître aussi calme et décontracté. Et surtout, elle lui en voulait d'avoir raison. Elle avait besoin de quelqu'un, mais ce quelqu'un ne pouvait pas être lui. Car il avait sur elle un effet déstabilisant. Elle le savait depuis longtemps, mais il lui avait fallu attendre les fiançailles de son frère pour en prendre toute la mesure.

— Non.

En guise de réponse, il émit une sorte de murmure dubitatif.

— Écoutez, reprit-elle, vous avez une histoire avec le Magnifique. Stone l'ignore certainement. S'il avait su, il ne vous aurait jamais embauché pour cette mission.

Un sourire étira ses lèvres viriles.

— Il est au courant. Non seulement parce qu'il dirige une agence de détectives, mais aussi parce que je le lui ai moi-même dit.

— C'est vrai ? Pourquoi avez-vous fait ça ?

— Je voulais qu'il comprenne que je ne le faisais pas uniquement pour lui rendre service, que j'avais aussi des raisons personnelles d'accepter cette mission.

— Et quelles sont-elles ? demanda-t-elle en étrécissant les yeux.

— Je suis content de voir le Magnifique chanceler.

— Mais vous êtes disposé à nous aider à résoudre le problème ?

C'était complètement absurde. Il venait d'admettre qu'il ne voyait aucune raison de lui apporter son aide, si ce n'était pour rendre service à un ami qui n'avait rien à voir avec le problème. Et pourtant, il était là, assis dans son bureau.

— J'aime les énigmes et les situations qui représentent

pour moi un défi, répondit-il en haussant les épaules. Mais s'il faut du temps pour que le problème soit résolu, je ne m'impatienterai pas, bien au contraire. Plus vous perdrez d'argent, non seulement au profit du voleur, mais aussi pour payer mes services, mieux ce sera. Le Magnifique me doit bien quelque dédommagement après la façon dont m'a traité votre père. Ça m'a coûté cher de frais médicaux et j'ai gardé des séquelles : je boite toujours légèrement.

Les remords l'assaillirent immédiatement, mais elle se hâta de les écarter. Au moment où il était arrivé, elle était trop absorbée dans ses pensées pour remarquer s'il boitait ou pas. Il était tout à fait possible qu'il mente pour la faire culpabiliser.

— Eh bien, vous venez de me donner beaucoup de bonnes raisons de vous licencier avant même que vous n'ayez commencé à travailler.

— Sauf que vous n'en avez pas l'autorité.

— C'est moi qui paie votre salaire.

— Oui, mais c'est Stone qui m'a embauché, et mon accord avec lui est parfaitement clair : il n'y a que lui qui peut me licencier.

Elle sentait à présent la colère monter en elle, lui emplir la poitrine, lui chauffer la peau. Comment se faisait-il que les hommes de sa vie pensent qu'ils pouvaient prendre des décisions pour elle sans la consulter ? Jamais elle ne s'était mise d'accord avec Stone sur ce point.

Il allait vraiment falloir qu'elle ait une conversation avec lui. Mais pour l'heure, elle avait un autre problème à régler. Un problème qui se trouvait assis juste en face d'elle.

— C'est peut-être vrai, pour le moment, mais sans ma coopération, vous ne pourrez pas obtenir les informations dont vous aurez besoin pour travailler.

— Pas de problème, répondit-il en haussant les épaules.

Dans ce cas, je serai payé à ne rien faire. Ça sera encore plus agréable.

S'étant nonchalamment adossé à sa chaise, il se mit à se balancer d'avant en arrière. On aurait dit qu'il pouvait rester là pendant des jours, et la lueur jubilatoire qui brillait dans ses yeux semblait prouver qu'il y prendrait encore plus de plaisir si elle cherchait à le chasser.

Un grognement de frustration s'échappa de ses lèvres, elle ne put le retenir.

— Vous savez, on gagnerait beaucoup de temps tous les deux si vous cédiez et que vous me laissiez vous aider.

Le sourire de satisfaction qu'il affichait était horripilant.

— Sauf que je ne vous fais pas confiance.

— Moi non plus, répondit-il d'un air désinvolte. Comme ça, on est sur un pied d'égalité.

— Et je ne vois pas comment un compteur de cartes pourrait m'aider à attraper quelqu'un qui vole l'argent de mes machines à sous.

À ces mots, les deux pieds de sa chaise retombèrent avec fracas sur le sol. L'expression paisible de son visage avait disparu. Ses traits fins et virils, qui semblaient jusqu'ici totalement décontractés, devinrent durs, presque cruels.

— Dommage pour vous. Je vois que vous ne vous êtes pas donné la peine de vous informer sur moi. En deux semaines, vous auriez pourtant dû avoir le temps de le faire.

— J'ai été très occupée, et pour tout vous dire, vous ne m'intéressez pas suffisamment pour que je me donne la peine de faire des recherches sur vous.

Comme si elle avait dit quelque chose de drôle, il sourit.

— Princesse, nous savons l'un comme l'autre que vous mentez.

Ah. Manifestement, elle n'avait pas réussi aussi bien qu'elle ne l'aurait souhaité à dissimuler le désir qu'il lui inspirait la dernière fois qu'elle l'avait rencontré.

Mais il n'était pas question qu'elle confirme ses soupçons. Haussant les sourcils, elle la contempla avec mépris.

Il soutint son regard et se contenta de secouer la tête.

— Je dirige une entreprise de développement informatique. J'ai moi-même créé plus de dix logiciels que vous devez utiliser tous les jours sans même le savoir. Ajoutez à cela mes connaissances du jeu, des probabilités et de la programmation et vous comprendrez que je suis la personne idéale pour déterminer qui vous vole de l'argent et pourquoi.

Un sourire se dessina sur son visage. Le sourire entendu qu'il affichait au moment où il avait passé les portes de son bureau.

— Comme je vous l'ai déjà dit, vous avez besoin de moi.

Indécise, elle soupira. Si ce qu'il venait de dire était vrai, il avait sûrement raison.

Luca avait mal à la hanche. Il s'était habitué à cette sensation au cours des huit années passées et ne la remarquait plus que rarement. Mais il la sentait bien, à présent. Son retour au Magnifique avait réveillé de nombreux souvenirs, tous plus mauvais les uns que les autres.

Le soleil des rues de Las Vegas lui fit du bien, cependant. Tout sourire, il enfila ses lunettes noires et attendit que le voiturier lui rende les clés de sa McLaren.

Les circonstances dans lesquelles il venait de quitter le Magnifique étaient bien différentes de la dernière fois. Mais à présent qu'il resongeait au passé, le souvenir de sa chair heurtant l'asphalte venait s'ajouter à son mal de hanche. Il ne pourrait jamais oublier ce choc contre le trottoir ou la douleur qui avait tenaillé tout son corps après le traitement qu'il avait reçu de Mac Mercado.

Sa McLaren approchait, le voiturier finit par lui en remettre les clés. Luca savoura le petit bonheur de s'installer sur le confortable siège. Cette voiture était l'un de ses jouets préférés. Il aimait beaucoup se faire plaisir. Il avait de l'argent à dépenser et personne pour lui dire ce qu'il avait à faire.

Et il adorait ça.

Sans cesser de sourire, il s'éloigna du Strip. S'il appréciait l'ambiance électrique et survoltée des casinos qui attirait tant de touristes en ville, il préférait bénéficier d'un peu plus d'espace et de tranquillité quand il avait besoin de réfléchir.

Raison pour laquelle sa propriété se situait aux confins de la ville.

Loin de l'agitation, il laissa son esprit vagabonder librement.

Annalise, pour commencer. Elle était élégante, ravissante. Arrogante, aussi. Avec ses yeux de chocolat et de miel, elle l'avait littéralement foudroyé quand il s'était assis de l'autre côté de son bureau.

Elle comptait parmi ces femmes qui ne s'intéressaient qu'aux affaires ; il en avait rencontré plus souvent qu'il ne l'aurait souhaité au cours de sa brève existence. La façon dont elle avait pincé les lèvres quand elle l'avait vu arriver… il n'était toujours pas à l'aise avec ce genre de réaction mais il y était habitué. Sa bouche tendre et pulpeuse avait été réduite à une ligne droite et dure.

D'un côté, il était satisfait qu'elle n'ait aucune envie de le voir impliqué dans ses affaires. Mais de l'autre, il trouvait dommage que cette bouche soit utilisée pour autre chose que des baisers. Des baisers brûlants qui lui tireraient de doux gémissements de plaisir.

De nouveau, il sourit. Quand il songeait à tout ce qu'il aurait pu faire de ce corps si délectable… Elle avait beau paraître froide et distante, quelque chose lui disait qu'il y avait du feu sous la glace.

Les semaines à venir allaient être passionnantes.

Ce qu'il lui avait dit avant de partir était vrai. À en juger par le rapport que Stone lui avait procuré, elle était complètement dépassée par les événements. Elle avait perdu beaucoup de temps et d'argent à essayer de résoudre le problème elle-même. Ce qui ne l'étonnait nullement. Dès le départ, elle lui était apparue comme une femme réticente à déléguer ses pouvoirs.

Et qui ne comprenait pas que le pouvoir était une illusion.

Le Magnifique perdait de l'argent. Par le biais des machines à sous. Mais personne ne pouvait dire comment et depuis combien de temps. Les sommes reversées ayant graduellement augmenté au cours des neuf mois passés, il était tout à fait possible que l'escroquerie ait débuté plus tôt sans que personne ne l'ait remarquée.

Quoi qu'il en soit, Luca serait ravi de résoudre cette énigme. Même si l'idée d'apporter son aide au Magnifique lui plaisait beaucoup moins.

Après y avoir réfléchi quelques secondes, il demanda à son assistant vocal d'appeler Anderson Stone.

Son ami ne se donna même pas la peine de le saluer.

— Dis-moi qu'il n'y a pas eu de sang.

À ces mots, il ne put s'empêcher de rire.

— Pas de sang, non. Mais je pense qu'elle aurait été contente si elle avait pu me laisser quelques marques.

— Tu crois qu'il faut que je trouve quelqu'un d'autre ?

Stone et lui avaient déjà eu cette conversation.

— Ne t'inquiète pas, je serai sage.

Enfin, tout dépendait de ce que l'on entendait par « sage ». Il avait bien l'intention d'effectuer la mission pour laquelle on l'avait engagé. Du moment qu'Annalise coopérait. Il avait fait une promesse à Stone et il était un homme de parole. Stone avait engagé son nom et sa responsabilité sur cette affaire, il ne pouvait pas lui faire faux bond. Ce qui ne signifiait pas pour autant qu'il devait se précipiter… ou passer à côté des plaisirs que pouvait lui apporter Annalise.

Son plan, depuis le départ, avait toujours été de jouer au

chat et à la souris avec la ravissante fille de Mac Mercado. Compte tenu de la famille à laquelle elle appartenait, et de son statut de témoin silencieux lors de son passage à tabac, elle méritait bien qu'il se venge un peu.

Il envisageait donc de très mal se comporter.

Comment ? Il l'ignorait encore jusqu'à ce qu'il passe les portes de son bureau ce jour-là. Mais elle était tentante, très tentante.

La séduire allait être un véritable plaisir.

Annalise était folle de rage.

Cette saleté de Luca Kilpatrick avait débarqué dans son bureau, lui avait fait un beau discours, l'avait à moitié convaincue qu'il était l'homme de la situation... puis avait disparu pendant trois jours.

Il lui avait fallu pour cela passer quelques coups de téléphone, mais elle avait fini par découvrir où il vivait et avait été surprise d'apprendre qu'il possédait une propriété à Summerlin, l'un des quartiers les plus huppés de Las Vegas.

Assise au volant de son SUV, elle observait à présent l'imposant portail qui lui bloquait le passage. La villa était immense. La plus grande de ce quartier si aisé.

Mais qui était cet homme ? Et pourquoi avait-il accepté de l'aider ?

Elle finit par ouvrir la fenêtre pour appuyer sur l'Interphone.

Rien ne se produisit.

Elle patienta quelques minutes avant de recommencer.

Rien.

Il lui fallut attendre la sixième tentative, très longue et très insistante, pour obtenir une réaction :

— Qu'est-ce que vous voulez ? hurla-t-il à travers le haut-parleur.

Elle plissa les yeux mais ne se donna pas la peine de

répondre, se contentant de pointer du doigt le portail devant elle.

Elle savait parfaitement qu'elle était filmée.

Il y eut un soupir excédé, mais le portail finit par s'ouvrir.

Lentement, elle se mit à avancer vers la gigantesque villa. Ayant elle-même grandi dans un manoir, elle était moins impressionnée par la taille de la maison que par l'idée qu'elle était à lui.

Elle n'arrivait tout simplement pas à réconcilier l'image de ce jeune homme ensanglanté et jeté sur le trottoir par son père huit ans plus tôt avec celle de l'homme beau, charmant et riche qu'il était à l'évidence devenu.

En relevant la tête, elle vit qu'il l'attendait en haut des impressionnantes marches du perron. Il portait un jean troué au genou qui moulait presque ses jambes musclées et un T-shirt blanc tout aussi ajusté. Ses cheveux étaient ébouriffés. Comme s'il sortait tout juste du lit. À 3 heures de l'après-midi.

Peut-être ne s'était-il pas tant éloigné du tricheur qu'il avait jadis été.

Mais ce furent ses yeux qui retinrent le plus son attention. Ensommeillés, mais empreints de détermination. Comme un lion paressant au soleil, parfaitement détendu mais toujours pourvu de son instinct de prédateur.

Luttant pour maîtriser son trouble, elle se força à le regarder bien en face tandis qu'elle montait les marches.

Ne jamais montrer sa peur ou sa faiblesse. C'était l'une des premières leçons que son père lui avait apprises. Et si elle n'était pas toujours d'accord avec lui, elle approuvait vivement ce point.

Un frisson d'excitation la parcourut. Une réaction dont elle avait perdu l'habitude depuis bien longtemps. Elle avait connu suffisamment de bouleversements dans sa jeunesse pour éviter à présent tout ce qui pouvait en générer. Elle aimait que les choses soient lisses et régulières. Sûres.

Or, il n'y avait rien de sûr chez Luca Kilpatrick.

— Vous n'avez pas besoin de cet emploi ou de mon argent, lui dit-elle sans se donner la peine de le saluer.

— Non, lui répondit-il en souriant.

— Alors, pourquoi faites-vous ça ?

— Nous en avons déjà parlé, il me semble.

— Mais je ne suis pas sûre de la sincérité de vos réponses.

— Ce n'est pas mon problème, répondit-il en haussant les épaules.

Non, mais c'était le sien. Elle n'avait pas confiance en lui. Cependant, après avoir passé trois autres vaines journées à éplucher des rapports et interroger le service informatique, elle en était venue à la difficile conclusion qu'elle ne pouvait pas régler le problème toute seule.

Elle n'avait peut-être pàs confiance en lui, mais elle avait confiance en Stone et Dominic. Son frère et son ami ne lui auraient pas envoyé quelqu'un d'incompétent.

Tout en haussant les sourcils, elle attendit qu'il l'invite à entrer. Comme il ne sembla pas comprendre le message, elle croisa les bras sous sa poitrine.

— Est-ce qu'on va rester là toute la journée ?

Ses yeux gris clair scintillèrent et, pour la première fois, elle remarqua de petits éclats de bleu harmonieusement dispersés dans ses iris. Inattendu. Intéressant.

Mais elle ne devait pas s'arrêter là-dessus.

Un sourire entendu venait d'étirer ses lèvres viriles.

— Je suis occupé.

— Ça m'est égal. C'est moi qui vous paie.

Il la regarda pendant un long moment sans bouger, mais finit par s'écarter. La porte était immense, à l'échelle de la maison. Et pourtant, il en bloquait toujours à moitié l'ouverture, ne lui laissant d'autre choix que d'effleurer son corps en se glissant à l'intérieur.

Une décharge de désir sembla parcourir son bras quand son épaule entra en contact avec les muscles fermes de son corps.

Pressant le pas, elle traversa le grand hall pour mettre autant de distance que possible entre eux.

— Dernière porte à droite.

Sa voix douce et grave était beaucoup trop proche pour ne pas représenter un danger. Mais, suivant ses instructions, elle passa une porte voûtée qui la mena à une cuisine. Immense, moderne, mais avec une touche de tradition. Les appareils semblaient tout droit sortis de la cuisine d'un grand restaurant. Quant à l'îlot central, il aurait pu accueillir une vingtaine d'invités. Un vrai rêve de chef…

Sauf que cette cuisine était loin d'être immaculée. Elle n'était pas sale, non, mais on voyait qu'elle venait d'être utilisée. Deux assiettes reposaient dans le grand évier de style timbre d'office. Plusieurs petits appareils avaient été posés sur le plan de travail. Et il y avait sur le piano de cuisson une poêle dont émanait une odeur de bacon frit.

Il passa à côté d'elle, et son corps effleura de nouveau le sien alors qu'il avait largement la place de circuler.

Il le faisait exprès. Pour l'intimider, l'exciter ou l'empêcher de réfléchir ? Elle n'aurait su le dire. Mais tout bien considéré, ses motivations importaient peu.

— Pourriez-vous cesser de me toucher comme ça ?

Encore une fois, il haussa les épaules d'un air désinvolte.

— Comme vous voulez, répondit-il.

Et sans rien ajouter, il s'approcha de la machine à café pour faire un café long, auquel il ajouta un sucre et une petite goutte de lait avant de le lui servir.

Comment savait-il comment elle prenait son café ?

Elle fut si surprise qu'elle ne parvint même pas à formuler la question, acceptant la tasse qu'il lui tendait sans broncher.

— Il est 3 heures de l'après-midi, finit-elle par balbutier.

— Et nous savons l'un comme l'autre que vous carburez au café, alors ne faites pas comme s'il était trop tard pour vous. Vous passez la moitié de vos nuits à boire du café. Je suis sûr que c'est comme ça que vous survivez au manque de sommeil.

Sans même y avoir trempé les lèvres, elle posa le mug sur le plan de travail.

— Je vois que vous avez fait des recherches qui n'ont aucun lien avec notre voleur.

Encore une fois, il eut ce sourire entendu. Cet homme ne souriait pas parce qu'il était heureux ou amusé. Il se comportait comme s'il détenait des secrets dont personne d'autre que lui n'avait connaissance. La supériorité, chez lui, prenait la place de l'humour.

— C'est exact. Je me renseigne toujours sur les personnes avec qui je travaille.

— Jusque dans les préférences concernant le café ?

— Rien de plus facile. Vous commandez toujours la même chose au café du casino, des dizaines de fois par jour. Par ailleurs, vous déjeunez tous les jours à la même heure et vous faites livrer votre dîner chez vous tous les soirs à la même heure.

Il prit une gorgée du café qu'il s'était servi avant de poursuivre :

— Vous avez quelque chose de très prévisible et de très ennuyeux, princesse. Vous avez l'ambiance trépidante du casino à portée de main et vous n'en profitez jamais. Mais je dois dire que tous vos employés vous sont dévoués et loyaux. On voit qu'ils ont beaucoup d'affection pour vous et qu'ils cherchent à vous protéger.

— Vous avez parlé avec eux ?

— À quoi croyez-vous que j'ai employé mon temps au cours des trois jours passés ?

— Comment voulez-vous que je le sache ? s'exclama-t-elle. Vous avez débarqué dans mon bureau, vous avez fait votre beau discours, et tout à coup, vous avez disparu sans laisser de trace.

— J'étais là. Vous l'auriez remarqué si vous aviez été plus attentive.

Il allait falloir qu'elle en parle à la sécurité. Même si, techniquement, elle ne pouvait rien leur reprocher. Comme il n'avait plus essayé de remettre les pieds au casino depuis cette funeste soirée, huit ans plus tôt, il ne devait plus figurer dans leur liste de personnes à surveiller. Mais elle allait personnellement veiller à ce que son nom y soit réinscrit.

— J'ai un casino à diriger. Je ne peux pas prêter attention à toutes les personnes qui passent la porte d'entrée.

— Ce qui explique peut-être pourquoi quelqu'un vous vole de l'argent.

— Mon équipe de sécurité est extrêmement performante, répliqua-t-elle, agacée.

— Si vous le dites…

Les personnes avec qui elle travaillait n'étaient pas de simples employés pour elle, elle les considérait presque comme des membres de sa famille. Elle savait tout sur chacun d'entre eux, jusqu'à leurs espoirs et leurs rêves d'avenir. Elle voulait de la loyauté de leur part, et le meilleur moyen d'y parvenir était de s'assurer qu'elle était appréciée.

Quand tout son univers s'était écroulé dans la douleur, le personnel du Magnifique avait été là pour la soutenir. L'encourager et la protéger. Lui donner un objectif. À présent, c'était elle qui prenait soin d'eux. Elle leur devait bien ça.

Mais quelque chose lui disait qu'il ne comprendrait pas. Qu'il était inutile de gaspiller sa salive à essayer de le lui expliquer.

— Bien. Qu'avez-vous appris au cours de ces trois jours ? Qui est l'homme ou la femme qui nous vole notre argent ?

Avec une insouciance manifeste, il haussa encore une fois les épaules.

— Je n'en ai aucune idée.

- 2 -

Elle était à bout de patience. Et il était charmé.

Annalise Mercado était quelqu'un de calme. Luca les avait observés, elle et ses employés, au cours des quelques jours passés. La sécurité ne l'avait pas remarqué parce qu'il n'avait pas voulu qu'elle le remarque. Même si cela faisait des années qu'il ne s'était pas adonné au comptage de cartes, il savait toujours comment rester discret quand il le fallait.

Quoi qu'il en soit, il était ravi de lui avoir fait perdre son calme. Plus, sans doute, qu'il n'aurait dû l'être. Ces yeux de miel qui étincelaient et semblaient cracher des éclairs... il trouvait cela terriblement excitant. Ce qui était à la fois déplacé et dangereux.

Être attiré par elle pouvait être un atout dans la mise en œuvre son plan. La désirer au point d'avoir à se retourner pour lui dissimuler son érection en faisant semblant de s'intéresser au bacon qui cuisait ne l'aiderait en revanche pas vraiment.

— En trois jours, vous n'avez rien trouvé ?

Plissant les yeux, il plongea son regard dans le sien.

— Depuis combien de temps travaillez-vous sur le problème ?

— Ce n'est pas la question.

— Hm hm.

Machinalement, il retira le bacon de la poêle pour le déposer sur du papier absorbant avant de sortir des œufs du réfrigérateur.

— Œufs au bacon ?
— Je viens de me réveiller.
— Ce qui explique beaucoup de choses.
Le ton qu'elle avait emprunté laissait peu de place à l'imagination quant à l'opinion qu'elle avait de lui. Opinion qui n'avait cependant aucune importance à ses yeux.
— Le privilège de la richesse, lui dit-il en lui adressant son plus beau sourire. Je peux dormir toute la journée, si je veux, et prendre mon petit déjeuner à minuit.
La flexibilité figurait en effet parmi les avantages de la sécurité financière. Mais sa vie n'avait pas toujours été ainsi. Quand il repensait à tous ces soirs où il s'était couché le ventre vide…
Mais il n'était pas question qu'il lui parle de ça. Ou même qu'il lui explique qu'il était resté éveillé jusqu'à 4 heures du matin pour travailler sur un problème de code particulièrement compliqué en relation avec un nouveau logiciel qu'il cherchait à concevoir.
Tout en soupirant, elle sortit de son sac de luxe un tas de documents qu'elle déposa sur l'îlot central.
— Faites comme chez vous.
— Merci. J'ai apporté les derniers rapports mensuels pour que nous puissions les étudier ensemble. Nous sommes certains que le problème vient des machines à sous.
— C'est ce que m'ont dit Dominic et Stone.
Elle lui jeta un regard mauvais avant de se mettre à parler.
— Dominic et Stone n'ont pas passé les cinq derniers mois à éplucher des feuilles de comptes pour essayer de mettre le doigt sur le problème. Moi si. C'est donc à moi, la femme qui passe douze heures par jour à gérer le casino, que vous feriez bien de demander les détails, et non à ces deux hommes qui ne mettent jamais les pieds dans les bureaux de la direction.
— Du calme, princesse, dit-il en saupoudrant ses œufs

d'herbes séchées. Je vois que vous brûlez d'envie de me montrer ce que vous avez à me montrer. Je suis à vous. Allez-y.

Ces paroles, délibérément équivoques, lui valurent un regard mauvais. Mais elle n'y répondit pas. Sans faire de commentaire, elle ouvrit une grande enveloppe d'un geste sec. Presque rageur.

— Du papier ? On n'est plus au Moyen-Âge. Ne pourriez-vous pas me les envoyer par mail ?

— C'est ce que j'ai fait. Il y a trois jours. Et vous m'avez ignorée. Alors, maintenant, nous allons les passer en revue ensemble.

La cuisson étant terminée, il servit les œufs et le bacon dans deux assiettes et en posa une à côté d'elle, près de la pile de dossiers.

— Je ne veux rien, merci.

Elle semblait avoir formulé cette phrase de façon automatique et il y avait un peu de nervosité dans sa voix.

— Dites-moi à quand remonte la dernière fois que vous avez mangé et je vous laisserai tranquille.

— Je suis une grande fille. Je n'ai besoin de personne pour me donner à manger.

— Alors répondez-moi. Ne me dites pas que c'est une question compliquée…

Fronçant les sourcils, elle fit mine de parler, mais soudain, sembla se raviser. Une seconde plus tard, elle rapprochait l'assiette d'elle et prenait une bouchée d'œufs.

— Vous êtes content ?

— Très. Mais ce n'est que le début.

Il savait de source sûre que, si elle commandait régulièrement des plats, ses assiettes retournaient souvent aux cuisines presque intactes. Pas besoin de se trouver dans la même pièce qu'elle pour comprendre qu'elle avait tendance à se laisser distraire par son travail et à oublier de manger.

Il n'aurait pas dû s'en soucier, et pourtant…

S'étant tournée vers lui, elle lui tendit un document et commença à pointer du doigt une série de chiffres.

— Les algorithmes sont programmés pour redistribuer à des moments spécifiques. La séquence est randomisée sur des jours, mois, année spécifiques qui diffèrent selon chaque machine. Personne, pas même moi ou le programmateur, ne peut prédire à quel moment le jeu va se révéler gagnant. Mais sur une période déterminée, la machine ne peut pas redistribuer plus que le pourcentage fixé.

Il avait beau déjà savoir tout cela, il la laissa parler. Et ce faisant, il l'étudia attentivement. Tout en savourant son petit déjeuner.

— Cette machine, par exemple, dit-elle en pointant du doigt une ligne de chiffres, aurait dû redistribuer à une fréquence beaucoup moins rapide que ce qui est indiqué.

Elle sortit du tas une autre enveloppe, dont elle tira un nouveau document.

— Voici le rapport du mois dernier. Cette machine a redistribué à une fréquence normale, mais celle-ci, dit-elle en pointant du doigt une autre ligne, a payé presque le double. Les variations sont imprévisibles, mais sur une période d'un peu moins d'un an, nous avons remarqué qu'au moins une machine, voire plus, ne fonctionnait pas normalement.

— Hm hm, fit-il, comme elle semblait à présent attendre une réponse de sa part.

— Vous n'avez rien écouté de ce que j'ai dit, c'est ça ?

— Bien sûr que si. Les machines paient plus qu'elles ne devraient payer. Il n'y a rien de régulier ou de prévisible, mais cela dure depuis presque un an.

— Au moins.

Il prit le temps de réfléchir. Il se pouvait en effet parfaitement que l'escroquerie ait débuté plus tôt, mais à une cadence suffisamment lente pour qu'elle n'ait pas été remarquée immédiatement.

— J'imagine que vous avez fait démonter certaines machines pour demander une révision des programmes.

— À plusieurs reprises. Et à chaque fois, on m'a affirmé que la machine était correctement codée.

— Pas de code d'erreur ?

Elle fit signe que non.

— À moins que quelqu'un puisse changer le code quand la machine est démontée et le rechanger ensuite. C'est vous l'expert. Vous pensez que c'est possible ?

Il prit le temps de réfléchir à la question. En théorie, c'est faisable, mais c'était cependant peu probable.

— Possible, oui, mais sans se faire remarquer, je ne pense pas. J'aimerais cependant étudier deux ou trois de ces machines moi-même.

— Pas de problème, dit-elle avec enthousiasme. Venez demain. Je demanderai à notre directeur du service informatique de vous y donner accès.

— Non.

Il n'en était pas question.

L'air sidéré, elle avait brusquement relevé la tête vers lui.

— Comment ça, non ?

— Non, je ne veux pas travailler avec votre directeur de l'informatique.

Ou du moins il ne voulait pas le rencontrer seul.

— Nous travaillons sur cette affaire ensemble, princesse. Partout où j'irai, vous irez avec moi.

L'espace de quelques secondes, elle le regarda avec de grands yeux, mais elle finit apparemment par retrouver le contrôle de son corps. L'expression de son visage redevint neutre.

Il l'avait déstabilisée. Parfait.

— Je ne pense pas que ce soit utile. Je suis très occupée, Luca. J'ai un casino à gérer et ça fait des semaines que je le néglige pour essayer de résoudre cette énigme.

Pour bien lui montrer qu'il se moquait totalement de ce qu'elle pensait, il se resservit une tranche de bacon avant de parler.

— Eh bien vous allez devoir continuer de le négliger pendant que nous résoudrons cette énigme ensemble.

— Je vous ai embauché pour régler le problème et trouver le voleur. Si je dois être sur vos talons tout le temps, vous ne m'êtes d'aucune utilité.

— Non. Vous m'avez embauché pour vous aider à régler le problème. J'insiste sur le mot « aider ». J'ai moi-même d'autres responsabilités. Il va falloir que nous apprenions tous les deux à jongler avec nos différentes activités. Et par ailleurs, je vous suis d'une grande utilité, parce que, sans moi, vous n'arrivez à rien.

Il aurait indubitablement pu régler ce problème tout seul, mais ça n'aurait pas été drôle du tout. Il voulait qu'elle soit à son côté. Il aimait la regarder perdre contenance.

Déterminé, il s'approcha, s'immisçant clairement dans son espace personnel.

— Nous allons passer beaucoup de temps ensemble, Lise. Alors autant que vous commenciez à vous habituer dès maintenant à ma compagnie.

Coincée entre les deux hommes, Annalise ne pouvait qu'écouter la conversation. C'était comme s'ils parlaient une langue étrangère. Une langue qu'elle aurait été incapable de traduire.

Elle ne pensait pas être stupide. Elle dirigeait un immense casino et le faisait plutôt bien. Et pourtant, à cet instant, elle se sentait ignorante, pas à sa place.

Et furieuse. Parce qu'elle avait une pile de dossiers qui l'attendait sur son bureau.

Sa présence ici était parfaitement inutile.

Sur un coup de tête, elle tourna les talons et commença à avancer vers la porte. Et elle était sur le point d'y arriver quand la voix de Luca l'arrêta.

— Où allez-vous ?

Serrant les dents, elle se tourna sur le côté pour le foudroyer du regard.

— Je retourne à mon bureau. Comme il me semble évident que je ne vous suis d'aucune utilité, je vais m'atteler à des tâches qui pourraient être bénéfiques à l'entreprise dont je suis responsable de la gestion.

Le ton de sa voix lui parut à elle-même glacial. Elle éprouvait rarement de la colère, mais quand cela lui arrivait, elle avait du mal à le dissimuler. Si elle avait parlé à l'un ou l'autre de ses employés sur ce ton, il se serait probablement éclipsé pour lui laisser le temps de se calmer.

Mais Luca Kilpatrick était soit inconscient, soit stupide, soit déterminé à en découdre, car au lieu de la laisser partir, il lui dit :

— Reprenez-vous, princesse. Vous restez avec moi.

James, le directeur de l'informatique, prit un air consterné. De mieux en mieux. À présent, toute la société allait savoir comment lui parlait Luca. Elle avait donc tout intérêt à trouver une bonne réplique pour mettre un terme à cette conversation.

Tout en étrécissant les yeux, elle inspira profondément. Hors de question qu'elle laisse cet homme prendre le dessus sur elle. Faisant l'effort de desserrer les poings, elle s'approcha de lui.

Et quand le bout pointu de ses escarpins Louboutin entra en contact avec le caoutchouc de ses Converse, elle se hissa sur la pointe des pieds. Avec ses dix centimètres de talons, elle était presque aussi grande que lui.

Encore une chose qu'elle avait apprise de son père : les

apparences comptaient plus que tout. Elle n'était pas faible et elle ne reculerait pas.

— Je vous interdis de m'appeler princesse, monsieur Kilpatrick. Mon nom est Annalise. Mme Mercado si vous voulez vous montrer plus courtois. Je vous rappelle que vous êtes mon employé, et qu'en tant que tel, vous n'avez pas à me donner des ordres. Me suis-je bien fait comprendre ?

Une lueur s'alluma dans ses yeux gris acier et l'un des coins de sa bouche se redressa. Était-il amusé ou en colère ? Elle n'aurait su le dire.

Son souffle chaud glissa sur elle comme une caresse quand il lui répondit de sa belle voix grave :

— Oui, madame.

Comment ces mots pouvaient-ils apparaître comme une capitulation alors que le regard qu'il portait sur elle suggérait qu'il ne désirait rien d'autre que de la hisser par-dessus son épaule pour l'emmener dans un endroit discret où ils pourraient s'adonner ensemble à de voluptueuses activités ?

De nouveau, elle prit une longue bouffée d'air, inspirant cette fois-ci au passage l'enivrant parfum de sa peau. Après quoi elle fit un pas en arrière. Et curieusement, alors qu'il avait dit exactement ce qu'elle voulait entendre, elle eut le sentiment de battre en retraite.

— Bien. N'ayant plus rien à ajouter à cette conversation, je retourne à mon bureau. Veuillez m'y retrouver quand vous aurez terminé.

S'étant tournée vers James, elle ajouta :

— Merci de votre aide.

— Je vous en prie, madame Mercado.

Déterminée, elle tourna les talons et sortit. Et quand elle fut certaine d'avoir quitté leur champ de vision, elle se laissa aller à soupirer de soulagement.

D'ordinaire, elle détestait les confrontations. Et tendait à les éviter. Pas besoin d'être psychologue pour comprendre que cette tendance lui venait de son enfance, au cours de laquelle elle avait vu sa mère se faire battre, et même mourir entre les mains de son beau-père.

Dominic et elle étaient présents le soir du drame. Témoins impuissants, ils n'avaient pas pu protéger leur mère, et si son beau-père n'avait jamais levé la main sur elle, Annalise en avait vu suffisamment pour porter en elle de profondes blessures. Et beaucoup de peur et de culpabilité.

Elle avait travaillé dur au cours des vingt années passées pour se remettre de ce choc. Mais comme elle dirigeait une entreprise, parfois, la confrontation était inévitable. Tout en soupirant, elle essuya ses paumes humides de sueur sur son pantalon.

Mais Luca était différent. Les réactions qu'il lui inspirait étaient différentes.

Elle ressentait toujours de la colère en elle. Après toutes ses années, elle pensait avoir réussi à surmonter ses problèmes. Quand les ondes de choc de ces expériences traumatisantes allaient-elles cesser ? D'un geste brusque, elle appuya sur le bouton de l'ascenseur. Les portes s'ouvrirent juste au moment où un bruit de pas précipité se fit entendre dans le couloir derrière elle.

Elle aurait dû se douter qu'il n'abandonnerait pas si facilement. À bout de nerfs, elle passa les portes. Une seconde plus tard, il s'engouffrait dans l'ascenseur avec elle.

La colère qui s'affichait nettement sur le visage d'Annalise aurait dû lui procurer une certaine satisfaction. Mais ce ne fut pas le cas.

Car il y avait quelque chose, au fond de son regard, qui n'allait pas. Une chose que Luca avait lui-même bien connue dans son enfance.

La peur.

Certes, elle était atténuée. Comme un distant écho. Mais elle était bien là. Il avait dit ou fait quelque chose qui avait réveillé chez elle le souvenir de cette peur passée.

Il n'aurait pas dû s'en soucier. Cela n'avait rien à voir avec lui. Mais malgré tous ses efforts, il ne parvenait pas à ignorer cette ombre qu'elle cherchait si désespérément à dissimuler.

— Je croyais que vous souhaitiez parler à James.

Le ton de sa voix était cassant, empreint de colère. Mais peut-être cette émotion n'était-elle qu'un moyen de faire diversion, non pas pour lui, mais pour elle-même.

— C'est ce que je viens de faire. Et je poursuivrai cette conversation cet après-midi. J'ai repris rendez-vous avec lui.

— Après avoir tant insisté pour me traîner là-bas, vous avez tout à coup trouvé quelque chose de plus important à faire ?

Ses yeux semblaient cracher des éclairs, repoussant ainsi cette ombre qu'il avait perçue.

— Oui, répondit-il en haussant les épaules.

Bruyamment, elle soupira. Son dos s'était affaissé.

— Je dois vous avouer que je ne comprends pas. Et que j'envisage de cesser tout effort pour essayer de comprendre.

— Vous plaisantez ? s'esclaffa-t-il. Vous ne cesseriez pas vos efforts même si on vous menaçait avec une arme.

— Qu'est-ce que vous voulez dire ?

— Que je vous connais.

— Vous ne me connaissez pas.

Pour mieux mettre en doute son assurance qui semblait cependant vaciller, il haussa les sourcils.

— Cela fait plusieurs jours que je vous observe.

— Et je trouve ça très inquiétant.

À ces mots, il ne put s'empêcher de sourire. Elle avait marqué un point.

— Ce n'est pas vous personnellement que j'observe, mais il se trouve que vous êtes partout. Et c'est d'ailleurs là tout le problème. Vous ne vivez que pour cet hôtel, Annalise. Vous passez presque chaque minute de votre temps ici. Vous dormez même ici. Allez, avouez que vous êtes une accro au travail qui n'a pas de vie en dehors des murs du Magnifique.

— Ce n'est pas vrai ! s'exclama-t-elle en se penchant en avant comme si elle pouvait ainsi donner plus de poids à ses mots.

— Si vous le dites…

— Vous ne savez pas ce que c'est que de travailler dur.

— Vous ne me connaissez pas.

— Vous êtes un joueur, un parieur, un tricheur. Je vous connais très bien. Vous êtes le genre d'homme qui empruntera toujours le chemin le plus facile si on lui laisse le choix.

— Le plus facile ? Vous pensez que le comptage de cartes est une technique facile à apprendre ? Mémoriser des schémas, des probabilités ? Je pense que vous vous êtes laissé convaincre par d'autres sans vous donner la peine de réfléchir par vous-même. J'ai un don. Certes, ça me donne un avantage sur les autres, mais un sportif qui excelle à la course à pied ou à la gymnastique pourrait en dire de même. Il est né avec un talent inné mais a travaillé dur pour cultiver ce talent et le perfectionner. Les casinos nous détestent parce que nous renversons la donne, qui est toujours truquée en votre faveur.

Elle fit mine de répliquer mais sembla se raviser.

Impulsivement, il se rapprocha d'elle. Il pouvait à présent sentir la chaleur de son corps. Et il brûlait d'envie de la caresser. Mais il ne le fit pas.

Plaçant ses mains de chaque côté de ses hanches voluptueuses, il s'accrocha fermement à la rambarde de l'ascenseur. Un bon moyen de s'empêcher de la toucher.

Il s'attendait presque à ce qu'elle le frappe. Lui dise de se pousser. Mais elle ne le fit pas. Et elle ne se laissa pas non plus intimider. Le menton fièrement relevé, elle le regardait à présent en face, avec beaucoup d'audace.

— Allez-y, fit-elle. Dites-moi ce que vous avez à me dire.

Sensuellement, elle baissa les yeux vers sa bouche. Il pouvait pratiquement lire dans ses pensées.

— J'avais des préjugés sur vous, et l'inverse vaut également, reprit-elle.

— C'est la nature humaine.

— Peut-être, mais ça ne veut pas dire que c'est bien. Il nous faut dépasser cela pour continuer de travailler ensemble.

Il se pencha vers elle, envahissant un peu plus son espace personnel. Il avait envie de la sentir contre lui. Les douces courbes de son corps contre ses muscles durs.

— Je ne sais pas. En tout cas, ça ne me plaît pas vraiment, mais il se trouve que je vous apprécie beaucoup, Annalise. Vous êtes audacieuse, intelligente, inoubliable et terriblement sexy.

À ces mots, elle eut un petit sourire moqueur.

— Inoubliable ? Je ne suis pas sûre que ce soit un compliment. Les traumatismes sont inoubliables, également.

Incapable de se retenir plus longtemps, il écarta sa main du métal froid pour dégager doucement de son visage une mèche de ses cheveux soyeux. Et quand ses doigts finirent par entrer en contact avec la peau douce de sa gorge, il sentit une décharge de désir le traverser.

— Naturellement, c'est la seule chose que vous avez retenue. Vous êtes passée outre le « terriblement sexy ».

— Sexy est un adjectif générique et passe-partout. Et vous avez délibérément ignoré mon propos. Nous n'avons pas besoin de nous connaître l'un l'autre. Nous avons juste besoin de travailler ensemble.

— Et si j'avais envie de vous connaître ?

— Ce serait malheureux pour vous.

— Tentez votre chance, Annalise. Quelque chose me dit que vous ne le faites pas souvent dans votre vie.

Un souffle d'air passa entre ses lèvres écartées, mais son regard était dur et méfiant.

— Ce que je fais ou ne fais pas ne vous regarde en aucun cas. Je ne vais pas me laisser entraîner dans quelque chose qui me déplaît juste pour vous prouver que vous avez tort.

— Mais vous admettez que j'ai le pouvoir de vous entraîner dans quelque chose. Intéressant.

Un léger grognement s'échappa de son buste sculptural. Il l'entendit à peine mais était suffisamment proche d'elle pour en ressentir les vibrations.

— Vous pourriez entraîner un ange à commettre une diablerie.

— C'est le plus beau compliment qu'on m'ait jamais fait.

— Ce n'était pas un compliment.

— Encore mieux.

— Vous êtes incorrigible, fit-elle en secouant la tête. Et dangereux.

— Vous n'êtes pas avare de compliments aujourd'hui.

Ce fut à ce moment-là que l'ascenseur sonna pour annoncer leur arrivée à l'étage. Il n'avait pas vu sur quel bouton elle avait appuyé. Il s'était juste précipité dans l'ascenseur.

Quand les portes finirent par s'ouvrir, il fut surpris de constater qu'ils se trouvaient au dernier étage. Elle tira parti de sa distraction pour sortir et prendre de l'avance. Il dut presser le pas pour la suivre.

S'étant arrêtée devant une porte au bout d'un couloir, elle appuya son doigt sur un petit écran noir.

— Vous êtes à la pointe de la technologie, à ce que je vois. Intéressant. Qu'est-ce qui se cache derrière cette porte ? Des secrets de famille, une collection d'œuvres d'art ?

Sans émettre le moindre bruit, la porte s'ouvrit d'elle-même, révélant une vaste pièce à vivre.

D'un geste de la main, elle lui fit signe d'entrer.

— Mon appartement, lui dit-elle avec une joie à peine dissimulée.

- 3 -

Elle n'aurait pas dû le laisser entrer chez elle. À la minute même où Luca passa le seuil de son appartement, Annalise comprit qu'elle avait commis une erreur stratégique.

Cet appartement, situé dans les locaux de l'hôtel, était son chez elle depuis six ans. Il était à son image ; elle avait pris tout le temps qu'il fallait pour le rendre exactement comme elle le souhaitait. L'espace était ouvert et lumineux. Il y avait des fenêtres partout, moins grandes, cependant, dans les chambres.

La vue était époustouflante, surtout la nuit. Toutes ces lumières, le glamour et l'agitation se détachant sur la vaste toile du désert.

Il était rare qu'elle laisse quelqu'un y entrer. Elle était même sortie avec des hommes à qui elle n'avait jamais fait passer sa porte. Cet endroit était son sanctuaire. Le lieu où elle décompressait et se sentait en sécurité.

Elle le regarda anxieusement traverser le séjour, toucher des objets du bout des doigts comme pour mieux se faire une opinion sur son espace personnel. Et si elle aurait préféré ne pas avoir à l'admettre, son opinion avait de l'importance à ses yeux ; raison pour laquelle elle se rendit dans la cuisine pour servir deux verres de vin avant de retourner dans le séjour s'asseoir sur l'un des confortables fauteuils.

Machinalement, elle se débarrassa de ses chaussures et replia ses jambes sous son corps avant de tremper ses lèvres dans le doux nectar.

Tout en l'observant, il haussa les sourcils mais ne fit pas de commentaire. Et il finit par prendre place dans le fauteuil en face d'elle.

— J'avais besoin d'un peu de temps, finit-elle par dire, comme il semblait obstinément déterminé à ne pas combler le silence.

— Je vois.

— Loin de vous.

— J'avais compris.

Décidément, il était vraiment agaçant.

— Et pourtant, vous êtes là.

Un sourire vint étirer les coins de ses lèvres viriles.

— Je suis là, répéta-t-il avant de goûter le vin qu'elle lui avait servi.

La grimace qu'il eut en avalant la vit éclater de rire.

— Ce n'est tout de même pas si mauvais que ça…

Comme s'il pouvait exploser à tout instant, il reposa prudemment son verre sur le bout de canapé.

— Je crois que je n'ai jamais goûté une chose aussi sucrée de ma vie. C'est horrible.

— Alors ne le buvez pas, dit-elle en haussant les épaules.

Comme s'il envisageait de rester là un bon moment, il s'appuya confortablement au dossier du fauteuil.

— Quand vous aurez fini de faire la tête, on pourrait peut-être commencer à travailler.

Elle eut envie de le gifler. Par nature, elle n'était pas une personne violente. D'ailleurs, elle ne supportait aucune forme de violence. Mais il semblait prendre plaisir à la pousser à bout. Et le plus agaçant, c'était qu'il le faisait avec un naturel et une aisance déconcertants.

Tout en soupirant, elle s'appuya à son tour sur les confortables coussins. Les réactions qu'il lui inspirait ne relevaient pas de sa responsabilité à lui, mais de la sienne. Il était comme il était. Et sa façon d'être lui mettait les nerfs à vif. Mais pour quelle raison ?

Il était égoïste et despotique. Et il n'était à l'évidence pas fait pour le travail d'équipe. Mais si, au bout du compte, il accomplissait sa mission… n'était-ce pas le plus important ? Elle avait déjà travaillé avec des personnes plus difficiles sans jamais perdre son sang-froid.

Alors, qu'y avait-il chez lui de différent ?

— Bien. Quelle est la prochaine étape ? demanda-t-elle

Plus vite ils auraient terminé ce qu'ils avaient à faire, plus vite il partirait de chez elle.

— J'ai isolé plusieurs de vos employés sur lesquels j'aimerais avoir davantage d'informations.

— Comment ça, isolé ? demanda-t-elle en redressant le dos.

— En passant en revue les fiches du personnel, j'ai identifié les personnes qui ont accès aux machines, à la sécurité, ou qui, de par la position importante qu'elles occupent dans la société, pourraient avoir la capacité de voler.

— Non.

Elle avait parfaitement compris ce qu'il voulait dire mais ne pouvait pas se diriger dans cette voie-là.

— Comment ça, non ?

— Ce n'est pas l'un de nos employés.

Lentement, il baissa la tête. Les mains appuyées sur ses genoux écartés, il se pencha en avant. Les muscles imposants de ses bras se tendirent, de même que ceux de ses jambes, attirant son attention là où elle n'aurait pas dû être attirée.

Sans paraître remarquer son trouble, il se mit à parler :

— Je comprends pourquoi vous ne souhaitez pas envisager cette possibilité, mais il y a de fortes chances pour que ce soit quelqu'un de l'intérieur.

Il avait prononcé ces mots d'une voix lente et mesurée, comme s'il s'adressait à un enfant qui avait besoin de temps pour comprendre le concept qu'il essayait d'exposer. Un ton qui, heureusement, eut pour effet d'annihiler le désir qui avait commencé à monter en elle.

— Quelqu'un qui a accès aux lieux et qui les connaît, reprit-il. Les vols sont continus et systématiques, pas le genre de gros coups de force qui vient généralement d'une source extérieure. Je pense que le voleur est un employé. Ou qu'il reçoit des informations de la part d'un employé.

Elle serra les dents. Elle comprenait ce qu'il voulait dire mais n'avait aucune envie d'y croire. Son esprit faisait obstruction à cette idée, refusant de la laisser prendre racine.

— Ces personnes sont plus que des employés pour moi. Je les considère comme ma famille.

— Mais ils ne sont pas de votre famille. Vous les payez pour qu'ils vous procurent un service. Finalement, il s'agit d'une transaction professionnelle, et rien de plus. Et si quelqu'un leur propose davantage d'argent, ou s'ils trouvent un moyen d'en gagner plus, ils n'hésiteront pas, croyez-moi.

L'expression qu'il arborait l'énervait au plus haut point. Il paraissait un peu déçu, mais surtout très condescendant. Il était évident qu'il la jugeait naïve. Mais de son point de vue, c'était lui qui ne comprenait pas.

Le seul moyen de l'en convaincre, cependant, était de le laisser perdre son temps à faire des recherches qui n'aboutiraient à rien.

— Bon. Si vous pensez que ça peut faire avancer les choses…

— Parfait. J'ai déjà demandé à quelqu'un de faire quelques recherches sur ceux que j'ai identifiés. En s'appuyant sur les informations qu'il a trouvées, il a réduit la liste à onze personnes, sur lesquelles j'aimerais connaître davantage de détails. Je vous ai envoyé la liste par e-mail. Pourriez-vous me procurer l'intégralité de leurs dossiers ? Et comme j'imagine que vous devez tous les connaître personnellement, j'aimerais par ailleurs avoir vos impressions et savoir si vous pensez qu'un ou plusieurs d'entre eux pourraient faire un candidat probable.

— Très bien, dit-elle en se tournant pour attraper le téléphone qui était directement connecté au standard de l'hôtel et aux bureaux de la direction.

Après avoir donné ses instructions à son assistante, elle appela le service restauration. S'ils devaient passer du temps ensemble, elle allait avoir besoin de quelque chose pour tenir. Autre que la colère et le vin. Mais elle ne se donna pas la peine de lui demander ce qu'il souhaitait manger. Il l'agaçait beaucoup trop pour mériter ce genre d'égards.

Tandis qu'elle parlait au téléphone, il s'était penché vers elle, comme pour mieux l'observer.

— C'est bien commode, hein ? finit-il par dire.

— Quoi ?

— D'avoir tout le monde à votre disposition.

— Je n'ai pas tout le monde à ma disposition.

— Vous vous moquez de moi ? demanda-t-il en haussant les sourcils.

Ulcérée, elle soupira bruyamment.

— Si mes souvenirs sont bons, j'ai dû aller vous chercher chez vous.

Un large sourire se dessina sur son beau visage.

— C'est vrai.

Cinq minutes plus tard, son assistante arrivait avec une pile de dossiers. Après les avoir déposés sur la table basse au milieu de la pièce, elle demanda à Annalise si elle avait besoin d'autre chose et finit par s'éclipser.

Curieusement, Annalise eut envie de se justifier, lui expliquer pourquoi elle avait besoin de ces dossiers. Le simple fait de consulter ces fiches lui donnait l'impression de trahir les femmes et les hommes qui travaillaient pour elle. Et pas seulement ceux dont elle consultait les dossiers ; tous, sans exception.

Une fois seule avec Luca et les documents, elle sentit un vague sentiment de mal-être s'emparer d'elle.

— Je vais vous faciliter la tâche, dit-il en rapprochant son fauteuil pour prendre le premier dossier de la pile. Parlez-moi de… Christine Tillman.

Elle eut envie de dire non encore une fois, mais elle savait que ça ne changerait rien. Aussi décida-t-elle de se concentrer sur les faits. Il n'y avait que comme ça qu'elle parviendrait à le convaincre qu'il faisait fausse route.

— Christine est notre responsable des comptes fournisseurs. C'est une mère seule, même si tous ses enfants travaillent ou sont à l'université à présent.

Elle ne se donna pas la peine d'ajouter que le Magnifique avait procuré une bourse annuelle à chacun d'entre eux pour aider Christine à payer leurs frais de scolarité. Ou que son fils aîné travaillait également pour le casino. Inutile de gaspiller sa salive, il savait probablement déjà tout ça.

— Elle travaille pour la société depuis environ douze ans, me semble-t-il.

— Alors votre père l'a embauchée avant que vous ne preniez la direction du casino ?

Pourquoi lui posait-il cette question ? Elle n'en avait aucune idée, ce qui ne l'empêcha cependant pas de répondre.

— Elle n'a été embauchée ni par moi ni par mon père. C'est le service des ressources humaines qui prend ce type de décision.

Lentement, il hocha la tête.

— Saviez-vous qu'il y a deux ans Mme Tillman a contracté un deuxième prêt hypothécaire sur sa maison pour payer les études de médecine de son fils ? Et qu'elle est à présent endettée jusqu'au cou ?

— Quoi ?

— Je prends ça pour un non.

— Non. Nous payons les frais de scolarité de tous les enfants des employés du Magnifique. Je suis certaine que les demandes de ses deux fils et de sa fille ont été acceptées. Nous leur avons versé presque vingt mille dollars par an. À chacun.

— Apparemment, ça n'a pas suffi, répondit-il en fronçant les sourcils.

— Ça ne veut pas dire qu'elle nous vole de l'argent.

— C'est vrai. Mais le fait qu'elle ait mystérieusement commencé à rembourser ses dettes il y a dix-huit mois de cela pourrait aller dans ce sens.

Était-ce possible ? Elle savait que Christine avait dû s'occuper de la dépendance de ses parents âgés en même temps qu'elle avait dû payer les études de ses fils. Et elle avait personnellement veillé à ce qu'elle profite de toutes les aides que proposait l'entreprise.

Mais si ça n'avait pas été suffisant ?

Le doute commençait à s'insinuer en elle, ne faisant qu'accroître sa tension. Un frisson glacial lui parcourut le dos, signe précurseur de cette anxiété qu'elle avait si souvent ressenti au cours de son enfance.

Elle détestait cela et elle lui en voulait grandement d'être la source de son angoisse. Elle avait fait beaucoup d'efforts pour surmonter le contrecoup du choc qu'elle avait vécu. Et en moins d'une heure, il était parvenu à réveiller ces horribles sensations physiques.

Elle connaissait Christine depuis très longtemps. Cette dame, qui travaillait à la comptabilité depuis des années, était très douée pour son travail. Elle avait peu à peu gravi les échelons et dirigeait à présent son propre service. Était-elle en mesure de dérober de l'argent au casino ? Était-elle capable de faire une chose pareille ?

Non. Annalise ne laissera pas les paroles de Luca influencer l'opinion qu'elle avait de ses employés. Des personnes avec qui elle avait passé beaucoup plus de temps que l'homme qui se trouvait en face d'elle.

— Les parents de Christine sont morts tous les deux, presque en même temps. Sa mère avait la maladie d'Alzheimer depuis cinq ans environ, son père un cancer. Ils sont morts à quatre mois d'intervalle. Ça a été une période très difficile pour elle.

— Je sais. L'argent provient sans doute de leur héritage. C'est en tout cas ce que Joker a conclu de ses recherches. Mais je voulais tout de même avoir votre opinion à ce sujet.

Tout en fixant son regard sur lui, elle plissa les yeux.

— Qui est Joker ?

— Notre pirate, répondit-il d'une voix assurée.

— Je vous demande pardon ?

— Vous m'avez très bien entendu.

— Je croyais que le piratage était illégal.

Relevant les yeux de la pile de dossiers qui se trouvait face à lui, il lui adressa un sourire qui avait quelque chose de carnassier.

— Joker est toujours à la limite de la légalité. Mais il ne franchit pas cette limite. Ou pas souvent.

D'une main tremblante, elle reposa sur la table le dossier qu'elle était en train de consulter.

— Je ne peux pas m'engager dans quelque chose d'illégal, Luca. Nous ne pouvons pas prendre le risque de perdre notre licence.

L'air dubitatif, il haussa les sourcils.

— Ah oui ? Votre père ne semblait pas avoir peur d'enfreindre la loi il y a huit ans quand il m'a passé à tabac sous vos yeux.

Combien de fois encore allait-il soulever ce sujet ? À chaque fois qu'il le faisait, elle sentait son estomac se contracter, sa gorge se nouer. Ces souvenirs étaient tellement horribles…

— Je n'avais aucun contrôle sur les actions de mon père à cette époque.

— Mais vous n'avez rien fait, si je ne m'abuse. À part regarder les bras croisés.

Elle commençait vraiment à en avoir assez.

— C'est exact. Je n'ai rien fait parce que j'étais jeune et parce que j'avais peur. Je ne préférerais pas raviver le souvenir de cette soirée, qui m'a donné des cauchemars pendant des années.

Il eut un petit sourire amusé.

— Je suis désolé que vous ayez souffert psychologiquement, princesse, dit-il en portant un regard appuyé sur sa jambe droite, comme pour mieux lui rappeler les séquelles qu'il avait gardées.

Ce qui, naturellement, ne fit que renforcer la tension qu'elle sentait toujours en elle.

— Je n'ignore pas votre douleur, Luca. Et je ne cherche pas à excuser ce qui s'est passé. Mon père a eu tort. Point. Et nous n'opérons plus comme ça à présent. Depuis bien longtemps.

C'est-à-dire depuis qu'elle avait repris la direction du casino.

Après cette soirée, elle avait eu une longue conversation avec son père, au cours de laquelle elle avait fait une chose qu'elle aurait dû faire depuis des années : se confier à lui au sujet de ce que son frère et elle avaient vécu le soir où leur mère avait été assassinée. La violence dont Luca avait été victime avait réveillé des souvenirs de la violence dont avait été victime sa mère, juste avant sa mort. Et du sentiment d'impuissance absolue qu'elle avait ressenti ce soir-là, ainsi que quantité d'autres soirs auparavant. Des choses qu'elle n'avait jamais dites à son père parce que le monde entier, y compris la police, avait cru la version de son beau-père : ivre, sa mère avait eu un épisode de folie et était tombée de l'escalier.

Elle n'aimait pas l'idée que ce soit Luca qui ait payé le prix de la catharsis qui avait découlé de sa douleur, mais il n'y avait rien qu'elle pouvait faire pour changer le passé.

Ce soir-là, elle avait pris conscience du fait que son père était humain et n'était pas toujours un homme gentil. Cela avait été une révélation, de celles qui n'ont absolument rien de réconfortant. Elle s'était alors juré de changer la façon dont opérait le Magnifique et avait immédiatement entrepris une thérapie pour essayer de surmonter son traumatisme.

— Ce qui s'est passé à cette époque n'a rien à voir avec notre problème, de toute façon. Vous avez fait appel à un pirate qui agit dans les limites de la légalité pour enquêter sur mes employés à mon insu. Je ne suis pas d'accord, Luca.

S'étant adossé au fauteuil, il la regarda pendant un long moment.

— Vous avez raison. Veuillez m'excuser, finit-il par dire.

La sincérité qu'elle avait perçue dans le ton de sa voix l'apaisa un peu. Elle ne s'attendait pas à ce qu'il admette si facilement qu'il avait dépassé les bornes.

— Merci, dit-elle en se laissant à son tour aller contre le dossier.

Mais il lui fallait toujours lutter contre la colère qu'elle sentait courir sous sa peau. Curieusement, alors même qu'il avait admis ses torts, elle éprouvait toujours un peu de rancœur à son égard.

— C'est une violation de la vie privée.

Il secoua la tête.

— Le concept de vie privée est une illusion. Joker a consulté des informations sans restriction d'accès pour rassembler des données sur ces personnes. Certes, il a les moyens de s'infiltrer dans certains sites s'il le désire, mais il n'a pas eu besoin d'en arriver là. La plupart des gens ne se posent même pas de question avant de divulguer sur le Net des informations d'ordre strictement personnel. Et par conséquent, il est très facile de les retrouver et de se renseigner sur eux.

Elle avait perçu dans le ton de sa voix de la colère et de la déception.

— En quoi cela vous gêne-t-il ?

— En qualité de programmateur, je considère ce type de comportement comme des failles, faciles à exploiter. Il en va de même pour votre problème. Manifestement, vous avez une faille que quelqu'un a trouvé le moyen d'exploiter. Il nous faut trouver cette faille, la personne qui l'a également trouvée, et comprendre comment elle l'a trouvée.

— Et pourquoi.

De nouveau, il secoua la tête.

— Le pourquoi n'a aucune importance.

Tout en plissant les yeux, elle soupira. Il s'agissait là d'une question sur laquelle elle ne pensait pas qu'ils pourraient se mettre d'accord. Au fond d'elle, elle avait besoin de comprendre pourquoi cette personne volait l'argent du Magnifique, surtout si Luca disait vrai et que c'était bien l'un de ses employés. Elle voulait savoir qui, parmi les personnes qu'elle considérait comme sa famille, avait pu trahir tout ce qu'ils avaient bâti et tout ce pour quoi ils avaient travaillé.

— C'est important pour moi.

Évidemment que c'était important pour Annalise : elle s'impliquait émotionnellement non seulement dans les affaires mais aussi avec les personnes qui travaillaient pour elle. Et ainsi, elle s'était bâti une famille qui n'existait que dans son esprit.

Les gens ne sont pas loyaux. Ils s'occupent d'eux en premier, ils aident les autres ensuite. Mais encore faut-il que cela n'entre pas en conflit avec leurs propres désirs et besoins.

Luca avait compris dès son plus jeune âge qu'il ne pouvait

compter sur personne d'autre que lui-même. De façon générale, il n'avait confiance en personne. Ou plutôt si, mais seulement quand il comprenait les motivations des gens. Parce qu'il pouvait ainsi prédire leurs actions et réactions.

Et s'épargner ainsi conflits, pertes de temps et souffrances.

Parfois, Annalise était prévisible. C'était une accro au travail. Le Magnifique et les employés qui travaillent pour elle étaient toute sa vie. Elle ne passait que peu de temps hors des murs du casino, et quand c'était le cas, seule une petite poignée de proches était autorisée à se rapprocher d'elle.

Sur ce plan, ils étaient très similaires. Il ne fréquentait qu'un cercle restreint de personnes.

Mais sur d'autres aspects, elle était un mystère total pour lui. La façon dont son esprit fonctionnait le fascinait totalement.

Plus il passait de temps avec elle, plus il était curieux d'en savoir davantage. Ayant ouvert un autre dossier, il se remit à l'interroger sur les employés que Joker et lui avaient identifiés comme de potentiels suspects. Sans avoir à consulter ses notes, elle était capable de lui fournir un rapport détaillé sur chacun d'entre eux. Elle savait tout, jusqu'aux prénoms de leur conjoint et de leurs enfants, leur âge, leur passe-temps, leurs objectifs.

Ce n'étaient pas ses amis, pas vraiment. Elle ne fréquentait personne en dehors de son environnement professionnel. Elle ne se confiait pas à ces gens. Mais à l'évidence, ils se confiaient à elle. Ils comptaient sur elle, et elle se sentait à sa place dans ce rôle de protectrice.

Ils avaient passé environ une heure à étudier les dossiers quand le dîner qu'ils avaient commandé arriva. Après avoir déposé le tout sur la table basse, il prit place sur le canapé à côté d'elle. Et ils continuèrent de travailler en savourant les délicieux plats qu'on leur avait apportés : steaks, pommes de terre et salades. Annalise leur avait servi à tous deux un verre de vin. Sec et rouge, cette fois-ci, il s'accordait à merveille avec la viande.

Plusieurs heures s'écoulèrent avant qu'ils ne finissent par se laisser retomber sur les confortables coussins du canapé. Il avait mal au dos d'être resté penché et commençait à souffrir de maux de tête. Étirant ses jambes pour essayer de soulager la tension de ses muscles, il poussa un sourd grognement.

À côté de lui, elle tressaillit.

Il observa les assiettes vides et les papiers éparpillés sur la table. Il lui arrivait souvent de travailler tard le soir. Et même toute la nuit, comme le jour où elle s'était présentée chez lui. Mais il était rare qu'au terme d'une longue séance telle que celle-ci, il se sente revigoré plutôt que vidé.

Il adorait l'écouter parler. Défendre ceux qui, à ses yeux, avaient besoin de son soutien. Et céder quand on la mettait face à l'évidence en lui expliquant qu'elle ne connaissait peut-être pas telle ou telle personne aussi bien qu'elle ne le pensait.

Ces concessions, de part et d'autre, n'étaient pas une chose à laquelle il était habitué. Mais cela lui plaisait.

Instinctivement, il se tourna vers elle. Non, c'était elle qui lui plaisait.

Elle était pelotonnée à l'extrémité du canapé, qui était à l'évidence son endroit préféré. Ses jambes étaient repliées sous son corps mince et élancé, mais il ne distinguait de ses pieds que ses ongles, vernis de rouge. Ses joues étaient légèrement roses et ses yeux de miel parfaitement clairs.

Plus il la regardait et plus il brûlait d'envie de l'attirer contre lui. Goûter ses lèvres couleur framboise, découvrir si elles étaient aussi douces qu'elles en avaient l'air.

Peut-être était-ce le vin, même s'il n'en avait bu que deux verres. Ou peut-être était-ce elle, tout simplement. Quoi qu'il en soit, sur un coup de tête, il céda à son désir.

Et au moment où il la prit dans ses bras pour la placer à

califourchon sur ses genoux, il lui sembla qu'elle était aussi légère qu'une plume.

Après ça, il attendit. Qu'elle proteste. Qu'elle le gifle. Qu'elle fasse quelque chose. Mais elle finit par pencher la tête et ce fut elle qui prit l'initiative du baiser.

Au moment où ses lèvres entrèrent en contact avec les siennes, tout sembla disparaître autour de lui. Les sons, la lumière. Il n'y avait plus qu'elle contre lui.

Le goût de sa bouche était doux et sucré, en parfait accord avec elle. Instinctivement, il glissa les doigts dans ses longs cheveux blonds. Et il serra les poings pour mieux sentir leur texture soyeuse et mieux prendre possession de sa bouche.

Immédiatement, elle s'ouvrit à lui, fondant son corps voluptueux contre le sien.

Leurs murmures d'approbation se mêlaient entre leurs lèvres.

Elle finit par cambrer les hanches, pressant son corps contre son sexe dur et lui montrant ainsi clairement à quel point elle avait envie de lui.

Mais soudain, brutalement, elle se leva, recula de plusieurs pas.

— Non, fit-elle.

Sa respiration était saccadée, ses yeux brûlants de désir, ses lèvres humides et gonflées par la passion.

Mais ce simple mot était autrement plus important que ces signaux prouvant qu'elle avait apprécié ce qu'ils venaient de partager.

Tout en hochant la tête, il se leva pour se rapprocher d'elle. Mais elle tendit les bras pour le tenir à distance. Et quand il la vit se recroqueviller un peu sur elle-même, comme si elle anticipait un coup, il sentit son cœur se serrer douloureusement.

— Je ne te toucherai pas, Annalise. Je voulais juste m'excuser. Je n'aurais pas dû faire ça.

Elle tourna son regard vers la fenêtre, qu'elle observa quelques instants, les lèvres pincées. Un lourd soupir finit par s'échapper de ses poumons.

À sa grande déception, il n'y avait plus rien de sensuel dans ses yeux quand elle se remit à le regarder.

— Non. Tu m'as laissé le choix. Mais ça ne doit pas se reproduire. Je ne mélange pas le plaisir et les affaires.

Il se surprit à sourire.

— Quelque chose me dit que tu ne mélanges pas le plaisir avec quoi que ce soit bien souvent. C'est dommage, princesse. Tu étais sexy en diable quand tu étais dans mes bras.

Elle ne répondit pas, se bornant à secouer la tête.

— Bonne nuit, lui chuchota-t-il à l'oreille, après s'être rapproché un peu.

Et il s'en alla. Bien malgré lui.

- 4 -

Deux jours s'étaient écoulés depuis le baiser. Deux jours au cours desquels Luca et elle avaient passé des heures ensemble à éplucher des dossiers et discuter de son entreprise et de ses employés. D'un côté, ces séances de travail la laissaient avec un profond sentiment d'épuisement émotionnel. Car il lui fallait constamment se défendre et défendre son entreprise et les personnes avec qui elle travaillait. Mais d'un autre côté, le soir, elle rentrait chez elle tout excitée de s'être trouvée dans la même pièce que lui.

Plus elle passait de temps avec lui, plus il lui semblait qu'elle s'était trompée à son sujet. Il était intelligent, plein de ressources et de détermination. Il ne cherchait ni à brûler les étapes ni à prendre le chemin le plus facile. Si, pour trouver la réponse à sa question, il lui fallait passer des heures à étudier des documents, alors il le faisait.

Il était très pointilleux, très exigeant. Il n'hésitait pas à remettre en question les décisions qu'elle avait prises ou à pointer du doigt les membres de son personnel. Rien ni personne n'était épargné.

À mesure que le temps passait, il lui était de plus en plus difficile d'ignorer le désir qui coulait dans ses veines. À plusieurs reprises, elle se surprit à regarder sa bouche, à rêver qu'il l'embrasse à nouveau.

Et qu'ils poursuivent sur cette voie lascive.

Mais céder à la tentation aurait été une erreur.

La frustration ne cessait de croître en elle, non seulement

parce qu'ils n'avaient toujours aucune piste pour découvrir l'identité du voleur, mais aussi parce que, plus ils passaient de temps ensemble, plus elle avait du mal à se rappeler les raisons pour lesquelles elle ne devait surtout pas l'embrasser.

Elle avait besoin de faire une pause. Besoin d'un peu d'espace pour respirer ; raison pour laquelle elle était descendue au rez-de-chaussée pour faire le tour de son casino.

Et elle était furieuse parce qu'elle sentait à présent que les soupçons de Luca influençaient le regard qu'elle portait sur ses employés. Elle observait les caissiers et les croupiers de plus près. Et elle alla même jusqu'à s'arrêter pour scruter un agent d'entretien qui désinfectait les machines à sous.

Elle détestait l'état d'esprit suspicieux dans lequel elle se trouvait à présent. Juste après la mort de sa mère, elle avait dû faire face à quelque chose de similaire. Elle ne parvenait plus à se fier aux personnes de son entourage. Il lui avait fallu faire beaucoup d'efforts pour réapprendre à accorder sa confiance.

Et sans le vouloir, Luca lui avait volé le fruit de ces efforts.

Ou plutôt non, pas exactement. Car c'était elle qui lui avait octroyé le pouvoir d'influencer ses sentiments et ses émotions.

Perdue dans ses pensées, elle continua à arpenter la grande salle de jeu. Et tout à coup, il apparut à son côté.

— Coucou. Je commençais à me demander si tu ne t'étais pas perdue.

— Comment veux-tu que je me perde dans mon propre casino ? répondit-elle, agacée. C'était déjà mon terrain de jeu quand j'étais petite. Je le connais dans ses moindres recoins.

Il eut alors un sourire entendu.

— Alors tu cherches à m'éviter.

Sans qu'elle ne puisse expliquer pourquoi, elle sentit soudain son cœur cogner contre sa poitrine.

— Non, répondit-elle.

Mais le ton de sa voix lui parut à elle-même trop insistant pour être crédible.

Il ne laisserait pas passer ça, c'était certain.

Déjà, une lueur malicieuse s'était allumée dans ses yeux gris acier.

— Avoue que tu penses à ce baiser à chaque fois qu'on est ensemble. Moi aussi, j'y pense.

Son épaule avait frôlé la sienne, envoyant de petites décharges de désir dans son corps tout entier.

— Pas moi.

Encore un mensonge. Mais en quoi cet homme était-il en train de la transformer ?

— Hm hm, fit-il d'un air sceptique.

Il était malin. Il l'avait mise dans une situation délicate. Si elle continuait à nier, elle aurait l'air de trop protester et ne serait pas crédible. Et si elle lui avouait qu'elle avait très envie de répéter ce baiser, il la plaquerait contre le mur le plus proche pour joindre fougueusement ses lèvres aux siennes. C'était certain.

Elle ne pouvait pas sortir victorieuse de cette conversation.

Heureusement, son assistante, qui semblait venir à leur rencontre, lui épargna la peine de décider laquelle des deux options était la pire.

Elle poussa peut-être un soupir de soulagement. Ce fut en tout cas l'impression qu'elle eut. Mais juste avant qu'Amanda n'arrive, il se rapprocha d'elle. Et elle sentit la chaleur de son souffle contre sa peau quand il murmura :

— Cette conversation n'est pas terminée.

Si, elle l'était. Une conversation nécessite l'engagement d'au moins deux personnes. Or, elle n'avait aucune envie de participer. Mais il lui faudrait lui faire comprendre cela plus tard.

— Je suis désolée de vous déranger, Annalise, mais nous

sommes confrontés à un problème que je dois absolument vous signaler.

— Je te prie de m'excuser, dit-elle à Luca avant de commencer à s'éloigner avec son assistante.

Mais naturellement, il fit comme s'il n'avait pas compris le message. Et il les suivit jusqu'à l'ascenseur.

Les bureaux des employés étaient dispersés dans tout le bâtiment, mais ceux de la direction, des ressources humaines et de la comptabilité étaient concentrés au premier étage. Dans le hall d'accueil, ils trouvèrent une jeune femme assise, les yeux humides de larmes.

Annalise, qui reconnut immédiatement Carmen, se hâta de s'approcher.

— Qu'est-ce qui se passe ? demanda-t-elle en s'accroupissant devant elle pour prendre ses mains dans les siennes.

De nouvelles larmes se mirent à couler des grands yeux bruns de Carmen. Tout en secouant la tête, elle fit mine de parler, mais aucun son ne sortit de ses lèvres tremblantes.

Amanda lui tendit un mouchoir en papier.

— Carmen vient d'apprendre que son père et son frère ont eu un accident de voiture. Ils ont été transportés à l'hôpital, son frère par ambulance et son frère par hélicoptère.

— Conduisez-la là-bas, lui dit Annalise sans se détourner de Carmen. À quel hôpital ont-ils été emmenés ?

— Ils sont à Chicago.

— Y a-t-il quelqu'un qui pourrait venir vous chercher ? demanda Annalise à la jeune femme en serrant doucement ses mains dans les siennes.

Carmen finit par retrouver sa voix.

— Ma colocataire est en chemin, balbutia-t-elle.

— Bien. Très bien. Amanda va vous réserver le premier vol pour Chicago.

Carmen secoua la tête et une avalanche de larmes se mit à ruisseler sur ses joues.

— Je n'ai pas les moyens d'acheter un billet d'avion.

Annalise avait de la peine pour elle. Elle n'avait aucun mal à imaginer la peur et les doutes qui devaient la ronger. Sans parler de la culpabilité de ne pas pouvoir rentrer retrouver sa famille au moment où celle-ci avait le plus besoin d'elle.

— Vous ne m'avez pas comprise. Ce billet d'avion, je vous l'offre. Et si votre colocataire peut venir avec vous, je serais ravie de lui en payer un à elle aussi. Il faut que vous soyez avec votre famille, Carmen. Et je ferai tout ce qui est en mon pouvoir pour vous y aider.

Le visage de la jeune femme s'était décomposé. Dans un premier temps, Annalise crut que c'était le chagrin, mais quand Carmen se pencha vers elle pour la serrer dans ses bras, elle comprit qu'il s'agissait en réalité d'une réaction de gratitude.

— Merci, souffla la jeune femme. Merci.

Pour essayer de la réconforter, Annalise lui tapota doucement le dos.

— Prenez tout le temps dont vous aurez besoin. Et n'hésitez pas à appeler pour nous donner des nouvelles et nous dire si nous pouvons faire autre chose pour vous aider.

Son expérience personnelle la poussa à rester avec la jeune femme, qu'elle laissa pleurer de peur et de chagrin, avancer dans le processus du traumatisme. Dix minutes plus tard, sa colocataire arrivait. Amanda se mit immédiatement à lui parler, sans doute pour obtenir les informations dont elle avait besoin pour réserver les billets.

Ce fut à ce moment-là qu'Annalise décida de s'éclipser, laissant Carmen entre les mains responsables de son assistante. Elle savait qu'Amanda s'occuperait de tout exactement comme elle l'aurait fait à sa place. En avançant vers la sortie, elle s'aperçut que Luca était toujours là. Appuyé contre le mur, en face de la porte, il attendait.

Elle avait complètement oublié sa présence.

Les mains enfoncées dans les poches de son pantalon, il l'observait de ses yeux orageux. Qui lui donnaient le sentiment d'être… espionnée. Une sensation si désagréable qu'elle eut envie de retourner dans le hall d'accueil. Retrouver la sécurité que lui apportaient les autres, ne pas avoir à se confronter à l'homme qui se tenait là et qui l'attendait.

Mais elle n'était pas une lâche. Et elle ne se laisserait pas intimider. Surtout pas par lui.

— Tu n'étais pas obligé de m'attendre, tu aurais pu retourner à mon bureau.

— Et manquer le spectacle ?

— Le spectacle ? répéta-t-elle, furieuse. C'est ainsi que tu décris les inquiétudes de cette jeune femme pour sa famille, sa tristesse d'être si loin des siens, son sentiment d'impuissance face à la situation ?

Mais qu'est-ce qui n'allait pas chez lui ?

— Non. Ce n'était pas d'elle que je parlais. L'épreuve qu'elle traverse est horrible. Tragique. Mais c'est la vie, non ? Il arrive tous les jours des choses terribles aux meilleurs d'entre nous.

À la façon dont il avait prononcé ces mots, froidement et durement, elle pensait pouvoir dire qu'il avait lui-même connu son lot de tragédies. Et rien qu'à y songer, elle sentit son cœur se serrer douloureusement.

Ce qui ne constituait cependant pas une raison suffisante pour laisser passer son attitude cynique.

— Peut-être, mais ça ne veut pas dire pour autant que ces personnes ne méritent pas notre compassion.

— Naturellement.

À bout de patience, elle serra les poings.

— Alors je ne comprends pas ce que tu as voulu dire.

— C'était de toi dont je parlais. Annalise, la sauveuse.

Là, il avait vraiment dépassé les bornes.

— Aider quelqu'un dans le besoin ne fait pas de moi une sauveuse.

Cela faisait d'elle quelqu'un de compatissant et de compréhensif, des caractéristiques qui étaient des qualités, de son point de vue.

Pour sa part, il avait repris son expression sceptique.

— À ta place, la plupart des dirigeants se seraient juste assurés qu'elle rentre chez elle. Au grand maximum, ils auraient appelé sa colocataire pour qu'elle vienne la chercher. Tu es allée bien au-delà de cela, Annalise.

— Et alors ? J'étais en mesure de résoudre un problème majeur dans la vie d'une femme sans que cela ait le moindre impact sur ma propre existence. Lui retirer un peu de la pression qui pesait sur ses épaules en ce moment particulièrement difficile. J'aurais été une garce si je ne l'avais pas aidée.

— Non. Tu aurais été une personne normale.

— Alors je n'ai pas envie d'être normale, répliqua-t-elle, ulcérée.

Les coins de sa bouche s'étirèrent. Encore ce sourire entendu.

— Tu es loin de l'être. Tu es spéciale.

Luca n'avait aucune envie d'apprécier Annalise.

Il aurait voulu garder d'elle l'image de la jeune fille qui était restée dans un coin les bras croisés tandis que son père ordonnait à ses hommes de le battre à mort. Il aurait voulu la détester. Lui imputer la responsabilité des blessures physiques qui lui avaient été occasionnées.

Mais il n'y arrivait pas.

Elle n'était pas sans pitié comme son père. Loin de là.

Elle avait porté secours à Carmen. Mais surtout, elle n'avait pas hésité une seule seconde avant de lui proposer son aide. Il n'y avait aucun calcul derrière ses actions, ce qui, dans le monde où il vivait, était rarissime. Personne ne fait jamais rien sans motivation relative à des intérêts personnels.

Personne, sauf elle.

Son action avait eu un impact immensément positif sur la vie de cette jeune femme.

Et elle ne se rendait pas compte du bien qu'elle avait fait, c'était certain.

Mais lui si. Parce qu'il y avait eu une époque de sa vie où il s'était trouvé dans une situation semblable à celle de Carmen. Démuni, dévasté, sans personne pour le réconforter.

À partir de l'âge de sept ans, il n'avait pu compter sur personne d'autre que sur lui-même. Il avait toujours été seul. Sans famille, sans personne pour se soucier de lui.

Carmen avait de la chance. Et Annalise, aussi.

Car elle se souciait vraiment des personnes qui l'entouraient. Ce qui était extrêmement rare.

Personne ne s'était jamais soucié de lui. Il n'avait jamais appartenu à une famille semblable à celle qu'elle avait bâtie au Magnifique. Et encore moins à une vraie.

Tout au fond de lui, son désir pour elle s'était intensifié. Mais ce n'était plus seulement physique. Il y avait autre chose.

Il s'était convaincu, il y avait bien longtemps de cela, qu'il n'avait ni envie ni besoin du genre d'existence auquel elle semblait aspirer. Faire partie d'un vaste ensemble. S'appuyer sur les autres. Dépendre d'eux pour certaines choses. Tout cela ne pouvait mener qu'à des déceptions.

Mais il se rendait compte à présent que son raisonnement était erroné. Il avait simplement cherché à se protéger. Car dès le début de son adolescence, il avait compris que la vie n'était pas une sitcom. Qu'aucun membre de sa famille éloignée ne viendrait jamais le chercher. Qu'aucun couple sympathique et amusant ne déciderait jamais de l'adopter.

Mais à présent qu'il avait trente ans, il avait envie de ce qu'Annalise avait. Des liens. Des amis pour combattre la solitude. Quelqu'un pour le faire taire quand il s'égarait et le rappeler à l'ordre quand il se comportait comme un idiot. Quelqu'un pour le faire rire et sourire.

Le problème était qu'il ne pouvait pas avoir tout ça. Parce que ce n'était pas comme ça que la vie fonctionnait. Ou du moins pas la sienne.

Mais il pouvait peut-être se contenter de prendre ce qu'il pouvait prendre, savourer le bonheur de se trouver en marge du vaste et chaleureux ensemble qu'elle avait créé.

Quoi qu'il en soit, il avait envie d'elle. Et cette envie n'était pas simplement motivée par du désir physique, même s'il brûlait toujours d'envie de caresser son corps si voluptueux. Comme pour tous les autres problèmes et énigmes qu'il avait dû régler dans sa vie, il avait besoin d'analyser et de comprendre.

Qu'est-ce qui faisait que les autres étaient attirés vers elle ? Qu'est-ce qui les convainquait de se fier et se confier à elle ?

Il ne savait pas, mais il avait envie de le découvrir.

Côte à côte, ils traversèrent la salle de jeu. Il était tard d'un point de vue général, mais tôt pour le monde du casino. En consultant sa montre, il vit qu'il était près de minuit. Il n'aurait jamais pu le deviner en regardant autour de lui. La salle était pleine de clients, de néons, de bruit.

Il finit par ralentir son allure. Pas pour observer les clients, non. Juste parce qu'il n'était pas prêt à la laisser partir. Il cherchait à repousser l'inévitable.

Pour éviter le chemin qui menait à la sortie, il passa entre deux rangées de machines à sous. Elle fit quelques pas dans la direction opposée avant de se rendre compte qu'il avait fait un détour. Et aussitôt, elle vint le rejoindre.

Cela faisait bien longtemps qu'il n'avait pas mis les pieds dans une salle de jeu. Et soudain, il se rendit compte que quelque chose avait changé. Il n'arrivait pas à mettre le doigt dessus, mais…

Le bruit. C'était ça.

Toutes les machines ronronnaient. On entendait bien des tintements, des sifflements. Et en fond sonore, on percevait bien le cliquettement des roulettes, qui accéléraient et décéléraient.

Mais ces bruits étaient génériques et trop parfaits.

Le tintement métallique des pièces était digitalisé, pas réel. Aucune des machines n'était pourvue d'un mécanisme qui tournait. Tout était informatisé.

En observant les joueurs, il s'aperçut qu'ils n'avaient plus de petits sceaux pour récolter leurs pièces. Toutes les machines étaient munies d'une fente horizontale, dans laquelle une carte était insérée.

— Qu'est-ce que c'est que ces cartes qu'ils utilisent ?

Il ne s'était pas donné la peine de se tourner vers elle, il savait qu'elle était là. Il la sentait dans l'excitation qui palpitait dans ses veines.

— Ce sont des cartes de joueurs. Toutes les machines à sous en sont équipées. Aux tables, on utilise toujours des jetons et de l'argent liquide, même si certaines choses ont été digitalisées également.

— Elles fonctionnent comme des cartes bancaires ? Débit et crédit ?

— Entre autres choses, oui.

— Et quelles sont ces autres choses ?

Son esprit fonctionnait désormais à toute allure, dressant la liste de toutes les possibilités et toutes les conséquences que ces informations impliquaient.

Manifestement déstabilisée par la question, elle fronça les sourcils. Mais finit par répondre.

— Nous utilisons ces cartes, comme n'importe quel mécanisme de suivi, pour collecter des données. Nous pouvons ainsi identifier nos clients réguliers et les récompenser de leur fidélité. Qu'ils gagnent ou qu'ils perdent, nous leur procurons des avantages.

Cette explication le poussa à rire un peu.

— Ça veut dire que si une mamie gagne trois mille dollars aux machines à sou, vous lui offrez un séjour tous frais payés à l'hôtel, pour vous assurer qu'elle perdra bien l'argent gagné dans votre casino ?

— Ce n'est pas comme ça que ça fonctionne, répondit-elle en fronçant les sourcils. Nous ne suivons pas spécifiquement les gagnants. Nous collectons des données. Les machines qui sont délaissées, les machines qui sont préférées, les outils marketing qui prouvent leur efficacité, etc.

Il finit par hocher la tête. Il comprenait mieux à présent. Ces cartes n'étaient qu'un outil pour diriger l'entreprise de façon plus efficace.

— Et les machines qui reversent plus d'argent qu'elles ne le devraient.

— Exactement.

— Mais vous vous servez de ces cartes pour récompenser vos bons clients ?

— Tout à fait. Ça fonctionne sur un système de points. Les joueurs récoltent des points à chaque partie et reçoivent des récompenses quand ils atteignent certains paliers.

Tandis qu'elle parlait, il avait continué d'observer les machines. Mais quand il se retourna face à elle, il se rendit compte qu'il était plus près qu'il ne l'avait anticipé. Involontairement, il avait effleuré sa cuisse. Volontairement, il passa son bras autour de la fine courbe de sa taille pour l'attirer près de lui.

Il l'entendit reprendre bruyamment son souffle. Ses seins fermes se soulevèrent alors un peu, il les sentit glisser contre son torse.

Elle avait relevé la tête vers lui et son regard paraissait

troublé. Cependant, cette expression de surprise ne tarda pas à laisser place à une sensualité pleine de désir face à laquelle il sentit aussitôt son sang se changer en lave.

Mais soudain, elle plaça ses mains sur les siennes pour lui écarter les bras et se libérer de son étreinte.

La maîtrise de soi dont elle faisait preuve avait quelque chose d'à la fois impressionnant et frustrant.

Mais compte tenu du lieu dans lequel ils se trouvaient, il ne pouvait pas insister. Dans une entreprise, le supérieur est toujours étroitement surveillé par ses employés.

— J'aurais besoin de la liste des personnes ayant fait les plus gros gains aux machines à sous.

Pensivement, elle le regarda en étrécissant les yeux.

— Tu crois que les cartes de fidélités pourraient nous permettre d'établir un lien entre certains clients et l'augmentation des gains de ces derniers mois ?

— Exactement. Je ne pense pas qu'elles nous aideront à retrouver le coupable. Mais au moins, on pourra identifier des suspects.

— On aura donc une liste, dit-elle en inclinant la tête sur le côté. Mais ça ne nous expliquera pas comment l'argent est volé.

C'était une réflexion tout à fait pertinente.

— Non. Mais ce sera déjà un bon point de départ.

- 5 -

Cela commençait à devenir une habitude. Une habitude qui ne plaisait pas du tout à Annalise. Douze heures après qu'elle lui eut procuré la liste de clients qu'il avait demandée, Luca avait déjà trouvé un moyen de la mettre dans une rage folle.

Arrivée dans le bureau dont il avait pris possession, elle referma la porte en la claquant derrière elle.

Elle avait passé vingt minutes à essayer d'apaiser un gros client, lui-même furieux à cause de Luca, qui venait de l'appeler. Diriger cette entreprise était déjà suffisamment difficile comme ça. Elle n'avait pas besoin qu'il vienne lui mettre ses meilleurs clients à dos.

— Qu'est-ce qui te prend ?

Lentement, il releva la tête vers elle. Et après avoir porté sur son corps un regard viril et appréciateur, il se reconcentra sur l'écran qui était en face de lui.

— J'essaie de déterminer comment fonctionne la programmation de tes petites cartes de fidélité.

— Ah oui ? C'est bizarre, parce que, après le coup de téléphone que je viens de recevoir, j'aurais plutôt eu tendance à penser que tu harcelais les clients du Magnifique.

Un léger sourire se dessina sur son visage, mais il eut l'intelligence de le réprimer.

— Je ne vois pas de quoi tu parles.

— Tu mens ! Tu vois très bien de quoi je parle. Si je t'ai procuré ces informations sur les clients, ce n'est certainement pas pour que tu les harcèles.

— La conversation que j'ai eue avec cet homme n'avait rien à voir avec du harcèlement.

— Il se trouve que l'opinion de M. Harding diffère nettement de la tienne. Il s'est senti agressé. Je viens de passer vingt minutes à le calmer et à lui expliquer que le Magnifique n'utilisait pas les cartes de fidélité de ses clients pour essayer de traquer leurs habitudes.

— C'est pourtant le cas.

— En effet. Et M. Harding est suffisamment intelligent pour le comprendre. Mais il y a une différence entre imaginer vaguement les faits, et entendre quelqu'un vous expliquer leur fonctionnement précis pour vous faire ensuite passer un interrogatoire sur vos habitudes de jeu.

— Quel abruti… fit-il en secouant la tête.

— De mon point de vue, c'est toi l'abruti. On ne peut pas traiter les clients de cette façon. Si tu continues, nous allons tous les perdre. C'est ça que tu veux ? Tu essaies de nous faire faire faillite ?

Les mots étaient sortis de sa bouche sans même qu'elle ne s'en rende compte, mais à présent qu'ils avaient été formulés, elle comprenait qu'elle venait d'énoncer à voix haute l'une de ses plus grandes peurs. Elle savait qu'il en voulait toujours à son père. Mais envisageait-il de se venger sur le casino ? Elle l'avait interrogé sur ses motivations lors de leur premier entretien, et il était parvenu à la convaincre qu'il était là pour l'aider.

Mais si elle y réfléchissait bien, ce qu'il avait dit exactement, c'était qu'il était là pour relever un défi et parce qu'Anderson Stone le lui avait demandé. Rien de plus.

— Non, répliqua-t-il sèchement. S'il ne comprend pas que chaque geste que nous faisons, chaque cent que nous dépensons, chaque mot que nous tapons sur Google est enregistré, catalogué et vendu, c'est qu'il n'a pas les idées claires. Le concept de vie privée appartient au passé. À présent, tout le monde est connecté et tout est exposé. Nous avons bêtement abandonné notre droit à la vie privée par commodité. Et si mes questions ont fait perdre ses illusions à ton précieux M. Harding, c'est son problème à lui. Pas le mien.

Elle étudia longuement son visage. L'expression qu'il affichait était claire. Il était furieux. Manifestement, elle avait touché une corde sensible, ce qui la surprenait. Et tendait à apaiser un peu sa propre colère.

Ce qu'elle ne comprenait pas, cependant, c'était comment il avait pu se montrer aussi indélicat avec ce client. Il était tout de même un homme d'affaires.

— Personne ne te demande d'ouvrir les yeux aux autres, Luca. Et certainement pas à mes clients. Je t'interdis de les recontacter sans ma permission ou en mon absence.

— Pourquoi avons-nous perdu notre temps à passer en revue tous ces dossiers si nous ne pouvons pas interroger les clients suspects sur leurs activités ?

— Je ne peux pas me permettre de me mettre à dos mes meilleurs clients, répondit-elle en secouant la tête. Les gens parlent et tu es particulièrement bien placé pour savoir que le monde du casino est un petit monde.

— Raison de plus pour les interroger. Ils ne sont peut-être pas impliqués ou responsables, mais il se peut qu'ils aient vu quelque chose ou quelqu'un de suspect.

— Qui aurait échappé à la surveillance de notre équipe de sécurité ?

En guise de réponse, il se contenta de hausser les sourcils. Elle voyait bien ce qu'il voulait lui faire comprendre. Quelqu'un avait volé de l'argent au Magnifique pendant des mois sans même éveiller les soupçons de l'équipe de sécurité. C'était par l'étude des comptes que le problème avait été détecté.

Mais ça ne voulait pas dire pour autant que Luca pouvait se comporter comme un flic de série télé.

— Les gens parlent, répéta-t-elle. Et je ne veux pas de rumeurs sur des problèmes au Magnifique. Trouve autre chose, dit-elle.

Et sans lui laisser le temps de répliquer, elle tourna les talons pour quitter les lieux. Elle avait besoin d'une pause. Après avoir passé les portes du casino, elle monta dans sa Range Rover pour se rendre à l'Excess, le club que dirigeait son frère. Elle avait envie de souffler un peu et, avec un peu de chance, elle trouverait là-bas Dominic et sa fiancée Meredith, qui se trouvait aussi être sa meilleure amie.

Arrivée au club, qui commençait tout juste à se remplir pour la nuit, elle se dirigea droit vers le bureau de son frère, dans lequel elle entra sans se donner la peine de frapper. Il était bien là, ainsi que Meredith.

Mais à l'évidence, elle les avait dérangés au beau milieu d'un baiser passionné : les mains sur les fesses de sa fiancée, Dominic la serrait fermement contre lui. Ils ne remarquèrent même pas sa présence avant qu'elle ne se mette à parler.

— Il y a des chambres pour ça, vous savez ? lança-t-elle en s'installant dans un fauteuil.

Dominic grogna. Meredith éclata de rire. Après quoi elle se tourna vers Annalise, les yeux pétillants de bonheur, les mains toujours accrochées aux épaules de l'homme qu'elle aimait.

Elle était heureuse de les voir si heureux, mais en même temps, le feu qui semblait brûler entre eux lui évoqua Luca. Non seulement l'irritation qu'il lui inspirait, mais aussi la chaleur torride du baiser qu'ils avaient eux-mêmes échangé.

— Nous sommes dans un bureau privé, finit par dire Dominic. Dont la porte est fermée. Au cas où tu ne l'aurais pas remarqué.

Meredith sourit à son fiancé. Et après avoir déposé un rapide baiser sur ses lèvres, elle s'écarta de lui.

— Sois gentil. Tu ne vois pas qu'Annalise a besoin d'aide ?

— Comment peux-tu le savoir ? lui demanda-t-il en lui jetant un regard interloqué.

— Elle le sait parce que je suis ici alors que je devrais être au casino. Parce que je dois avoir une mine horrible. Et parce qu'elle me connaît à l'évidence mieux que toi.

Meredith et elle étaient amies depuis l'école primaire. La fiancée de son frère connaissait tous ses rêves et tous ses secrets.

— Tu n'envisages pas de partir, alors ? lui dit son frère après avoir poussé un lourd soupir.

— Pas avant d'avoir obtenu certaines informations.

Libérant la taille de Meredith, il finit par s'installer dans le fauteuil faisant face à celui d'Annalise. Sa fiancée prit place à côté de lui, lovant son corps contre le sien avec un naturel déconcertant.

Et à les observer, contre toute attente, Annalise ressentit une petite pointe de jalousie. Pourtant, elle était ravie de les voir si heureux ensemble. Ils étaient faits l'un pour l'autre. Et naturellement, ils étaient fous amoureux l'un de l'autre.

Mais de son côté, elle n'avait jamais ressenti cela pour personne. Jamais. Et il lui arrivait parfois de se demander si elle n'était pas incapable de développer ce type d'émotion. Elle était sortie avec des hommes. Beaucoup. Mais jamais elle n'en avait trouvé un qui méritait à ses yeux qu'elle le fasse passer avant son travail. En général, quand elle sortait, son esprit restait au casino.

Mais il y avait aussi le petit problème des bouleversements. Les relations sentimentales mènent souvent à des émotions fortes, et elle avait connu son lot de drames. Elle aimait que les choses soient simples et, à ce qu'elle avait pu en voir, la vie de couple l'était rarement.

Et puis ce n'était pas comme si elle avait grandi avec de bons exemples. Ses parents avaient divorcé quand elle avait trois ans. Sa mère s'était remariée avec un homme violent. Et les femmes que son père avait eues dans sa vie n'étaient jamais restées bien longtemps.

— Qu'est-ce qu'il y a ? lui demanda son frère, coupant court à ses pensées.

— Que sais-tu de Luca Kilpatrick ?

Il étudia son visage pendant de longues secondes avant de lui répondre.

— Je sais que papa et lui ont un passif. Je sais qu'il est extrêmement doué pour ce qu'il fait et qu'il a très bien réussi sa vie. Il ne vient que rarement à l'Excess, mais a priori, je dirais que c'est un homme bien. Pourquoi ?

— Pourquoi Stone l'a-t-il recommandé ?

— Pour son expertise en la matière. Il a les compétences nécessaires et il devait un service à Stone.

— Comment Stone le connaît-il ?

— C'est moi qui l'ai connu via l'Excess et qui lui ai présenté il y a plusieurs années. Ils sont devenus amis.

Nerveusement, elle se mit à pianoter sur l'accoudoir de son fauteuil. Rien de ce qu'il venait de dire n'avait été utile. Elle n'aurait su dire exactement ce qu'elle avait espéré apprendre, mais elle s'attendait à au moins quelque chose. Quelque chose qui l'aurait soit aidée à mieux réagir face à lui, soit aidée à mieux accepter les réactions qu'il lui inspirait.

Tandis qu'elle se faisait ces réflexions, Meredith s'était levée pour s'installer dans le fauteuil à côté d'elle.

— Qu'est-ce qui se passe ?

— Il m'est difficile de travailler avec lui. Il ne comprend ni le Magnifique ni la façon dont nous le dirigeons.

— Tu veux dire la façon dont tu le diriges, dit Dominic en souriant. Ça fait bien longtemps que papa ne s'occupe plus de la gestion quotidienne. C'est toi qui prends les décisions importantes, et ce depuis longtemps.

Il avait raison. Le Magnifique était à elle depuis des années. Dans un premier temps, elle avait pris conseil auprès de son père pour toutes les décisions importantes, parce qu'il avait de l'expérience, des connaissances et qu'elle manquait de confiance en elle. Mais cela faisait bien longtemps qu'elle ne s'en était plus donné la peine. Et tout bien considéré, c'était peut-être cela qui la gênait tant… Luca n'avait pas directement critiqué sa façon de gérer l'entreprise, mais il l'avait critiquée, elle, personnellement.

— Aujourd'hui, il a appelé plusieurs de nos meilleurs clients et les a pour ainsi dire harcelés au sujet de leurs habitudes de jeux.

— C'est vrai ? fit Meredith, qui paraissait à présent choquée.

— Je t'assure. Je comprends ses motivations. Il est à la recherche d'informations et il pense qu'en parlant les gens finiront peut-être par révéler quelque chose qui pourrait nous aider. Mais on ne peut pas prendre la liste de nos meilleurs clients et se livrer à une chasse aux sorcières. On se mettrait ainsi tout le monde à dos.

Et au vu des sommes qu'ils perdaient au profit du voleur, ils ne pouvaient pas se permettre de perdre leurs clients. Ils avaient besoin de chaque cent qui pouvait rentrer dans la caisse.

— Il n'a aucune considération pour la clientèle. Aucun tact dans ses relations avec les autres. Comment cet homme peut-il diriger une entreprise ?

— En ne le faisant pas, répondit son frère en riant.

— Comment ça ? Tu viens de me dire qu'il avait très bien réussi sa vie…

— Et c'est vrai. En créant des choses. En utilisant la

technologie pour résoudre des problèmes. Stone ne te l'a pas expliqué ?

— Non. Personne ne m'a rien expliqué.

Elle avait fait des recherches sur Internet mais elle n'avait pas trouvé grand-chose sur Luca. Manifestement, sa propriété n'était pas la seule chose qui était bien gardée. Il était extrêmement discret, ce qui, compte tenu de ce qu'il lui avait dit au sujet de la vie privée, lui paraissait beaucoup plus logique à présent.

— Luca crée des choses et les vend au plus offrant.

— Il n'est motivé que par l'appât du gain ? demanda-t-elle sans conviction.

Elle aurait pu le croire quelques jours plus tôt, mais après l'avoir vu disséquer si méticuleusement les informations, elle doutait que l'argent soit sa motivation première. Certes, il en avait à l'évidence beaucoup, mais ce n'était pas comme si la mission pour laquelle elle l'avait embauché allait lui rapporter des millions.

— Non, d'ailleurs, il fait souvent don de ses logiciels à des associations qui n'ont pas les moyens de se les payer. Ce que je voulais dire, c'est qu'il crée, et qu'ensuite, il laisse quelqu'un d'autre s'occuper du casse-tête du marketing, de la vente et de la gestion. Il met tout ce qu'il a dans ses projets, et une fois qu'il a terminé de créer, il se désengage totalement.

Tout en observant son frère, elle laissa les informations qu'il venait de lui procurer intégrer l'opinion qu'elle se faisait de Luca. Quelques pièces du puzzle venaient de se mettre en place.

— Il ne s'attache pas.

Son frère secoua la tête.

— Ses parents sont morts dans un accident de voiture quand il avait sept ans. Après ça, il a été bringuebalé d'une famille d'accueil à une autre. Ce qui ne l'a cependant pas empêché de faire de brillantes études. Il est très intelligent, mais totalement détaché. Je ne suis pas psy, mais j'imagine que, à cause des blessures de son passé, il ne laisse jamais rien ni personne prendre trop d'importance à ses yeux.

Un lourd poids semblait désormais peser sur sa poitrine. Cette rapide description du passé de Luca lui faisait mal. Aucun enfant ne devrait avoir l'impression de ne pas être désiré. Petite, elle avait elle-même connu son lot de blessures, mais au moins, elle avait toujours eu la certitude que son père et sa mère l'aimaient et souhaitaient ce qu'il y avait de mieux pour elle. Même si elle n'était pas toujours d'accord avec leurs décisions ou leurs méthodes. Par ailleurs, elle avait toujours eu Dominic.

Alors que Luca était totalement seul.

Elle resongea à ce jour où elle était venue chez lui à l'improviste. Elle n'avait croisé personne dans son immense villa. Pas de gouvernante, pas d'assistant. Personne d'autre que lui.

La colère qui n'avait cessé de grandir en elle depuis son départ du casino commençait à se dissiper. Elle lui en voulait toujours un peu, naturellement, mais elle comprenait mieux, à présent, pourquoi il agissait ainsi.

Doucement, Meredith s'était penchée vers elle pour prendre ses mains entre les siennes.

— Qu'est-ce qui se passe vraiment entre vous deux ?

Sous le coup de la surprise, Annalise cligna des yeux. Elle ne savait pas, sincèrement, comment répondre à cette question. Après tout ce que Dominic venait de lui dire, elle aurait dû ressentir le besoin de fuir aussi loin que possible de Luca. Mais il y avait quelque chose chez lui… Elle ne pouvait tout simplement pas prendre ses distances.

Malgré tous les bouleversements et toutes les complications qui allaient inévitablement arriver.

— Je n'en ai aucune idée, finit-elle par répondre.

— Mais il se passe quelque chose, dit Meredith.

Annalise hocha la tête. Elle regarda son frère, s'attendant à voir de la colère dans ses yeux. Mais, la tête inclinée sur le côté, il semblait simplement l'observer pensivement.

— Dis-moi que ce n'est pas malin de ma part, lui lança-t-elle.

Car c'est à cela que servent les grands frères, non ? À tenir leurs sœurs à l'écart des hommes potentiellement dangereux ?

— Pour ce qui est des conseils sentimentaux, je pense être la dernière personne à qui s'adresser. Je suis tellement têtu que j'ai failli rater ma chance avec la femme la plus extraordinaire du monde.

— Têtu est un faible mot, intervint sa meilleure amie en hochant la tête.

— Tu ne prends pas de risque, Lise, et je suis mieux placé que quiconque pour comprendre pourquoi. Tu as du mal à accorder ta confiance. Tu laisses les autres t'entourer, se confier à toi, mais tu n'exprimes jamais tes pensées, tes peurs ou tes désirs. S'il y a quelque chose entre toi et Luca, je pense que tu devrais au moins lui laisser une chance. Si tu ne fais rien, tu regretteras toujours de ne pas avoir tenté.

Il avait tout à fait raison.

Elle avait tendance à se couper des autres, éviter de se livrer. Elle avait beau essayer de le cacher, les deux personnes qui se trouvaient dans cette pièce étaient ses seuls amis proches. Et jusqu'à ce jour, elle ne s'était jamais demandé si c'était une bonne ou une mauvaise chose.

Même les hommes, elle les tenait à distance, sans jamais vraiment leur laisser l'occasion de bâtir quelque chose avec elle.

Mais à présent, pour la première fois de sa vie, elle se demandait si elle n'en avait peut-être pas envie.

- 6 -

Luca observait la salle de jeu. Plus d'une heure s'était écoulée depuis le départ d'Annalise, mais il savait qu'elle finirait par revenir. En attendant, les mots qu'elle avait prononcés ne cessaient de se répéter dans son esprit.

Il comprenait pourquoi elle était fâchée et peut-être n'aurait-il pas dû téléphoner à ses clients sans l'en avertir. Mais quand il y avait un problème à régler, il agissait toujours seul, sans se soucier des autres.

Il avait juste essayé de rassembler davantage d'informations utiles. Mais peut-être y avait-il un moyen d'y parvenir tout en respectant ses préoccupations à l'égard de ses relations clients ?

Tandis qu'il se faisait ces réflexions, la foule de personnes qui se trouvait devant lui s'était écartée au passage d'Annalise, qui traversait la pièce en se dirigeant droit vers lui.

Qu'elle était belle !

Ses cheveux dorés dansaient autour de ses épaules. Ses yeux de miel et de chocolat étincelaient de fureur, et tout son corps semblait tendu, prêt au combat.

Mais il ne voulait pas se battre avec elle. Il voulait l'aimer. La goûter, la sentir, la toucher. L'entendre gémir son nom tandis qu'il s'enfoncerait dans la chaleur de son corps accueillant.

Cependant, il était suffisamment intelligent pour comprendre que, s'il essayait maintenant, elle lui arracherait les yeux.

— Dans mon bureau. Il faut qu'on parle.

Sans même attendre sa réponse, elle se dirigea droit vers les ascenseurs. Dans la cabine, la musique qui se déversait du haut-parleur n'était pas suffisamment forte pour couvrir le bruit de ses ongles, qu'elle faisait nerveusement claquer sur la rambarde chromée.

Il avait envie de sentir ces ongles sur la peau de son dos tandis qu'il s'enfoncerait en elle.

Mais il fallait absolument qu'il retrouve ses esprits s'il ne voulait pas perdre la joute verbale dans laquelle ils s'apprêtaient à se lancer.

Une fois qu'ils furent dans son bureau, elle referma la porte, et pendant un bref instant, il songea à la plaquer contre sa surface pour lui dévorer la bouche.

Peut-être aurait-il dû le faire. Peut-être cette distraction aurait-elle été bonne pour elle comme pour lui.

Il s'apprêtait à céder quand les mots qui sortirent de sa bouche le déstabilisèrent totalement, le coupant dans son élan.

— Je suis désolée d'avoir laissé mes émotions prendre le dessus sur moi tout à l'heure. Ce n'était pas professionnel de ma part et ça ne se reproduira pas.

Elle était partie furieuse parce qu'il avait fait quelque chose qui avait offensé l'un de ses clients, et à présent, c'était elle qui s'excusait ?

— Non.

— Comment ça, non ? demanda-t-elle, l'air décontenancé.

— Non, tu n'as pas à t'excuser. Je n'aurais pas dû appeler les clients sans ton accord. J'ai parfois tendance à m'acharner quand je travaille sur un problème. C'est l'un de mes défauts.

Peu à peu, la tension sembla se dissiper de son joli corps. La main toujours accrochée à la poignée, elle se laissa mollement retomber contre la porte.

Mais rien à voir avec le fantasme qui venait de lui traverser l'esprit. Il n'avait aucune envie de la voir comme ça. Affaiblie. Vaincue.

Impulsivement, il se rapprocha d'elle pour la prendre dans ses bras et lui offrir son soutien.

La chaleur de son corps se propagea lentement au sien. Dans un premier temps, ses muscles se crispèrent, mais bien vite, elle se détendit. Le front appuyé contre son sternum, elle ne bougeait plus.

— Tout finira par s'arranger. Nous allons régler ça ensemble.

Nous. C'était un mot très simple mais qu'il n'utilisait pas souvent. Il n'y avait pas de « nous » dans sa vie, il n'y en avait jamais eu. Et pourtant c'était ce mot qui, instinctivement, lui était venu. Il avait envie de l'aider, pas seulement parce qu'il en avait fait la promesse à un ami, ou parce que c'était une occasion de prendre une petite revanche, ou encore pour le défi intellectuel que représentait cette énigme. S'il le voulait tant, c'était surtout parce qu'elle avait besoin de quelqu'un, et qu'il voulait être ce quelqu'un.

Entre ses bras, il la sentit prendre une longue inspiration. Et comprit qu'elle allait retenir son souffle quelques instants avant d'expulser, lentement et méthodiquement, tout cet air de ses poumons. Elle le fit à plusieurs reprises, et à chaque fois, son corps semblait se détendre un peu.

Au bout de quelques minutes, elle finit par s'écarter de lui pour relever la tête, un sourire timide aux lèvres.

Après avoir dégagé une mèche de cheveux de son visage, il laissa ses doigts s'attarder sur la texture soyeuse de sa peau de pêche.

— Nous allons trouver ensemble une solution qui sera viable pour nous deux. Puisque tu n'es pas d'accord pour que je harcèle tes clients…

Avant de répondre, elle lui mit un petit coup de poing.

— Non, tu ne peux pas harceler mes clients. Et quelle information cherchais-tu à obtenir, de toute façon ? Tu ne crois tout de même pas que le coupable va se confier à toi et t'avouer sa faute ?

Elle avait raison.

— Mais il pourrait sans le vouloir laisser échapper une information qui nous serait utile.

— Tu pensais vraiment que les clients n'auraient pas de soupçons, si tu les appelais comme ça, alors que personne au casino ne les contacte jamais ?

— Je ne suis pas bête à ce point, répondit-il en souriant. J'ai laissé entendre que le Magnifique envisageait de créer un nouveau programme de fidélité, plus généreux, et basé sur les habitudes de ses meilleurs clients, dont l'opinion était donc très importante.

Le regard fixé sur lui, elle secoua la tête.

— Tu as vraiment l'esprit tordu.

— Je ne vois pas ce qu'il y a de tordu là-dedans.

L'air dubitatif, elle haussa les épaules, mais elle ne chercha pas à s'expliquer.

Comme elle gardait le silence, il reprit :

— Tout bien réfléchi, je pense qu'observer les habitudes de jeu des clients devrait donner de meilleurs résultats que ce que j'ai essayé d'accomplir avec les appels téléphoniques. Le programme de fidélité vous permet d'identifier les plus gros gagnants, c'est bien ça ?

Elle fit signe que oui.

— La personne qui vous vole de l'argent se trouve donc parmi eux.

— En théorie.

— Mais si cette personne était consciente d'être observée, elle ne recevrait probablement pas le même pourcentage de gains.

— C'est exact.

— Alors il nous faut rassembler ces gros gagnants dans un contexte où ils n'auront pas conscience d'être observés.

Une lueur d'enthousiasme s'était allumée dans ses beaux yeux.

— On pourrait organiser un événement. Une soirée pour remercier nos clients les plus fidèles. De plus, il se trouve que nous envisagions réellement de procéder à certaines modifications de notre programme de fidélité. On pourrait se servir de cette annonce comme prétexte.

Ensemble, ils sourirent.

— Parfait.

Quand elle avait lancé cette idée de soirée spéciale, Annalise n'avait pas beaucoup songé à la logistique. Or, pour que le problème du vol puisse être résolu rapidement, il fallait que la soirée ait lieu rapidement.

Mais avec l'aide de son équipe, et après des heures et des heures de travail, elle avait réussi à tout organiser.

Les dix jours qui venaient de s'écouler étaient passés à toute vitesse, mais la soirée approchait. Ils y étaient presque.

Elle observa son reflet dans le miroir. Sa chambre était baignée d'une lumière dorée. Derrière la baie vitrée, les étoiles et la lune brillaient si fort qu'on se serait cru dans un songe. De toute façon, curieusement, cette soirée avait à ses yeux quelque chose d'onirique. Elle avait l'impression d'évoluer dans les brumes d'un rêve.

Soudain, elle sentit ses muscles se crisper. Pas parce qu'elle s'inquiétait pour ce qui allait se passer, en tout cas pas en ce qui concernait l'enquête. Non, cette sensation lui semblait plutôt liée au plaisir de l'anticipation, mêlé à une légère appréhension.

Le désir n'avait fait que croître entre Luca et elle depuis quelques jours. Heureusement, la précipitation dans laquelle ils devaient agir ne leur avait pas laissé de temps pour céder à cette énergie sexuelle qui crépitait entre eux. Mais la conséquence, c'était que cette énergie n'avait fait que se renforcer, au point qu'à présent la moindre étincelle aurait suffi pour tout embraser.

À chaque fois qu'elle se trouvait dans la même pièce que lui, elle avait l'impression que son sang se changeait en lave. Ce qui avait quelque chose de déconcertant. Parce qu'elle aimait avoir le contrôle d'elle-même et des différentes situations dans lesquelles elle se trouvait. Pour contrebalancer ce point négatif, elle s'était concentrée sur l'organisation de la soirée, jusque dans les plus petits détails, pour s'assurer que tout soit parfait.

Mais à présent que tout était fait, elle n'avait plus rien pour la distraire.

Et elle n'était pas sûre d'être prête pour ce qui allait suivre. Même si elle n'avait aucun moyen d'y échapper.

Meredith l'avait aidée à choisir sa robe. Et heureusement, sa meilleure amie serait présente à la soirée, ainsi que Dominic. Mais pour l'heure, Annalise commençait à douter du choix de sa tenue. Lors de la séance d'essayage, où elle avait beaucoup ri en buvant du champagne avec son amie, elle s'était trouvée magnifique dans la robe qu'elle avait fini par choisir.

D'ordinaire, elle s'habillait de façon plutôt classique. Cela lui semblait nécessaire dans le cadre de son travail. Mais la tenue qu'elle portait à présent était un compromis entre son professionnalisme et l'énergie sexuelle qui affluait dans ses veines depuis quelques semaines.

Le bas de la robe, noire, fluide et soyeuse, retombait souplement jusqu'au sol, se prolongeant par une traîne. Le haut était très ajusté, avec un décolleté en V, au dos, plongeant jusqu'à la taille.

— J'en montre peut-être un peu trop, murmura-t-elle pour elle-même.

Depuis le séjour, elle entendit la voix de Meredith résonner.

— Tu es magnifique ! Arrête de te poser sans arrêt des questions. Cette robe est faite pour toi. À la fois élégante et sexy. Luca va rester sans voix quand il te verra arriver.

— Je me moque de ce que pense Luca, répondit-elle en fronçant les sourcils.

Meredith, qui s'était approchée, lui jeta un regard dubitatif.

— Pas de ça avec moi. Je te connais depuis bien trop longtemps pour comprendre qu'il te plaît. Et il n'y a rien de mal à ça.

Annalise dut réprimer un grognement de frustration.

— Peut-être.

— Il n'y a pas de peut-être qui tienne. C'est sûr. Je sais de quoi je parle.

— Mais ce n'est pas une bonne idée. C'est compliqué.

Pour être tout à fait honnête, elle aurait dû reconnaître que Luca lui faisait peur également. Il était brillant et sexy. Agaçant et autoritaire. Elle avait parfois envie de le gifler, parfois envie de l'embrasser, et ce souvent à cinq minutes d'intervalle.

Il n'y avait rien de simple chez lui. Et la passion qu'il y avait entre eux la rendait mal à l'aise. Certes, elle n'avait perçu en lui aucun signe d'un tempérament violent, mais elle imaginait que sa mère n'avait rien vu venir elle non plus avant qu'il ne soit trop tard.

Elle était consciente d'avoir passé sa vie à rechercher des hommes qui lui apportaient un sentiment de confort et de sécurité. Et que c'était précisément la raison pour laquelle aucun d'entre eux n'avait vraiment compté à ses yeux.

Mais Luca… il pouvait compter. Et il pouvait lui faire du mal, non pas physiquement, mais psychologiquement.

La voix de Meredith la tira doucement de ses pensées :

— Je rêve ou c'est toi qui m'as conseillé, il y a à peine quelques mois, de me battre pour obtenir ce que je souhaitais et de ne pas lâcher ton frère, malgré la complexité de la situation ?

— Ce n'est pas la même chose.

— Ah oui ? Et pourquoi ça ?

Annalise sentit ses épaules s'affaisser. Pourquoi ? Parce que, à l'époque, ce n'était pas elle qui était concernée. Ce n'était pas elle qui avait un risque à prendre.

— Mon frère et toi êtes faits l'un pour l'autre et avez passé des années à vous tourner autour.

— Hm. Mais si mes souvenirs sont bons, c'est toi-même qui m'as dit que, dès la première fois où tu as posé les yeux sur Luca, il y a huit ans de ça, tu l'as trouvé extrêmement séduisant.

Tel est le problème quand on a une meilleure amie à qui l'on raconte tout. Tôt ou tard, elle n'hésite pas à utiliser les informations récoltées contre nous.

— Profite bien de ta soirée, dit Meredith en agitant ses sourcils d'une façon à la fois comique et suggestive qui la fit éclater de rire.

La tension qui s'était accumulée dans son corps commençait à se dissiper. Ensemble, son amie et elle finirent par sortir.

Une fois dans la salle de bal, Annalise inspecta la foule de clients, parmi lesquels se glissaient quelques-unes de ses connaissances qui avaient été invitées à la soirée par ses soins.

Paillettes, soie et satin. Somptueuses robes du soir et smokings sur mesure. Des arcs-en-ciel de pierres précieuses scintillaient autour des cous et des poignets. Un spectacle qui lui évoquait le Las Vegas de la grande époque, celui que décrivait souvent son père. Glamour et excès. Risques et récompenses.

Plus elle observait la scène, plus elle sentait sa poitrine se gonfler de fierté. En à peine dix jours, elle était parvenue à faire de ce lieu ordinaire un espace enchanteur. Et même magique.

Des chandelles illuminaient des vases de cristal dont jaillissaient des cascades de fleurs. Le décor, noir et or, constituait une parfaite toile de fond, sobre mais luxueuse.

Mais ce fut l'homme qui avançait vers elle, fendant la foule comme si elle était la seule femme désirable au monde, qui lui coupa le souffle.

Elle était plus belle que jamais dans cette robe. Longue et noire, elle épousait les courbes sensuelles de son corps tout en virevoltant gracieusement autour de ses hanches. Au niveau du buste, le fin tissu lui collait à la peau, révélant une grande partie de ses atouts. Et quels atouts !

Elle était la tentation incarnée. Et il dut se faire violence pour se retenir d'intervenir quand il surprit deux hommes à la regarder.

Ses cheveux dorés avaient été relevés en un élégant chignon flou qui mettait en valeur sa gorge et sa nuque, et dont s'échappaient de petites mèches qui dansaient sur ses épaules. Il brûlait d'envie de presser ses lèvres au creux de son cou, juste au niveau de cette veine qui devait palpiter sous la peau.

Le regard mobile, elle semblait enregistrer et cataloguer chaque détail autour d'elle. Ses grands yeux bruns brillaient d'intelligence, d'assurance et de quelque chose qui évoquait de l'impatience.

Mais au moment où ils rencontrèrent les siens, elle se figea. Un sourire illumina son regard et son impact fut tel qu'il s'immobilisa à son tour. Comme s'il venait de recevoir un coup de poing dans l'estomac.

Il finit par s'approcher, et quand elle se trouva juste en face de lui, il ne put s'empêcher de déposer un baiser sur sa joue. Sa peau était douce et belle, et un parfum de musc flottait partout dans l'air autour d'elle.

— Ton parfum est plus enivrant encore que celui de toutes les fleurs de la salle, lui chuchota-t-il à l'oreille.

Elle eut un joli rire mélodieux, qui sonna juste à ses oreilles. Après quoi elle posa la main à plat sur sa poitrine pour le repousser un peu. Mais il n'avait aucune envie de s'éloigner. Son corps résista quelques secondes, luttant contre elle, mais il finit par céder. En enfonçant ses mains dans ses poches. Un moyen comme un autre de s'empêcher de la prendre dans ses bras, comme il brûlait d'envie de le faire.

Son instinct lui disait qu'il ne serait pas très bien reçu. Elle avait beau être ravissante, elle était là pour travailler. Tout comme lui, d'ailleurs. Il ne devait pas l'oublier.

— Quel est le plan ? lui demanda-t-elle en observant la foule autour d'eux.

Des invitations avaient été envoyées à la plupart des porteurs de cartes de fidélité ayant atteint un certain seuil de gains au cours des trois années passées. Dans l'espoir d'attirer parmi eux le voleur.

Des avantages et des récompenses devaient être attribués pour l'usage des machines à sous, et des vigiles en civil quadrillaient la zone. Mais il leur avait semblé judicieux d'organiser également quelques jeux de table dans la salle de bal. Un tournoi de poker qui allait probablement se prolonger jusqu'à l'aube. Sans oublier le black jack, la roulette, le craps et le baccara.

Il avait été convenu qu'il inspecterait les tables de jeu pour voir s'il pouvait surprendre quelqu'un en train de tricher. Cela faisait bien longtemps qu'il n'avait pas fait usage de ses capacités dans un casino, mais le comptage de cartes ne fait pas partie de celles qui se perdent.

Autour d'eux, des serveurs sillonnaient la foule avec des plateaux chargés de coupes de champagne. Des petits plats d'amuse-bouche avaient également été mis à disposition. Plus tard, un buffet serait servi. Ils avaient éliminé ensemble l'idée d'un repas assis, non seulement pour le surcoût, mais aussi pour éviter toute distraction. Ils voulaient que les invités soient aux tables de jeux et aux machines à sous.

Mais comme Annalise était une astucieuse femme d'affaires, et qu'ils souhaitaient que cet événement ait vraiment l'air d'une soirée spéciale, elle allait faire un discours d'ouverture. Après avoir jeté un coup d'œil à la délicate montre en or qui ornait son fin poignet, elle se tourna vers lui avec un sourire radieux.

— C'est à moi, dit-elle en commençant à s'approcher de l'estrade qui avait été préparée.

Gracieusement, elle en gravit les marches et adressa un doux sourire accueillant à la foule. Elle lui avait expliqué que son discours serait totalement improvisé. Chaque parole d'affection qui sortirait de sa bouche lui viendrait droit du cœur.

Elle aimait le Magnifique et toutes les personnes qui s'y trouvaient. C'était là une chose qu'il ne comprenait pas mais qu'il enviait un peu aussi.

Il aurait dû observer les personnes qui se trouvaient autour de lui, rassembler des informations, cataloguer des détails qui pourraient être importants plus tard. Mais il ne pouvait détacher son regard d'elle.

Elle était non seulement magnifique, mais aussi terriblement sexy. Époustouflante.

— Elle est super, hein ? lui dit soudain une femme aux longs cheveux roux et aux yeux rieurs qui venaient de se poster à son côté.

Il reconnut immédiatement la fiancée de Dominic Mercado, même s'il ne l'avait jamais rencontrée en personne. La jeune femme avait été interviewée sur plusieurs chaînes nationales deux ans plus tôt au sujet d'un article qu'elle avait écrit sur le président.

Elle était très belle, et pas aussi lisse que dans ses souvenirs.

Mais contrairement à la femme qui se trouvait au micro, elle ne lui faisait aucun effet.

— Extraordinaire.

— Si vous lui faites du mal, je vous tue.

À la fois surpris et amusé, il rit un peu de cette remarque.

— Ne serait-ce pas plutôt à son frère de formuler ce genre de mise en garde ?

— Peut-être. Mais je pense être plus à craindre que lui. Lui, il vous mènerait tout droit en enfer ; moi, je vous ferais vivre un enfer. Vos souffrances seraient beaucoup plus longues avec moi.

À la lueur espiègle qui brillait dans ses yeux, il pensait pouvoir dire qu'elle plaisantait. Mais il y avait dans les profondeurs de son regard quelque chose de dur et de grave qui l'amenait à se demander si elle n'était pas sérieuse, en réalité. S'il faisait souffrir Annalise, elle lui ferait vivre un enfer, oui, c'était certain. Et elle aurait les médias avec elle.

— Je sais d'expérience que les Mercado ont un certain penchant pour la vengeance. Comment croyez-vous que je me sois retrouvé à boiter comme ça ?

Elle fit mine de dire quelque chose, mais comme ce fut à ce moment-là que Dominic vint la rejoindre, elle sembla se raviser.

Après avoir pris sa fiancée par la taille, Dominic serra la main de Luca.

— Merci pour ton aide. Annalise était inquiète, mais je sais que ta présence la soulage d'un poids. Je ne pense pas qu'elle te dira à quel point elle t'est reconnaissante, alors je te remercie pour elle.

— Pas la peine de me remercier, répondit-il en haussant les épaules. Je n'ai encore rien fait.

Autour d'eux, les invités se mirent à applaudir avec entrain. Sur l'estrade, Annalise écarta les bras.

— Profitez bien de votre soirée. Il y aura des concours,

des tournois, des jeux et de prix spéciaux dans toute la salle de bal et toutes les salles du casino. Amusez-vous et merci encore pour votre fidélité au Magnifique. Nous sommes ravis de vous compter parmi notre famille.

Après avoir descendu les marches, elle commença à traverser la foule, s'arrêtant de temps à autre pour adresser quelques paroles aimables à un client ou une connaissance. Quand elle finit par arriver à leur niveau, elle salua son frère et son amie en les embrassant sur les joues.

— Ça ne sera peut-être pas aussi hédoniste que certaines des soirées que tu organises, mais amuse-toi bien quand même, dit-elle à Dominic en lui souriant.

Après quoi elle passa son bras autour des épaules de Luca et le serra brièvement contre elle.

— On va essayer de trouver une table pour mieux observer. On verra bien ce qu'on peut découvrir.

- 7 -

Annalise regarda Luca jouer à divers jeux. Elle connaissait sur le bout des doigts les règles de chacun d'entre eux, mais n'avait jamais vraiment beaucoup aimé y participer. Aussi lui avait-elle laissé ce rôle de bonne grâce. Elle s'émerveilla de son talent pour le craps, poussa des cris de joie à chaque fois qu'il gagna à la roulette. Ils s'étaient tous deux mis d'accord pour qu'il reste à l'écart de la table de black jack.

À présent, deux heures après le lancement de la soirée, il était assis à l'une des tables de poker. Un mini-tournoi avait été organisé. Mais comme il n'y avait pas de mise, elle se sentait moins coupable qu'il ait un avantage sur les autres. Les invités jouaient pour divers prix proposés par le Magnifique.

Cependant, à chaque fois qu'elle le regardait, elle sentait son cœur palpiter dans sa poitrine. Il était tellement beau et tellement doué.

Cela faisait environ deux heures qu'il jouait, observant ses concurrents tout en se concentrant sur son propre jeu. Elle l'avait laissé plusieurs fois pour faire la tournée des autres tables, mais elle revenait toujours à lui. Au bout d'un moment, il se débarrassa de sa veste de smoking et roula les manches de sa chemise blanche sur ses bras musclés.

Son regard était intensément concentré, non pas sur les cartes, mais sur les autres joueurs autour de lui. Il démarrait lentement. Plutôt que de se montrer agressif, il prenait le temps d'observer ses adversaires, d'évaluer leurs forces et leurs faiblesses.

Mais il avait évidemment un autre atout.

À chaque fois qu'un joueur mettait une carte sur la table, Luca comptait mentalement et affinait ses statistiques.

Le tas de jetons, devant lui, n'avait cessé de grandir. Au bout d'environ une heure et demie, il avait piégé l'un de ses adversaires en lui faisant montrer son jeu alors qu'il n'aurait jamais dû le sortir. L'homme avait passé toute la soirée à se vanter, parlant sans arrêt de lui sans vraiment prêter attention aux autres.

Mais Luca avait pris son temps, attendant le moment opportun pour l'expulser du tournoi. Elle s'attendait à moitié à ce qu'il jubile ou fasse un commentaire méprisant, mais il ne le fit pas. Au lieu de cela, il se contenta d'observer le perdant d'un œil froid et distant.

Systématiquement, il éliminait les autres joueurs. Non pas ceux, sympathiques, qui semblaient être là pour passer un bon moment, mais ceux qui ne méritaient pas de gagner. Au bout d'un temps, il ne resta plus que vingt personnes.

Ce fut à ce moment-là que, sous le regard attentif d'Annalise, il misa tous ses jetons.

Et stratégiquement, il les perdit au profit des personnes qui se trouvaient face à lui : une jeune mère de famille, un étudiant, un militaire à la retraite. Il avait lu les dossiers de chacune des personnes qui se trouvaient à cette table et en savait probablement plus qu'eux-mêmes sur leur passé. En agissant comme il l'avait fait, il leur avait permis d'accroître leurs gains et d'être ainsi mieux placés au dernier tour. Et il avait gracieusement tiré sa révérence.

Elle savait qu'il avait l'intention de perdre, mais en l'observant… elle se dit qu'il était un véritable génie.

Et qu'elle n'avait jamais eu autant envie de lui.

Certes, il était vraiment très séduisant. Et brillant. Mais

en le regardant perdre délibérément, elle avait senti son sexe palpiter de désir, une chaleur brûlante se répandre sous sa peau.

Et désormais, elle ne se souvenait plus des raisons pour lesquelles elle devait combattre toutes ces sensations.

Tandis qu'elle se faisait ces réflexions, un sourire espiègle s'était dessiné sur son beau visage.

— Je ne peux tout de même pas gagner tout le temps, hein ?

— Tu as gagné beaucoup de choses ce soir, lui répondit-elle en lui prenant la main pour l'entraîner dans la foule.

Au fond de la pièce, elle poussa une porte qui donnait sur une arrière-salle. D'un coup de pied, elle la referma. Et immédiatement, elle s'accrocha à ses épaules pour joindre ses lèvres aux siennes.

Elle l'avait surpris. Les premières secondes, il ne bougea pas, se contentant de se laisser faire. Elle se sentit alors puissante, sexy. Mais cette réaction passive ne dura pas.

Passant impatiemment son bras autour de sa taille, il l'attira contre les muscles durs de son corps et, cette fois-ci, la plaqua contre un mur de pierre, dont elle sentit la surface rugueuse et froide sur sa peau exposée.

Elle avait envie qu'il l'embrasse, qu'il prenne le contrôle de la situation, qu'il prodigue à son corps toutes les délicieuses sensations dont elle avait rêvé pendant des semaines.

Mais il ne le fit pas. Il était désormais immobile, si près d'elle qu'elle pouvait sentir ses muscles imposants bouger au rythme de sa respiration. Cependant, en dehors de son bras autour de sa taille, il n'avait établi aucun contact physique avec elle.

Or, elle avait envie de lui. La preuve en était qu'elle s'était quasiment jetée sur lui. Son corps brûlait d'un désir qu'elle ne pouvait absolument pas réprimer.

Son regard, fermement fixé sur le sien, était calme et

intense. Et elle lui en voulait un peu d'être aussi maître de lui alors que le tumulte faisait rage en elle et que son corps était en feu.

— Tu as intérêt à être tout à fait sûre de toi à ce sujet, princesse, murmura-t-il en se penchant un peu vers elle. Parce que ça fait des jours que je ne tiens que par un fil. Et ce fil est sur le point de céder.

Curieusement, cet aveu eut pour effet de l'apaiser un peu. Au moins, elle n'était pas seule dans la tourmente.

— Je suis tout à fait sûre de moi, répondit-elle en se hissant sur la pointe des pieds pour presser de nouveau ses lèvres contre les siennes.

Mais, cette fois-ci, elle ne bénéficia pas de l'effet de surprise. Et il contrôla chaque instant de ce baiser. Mais il ne dévora pas sa bouche pour autant. Elle aurait sans doute réussi à se maîtriser un tant soit peu s'il l'avait fait.

Or, il la séduisit avec rien d'autre que ses lèvres et ses dents. Avec beaucoup de sensualité, il mordilla les coins de sa bouche. Il la grignota, petit bout par petit bout.

Il était en train de la rendre folle.

Elle en voulait plus.

Mais à chaque fois qu'elle essayait de se rapprocher de lui pour obtenir ce qu'elle voulait, l'imposante surface de son corps la maintenait fermement en place.

Elle n'aurait su dire combien de temps s'écoula ainsi. Mais soudain, des coups, frappés à une autre porte, tout près, les firent tous deux sursauter.

Mais qu'est-ce qu'il lui avait pris ? Comment avait-elle pu se laisser séduire dans une arrière-salle ? Qu'auraient pensé ses employés s'ils les avaient surpris ?

Tout en poussant fermement sur son torse, elle s'éloigna de lui.

Et il la laissa partir, mais pas bien loin. D'un geste vif, il l'attrapa par le bras, l'obligeant ainsi à s'arrêter.

— Non. Je ne te laisserai pas me fuir encore une fois.

Elle secoua la tête. Elle n'avait aucune intention de fuir. Son corps ne la laisserait pas faire. Il s'était déjà embrasé. Et il n'y avait que lui qui pouvait éteindre ces flammes.

— Suis-moi, dit-elle en commençant à avancer.

Luca se laissa conduire. Il était curieux de savoir où Annalise allait et ce qu'elle avait en tête. Ce baiser l'avait consumé et il en voulait plus. Beaucoup plus.

Le cliquetis de ses talons sur le dallage de marbre résonnait dans le hall. Ils finirent par arriver à un ascenseur de service qu'il n'avait jamais remarqué auparavant. Il fallait dire que les lieux étaient si vastes qu'il devait y avoir quantité d'endroits dont il ignorait encore l'existence.

Après avoir appuyé sur le bouton, elle sortit de son sac baguette une carte magnétique qu'elle glissa dans une fente. Une lumière verte s'alluma et les portes s'ouvrirent.

Dans l'ascenseur qui montait, elle garda le silence. Elle avait les lèvres encore humides et gonflées du baiser qu'ils venaient d'échanger. Ses yeux de miel étaient devenus de braises, et rien qu'à les regarder, il sentait son sexe durcir de désir.

Elle avait envie de lui tout autant qu'il avait envie d'elle, et elle ne faisait rien pour le cacher. C'était même pire, ou meilleur, que ça. Elle le regardait dans les yeux, le mettait au défi de voir tout ce qu'elle ressentait. Et il lui fallait faire appel à toute sa force de volonté pour se retenir de lui arracher cette robe et de commencer à prodiguer à son corps tout le plaisir qu'il voulait lui prodiguer.

Enfin, un tintement se fit entendre et les portes s'ouvrirent silencieusement… sur son appartement.

Cette fois-ci, elle ne le prit pas par la main : elle sortit, s'attendant manifestement à ce qu'il la suive. Il ne se fit pas prier. Et il put ainsi mieux admirer la somptueuse vision qu'elle lui offrait de dos.

Le hall de son appartement était éclairé par une douce lumière dorée qui baignait le gris argenté des murs… et le doux satin de sa peau. D'un geste gracieux, elle défit les minuscules crochets qui retenaient les bretelles de sa robe.

Il n'avait jamais été particulièrement excité par les courbes du dos d'une femme, et pourtant, rien qu'en voyant sa peau nue exposée, il sentit son sexe durcir encore en se compressant contre la bande de tissu rigide de sa braguette.

Avec ses longs doigts fins, elle commença à tirer sur la fermeture Éclair qui se trouvait au niveau de la courbe de ses fesses. Il ravala sa salive avec peine. Quand les deux pans de tissu s'écartèrent, ils ne dévoilèrent rien d'autre que sa peau. Elle avait été nue sous sa robe toute la soirée.

— Tu essaies de me torturer ?

En guise de réponse, elle eut un joli rire dont le tintement fut une douce musique à ses oreilles.

— Mon choix en matière de sous-vêtements n'a rien à voir avec toi, lui dit-elle en se tournant pour le regarder par-dessus son épaule.

— Je ne te crois pas.

Il espérait, en tout cas, qu'elle avait menti. Il aimait l'idée qu'elle ait songé à lui au moment où elle avait décidé de ne rien porter entre sa peau et sa robe.

Ladite robe, à présent, n'était plus retenue que par ses bras, croisés sous ses seins. Tout en lui adressant un sourire plein de sensualité, elle les écarta, laissant le tissu soyeux retomber lentement le long de son corps voluptueux.

Pour la première fois de sa vie, il eut l'impression que le temps s'était arrêté. Cependant, son cerveau catalogua chaque petit détail de son corps splendide qui se révéla à ses yeux au moment où le luxueux tissu retomba autour de ses pieds.

Aussi audacieuse que le jour, et complètement nue dans ses escarpins à talons, elle s'approcha d'une porte ouverte.

— Garde tes chaussures, dit-il d'une voix rauque.

Au moment où il la rattrapa, elle était presque arrivée au niveau du grand lit qui se trouvait au milieu de la chambre. Passant ses bras par-derrière autour de sa taille de guêpe, il l'attira contre lui.

Au même instant, elle poussa un soupir brûlant qui évoquait à la fois le soulagement et le plaisir de l'anticipation. Et elle se mit à onduler sensuellement des hanches, frottant les courbes parfaites de ses fesses contre son érection.

— Tu es toujours habillé, souffla-t-elle.

— Excuse-moi de ne pas être allé aussi vite que toi. Je me suis laissé distraire.

Par-dessus son épaule, elle lui adressa un sourire charmeur.

— Tu es pardonné.

S'étant gracieusement tournée face à lui, elle commença à déboutonner sa chemise. Jamais dans sa vie il n'avait ressenti l'acte de déboutonner une chemise comme une torture. Il brûlait d'envie d'écarter ses mains trop lentes pour s'en charger lui-même, mais s'il le faisait, il manquerait la chance de sentir ses mains contre sa peau.

Et il était hors de question qu'il passe à côté de ça.

Qu'il ne puisse pas se délecter de la sensation de ses doigts contre sa peau, descendant de plus en plus bas, jusqu'à atteindre le haut de son pantalon.

Il laissa échapper un grognement de plaisir au moment où il les sentit effleurer le renflement de son sexe dur et bandé. Il avait envie qu'elle poursuive avec sa braguette. Mais elle finit par écarter les mains de lui, ce qui lui tira un nouveau grognement, cette fois-ci de frustration.

Impatiemment, elle attrapa les deux pans de sa chemise pour la lui ôter. Après quoi elle se pencha pour embrasser son torse. Il sentit d'abord l'effleurement de ses lèvres et de ses dents sur ses pectoraux, et quand elle finit par descendre en traçant un chemin de baisers sur les muscles plats de son ventre, il sentit une décharge de plaisir le traverser.

— J'ai envie de goûter ta peau depuis le jour où je t'ai vu sortir de chez toi, tout ensommeillé et de mauvaise humeur.

Cet aveu n'aurait pas dû redoubler le désir qu'il avait pour elle, et pourtant, ce fut le cas.

Et il se rendit soudain compte qu'il était complètement stupide de rester là, immobile, alors que son corps nu et chaud n'attendait que le sien.

Ivre de désir, il prit dans le creux de ses mains ses seins ronds et fermes. Et quand il céda à l'envie de prendre en bouche l'un de ses tétons durcis de désir, un doux gémissement s'échappa de ses lèvres pleines et sensuelles. Il n'eut pas besoin d'autres encouragements pour faire jouer sa langue sur son bout de sein, se délectant de son doux goût salé.

Il avait envie d'elle depuis ce qui lui semblait être une éternité. Et à présent qu'il l'avait entre les bras… il ne savait pas par où commencer. Il se sentait comme un enfant dans un parc d'attractions. Il avait envie de tant de choses que le choix était presque impossible.

Passant ses bras autour de sa taille fine, il la souleva du sol. Immédiatement, elle enroula ses longues jambes autour de son torse, croisant les chevilles au bas de son dos. Il sentait à présent la chaleur torride de son corps contre sa peau nue.

N'y tenant plus, il s'approcha du lit sur lequel il la déposa délicatement.

Ses cheveux blond doré formaient comme un halo autour de son beau visage, leurs ondulations retombant souplement sur les courbes généreuses de sa poitrine. Son teint de pêche était particulièrement mis en valeur par la lumière diffuse du clair de lune.

Ce n'était pas une princesse ; c'était une déesse. Et il avait bien l'intention de l'adorer.

S'étant agenouillé devant elle, il plaça ses mains sur la face interne de ses cuisses pour l'inciter à les écarter.

Au moment où elle le fit, un brûlant soupir s'échappa de ses lèvres entrouvertes. Son sexe, humide de tout le désir qu'elle avait pour lui, rose et légèrement gonflé, semblait réclamer ses caresses.

Il ne perdit pas de temps pour y goûter. Douce et salée, sa délicieuse saveur vint lui emplir la bouche. Alors, sans relâche, il fit jouer sa langue sur cette chair qu'il sentait palpiter.

D'abord les petites lèvres. Puis le clitoris qu'il maintint délicatement en place entre ses dents. Encore et encore, sa langue contre sa chair palpitante.

Et soudain, il sentit tous les muscles de son corps se tendre entre ses mains.

Elle se mit à gigoter, mais comme il souhaitait qu'elle reste exactement comme elle était, il plaça ses mains sur ses hanches voluptueuses pour la maintenir fermement en place. Ses gémissements de plaisir se faisaient plus rapprochés et plus sonores à mesure que le plaisir devait monter en elle.

Et soudain, il la sentit se cambrer contre lui.

— Luca, murmura-t-elle.

— Laisse-toi aller. Viens pour moi, Annalise.

Il voulait pouvoir revendiquer son orgasme. Ressentir pleinement le moment où elle atteindrait l'extase.

Et il ne fut pas déçu.

Ses cris de plaisir semblèrent se répercuter contre le plafond. Cambrant encore les hanches, elle pressa plus fort son sexe contre sa bouche. Et elle s'accrocha violemment à ses cheveux.

Mais il voulait tirer parti des ondes de choc de son orgasme. Aussi continua-t-il de s'activer sur son clitoris pour prolonger son plaisir autant qu'il pouvait le prolonger. Les mains toujours accrochées à ses cheveux, elle continuait de murmurer son nom.

Quand elle finit par s'immobiliser, le souffle haletant, il s'assit sur le lit à côté d'elle pour mieux l'observer. Ses longs cils papillonnèrent plusieurs fois avant qu'elle n'ouvre les paupières. Ses yeux de miel et de chocolat demeurèrent quelques instants perdus dans les brumes du désir, mais ils finirent par se concentrer sur lui.

Alors, il sentit un sourire de satisfaction lui étirer les lèvres. Il ne put le réprimer. D'ordinaire, elle était tellement… parfaite. Calme, froide et détachée. Toujours parfaitement maîtresse d'elle-même.

Mais à présent elle n'était plus rien de tout cela. Et il préférait largement cet aspect d'elle qu'il ne connaissait pas.

Ses cheveux, tout emmêlés, étaient répandus autour de son beau visage. De temps en temps, son corps frémissait du contrecoup de l'orgasme qu'il venait de lui donner.

Jamais une seule fois dans sa vie il ne s'était senti si puissant en regardant une femme jouir.

Glissant sa main dans ses doux cheveux soyeux, il rapprocha son visage du sien pour mieux l'embrasser. Un tendre et doux baiser. Qu'il perçut comme un moyen de la remercier de s'être ouverte à lui comme elle l'avait fait.

Mais il n'envisageait aucunement de poursuivre sur cette voie.

Car si elle était satisfaite, il était pour sa part loin de l'être. Son sexe était à présent tellement dur qu'il en était presque douloureux.

Comme si elle avait senti la force animale de son désir, elle s'écarta légèrement de lui pour l'observer, faisant sensuellement glisser son regard sur son corps, de haut en bas, sans hâte et sans aucune intention de dissimuler le désir qu'il lui inspirait. Elle inspecta son torse, son ventre, ses jambes et finit par s'arrêter sur son sexe bandé.

Son apparence importait peu à ses yeux. Il n'y songeait jamais. S'il passait des heures dans la salle de sport, c'était parce qu'il aimait le défi que cela représentait, et parce qu'avec tout le temps qu'il passait devant l'ordinateur son corps avait besoin d'activité physique. Mais à présent, l'appréciation qu'il lisait dans son regard lui donnait l'impression d'être l'homme le plus grand, le plus beau, le plus fort du monde.

Et cette lueur qu'il voyait brûler dans ses yeux. Plus il l'observait et plus il s'impatientait.

- 8 -

Annalise laissa son regard glisser sur le corps de Luca.

Il aurait pu servir de modèle pour une statue grecque. Elle n'avait jamais vu un corps aussi parfait. Tout en muscles durs et noueux.

Elle en avait déjà eu un petit aperçu le jour où elle s'était rendue chez lui. Mais à présent, elle pouvait l'admirer à loisir, sans craindre d'être surprise à le faire. Et elle pouvait constater qu'il ne passait pas toutes ses journées assis derrière un ordinateur.

Mais il n'y avait pas que ces muscles durs et bien dessinés. Malgré sa légère claudication, ses mouvements étaient empreints d'une grâce fluide qui dénotait une parfaite maîtrise de son corps.

Ce qui le rendait plus sexy encore à ses yeux.

Il venait de lui donner l'un des meilleurs orgasmes de sa vie, et pourtant, son corps vibrait toujours de désir pour lui.

Elle avait encore envie de lui.

Croisant les bras derrière la tête, il s'adossa à l'un des oreillers.

— Tu peux regarder tant que tu veux, princesse.

Le sourire qu'il affichait n'était pas une simple tentation. C'était un défi. Allait-elle se contenter de ce qu'il lui avait donné ou poursuivre ce qui ne venait que de commencer entre eux ?

Hors de question qu'elle s'arrête là.

— Crois-moi, je vais faire bien plus que regarder.

Haussant un sourcil, il la mit tacitement au défi de commencer.

Il en était toujours ainsi entre eux. Il fallait toujours qu'il la pousse à bout. Et curieusement, cette tension ne faisait que le rendre plus désirable encore à ses yeux.

Du bout de ses doigts, elle se mit à effleurer sa peau. La courbe dure de ses larges épaules. Les contours bien nets de ses pectoraux. La ligne droite de ses hanches. Et tout en jouant avec lui, elle s'instruisait en regardant ses yeux s'ouvrir plus grand quand elle touchait un point particulièrement sensible de son corps.

Elle ne faisait pas exprès de le titiller, mais le résultat était le même. Elle n'aurait su dire combien de temps elle passa à explorer. Peut-être deux minutes, peut-être vingt. Mais la tension de ses muscles sous ses doigts la fascinait.

Et plus le temps passait, plus ces muscles se tendaient. Ses muscles, et son sexe.

Combien de temps encore allait-il tenir ? Quand allait-il arriver à bout ?

Un délicieux frisson lui parcourut le dos. Enfin, elle effleura du bout des ongles la ligne droite de son sexe, qu'elle avait jusqu'ici délibérément ignorée.

Lentement, elle les fit glisser de haut en bas avant de prendre fermement son sexe en main. Soie et acier, douceur et fermeté à la fois. Du bout de son pouce, elle se mit à lui caresser sensuellement le gland, la peau de son doigt glissant sur la petite goutte qui s'y était formée.

Elle avait envie de le goûter.

Cette pensée venait à peine de lui traverser l'esprit qu'elle se pencha vers lui pour le prendre en bouche.

Elle sentit alors son corps tressaillir et elle crut que le moment était arrivé, qu'il était à bout. Mais il ne chercha pas à l'arrêter. Il la laissa le torturer encore un peu. Lentement, elle enfonça son sexe dans sa bouche, jusqu'à ce que son gland heurte le fond de sa gorge. Puis elle repartit en arrière. Et elle poursuivit ainsi, lentement et régulièrement, jusqu'à ce qu'il ne reste plus rien dans son esprit que son goût et toutes les sensations qu'elle ressentait.

Fermant les yeux, elle sentit la température de son propre corps grimper encore de quelques degrés. Elle avait envie de le sentir s'enfoncer entre ses cuisses. De sentir le lourd poids de son corps contre le sien.

Peut-être émit-elle un petit gémissement, en tout cas le son se réverbéra dans sa tête, mais ce fut à ce moment-là qu'il craqua.

Elle le sentit soudain s'écarter d'elle, la prendre dans ses bras pour l'allonger.

En rouvrant les yeux, elle vit qu'il l'observait. Elle n'avait jamais encore vu sur son visage une expression aussi intense, fiévreuse.

— Tu es à moi, dit-il d'une voix rauque.

Et elle ne put rien faire d'autre qu'acquiescer.

— Préservatif.

Elle fit un signe de main en direction de la table de chevet, et heureusement, il sembla immédiatement comprendre le message. En un temps record, il avait ouvert l'emballage et enfilé le préservatif sur son sexe long et tendu.

Impatiemment, il l'attrapa ensuite par la cheville pour enrouler sa jambe autour de sa taille. Après quoi elle sentit ses hanches se presser contre les siennes, l'obligeant ainsi à écarter les cuisses. Sensuellement, il caressa du bout des doigts la preuve humide de son désir. Et il s'enfonça en elle.

Sous le coup du choc, du déferlement de sensations qui s'abattit sur elle, elle ouvrit grand les yeux. C'était trop. Pas assez.

— Regarde-moi, dit-il d'une voix autoritaire.

Et automatiquement, elle répondit à son injonction.

Le rythme qu'il commença à imprimer était aussi lent

que celui avec lequel elle l'avait torturé. Et à ce moment-là, elle se rendit compte qu'elle avait joué avec ses nerfs tout autant qu'elle avait joué avec les siens.

Les traits de son visage étaient tendus de désir, tendus par sa volonté de contrôle. Son regard orageux était rivé sur le sien. Tellement profond. À la façon dont il l'observait, elle se sentait vraiment très nue et très exposée. Elle ressentit soudain le besoin de se couvrir, non pas le corps, mais l'esprit. Hélas, elle ne savait comment procéder.

Et tandis qu'elle songeait à faire quelque chose, comme le repousser, un deuxième orgasme survint, véritable feu d'artifice de sensations.

Il arriva de nulle part, sans le moindre avertissement. Le monde tourna autour d'elle, la laissant désorientée, haletante et palpitante d'un plaisir qu'elle n'avait jamais connu auparavant.

D'aucuns disent que le sexe peut nous ébranler totalement. Jusqu'alors, elle avait toujours pensé que c'était un mensonge.

Il ne tarda pas à la suivre dans l'extase, exprimant son plaisir dans un grognement guttural qui fit courir de délicieux frissons le long de son dos. L'impact de son orgasme se répercuta jusqu'au plus profond de son corps et elle se délecta de cette sensation. Passant ses bras autour de ses épaules, elle s'accrocha à lui. Elle sentit alors ses hanches heurter les siennes plusieurs fois avant qu'il ne s'effondre sur le lit à côté d'elle.

Elle percevait à présent le feu de son souffle haletant contre sa peau sensibilisée. Son visage était enfoui dans le creux de son cou et son corps pesait encore un peu sur elle.

Quant au sien, elle le sentait vibrer d'énergie, de satisfaction et d'épuisement. La sensation la plus extraordinaire qu'elle ait jamais ressentie.

Luca laissa ses doigts glisser sur la peau d'Annalise. Le naturel avec lequel elle était étendue, nue sur ce lit avec lui, avait quelque chose de surprenant. Il s'attendait presque à ce qu'elle le repousse immédiatement pour faire ensuite comme si rien n'était jamais arrivé.

Parce que c'était ce à quoi il était habitué. Être méprisé, ne pas être désiré.

Mais Annalise n'était pas comme ça. Elle avait pris la décision de céder à ce qu'il y avait entre eux et, à partir de ce moment-là, elle avait foncé tête baissée. Sans regret, sans arrière-pensée.

Il lui enviait cette assurance. C'était là une chose qu'il avait pour sa part eu beaucoup de mal à trouver. Pour donner l'impression à quelqu'un d'être un moins que rien, rien de tel que de l'ignorer et le laisser de côté. Après ça, on a beau réussir sa vie, ce n'est jamais assez. Parce qu'il n'y a personne pour confirmer cette réussite. Ou vous dire qu'il est fier de ce que vous avez accompli.

Agacé, il s'efforça d'écarter ces pensées de son esprit. Ce n'était ni le lieu ni le moment. Pas ici, pas avec elle.

Pour se distraire, il passa la main dans ses doux cheveux. Du bout des ongles, il se mit ensuite à lui effleurer la peau.

Les paupières lourdes et mi-closes, le visage serein et détendu, elle fit de même.

C'était lui qui était à l'origine de cette expression de contentement. Et à cette idée, il sentit sa poitrine se gonfler d'orgueil.

— Dis-moi quelque chose que je ne sais pas sur toi, murmura-t-elle d'une voix aussi douce que la lumière du clair de lune qui baignait son corps.

Embarrassé, il haussa les épaules. Il avait toujours détesté ce genre de question floue qui appelait une réponse précise.

— C'est le genre de question que me posaient les parents adoptifs potentiels quand j'étais petit. « Parle-nous de toi. »

« Qu'est-ce que tu aimes faire pour t'occuper ? » Je devais avoir neuf ou dix ans quand j'ai compris que, ce qu'ils voulaient vraiment, c'était la preuve que je m'intégrerais bien dans leur univers. Ou plus probablement, les raisons pour lesquelles je ne m'y intégrerais pas.

À côté de lui, il la sentit reprendre son souffle. Elle avait brusquement cessé de parcourir son corps de ses doigts. Mais elle ne fit pas de commentaire. Sans doute parce qu'aucune des banalités qu'elle aurait pu dire n'aurait changé le calvaire de son enfance. Elle l'avait compris et il lui en était reconnaissant.

— Apparemment, je n'avais pas de bonnes réponses à leur apporter, parce qu'aucun d'entre eux n'a décidé de m'adopter. Ils choisissaient toujours quelqu'un d'autre. Une petite fille avec de beaux cheveux. Ou un petit garçon qui adorait le base-ball. Je ne me suis jamais vraiment passionné pour le sport. J'étais intelligent, mais j'avais du mal à me concentrer à l'école. La plupart des choses qu'on essayait de nous enseigner m'ennuyaient. Je préférais de loin faire mes propres recherches.

Un doux rire mélodieux venait de s'échapper de ses belles lèvres.

— Tout petit déjà, tu étais indépendant, à ce que je vois.

— C'est vrai, répondit-il en haussant les épaules. Je ne sais pas si c'est ce que je suis vraiment ou ce que les circonstances ont fait de moi, mais peu importe. Le résultat est le même.

— C'est vrai. Tu es tel que tu es.

— Un abruti intransigeant et arrogant ?

Elle secoua la tête. Il sentit le mouvement plus qu'il ne le vit.

— Un homme brillant, compliqué, blessé, sexy et gentil.

— Blessé ?

— Nous sommes tous blessés, Luca. C'est juste que certaines cicatrices sont plus visibles que d'autres.

La tristesse et la lassitude qu'il avait perçues dans le son de sa voix le surprirent. Et il sentit son cœur se serrer douloureusement, parce qu'au ton de sa voix il avait compris qu'elle savait exactement de quoi elle parlait. Or, pour quelque raison inexpliquée, il aurait aimé qu'elle fasse partie des rares chanceux qui n'avaient jamais été blessés par la vie.

Il avait très envie de mieux la comprendre, mais il aurait été déplacé de sa part de lui demander de s'expliquer. Si cela avait été quelqu'un d'autre, n'importe qui, sans s'inquiéter, il aurait tout simplement posé la question, puisqu'il avait envie de connaître la réponse. Mais elle… elle lui donnait envie d'être un homme meilleur.

Ce qui avait quelque chose d'à la fois surprenant et inquiétant.

— En fait, je suis parfaitement conscient de mes cicatrices, visibles et invisibles. J'ai suivi une longue thérapie et je comprends bien mieux à présent pourquoi je suis comme je suis. Il m'a fallu faire beaucoup d'efforts pour parvenir à ce résultat, mais je suis à l'aise avec moi-même.

— Ça se voit, répondit-elle avec espièglerie.

S'appuyant sur son coude, il lui jeta un regard noir.

— Qu'est-ce que tu sous-entends par-là ?

— Je n'ai fait aucun sous-entendu. Ma remarque était parfaitement explicite. Tu as un ego surdimensionné, c'est tout. Mais tu as plein de raisons d'être comme ça, alors il serait difficile de te le reprocher. Même si ça peut parfois être très agaçant.

— J'imagine.

Changeant de position, il se hissa au-dessus d'elle. Il avait envie de voir son visage.

— Je trouve que tu es une femme très charismatique et très expressive.

Comme s'il venait de dire une absurdité, elle leva les yeux au ciel.

— Je pense qu'il y a des tas de gens qui te diraient le contraire.

— C'est qu'ils ne sont pas très attentifs, alors. Chaque pensée qui te traverse se reflète sur ton corps et ton visage.

De nouveau, elle secoua la tête.

— C'est juste que tu es très doué pour observer les autres.

— Peut-être. Encore un talent que j'ai développé dans mon enfance.

À ces mots, son sourire s'était brusquement évanoui.

— J'ai développé ce talent moi aussi. Mon beau-père était un homme violent. Il ne m'a jamais touchée, mais il battait ma mère. J'ai très vite appris à rechercher dans les expressions de son visage et dans son langage corporel les signes que la situation pouvait devenir dangereuse. Quand on en détectait, Dominic et moi faisions tout ce que nous pouvions pour alléger l'ambiance. Et parfois, ça fonctionnait. Mais souvent, non.

Il sentit ses muscles se crisper. Dans le monde d'où il venait, il avait connu beaucoup d'enfants qui avaient été victimes de violences familiales. Les cicatrices que cela laissait étaient profondes.

— Ton père ne lui a pas administré une correction ?

— Mon père ignorait tout jusqu'à ce qu'il ne soit trop tard. Mon beau-père était très attentif à l'image qu'il donnait aux autres. Et il veillait toujours à ne pas laisser de marques sur ma mère. Dominic et moi étions petits, on se laissait intimider. On croyait vraiment à ses menaces.

— Tu avais peur.

— Et je faisais bien. Parce qu'il a fini par assassiner ma mère.

Cette fois-ci, il n'essaya même pas de se retenir de jurer.

— J'ai moi-même suivi une longue thérapie et réussi à

remédier à la plupart de mes problèmes trouvant leur origine dans mon enfance. Il m'arrive encore parfois de ressentir de la colère et de la culpabilité, mais beaucoup moins qu'avant.

— J'espère que ton beau-père croupit en prison.

Une grimace vint déformer son beau visage.

— Non. C'est une longue histoire mais, pour faire court, Dominic et moi étions les seuls témoins. Mon beau-père était un homme très respecté qui avait beaucoup d'amis. Et nous n'étions que des enfants. Quand la police a eu fini de nous interroger, ils avaient déformé notre histoire au point que nous ne pouvions même plus être entendus comme témoins.

Ça lui faisait mal. À chaque fois qu'il se disait qu'il ne pouvait y avoir pire histoire, elle ajoutait encore à l'horreur. Enfant, elle avait été victime d'un traumatisme, et le système qui aurait dû l'aider à obtenir justice l'avait laissé tomber.

Ce qui leur faisait encore un point commun.

La force qu'elle avait était impressionnante. La plupart des gens auraient été amers, mais il ne percevait rien de semblable dans le ton de sa voix. En observant son expression, il fut même surpris du calme qu'elle affichait. Certes, il y avait de l'émotion derrière ses mots – il aurait trouvé cela étrange s'il n'y en avait pas eu – mais il semblait évident qu'elle avait surmonté le traumatisme de ce qu'elle avait vécu.

Mais ce n'était pas cela qui la définissait. Naturellement, cela avait eu un impact sur sa vie et la femme qu'elle était devenue. Mais elle était tellement plus que cette horrible expérience.

Ses sentiments durent se lire sur son visage. Il fallait vraiment qu'il se montre plus prudent à ce sujet. Car il n'aimait pas se montrer vulnérable, et moins encore avec elle. Il lui avait déjà fourni bien plus d'informations sur lui qu'il n'en avait partagé avec qui que ce soit.

— Oh ! ne t'inquiète pas. Une fois devenu adulte, Dominic a personnellement veillé à ce que cette saleté paie pour ce qu'il a fait. Mon beau-père a tout perdu. Aux dernières nouvelles, il n'avait plus un cent en poche et était obligé de loger chez des amis.

De son point de vue, c'était loin d'être suffisant. Il éprouvait un désir irrationnel de faire souffrir cet homme, physiquement, pour le mal qu'il avait causé à la mère d'Annalise et le traumatisme qu'il avait occasionné chez elle. Jamais il n'avait ressenti une réaction si viscérale face à la douleur d'un autre être humain.

Ce n'était pas logique. Et par conséquent, c'était inquiétant.

— Je suis désolé que tu aies vécu ça.

Elle secoua la tête. Et quand elle passa sa main dans ses cheveux, il ne put retenir le grognement d'approbation qui s'échappa de sa bouche. Sous ses doigts, une douce chaleur se répandait dans son cuir chevelu, déclenchant une cascade de réactions.

— Je ne t'ai pas dit ça pour que tu aies pitié de moi. Je n'ai pas besoin de ta pitié. Et rien de ce qui s'est passé n'est de ta faute.

— Alors, pourquoi me l'avoir dit ?

— Parce que tu as laissé entendre que, comme j'avais été bien entourée par ma famille, j'avais eu une enfance parfaite. Je suis la preuve absolue que les apparences sont parfois trompeuses. Un traumatisme n'est pas une course qu'on peut gagner ou quelque chose qu'on peut peser et mesurer. Celui que tu as vécu, quoique différent, a été tout aussi dévastateur que le mien. Et ces deux traumatismes ont eu un impact sur nos vies respectives.

Elle cessa brusquement de faire courir ses doigts dans ses cheveux.

— Je n'accorde pas facilement ma confiance, dit-elle en le regardant droit dans les yeux. Et j'ai le sentiment que toi non plus.

Elle avait raison, mais c'était facile à deviner. Il l'avait lui-même compris il y avait bien longtemps de cela.

— Ma parole a été déformée et utilisée contre moi. Je me suis sentie complètement impuissante à ce moment-là, frustrée et inutile.

Elle avait détourné le regard, mais il voyait bien que son visage était crispé. Elle n'aimait pas plus que lui réveiller ces souvenirs du passé.

— J'ai fait beaucoup d'efforts pour ne plus jamais ressentir cela, en évitant délibérément certaines situations et personnes, afin de m'assurer que ma vie soit toujours facile, cohérente et prévisible. Mais la situation actuelle, au casino, m'échappe complètement. Et l'illusion que j'ai moi-même créée se voit ainsi détruite.

Ce fut lui, cette fois-ci, qui se détourna. Regarder les émotions qu'elle affichait à cet instant lui semblait trop difficile à supporter.

Ce sentiment d'échec… cela faisait bien longtemps que lui-même ne l'avait pas ressenti.

Il avait commencé sa mission au Magnifique avec des intentions qui étaient loin d'être pures. Naturellement, il envisageait bien de faire son travail et de résoudre le problème, mais il pensait en profiter pour prendre sa revanche en mettant la petite princesse dans l'embarras.

Mais à présent, s'il voulait retrouver le voleur, c'était surtout parce que c'était important pour elle.

Et qu'elle était importante pour lui.

Il ne savait pas ce qui s'était passé, mais quelque part au cours des jours passés, ses désirs et ses besoins s'étaient mis à beaucoup compter pour lui. Il savait qu'elle était sous tension, en avait vu la preuve durant les longues journées et soirées qu'ils avaient passées à essayer de chercher une aiguille dans une botte de foin.

La soirée qu'ils venaient d'organiser n'avait porté aucun

fruit. Naturellement, l'étude de la vidéosurveillance n'avait pas encore été faite, mais sur le moment, aucun client n'avait éveillé le moindre soupçon. Ils allaient continuer à chercher, cependant.

Perdu dans ses pensées, il se serra un peu plus contre elle.

Les yeux pleins de déception et de peur, elle le regardait. En observant l'expression de son visage, il sentit son cœur se serrer encore, et pour quelque raison inconnue, une promesse qu'il n'était pas sûr de pouvoir tenir s'échappa de ses lèvres :

— On trouvera le voleur, Annalise. Je te le promets.

- 9 -

Luca observait fixement l'écran. La liste de chiffres et de noms finit par devenir floue. Il serra fort les paupières, les rouvrit.

Il régnait dans le bureau d'Annalise un silence de mort. Ce qui paraissait logique au beau milieu de la nuit. Il comprenait bien pourquoi elle était accro au travail. Quand on habite et travaille au même endroit, il est beaucoup trop facile de quitter son lieu de vie pour s'occuper d'une tâche ou d'une autre. Et les quelques minutes qu'on pensait y consacrer peuvent aisément se changer en heures.

S'il se trouvait ici, dans son bureau, c'était parce qu'il n'arrivait pas à dormir. Ce qui était fréquent chez lui ; il avait toujours eu beaucoup de problèmes de sommeil.

La respiration douce et régulière d'Annalise avait quelque chose d'hypnotisant, de tentant. Il avait eu envie de se pelotonner contre elle et de s'endormir enveloppé par la chaleur de son corps. Mais son cerveau refusait de se mettre en veille. Parce que la conversation qu'ils avaient eue avait renouvelé sa détermination à trouver le voleur.

La soirée organisée par le casino avait été très décevante. Sauf qu'elle lui avait permis de la voir dans cette robe si sexy. Rien que pour ça, il ne regrettait pas les efforts qu'ils avaient faits pour qu'elle ait lieu.

En se rappelant le moment où elle était apparue sur l'estrade, dans ce halo de lumière, il sentit son sexe durcir de désir à nouveau. Il aurait dû éteindre cet ordinateur et aller la réveiller pour passer à l'acte II.

Le grognement qu'il poussa déchira le silence de la nuit.

Luttant contre son instinct, il reprit là où il s'était arrêté, essayant de chercher d'autres anomalies dans les données qu'ils avaient déjà épluchées des dizaines de fois.

Quand les premières lueurs de l'aube finirent par se déverser dans la pièce, il avait mal aux yeux, à la tête, au dos.

Mais il avait trouvé quelque chose.

La voix d'Annalise, derrière lui, le fit sursauter.

— Alors c'est là que tu te caches…

Tournant vivement la tête, il la trouva adossée au chambranle de la porte, les bras croisés sous sa poitrine.

Il s'attendait à moitié à voir briller de la colère dans ses beaux yeux. Mais il n'y avait en eux que de la curiosité. La plupart des femmes auraient été fâchées de se réveiller seules après des ébats passionnés. Mais apparemment, Annalise ne comptait pas parmi celles-là.

Ce qui ne faisait que prouver à quel point elle était unique.

Comme il ne voulait pas qu'elle pense qu'il cherchait à l'éviter, il ne se donna pas la peine de formuler une réponse verbale. S'étant levé, il s'approcha d'elle et passa sa main derrière son cou pour joindre ses lèvres aux siennes.

Une chaleur intense semblait à présent les consumer. Le désir, qu'il avait refoulé au cours des quelques heures passées, s'était réveillé dans toute sa force, et il le sentait à présent palpiter dans son sang.

Elle était comme une drogue. Son corps réagissait aussitôt qu'il y goûtait.

Passant ses bras autour de son torse, elle l'attira plus près d'elle.

Quand ils finirent par s'écarter l'un de l'autre, ils étaient tous deux haletants.

— Bonjour, murmura-t-il.

— Bonjour. Ça fait longtemps que tu es dans mon bureau ?

— J'y suis resté presque toute la nuit.

— Et c'est moi qu'on traite d'accro au travail ! s'exclama-t-elle en secouant la tête. Je dors, moi, au moins.

— Très drôle. Mais écoute ça : je crois que j'ai trouvé quelque chose.

À ces mots, elle s'était immobilisée. Et une faible lueur d'espoir luisait désormais dans ses yeux.

— C'est vrai ?

— Oui. Quelque chose qui me paraît suspect. On a filtré les données pour dresser la liste des personnes dont l'activité était inhabituelle. Et nous avons présumé, peut-être à tort, que, compte tenu de l'importance des pertes, le voleur devait avoir un pourcentage de gains supérieur à la moyenne. Mais j'ai fini par me souvenir que, au début, les sommes étaient en réalité assez peu conséquentes.

Comme pour lui signifier qu'elle suivait son raisonnement, elle hocha la tête. Tout son corps semblait tendu.

— Et s'il nous fallait rechercher non pas une, mais plusieurs personnes ?

Inclinant la tête sur le côté, elle étudia son visage pendant plusieurs secondes. Manifestement, elle réfléchissait à toutes les conséquences de ce qu'il venait de suggérer.

— Tu penses que c'est une bande ? Comme un groupe de compteurs de cartes qui travailleraient ensemble ?

— Quelque chose comme ça. Et si plusieurs personnes étaient à l'action et dispatchaient les sommes volées sur différents comptes du programme de fidélité ? En me basant sur les probabilités, j'ai isolé les comptes dont les gains sont très supérieurs à la moyenne mais toujours en dessous du seuil d'alerte automatique.

— Ceux qui n'attirent pas spécialement l'attention.

— Exactement. On aurait rapidement la puce à l'oreille si une personne, ou un groupe de personnes, touchait systématiquement des sommes faramineuses. Mais sans attirer l'attention avec les jackpots, on peut tout de même gagner beaucoup d'argent. En toute discrétion.

— Surtout si on est plusieurs.

Ce fut lui, cette fois-ci, qui hocha la tête.

— Exactement.

— J'imagine que tu as dressé une liste.

— Évidemment, répondit-il avec un large sourire.

Elle le suivit jusqu'au bureau, sur lequel l'ordinateur était resté allumé.

— La liste est assez longue pour le moment : plus de deux cents noms. Mais je suis en train de faire travailler des algorithmes. Elle devrait se réduire de façon conséquente d'ici quelque temps.

Manifestement très impatiente, elle se pencha vers l'écran.

Passant son bras autour de sa taille, il l'attira près de lui.

— Je pense connaître un bon moyen de passer le temps, chuchota-t-il à son oreille.

Se réveiller toute seule avait été un véritable coup dur. Dont Annalise était cependant bien déterminée à ne pas montrer l'impact à Luca. Avant de descendre à son bureau, elle en était venue à se convaincre qu'il n'y avait rien d'autre que de l'attirance sexuelle entre eux.

Ce qui était un énorme mensonge.

Car à cet instant précis, alors même qu'elle savait que l'ordinateur pouvait à tout instant lui fournir une liste sur laquelle figurait le nom du voleur qu'elle recherchait depuis des mois, elle ne voulait rien d'autre que ce que Luca avait à lui offrir.

Un extraordinaire plaisir sexuel.

Il avait un incroyable don pour lui faire ressentir des sensations.

Lentement, elle se tourna dans ses bras. Et, cette fois-ci, ce fut elle qui le coinça.

— C'est vrai ? À quoi pensais-tu exactement ? Passer tes mains sous ma jupe pour me retirer ma culotte ?

Cédant à son instinct, elle prit en main le renflement de son sexe qui se détachait nettement sous sa braguette.

— Me demander de me courber au-dessus de ce bureau pour t'enfoncer en moi ?

Comme s'il luttait pour rester maître de lui, il ferma les yeux un instant et poussa un sourd grognement. Quand ses paupières finirent par s'ouvrir, son regard gris la transperça. Elle l'avait coincé entre son corps et le bureau. Et pourtant, elle avait l'impression que c'était elle qui était prise au piège. Comment était-ce possible ?

— Je pensais plutôt à te ramener à ton appartement. Tout bien considéré, il y a certains avantages à vivre sur son lieu de travail. Mais je trouve que tes idées sont bien meilleures.

Elle s'attendait à moitié à ce qu'il passe les mains sous sa jupe pour lui arracher sa culotte et l'inciter à se pencher au-dessus du bureau. Et elle aurait menti si elle avait dit qu'elle n'était pas très excitée par cette idée.

Mais il la surprit en s'agenouillant devant elle. Quand il releva les yeux vers elle, son regard lui sembla pur, sincère. Lentement, il fit glisser ses mains le long de ses jambes, en commençant par les chevilles.

Un délicieux frisson la parcourut.

C'était une douce torture. Parce qu'elle savait exactement ce qu'il envisageait de faire. Et qu'elle attendait impatiemment qu'il le fasse.

Quand il atteignit la face interne de ses cuisses, lentement, il se mit à dessiner des cercles sur sa peau puis à retracer les contours de sa culotte.

Quelques minutes plus tard, elle était haletante de désir.

Brûlante. Fiévreuse. Elle ne reconnut même pas sa propre voix quand elle se mit à parler.

— Caresse-moi.

Un sourire étira ses lèvres et une lueur de triomphe vint éclairer son regard intense.

— Avec plaisir.

Lentement, il fit glisser sa culotte le long de ses jambes, avant de l'aider à relever les pieds pour l'en libérer.

Mais au lieu de la laisser par terre, à sa grande surprise, il la fourra dans la poche de son jean.

— J'aimerais bien la récupérer.

— Je comprends, mais je la garde. Elle est à moi maintenant.

Elle laissa échapper un petit cri de surprise.

— Mais je ne peux pas me balader toute la journée sans culotte !

Son sourire se fit malicieux.

— Je suis sûr que si, répondit-il.

Mais elle n'eut pas le temps de réagir à ces paroles. Son esprit venait à nouveau de se fracturer. Car il avait posé son pouce sur son clitoris qu'il s'était mis à masser. Il l'avait fait exprès. Pour détourner son attention. Il était malin et brillant, mais tout cela, elle le savait déjà.

S'adonnant aux merveilleuses sensations qu'il lui prodiguait, elle soupira de plaisir.

— Continue, murmura-t-elle.

Et heureusement, il fit ce qu'elle lui avait demandé. Les mains sur ses cuisses, il finit par la faire reculer jusqu'à ce que ses hanches heurtent le bureau. Avec un grand soulagement, elle laissa le meuble soutenir une partie de son poids. Elle commençait à avoir les genoux qui vacillaient.

Les mains sur la face interne de ses cuisses, il lui demandait désormais tacitement de les écarter pour lui. Elle releva la tête, et son regard se posa sur la porte vitrée. Il était encore tôt, mais ça ne voulait pas dire pour autant que quelqu'un ne pouvait pas arriver. Le casino était ouvert vingt-quatre heures sur vingt-quatre, sept jours sur sept.

Avec quelqu'un d'autre, elle aurait immédiatement mis un terme à la situation. Mais avec lui, peu lui importait que quelqu'un les surprenne.

C'était même mieux que cela : elle avait envie que quelqu'un les surprenne ; voie à quel point il la désirait, à quel point elle le désirait. Ce désir partagé lui donnait un sentiment de puissance que la gestion de son immense entreprise ne lui avait jamais conféré.

S'étant un peu penchée, elle attrapa le bas de sa jupe crayon étroite pour la retrousser sur ses cuisses et pouvoir ainsi s'ouvrir librement à lui.

Les yeux brillants d'approbation et de passion, il l'observait. Son regard remontait le long de la zone de peau qu'elle dévoilait progressivement. Mais ce fut avec sa bouche qu'il entreprit de la caresser.

À la seconde même où son sexe brûlant de désir fut exposé, il se pencha vers lui. Et après lui avoir écarté les lèvres, lentement, sensuellement, délicieusement, il fit glisser sa langue sur sa chair humide.

À ce moment-là, le plaisir fut tel que tout son corps se mit à trembler. Plusieurs fois, il reproduisit sa caresse avant de prendre en bouche son clitoris qu'il finit par aspirer. Tout en le maintenant en place entre ses dents, il se mit ensuite à le caresser, encore et encore, du bout de sa langue.

Jusqu'à ce qu'elle voie des étoiles.

La température de son corps monta lentement, et soudain, elle eut la sensation d'exploser de plaisir. Les vagues orgasmiques qui déferlèrent sur elle l'obligèrent à se cambrer, comme pour en demander davantage.

Ses bras finirent par s'affaisser, et elle s'effondra sur le bureau. Il tira immédiatement parti de la situation pour se glisser entre ses cuisses.

Après avoir cligné des yeux plusieurs fois, elle le vit ouvrir rapidement sa braguette. Et avec tout autant d'empressement, il sortit un préservatif de sa poche, en déchira l'emballage, l'enfila.

Elle venait de connaître l'un des meilleurs orgasmes de sa vie, et pourtant elle avait encore envie de lui. Comment était-ce possible ? Comment se faisait-il que cela soit toujours ainsi avec lui ?

Peu importait. Tout ce qui comptait, c'était le désir qu'elle avait pour lui.

Passant ses bras autour de ses hanches, il la tira jusqu'au rebord du bureau et positionna son sexe bandé devant le sien, humide, brûlant et palpitant de désir. Alors, elle releva un peu les hanches, une invitation tout autant qu'une demande.

Les mains toujours accrochées à ses hanches, il s'enfonça en elle, lui tirant ainsi un petit cri de soulagement.

— Encore, encore.

S'accrochant à son tour à ses hanches, elle l'encouragea à accélérer le rythme. Plus la tension se renforçait dans son corps, plus elle cambrait le dos.

Dans un grognement, il s'enfonça en elle une dernière fois. Son corps trembla sous la force de son orgasme. Et elle sentit son propre corps réagir également, pris d'assaut par un plaisir qui la dépouilla de tout ce qu'elle avait, ne lui laissant que le bonheur intense de toutes ces sensations voluptueuses.

Après cela, ils restèrent un moment immobiles. Elle sentait son corps peser contre le sien. De petits détails finirent par lui apparaître à travers la brume. Le glissement de ses jambes contre les siennes. Le ronronnement de l'air conditionné. Ses muscles qui se tendaient et se relâchaient contre elle au rythme lourd et régulier de sa respiration.

Il finit par se redresser mais, pour quelque raison inconnue, elle ne put résister au besoin de resserrer son étreinte autour de son corps puissant, le sentir contre elle quelques secondes de plus avant qu'elle ne le laisse partir.

Déception et angoisse s'emparèrent d'elle quand il finit par s'éloigner. Les mains sur sa taille, il la reposa doucement à terre et lissa ses vêtements. Et tout en remettant un peu d'ordre dans ses mèches de cheveux emmêlées, il baissa la tête vers elle.

Son expression était… énigmatique. Elle n'avait aucune idée de ce qu'il pouvait penser. De ce qu'il pouvait vouloir.

Que voulait-il ?

Elle n'était pas habituée à cela. Pas habituée à se soucier de ce genre de choses.

Et en plongeant son regard dans ses impénétrables yeux, elle se rendit compte que quelque chose avait changé. Qu'elle s'était attachée à lui.

Elle ouvrit la bouche pour parler mais en fut empêchée par le tintement sonore que l'ordinateur venait d'émettre, de l'autre côté de la pièce.

Un sourire plein de fierté vint étirer ses lèvres viriles.

— Mon programme est terminé.

Tout en lissant ses propres vêtements, il se détourna d'elle.

D'un coup, comme ça, ils en étaient revenus aux affaires.

Il lui avait fallu se faire violence pour ne pas céder au désir de serrer Annalise dans ses bras. Mais cela n'aurait été bon pour aucun d'entre eux.

Bien vite, les employés allaient commencer à arriver. Elle ne se le pardonnerait jamais, et elle ne lui pardonnait jamais, s'ils se faisaient surprendre dans une telle posture. Elle considérerait cela comme un acte d'irresponsabilité.

Aussi s'approcha-t-il de l'ordinateur pour étudier la liste qui venait de sortir.

Immédiatement, elle lui emboîta le pas pour venir se poster à côté de lui. Son odeur de miel et de sexe l'enveloppait, elle l'excitait et l'apaisait à la fois.

Il finit par ouvrir le fichier et passa en revue la liste, qui devait contenir une vingtaine ou une trentaine de noms.

— Qu'est-ce que tu en penses ? lui demanda-t-il.

Il ne s'attendait pas vraiment à une réponse. Il s'agissait là de personnes qui étaient restées discrètes soit parce qu'elles n'étaient pas très douées pour le jeu, soit parce qu'elles ne voulaient pas se faire remarquer. Il n'y avait a priori aucune raison pour qu'elle ait interagi avec l'une ou l'autre d'entre elles durant leurs visites au casino.

Aussi fut-il surpris de déceler une expression de choc sur son visage tandis qu'elle parcourait furieusement des yeux la liste. Elle pinça les lèvres, plissa les yeux. Après quoi elle jeta un discret coup d'œil dans sa direction, avant de se détourner.

Elle connaissait quelqu'un. Mais ne voulait rien lui dire.

— Annalise, fit-il en guise d'avertissement.

Dans un soupir, elle recula de quelques pas.

— Ça ne veut rien dire du tout.

— Peut-être pas, mais si c'était important ?

Elle secoua la tête.

— Ce n'est qu'une coïncidence. Tu as toi-même dit que c'était un algorithme qui brassait les données. Il y a beaucoup de personnes sur cette liste et la plupart d'entre elles sont sans doute innocentes.

L'espoir et la peur se mêlaient dans son regard. Elle était à l'évidence bouleversée par l'un des noms qu'elle avait lus. Elle voulait que cette personne soit innocente car, si ce n'était pas le cas, ce serait pour elle une trahison totale.

Et elle en serait totalement dévastée.

— Qui est-ce ? lui demanda-t-il sans ambages.

Dans un soupir, elle finit par lui répondre.

— Un ancien employé. Robert a travaillé au Magnifique pendant trente ans. Il avait un comportement exemplaire et je le connais personnellement. Il ne peut pas être derrière tout ça.

Pour son bien à elle, il espérait qu'elle disait vrai. Mais au fond de ses tripes, il savait qu'elle avait tort.

Il allait devoir adopter une approche très prudente. Il s'était déjà heurté à l'instinct protecteur qu'elle déployait toujours pour tout ce qui touchait à ses employés et à la famille qu'elle pensait s'être construite. Ce Robert devait être un homme qu'elle avait connu toute sa vie et en qui elle avait confiance.

— D'accord. Je respecte ton jugement. Mais tu dois admettre que, si son nom figure sur la liste, nous devons le traiter comme tous les autres.

Il la vit porter sa main à sa gorge, comme si elle avait du mal à ravaler sa salive.

Ça n'allait pas être facile.

- 10 -

Annalise ne voulait pas croire que Robert soit impliqué. C'était même pire que cela : elle refusait catégoriquement d'y croire. Mais elle comprenait les arguments de Luca. Pour ne pas que leur jugement soit biaisé, ils devaient admettre la possibilité qu'elle se soit trompée.

Même si, à cette simple idée, elle sentait une horrible douleur lui serrer le cœur.

— Avant de tirer la moindre conclusion, allons regarder les images de la vidéosurveillance.

Elle s'attendait à ce qu'il conteste ses paroles, mais au bout de quelques secondes, il finit par hocher la tête pour marquer son accord.

— On peut faire ça.

— Parfait.

Le sombre nuage qui semblait s'être arrêté au sommet de sa tête commença à se dissiper. Les images prouveraient l'innocence de Robert. Il ne pouvait en être autrement.

— Il faut encore que je vérifie une ou deux choses. Pourquoi n'irais-tu pas voir la sécurité pour leur demander de nous sortir les films dont nous aurons besoin ?

Ça ne la dérangeait pas. Elle avait besoin d'être un peu seule pour se remettre, de toute façon. Entre le merveilleux orgasme qu'il venait de lui donner et le choc qu'elle avait reçu en voyant s'afficher le nom de Robert, elle se sentait complètement déstabilisée.

Sans se presser, elle traversa donc le casino pour se rendre dans les bureaux de la sécurité. La grande pièce disposait toujours d'une vitre sans tain qui surplombait la salle de jeu. Cependant, la plus grande partie de la surveillance se faisait par vidéo, à présent. Et via les vigiles, qui parcouraient régulièrement les lieux, en civil ou en uniformes.

Elle se rendit directement dans le bureau du fond et, après avoir refermé la porte derrière elle, s'installa dans un fauteuil.

— Nick, est-il possible d'obtenir des images de vidéo-surveillance d'un client à partir de sa carte de fidélité ?

Tout en s'accrochant aux accoudoirs de son fauteuil, le chef de la sécurité fronça les sourcils. Et il se mit à se balancer sur sa chaise, comme il le faisait à chaque fois qu'il était profondément immergé dans des réflexions.

Nick travaillait pour le casino depuis quinze ans. Il avait gravi les échelons et avait fini par prendre la tête du service sécurité six ans plus tôt. À la fois rapide et réfléchi, il prenait son travail très au sérieux.

Il avait par ailleurs une épouse très belle, trois petits-enfants et un berger allemand qu'il considérait comme son bébé.

— On ne catalogue pas les vidéos de cette façon, finit-il par répondre.

Elle le savait déjà, mais elle préférait tout de même poser la question.

— Qu'essayez-vous de trouver ?

— Nous avons identifié un groupe de porteurs de carte ayant fait une série de gains juste en dessous du seuil d'alerte. Avant de creuser davantage, j'espérais pouvoir utiliser les vidéos pour observer leur façon de jouer.

Pour le moment, elle ne voyait aucune raison de dire à Nick que Robert figurait sur la liste. On ne pouvait pas vraiment dire qu'ils étaient amis, mais les deux hommes se connaissaient et s'entendaient bien. Si ses souvenirs étaient bons, Nick avait même fait un discours lors du pot de départ à la retraite de Robert, un an et demi plus tôt.

Il ouvrit la bouche pour répondre. Mais le cliquetis de la porte, qui s'ouvrit derrière elle, l'empêcha de parler. En se tournant, elle vit que Luca venait d'entrer.

S'étant approché d'elle, il posa la main sur son épaule, qu'il serra doucement. Le geste fut bref, mais Nick l'observa d'un œil surpris.

Le chef de la sécurité était suffisamment intelligent pour ne pas faire de commentaire, cependant.

Quant à elle, elle ne savait pas trop quoi penser de l'attitude de Luca. D'un côté, ce signe d'encouragement l'avait réconfortée. Mais de l'autre, elle n'était pas habituée aux démonstrations publiques d'affection. Et moins encore au travail.

Ce qui ne l'avait cependant pas empêchée de coucher avec lui dans son bureau quelques minutes plus tôt.

Et elle en gardait un souvenir merveilleux.

Tout en secouant la tête, elle essaya de se reconcentrer sur la tâche à accomplir plutôt que sur l'homme à la fois excitant et déconcertant qui se trouvait désormais assis à côté d'elle.

— Je viens de demander à Nick si nous pouvions filtrer les fichiers vidéo en nous appuyant sur les cartes de fidélité des clients.

Derrière son bureau, Nick secoua lentement la tête.

— On ne catalogue pas les fichiers de cette façon.

— On pourrait peut-être faire appel à un logiciel de reconnaissance faciale, lança Luca.

— Vous me parlez de plus d'un an de vidéos de surveillance. Même avec le plus rapide des programmes, il nous faudrait un bon bout de temps.

— D'autant plus que notre liste comprend plus de vingt personnes, marmonna-t-elle.

Nick soupira.

— On peut faire ça, mais ne vous attendez pas à ce que ce soit rapide.

— Ce qui compte, c'est que ça soit efficace, répondit Luca d'une voix sinistre qu'elle ne trouva en rien rassurante.

Manifestement, il ne s'attendait pas à ce que le processus fonctionne.

— Je veux également que chaque client de la liste soit fiché. Si l'un d'entre eux passe les portes, je veux savoir.

Nick acquiesça et les traits de son visage se détendirent très légèrement.

— Ça, on peut le faire.

Au moins, ils avaient établi une stratégie. Ne leur restait plus qu'à attendre que le logiciel trouve quelque chose ou que l'un des clients de la liste entre dans le casino.

— Merci pour votre aide, Nick.

— Je vous en prie. Je sais à quel point ces recherches sont frustrantes et j'ai tout autant envie que vous qu'on attrape ce voleur.

— Je sais, répondit-elle en se levant pour lui serrer la main.

Suivie de Luca, elle finit par quitter les bureaux de la sécurité.

— Et maintenant, que fait-on ? lui demanda-t-elle dans le hall.

Ils avaient du temps à tuer et si elle ne s'occupait pas l'esprit la frustration allait la ronger.

Un beau sourire s'était dessiné sur son visage.

— J'ai entendu dire qu'il y avait au Magnifique un extraordinaire spectacle et un chef qui prépare des plats fabuleux.

— Tu as envie de regarder des show girls secouer les plumes de leur derrière ? demanda-t-elle en souriant.

— Je préférerais te regarder toi. Mais comme je ne t'imagine pas secouer les plumes de ton derrière sur une scène devant des centaines de gens, je vais me contenter des show girls.

— Tu es incorrigible.

— Peut-être, répondit-il en haussant les épaules. Mais je sais aussi être très charmant quand je sors avec une femme.

Était-ce cela qu'ils allaient faire ? Sortir ensemble ?

Elle essaya de prendre un peu de recul pour réfléchir. Depuis quand n'était-elle pas sortie avec un homme ?

Des mois. Quasiment un an.

— J'ai une meilleure idée.

Tout en plissant les yeux, il inclina la tête sur le côté.

— Je t'écoute.

— J'ai un passe pour accéder à l'un des plus prestigieux clubs de la ville. Et je trouve que je n'en profite pas assez.

— L'Excess ?

— Oui.

Les recherches concernant le voleur étant au point mort, ils décidèrent de se séparer pour le reste de la journée. Annalise avait un casino à gérer et lui-même devait peaufiner les derniers détails de la conception de son nouveau logiciel.

Mais il lui avait été difficile de la laisser partir.

Heureusement, il savait qu'il aurait le plaisir de passer la soirée avec elle. C'était à cette idée qu'il s'était raccroché.

L'Excess étant situé tout près du casino, il lui avait proposé de passer la chercher. Il avait choisi un beau costume. Mais pas de cravate ; il ne portait jamais ces choses-là. Et pour l'occasion, il décida de sortir sa Maserati MC20 du garage, un joujou dont il avait rarement le temps de profiter.

Cette soirée semblait constituer une parfaite occasion de rouler vite et de s'amuser un peu. De plus, il avait envie de voir la réaction qu'elle aurait quand il appuierait sur l'accélérateur. Allait-elle lui crier de ralentir ou rire de joie ?

Il n'en avait aucune idée. Quelques semaines plus tôt, il aurait pensé qu'elle se crisperait, mais à présent… il lui semblait qu'elle avait un côté un peu fou qu'elle savait très bien cacher.

Après avoir remis ses clés au voiturier du casino, il s'apprêtait à monter chez elle pour aller la chercher quand il la vit passer les portes du bâtiment.

Son cœur se mit à cogner contre ses côtes.

Elle portait une robe très courte, qui dévoilait la plus grande partie de ses longues jambes fuselées. Il se souvint de sa culotte, qu'il lui avait retirée le matin même dans son bureau. Et tout à coup, il ne put plus penser qu'à ça.

Était-elle toujours nue sous ses vêtements ? Était-ce trop espérer ?

Cette robe était à la fois sexy et sophistiquée. Sa couleur bleu ciel s'accordait parfaitement avec le blond de ses cheveux. Le haut, en dentelle, laissait çà et là entrevoir de petites zones de peau. Et le bas était suffisamment évasé pour pouvoir être soulevé par un léger souffle de vent qui, avec un peu de chance, confirmerait ses soupçons.

Elle avait complété sa tenue par des sandales à brides beiges, qui mettaient magnifiquement en valeur ses jambes. Ses cheveux étaient artistiquement relevés au sommet de sa tête en un chignon flou qu'il brûlait d'envie de défaire, rien que pour voir ses mèches dorées retomber en cascade autour de son beau visage.

Les quelques personnes qui se trouvaient devant l'entrée du casino s'étaient toutes immobilisées pour la regarder. Hommes, femmes, enfants.

Mais elle ne semblait pas l'avoir remarqué. Son regard était rivé sur lui.

Il sentit sa poitrine se gonfler d'orgueil, et de quelque chose qui ressemblait à de l'espoir.

Ce soir-là, elle était sienne.

Arrivée devant lui, elle l'embrassa sur la joue. Instinctivement, il passa son bras autour de sa taille fine et la serra contre lui.

— Je t'ai toujours trouvée magnifique, lui chuchota-t-il à l'oreille, mais ce soir, tu es absolument époustouflante. Pas à cause de ta robe, de ton maquillage ou de tes chaussures. Mais parce que tu es rayonnante d'une aura qui n'appartient qu'à toi.

Tout en lovant son corps contre le sien, elle poussa un adorable petit soupir.

— Tu n'es toi-même pas mal du tout, répondit-elle en s'écartant un peu de lui pour lui pincer les fesses. Allez, viens. On va faire la fête.

Il lui ouvrit la portière de sa voiture et attendit qu'elle se soit installée pour la refermer. Le trajet, bien que bref, fut un mélange d'euphorie et de découverte.

— Joli joujou, dit-elle d'un air moqueur.

Mais le sourire qui étirait ses lèvres la trahissait.

— Avoue qu'elle te plaît.

Tout en riant, elle se tourna vers lui.

— Peut-être.

Quelques minutes plus tard, ils arrivaient à l'Excess. Ce n'était pas la première fois que Luca y venait, mais ce n'était pas non plus comme s'il était un client régulier. L'ambiance y était luxueuse, sophistiquée mais agréable. La musique était forte et actuelle. Les boissons et la cuisine délicieuses. Régulièrement, les grands noms de Vegas et de L.A. s'y côtoyaient.

Néons, musique retentissante, foule… pas vraiment le genre de choses qu'il appréciait. Mais ce soir-là, il aurait été prêt à faire n'importe quoi pour voir les yeux d'Annalise s'illuminer de joie.

Coupant court à ses pensées, elle lui prit la main.

— Suis-moi, cria-t-elle pour couvrir le bruit des basses.

Ensemble, ils se faufilèrent entre les tables et les danseurs pour s'approcher d'un escalier qui menait à une mezzanine.

À l'étage, il y avait davantage d'air pour respirer. Des

canapés et des fauteuils bas tapissés de velours avaient été disposés un peu partout dans la pièce. Le bar, au fond, offrait un vaste choix de boissons à ceux qui avaient envie d'un peu moins d'agitation.

L'air sûre d'elle, elle se dirigea vers l'un des coins de la salle.

— Meredith préfère rester en dehors de la mêlée, lui dit-elle en lui indiquant une petite table à côté du bar.

À leur approche, la jeune femme se leva de son canapé en poussant un petit cri de joie. Bousculant plusieurs personnes au passage, elle courut à leur rencontre pour serrer Annalise dans ses bras.

— Incroyable, finit-elle par dire en s'écartant. Tu es venue à l'Excess un soir de semaine ? Qui êtes-vous ? Qu'avez-vous fait de ma meilleure amie ?

— Je suis déjà venue en semaine, lui répondit Annalise en faisant une petite grimace.

— Pour discuter affaires avec ton frère. Mais je peux t'assurer que tu n'es jamais venue en semaine habillée comme ça, affirma Meredith en observant son amie de haut en bas.

Il comprenait parfaitement ce besoin de mieux regarder. Il y avait lui-même cédé plusieurs fois depuis leur départ du casino.

— Une véritable bombe. Où cachais-tu cette robe ?

Tout en baissant les yeux, Annalise fit un petit geste dédaigneux de la main.

— Je l'ai depuis des années.

Meredith finit par prendre son amie par la main pour l'attirer le diable sait où. Vaguement amusé, il les suivit.

Il connaissait Meredith Forrester de réputation, son travail de journaliste étant reconnu et estimé dans tout le pays. C'était une véritable boule d'énergie, un volcan dont l'activité contrastait avec le calme et le détachement dont faisait toujours preuve Annalise. Ou du moins en public.

Les deux femmes s'assirent sur un canapé. Il s'installa dans le fauteuil en face d'elles.

Pour la première fois depuis leur arrivée, Meredith sembla alors s'apercevoir de sa présence. Elle se pencha vers lui.

— Il faut que tu me dises ton secret. Ça fait des mois que j'essaie de le faire venir à l'Excess. Elle travaille beaucoup trop.

Il ne pouvait pas dire le contraire. Mais il n'eut pas le temps de répondre. Dominic venait d'entrer par une porte qu'il n'avait pas remarquée et il s'était penché derrière sa fiancée.

Tournant la tête par-dessus son épaule, elle joignit ses lèvres aux siennes. Quand elle finit par s'écarter de lui pour lui sourire, elle paraissait radieuse.

— Luca est là, lui dit-elle.

— C'est pour ça que je suis venu, lui répondit Dominic avant d'échanger avec lui une poignée de main. Content de te voir. Comment ça se passe au casino ?

Comme si la question s'adressait à eux deux, il les avait regardés à tour de rôle, Annalise et lui. Luca la laissa répondre. C'était son entreprise, son problème, sa responsabilité.

— Nous sommes dans l'attente pour le moment. Nous avons mis en place deux logiciels qui vont mettre un peu de temps à donner des résultats.

Dominic hocha la tête.

— Si je peux faire quelque chose pour vous aider…

— Pas pour le moment, mais je te tiendrai au courant, lui répondit-elle. Ce soir, j'aurais plutôt besoin de distraction.

Dominic lui sourit d'un air entendu avant de se tourner vers Luca.

— Vous avez choisi le bon endroit. Vous allez passer une super soirée, je vous le garantis.

Il se tourna vers sa sœur pour lui déposer un tendre baiser sur le front.

— Tu auras tout le temps de travailler demain, lui dit-il avant de se retourner vers Meredith. En parlant de travail, il faut que j'aille régler le problème qui est survenu à Rio.

— Tu ferais mieux de suivre ton propre conseil.

— La soirée ne fait que commencer, lui répondit-il en lui adressant un clin d'œil qui ne laissait aucun doute sur la façon dont il envisageait de passer le temps qui resterait.

Sans se soucier des clients qui pouvaient les observer, il passa alors ses bras autour de son cou pour l'embrasser avec passion. Le baiser ne dura que quelques secondes, mais quand il finit par s'écarter de Meredith, l'expression du visage de la jeune femme était… enviable.

Elle avait les yeux brumeux, et à la regarder, on aurait dit que Dominic Mercado était tout son univers.

Le spectacle qu'ils offraient était… instructif. Il était évident qu'ils s'aimaient, mais c'était là une chose qu'il n'arrivait pas vraiment à saisir. Il comprenait que l'on puisse avoir de l'affection pour un autre être humain. Plusieurs des personnes qui avaient traversé sa vie avaient eu de l'importance à ses yeux.

Mais ce n'était pas comme s'il avait eu un parfait exemple de ce que devait être une relation de couple saine. Il n'avait pas vraiment de référence pour ce qui était de l'amour, pas même celle de ses parents. Ils étaient morts quand il était très jeune, il se souvenait à peine d'eux. Il ne possédait qu'une seule photo d'eux ensemble. Ils devaient alors être âgés d'une vingtaine d'années et ils paraissaient heureux. Mais rien de comparable au bonheur lumineux que Meredith et Dominic semblaient partager.

De toute façon, l'amour n'était pas un concept auquel

il avait beaucoup réfléchi jusqu'ici. Cela ne faisait pas partie de sa vie, et jusqu'à cet instant, cela ne lui avait jamais manqué.

Pour quelque raison inconnue, il tourna son regard vers Annalise, qu'il surprit à l'observer, la tête inclinée sur le côté, l'air à la fois songeur et perplexe.

- 11 -

Annalise s'était habituée aux démonstrations publiques d'affection de Dominic et Meredith. Et elle était même devenue un peu jalouse d'eux. Ils se moquaient bien de qui pouvait voir ou savoir qu'ils étaient fous amoureux l'un de l'autre.

Ce qui était à la fois mignon et écœurant. Notamment parce qu'il s'agissait de son frère.

Mais observer la réaction que Luca avait eue face à eux l'avait en quelque sorte… déstabilisée.

Dans un premier temps, il avait apparemment été pris de court. Puis intrigué. Et enfin, aussi envieux qu'elle l'était parfois.

Ils étaient un peu restés avec Meredith pour bavarder avec elle, se tenir au courant de ses dernières recherches et de ses derniers articles.

Mais au bout du compte, Luca l'avait prise par la main pour la ramener en bas, sur la principale piste de danse. Elle avait bu deux verres, pas assez pour être grisée, mais suffisamment pour se libérer de ses inhibitions.

Tirant sur son bras, il attira vivement son corps contre le sien et passa son bras autour de sa taille. Pétillante de joie, elle se laissa aller et rejeta la tête en arrière pour éclater de rire. Malgré tous les problèmes qu'elle avait, elle passait une merveilleuse soirée. Elle n'aurait jamais cru ça possible.

Ils dansèrent. Rapidement, lentement, follement, jusqu'à ce qu'elle ait mal partout et qu'elle commence à transpirer. Elle n'aurait su dire combien de temps ils étaient restés sur la piste de danse. Tout ce qu'elle savait, c'était qu'à chaque fois que ses mains touchaient son corps ou que son torse effleurait ses seins, le désir qui faisait rage en elle se décuplait.

Elle avait envie de lui. Elle ne pouvait pas attendre qu'ils rentrent au Magnifique. Elle avait envie de lui maintenant.

Son frère étant le propriétaire de l'Excess, elle connaissait heureusement tous les endroits privés. Quand elle sentit encore une fois sa main se poser sur sa taille, n'y tenant plus, elle l'attrapa par le poignet pour l'attirer loin de la foule.

Il lui jeta un regard interrogateur, qui ne l'empêcha néanmoins pas de la suivre. Voluptueusement, elle ondulait des hanches. Elle sentait son sexe palpiter au rythme des basses. La dentelle de sa culotte, qui frottait contre son clitoris brûlant de désir, faisait de chaque pas une véritable torture.

Il y avait tout près des toilettes une porte qui échappait au regard de la plupart des clients. Car elle était discrète, tout comme celle qu'avait utilisée Dominic un peu plus tôt. Seul le personnel l'utilisait, pour gagner les bureaux de la direction, la réserve ou les cuisines.

Quand ils arrivèrent au bout du couloir qui y menait, il se tourna vers elle pour la regarder. Son expression déconcertée était adorable. Et sexy. Ce n'était pas souvent qu'il semblait perdu, ce qu'elle trouvait d'autant plus excitant.

— Où allons-nous ? Il n'y a rien ici.

Ignorant sa question, elle poussa sur la discrète poignée insérée dans le mur. La porte s'ouvrit sans bruit. À droite, on entendait des tintements métalliques, en provenance de la cuisine. Elle ouvrit la porte de gauche et lui lâcha la main pour lui faire signe de la suivre. Un sourire se dessina sur son visage au moment où il secoua la tête, mais il lui emboîta le pas.

Au bout de la pièce, un escalier rejoignait les bureaux de la direction, où devait se trouver Dominic. Mais comme

Meredith était restée sur la mezzanine, il y avait peu de chance pour qu'il utilise cet accès.

Au milieu du club bondé, ce minuscule hall apparaissait comme une oasis d'intimité. Dont elle était bien décidée à tirer parti.

— Qu'est-ce que tu as en tête, hm ? dit-il d'une voix rauque et sensuelle.

— J'envisageais de me venger pour les tortures que tu m'as fait subir.

— À quel moment t'ai-je torturée ? demanda-t-il d'un air surpris.

— Au moment où tu as posé tes mains sur ma taille, répondit-elle en les prenant dans les siennes pour les placer sur ses hanches. Où tu as effleuré mes seins de tes pectoraux.

Elle se rapprocha de lui, frotta langoureusement son corps contre le sien.

— Où tu as caressé mes fesses, poursuivit-elle en posant la main sur les siennes. Et où tu m'as attirée contre toi pour que je puisse sentir ton érection.

Il plissa les paupières et la passion et le désir qu'elle vit brûler dans ses yeux semblèrent se réverbérer jusqu'au plus profond de son corps.

Dans un grognement de désir, il finit par l'attraper par les hanches. Et quand il glissa les mains sous ses fesses, elle enroula ses jambes et ses bras autour de lui. À chacun de ses pas, elle sentait son sexe brûlant frotter contre les rebords rigides de sa braguette. Son dos finit par heurter un mur, mais elle n'y prêta pas la moindre attention.

Passant ses bras entre leurs deux corps, il se mit à tirer sur sa culotte jusqu'à ce que le tissu humide se déchire.

— Mes culottes sont un vrai problème pour toi aujourd'hui, n'est-ce pas ?

— C'est vrai.

Elle eut envie de continuer de le taquiner, mais son esprit se vida de toute pensée rationnelle au moment où elle sentit ses doigts s'enfoncer dans son sexe. Un cri de plaisir s'échappa de ses lèvres et, instinctivement, elle se mit à onduler des hanches contre lui.

Tout en massant son clitoris, il faisait aller et venir ses doigts en elle.

Sa respiration s'accéléra tandis qu'elle répondait à chacun de ses assauts. Le plaisir commençait à submerger ses sens.

— Non, finit-il par dire, en écartant sa main.

Les muscles de son corps s'étaient contractés, tout proches de l'orgasme dont elle avait si désespérément besoin. Vivement, elle protesta. Les mots faisaient sens dans son esprit, mais ils furent totalement inintelligibles à ses oreilles. Il sembla avoir compris le message, cependant.

— Fais-moi confiance, princesse, murmura-t-il en tâtonnant pour ouvrir la braguette de son pantalon.

Et curieusement, elle avait confiance en lui.

Impatiemment, elle écarta sa main pour tirer elle-même sur la fermeture de la braguette. Quant au bouton, elle l'arracha de son pantalon.

Passant la main dans son boxer, elle sortit alors son sexe bandé, qu'elle se mit à caresser fougueusement d'avant en arrière, se délectant des sensations de douceur et de dureté qu'elle éprouvait sous sa paume.

Ce fut lui, cette fois-ci, qui grogna.

— Vite, souffla-t-elle alors en plaçant son sexe devant le sien.

Les sensations qu'elle ressentit quand il s'enfonça en elle furent un pur bonheur. Tout autour d'eux sembla s'effacer dans des brumes. Ensemble, ils accélérèrent le rythme graduellement. Les mains accrochées à ses fesses, elle l'encourageait sans cesse à aller plus vite, plus fort.

Elle en voulait plus. Elle voulait tout ce qu'il pouvait lui donner.

L'orgasme finit par déferler sur elle, brutal et époustouflant. Tous les muscles de son corps se tendirent quand l'extase jaillit en elle. Mais elle resta suffisamment consciente pour se rendre compte qu'il avait joui lui aussi. Ils étaient venus ensemble, corps et souffles mêlés.

Il finit par laisser son front retomber au creux de son épaule. Elle sentait à présent la chaleur de son souffle saccadé contre sa peau. Et comme elle le serrait toujours fort contre elle, elle percevait également les battements effrénés de son cœur.

Elle n'aurait su dire combien de temps ils restèrent ainsi, dans les bras l'un de l'autre. Mais peu lui importait. Lentement, elle reprit conscience de ce qui les entourait. Les alléchantes odeurs en provenance de la cuisine. Le rythme des basses qui se répercutait contre le mur du fond.

Délicatement, il finit par la reposer à terre et ils s'aidèrent mutuellement à remettre de l'ordre dans leurs vêtements. Un silence s'était installé entre eux, et des doutes et des incertitudes commençaient à s'insinuer en elle.

Mais tous se dissipèrent quand il la prit dans ses bras pour joindre ses lèvres aux siennes.

Ce baiser n'avait pas pour but de renouveler l'énergie qu'ils venaient de consumer. Ce n'était ni de la séduction ni du sexe. C'était quelque chose de plus profond. Un lien qu'elle n'avait jamais ressenti avec personne d'autre.

À cette pensée, elle sentit sa gorge se nouer.

Un sentiment de panique s'empara d'elle. Et elle s'apprêtait à dire quelque chose, probablement quelque chose de stupide, quand un cliquètement de métal la fit sursauter.

— La porte, chuchota-t-elle.

Quelqu'un approchait.

— Vous êtes là ! Meredith était inquiète, leur dit Dominic en descendant l'escalier.

Le regard qu'il portait sur eux était explicite : il avait très bien compris ce qu'ils venaient de faire et il désapprouvait. Si Luca avait eu la peau moins dure, ce regard aurait pu l'intimider. Mais il était comme il était. Et il se moquait bien de ce que le frère d'Annalise pensait de lui.

Ou plutôt non. Ce n'était pas tout à fait vrai. Mais si cet homme avait un problème avec ce qu'Annalise et lui venaient de faire, il s'en moquait totalement, c'était certain.

Les cheveux décoiffés, les lèvres rouges et gonflées, elle s'éclaircit la gorge.

— Je faisais visiter les bureaux à Luca. On allait venir te trouver.

— Hm hm, fit Dominic, l'air dubitatif.

— On allait partir et je voulais te dire au revoir.

— Ah bon ? fit Luca.

Il n'avait pas été consulté. Il passait une merveilleuse soirée avec elle et était ravi de la voir si insouciante.

Il s'apprêtait à lui dire qu'ils pouvaient passer toute la nuit ici si elle en avait envie quand la sonnerie de son téléphone se mit à résonner.

Il le sortit de sa poche.

— Il faut que je réponde, excusez-moi, dit-il avant de s'éclipser.

En s'éloignant, il les entendit chuchoter dans son dos. Pas besoin d'être un génie pour comprendre que Dominic essayait de jouer son rôle de grand frère tandis qu'Annalise protestait en rétorquant qu'elle n'était plus une petite fille.

Mais il n'avait pas le temps d'y réfléchir.

— Qu'est-ce que tu as trouvé ? demanda-t-il à Joker aussitôt après avoir décroché.

S'il l'appelait si tard dans la nuit, ça ne pouvait être que pour une seule raison.

— Rien de vraiment bon.

Luca serra les poings. Joker était très doué pour dénicher des informations. Mais il était rare qu'il révèle la moindre émotion au sujet de ses découvertes. Pour lui, il n'y avait que les faits qui comptaient. S'il avait sans doute ses opinions, il les gardait le plus souvent pour lui-même.

Mais pas cette fois-ci. À l'évidence, il n'était pas content de ce qu'il avait appris. Luca avait perçu du dégoût dans sa voix. Rien de vraiment bon, non.

— Je t'écoute.

Joker se mit à lui exposer en détail le fruit de ses recherches. À mesure qu'il parlait, Luca sentait l'angoisse monter en lui. Annalise allait être dévastée. Et c'était lui qui serait responsable de son effondrement.

Après avoir posé quelques questions, il mit fin à la communication.

— Merci beaucoup. Je vais en parler à Annalise. Et je te tiendrai informé si nous avons besoin d'autre chose.

Quand il eut rangé son téléphone dans sa poche, il resta quelques instants immobile, le regard fixé sur le gris du mur en face de lui. Lentement, il finit par se tourner vers Annalise et son frère, à l'autre bout de la pièce.

Tout proches l'un de l'autre, la tête penchée, ils continuaient de chuchoter. L'expression de leurs visages ne laissait pas de doutes : ils se disputaient. Mais leur langage corporel montrait avec tout autant d'évidence qu'ils avaient de l'affection l'un pour l'autre.

Le lien qui unissait le frère et la sœur était parfaitement visible.

Il n'avait jamais connu une telle proximité. Avec personne. Jamais un homme ou une femme ne l'avait pris à part pour lui énoncer une dure vérité juste parce qu'il avait de l'affection pour lui et voulait l'aider à éviter de commettre une erreur.

Comme si elle avait senti son regard, elle finit par se tourner vers lui.

— Tout va bien ?

Il hocha la tête alors qu'il n'aurait pas dû.

— Mais il faut vraiment qu'on y aille.

En un éclair, elle s'était approchée de lui, le regard plein d'interrogations.

— Dans la voiture, dit-il en secouant la tête.

Elle pinça les lèvres, mais sans chercher à insister, elle se tourna vers son frère.

— Excuse-nous auprès de Meredith de ne pas lui avoir dit au revoir. Je lui téléphonerai demain.

Dominic acquiesça.

— Si je peux faire quelque chose pour vous, n'hésitez pas, répondit-il avant de se tourner vers Luca.

Vous ? Luca trouva un peu déconcertant qu'il l'inclue dans ses propos.

Ils finirent par sortir du bâtiment par une autre porte privée. Et une fois installée dans sa MC20, elle avait à peine bouclé sa ceinture qu'elle se tourna vers lui.

— Je t'écoute.

Luca soupira. Puis, tout en se forçant à se concentrer sur la route, il lui exposa calmement ce que Joker avait découvert.

— Je lui ai demandé de faire des recherches dans la liste de noms que nous avons sortie.

— Tu as fait quoi ?

La façon dont sa voix était montée dans les aigus ne laissait aucun doute sur le fait qu'elle était fâchée. Il savait qu'elle le serait, et c'était la raison pour laquelle il ne lui en avait pas parlé.

Si Joker n'avait rien trouvé, il n'y aurait pas eu de mal. S'il avait trouvé quelque chose, ce qui était le cas, il aurait été difficile de lui reprocher que ses méthodes ne produisaient pas de résultats.

— Je t'ai dit que je ne voulais pas qu'on fouille dans la vie privée des personnes qui travaillent pour ma société.

Il serra si fort le volant dans ses mains que ses phalanges pâlirent.

— C'est vrai. Mais dans cette liste, il n'y avait qu'une seule personne qui était l'un de tes anciens employés. Et cet homme ne travaille plus pour le Magnifique.

— Tu joues avec les mots.

Peut-être.

Les paroles qu'elle prononça ensuite résonnèrent dans le petit espace qui se trouvait entre eux, renforçant l'émotion qui lui nouait la gorge.

— Tu savais très bien ce que j'en penserais, mais tu l'as fait quand même.

Ce n'était pas une question. C'était ainsi qu'il avait agi, il ne pouvait pas le nier.

— Il n'y avait pas d'autre chose à faire, Annalise. Je savais que c'était une décision avec laquelle tu serais mal à l'aise, alors je l'ai prise pour toi.

Une lueur de fureur s'alluma dans ses beaux yeux dorés.

— Je ne t'ai jamais demandé de faire ça.

— Je sais. Mais je l'ai fait. Et ce que Joker a trouvé est important.

Croisant les bras sous sa poitrine, elle se tourna vers la fenêtre. Son visage était dur, crispé, aux antipodes de celui de la jeune femme insouciante avec laquelle il dansait encore une heure plus tôt.

Il garda le silence. Elle avait besoin de temps pour accepter.

— Je n'apprécie pas que tu agisses dans mon dos, finit-elle par dire.

— Je comprends.

Il comprenait, oui, mais il savait aussi qu'elle se serait opposée à ces recherches même si c'était la meilleure chose à faire.

— Mais tu ne regrettes pas.

Là encore, ce n'était pas une question. Elle connaissait déjà la réponse.

Il ne regrettait pas, même s'il n'aimait pas du tout la façon dont son corps semblait s'être fermé à lui.

— Non. Si c'était à refaire, je le referais.

L'air las, elle se mit à se masser les tempes.

— Est-ce que tu comprends à quel point c'est énervant ? Tu savais très bien comment je réagirais, mais tu n'en as pas tenu compte. Tu n'étais pas d'accord avec mes souhaits, alors tu les as ignorés.

Tandis qu'il l'écoutait, il prit conscience d'une chose.

Elle ne lui faisait pas confiance et ne lui ferait sans doute jamais confiance. Elle le considérait toujours comme le tricheur que son père avait battu et jeté dans la rue comme un sac d'ordures. Peu importe ce qu'il ferait, le nombre de fois qu'il essaierait de la protéger, de l'aider ou de la soutenir, elle ne verrait jamais les choses autrement.

Elle présumerait toujours que ses intentions étaient mauvaises et motivées par des intérêts personnels.

Il ne pouvait pas ressortir victorieux de cette situation, mais curieusement, il ressentait le besoin d'essayer.

— Non, je n'ai pas ignoré tes souhaits. J'ai compris que ton sens démesuré de la loyauté, qui n'est ni partagé ni mérité par certaines personnes qui se trouvent autour de toi, t'empêcherait de comprendre que c'était la meilleure chose à faire. J'ai essayé de te protéger, Annalise.

Avant de répondre, elle poussa un lourd soupir.

— Cette conversation ne nous mènera nulle part. Tu es certain d'avoir raison, et je suis certaine que tu as tort. Qu'a découvert Joker ?

Une sourde douleur vint lui serrer le cœur. Inattendue, désagréable, cuisante.

Pour l'heure, il ne pouvait rien faire contre cette sensation. Aussi décida-t-il de se concentrer sur le problème du voleur.

— Savais-tu que Robert avait une sœur ?

— Oui, elle est plus jeune que lui. De quinze ou seize ans.

Embarrassé, il secoua la tête. Il n'avait aucune envie d'être celui qui lui annoncerait la nouvelle.

— Elle était.

— Quoi ?

Il se tourna vers elle et prit un bref instant pour apprécier les reflets que le clair de lune projetait dans ses beaux cheveux dorés.

— Tu as dit « elle est ». Elle était. Elle s'est suicidée il y a environ un an et demi.

— Je l'ignorais totalement.

Ce fut lui, cette fois-ci, qui soupira.

— C'est bien ce que je pensais. Elle avait un problème avec le jeu. Un gros problème. Elle a suivi une thérapie pendant six ans, mais apparemment, ça ne l'a pas empêchée de replonger.

— Si j'avais su j'aurais fait quelque chose, murmura-t-elle en fronçant les sourcils.

Il la croyait sur parole. Même si Robert avait déjà pris sa retraite au moment où cela était arrivé, si elle avait été au courant, elle lui aurait proposé son aide.

— Elle avait beaucoup de dettes. Envers des personnes pas vraiment recommandables. J'ai compris que Robert était intervenu. Ou que les personnes peu recommandables étaient allées le trouver. Quoi qu'il en soit, Emily, sa sœur, a fini par se dire que le meilleur moyen pour elle de s'en sortir était tout simplement de disparaître.

Elle ferma les yeux. Serra fort les paupières.

— Mais pour ce genre de personnes, les choses ne fonctionnent pas comme ça.

— Exact. Et ils s'en sont donc pris à Robert, qui s'est

retrouvé à l'hôpital avec une cheville cassée. Il leur a donné tout ce qu'il avait mis de côté pour sa retraite. Mais ce n'était pas suffisant.

— Alors tu penses qu'il a commencé à voler de l'argent au Magnifique pour rembourser le reste ?

— Je ne sais pas, répondit-il en haussant les épaules. Tout ce que je sais, c'est qu'il est toujours vivant. J'en déduis qu'il a trouvé un moyen de s'arranger avec les requins.

Brusquement, elle se laissa retomber contre le dossier de son siège. Comme si elle se sentait à la fois vaincue et épuisée, tout son corps s'était affaissé. Il détestait la voir ainsi, détestait être la source de sa douleur.

— En admettant que tout cela est vrai, murmura-t-elle.

— Ça l'est.

Là-dessus, il n'avait aucun doute.

— On ne peut pas considérer ça comme une preuve, Luca.

En effet. Mais dans son esprit, c'était à l'évidence un motif. Cet homme avait besoin d'argent, et si la place qu'il avait occupée au Magnifique lui avait donné un moyen d'accéder à de l'argent facile…

— Je comprends ton point de vue. Écoute, compte tenu des statistiques que nous avons établies, le voleur ne devrait pas tarder à agir à nouveau. Je suggère que nous attentions. Les noms des suspects ont été transmis à la sécurité, dont celui de Robert. Maintenant, ce n'est plus qu'une question de temps.

- 12 -

Les quelques jours passés avaient été particulièrement éprouvants. Avec cette épée de Damoclès au-dessus de la tête, Annalise avait toujours les épaules nouées et elle dormait mal.

Luca avait passé la plupart de son temps à travailler sur un projet à lui, loin du Magnifique, ce qui n'avait pas aidé. Il lui semblait distant et préoccupé, mais quand elle lui avait demandé ce qui n'allait pas, il lui avait simplement expliqué que l'un de ses projets avait atteint une nouvelle étape et requerrait à présent davantage d'attention de sa part.

Ils ne pouvaient, de toute façon, pas faire grand-chose concernant le voleur.

Mais il lui était difficile de ne pas prendre les choses personnellement. Même si c'était pour elle un bon moyen de ne pas oublier pourquoi elle ne devait pas s'attacher. Ce qui s'était passé entre eux avait été merveilleux, mais n'était pas permanent.

Au bout du compte, il finirait toujours pas s'en aller. Elle ne devait pas l'oublier.

Cependant, quand ils étaient ensemble, il lui était extrêmement difficile de s'en rappeler.

Même si elle lui en voulait encore beaucoup pour ce qu'il avait fait, elle avait toujours envie de lui. C'était même pire que cela. Elle avait besoin de lui.

Un soir, il l'avait invitée dans sa villa, où il lui avait préparé un délicieux dîner, et ils avaient passé le reste de la soirée dans son lit. Avec lui, elle se sentait toujours spéciale. C'était la façon dont il la regardait, ses yeux gris pleins d'intensité et de fièvre.

Il lui avait fait visiter la maison. Et ils avaient dîné sur la terrasse, au bord de la piscine, et avec le ciel étoilé comme toile de fond. Vin, chandelles, musique douce. Romantisme.

On aurait dit une scène tirée d'un film. C'était presque trop parfait.

Sauf qu'après ça, elle ne l'avait pas vu pendant deux jours.

Quand ils étaient ensemble, tout était merveilleux. Quand ils étaient séparés, elle était assaillie de doutes. Il la déstabilisait totalement. Mais il la fascinait aussi.

Elle aurait aimé être le genre de femme qui prendrait fermement la décision de l'oublier, puisqu'il avait disparu. Et avec n'importe quel autre homme, elle n'aurait eu aucune difficulté à le faire. Elle était rompue à l'art de couper les ponts.

Alors, pourquoi n'y arrivait-elle pas avec lui ?

Elle rêvait de lui et se réveillait brûlante de désir. Elle se sentait déçue à chaque fois que le téléphone sonnait et que ce n'était pas lui. Elle s'en voulait à chaque fois encore un peu plus, parce qu'elle ne parvenait pas à contrôler ses réactions.

La tension ne cessait de monter en elle et son impact ne se limitait pas à elle-même. Ses employés avaient manifestement compris les signaux qu'elle leur envoyait à son insu et ils l'approchaient désormais avec une certaine prudence. Comme si elle était devenue une sorte d'ours grincheux sortant de sa caverne.

Ce n'était pas bon du tout.

Pour la seconde fois en vingt minutes, elle se rendit compte qu'elle regardait fixement le rapport affiché sur son écran sans vraiment voir les chiffres. Manifestement, elle avait besoin d'une pause. Elle s'apprêtait à refermer son ordinateur quand Luca entra dans son bureau.

Le bonheur. Ce fut la première chose qu'elle ressentit. Rapidement suivie par de la colère.

— Tu travailles toujours ? lui demanda-t-il en prenant place dans le fauteuil en face d'elle.

— Oui, je travaille toujours.

Elle n'imaginait pas que sa colère serait perceptible dans le ton de sa voix jusqu'à ce qu'elle prononce ces mots. Tant pis, elle ne pouvait pas revenir en arrière. Mais il fallait absolument qu'elle se maîtrise si elle ne voulait pas qu'il comprenne ce qu'elle avait dans la tête.

Car elle n'était pas vraiment en situation de se montrer possessive ou de lui reprocher de ne pas lui consacrer suffisamment de temps.

— Que dirais-tu d'aller faire le point avec la sécurité avant de dîner avec moi dans l'un des restaurants du casino ?

D'un côté, elle avait envie de lui déballer sèchement tout ce qu'elle avait sur le cœur. Mais de l'autre, elle avait envie de passer autant de temps que possible avec lui. Ce fut ce côté-là qui l'emporta.

— D'accord.

Après avoir refermé son ordinateur, elle se leva pour commencer à avancer vers la porte.

Mais elle n'arriva pas jusque-là.

Au moment où elle passa à côté de lui, il lui prit la main, et soudain, elle se retrouva assise sur ses genoux.

Passant les mains autour de sa nuque, il se mit à l'embrasser avec passion.

Alors, tout autour d'eux disparut. Sa colère se dissipa dans l'air, comme de la fumée. Et il ne resta plus rien d'autre en elle que le feu de la passion.

— Tu m'as manqué, murmura-t-il contre ses lèvres. Je suis désolé de ne pas avoir été là ces deux derniers jours.

Elle fut tentée de répondre avec désinvolture qu'elle n'avait même pas remarqué son absence. Mais elle se ravisa. Ça n'aurait pas été vrai. Et quelque chose en elle la poussait à se montrer honnête avec lui.

— Tu m'as manqué aussi. Plus que je ne voudrais l'admettre.

Un sourire vint étirer ses lèvres viriles et une lueur étrange s'alluma dans ses beaux yeux gris.

— Je te comprends totalement, tu sais. Moi-même, je ne suis pas habitué à me sentir autant… intéressé par quelqu'un. Ça me rend parfois mal à l'aise. Mais je n'ai pas envie de te quitter pour autant.

Enfin.

Il n'avait pas prononcé le mot, mais elle l'avait tout de même entendu.

Il fallait qu'elle s'écarte de lui pour se protéger. Tant bien que mal, elle se remit sur pied.

— Allons manger. Je meurs de faim.

Luca entra dans la grande salle de la sécurité. La rangée d'écrans de contrôle ainsi que les quelques personnes qui gardaient un œil dessus étaient pour lui un territoire familier.

Mais l'agitation qui régnait dans la salle l'interpella. Si beaucoup pensent que la sécurité est un métier physique, les moments d'intensité sont en réalité très rares. De façon générale, le travail, plutôt fastidieux, consiste principalement à observer des vidéos ou éplucher des informations pour y rechercher quelque chose d'inhabituel.

Visiblement, ils étaient tombés au milieu de l'une des rares périodes d'activité intense.

Manifestement inconsciente de ce que cette agitation pouvait signifier, Annalise traversa le chaos pour se diriger vers la petite pièce située au bout de la salle. Assis derrière son bureau, Nick observait fixement son écran, sourcils froncés.

Quand il releva les yeux, il paraissait encore plus préoccupé.

— Annalise, j'allais vous appeler.

— Ah oui ?

Tout en soupirant, Nick se laissa tomber contre le dossier de son fauteuil.

— L'une des cartes de fidélité que nous avons fichées vient de déclencher une alerte.

— Super. Laquelle ?

Avant de répondre, il jeta un coup d'œil à l'écran de contrôle.

— Connie Marksman. Mais le logiciel de reconnaissance faciale ne nous a pas informés de son entrée dans le casino. On est en train d'essayer de comprendre pourquoi.

— Cette dame s'est-elle servie d'une machine à sous ? demanda Luca.

— Oui. Elle est actuellement en train de jouer.

— Montrez-moi la vidéo de surveillance de cette machine sur la dernière demi-heure.

Tandis que Nick s'exécutait, Luca contourna le bureau pour venir se poster à son côté.

Et elle ne tarda pas à les rejoindre. Son parfum enivrant submergeait désormais tous ses sens. Et il sentit une douce chaleur se répandre en lui quand elle s'appuya sur son bras pour mieux regarder l'écran.

Ensemble, ils observèrent les images qui commençaient à défiler.

— C'est cette machine, dit Nick en pointant du doigt l'une d'entre elles, à l'extrémité de l'écran.

La personne qui se trouvait devant portait un long manteau ample et une casquette. On ne pouvait la voir que de dos. La caméra était orientée de telle sorte que les visages n'étaient visibles qu'au moment où les clients s'asseyaient et se relevaient.

Nick enclencha la fonction « retour rapide » et les clients que l'on pouvait voir circuler dans le cadre se mirent à évoluer en accéléré, en marche arrière.

Les yeux rivés sur l'écran, ils observaient. Aucun d'entre eux ne parlait. C'était à peine s'ils respiraient.

Jusqu'à ce qu'un petit cri de surprise ne sorte des lèvres d'Annalise.

On en était arrivé au moment où la personne s'était assise. On distinguait désormais nettement son visage, celui d'un homme.

Nick mit la vidéo sur pause. Après quoi il se tourna vers Annalise.

— C'est la carte de Connie Marksman.

Tout en portant la main à sa gorge, elle secoua la tête et prononça les paroles que Luca redoutait.

— Mais ce n'est pas une dame. C'est Robert.

Un sentiment d'angoisse le prit au ventre. Il avait vraiment espéré s'être trompé. Mais c'était encore pire que ce qu'il avait imaginé.

Il avait au départ supposé que Robert avait partagé des informations en échange de l'annulation des dettes de sa sœur. Et qu'une poignée de personnes utilisaient des cartes de fidélité falsifiées pour injecter dans les machines des programmes malveillants les forçant à reverser de l'argent à des moments spécifiques.

Mais si Robert utilisait une carte qui n'était pas à lui, c'était qu'il était à l'origine de l'intégralité des vols. Ce n'était pas l'œuvre d'une bande. C'était celle d'une personne isolée.

Et cette personne, Annalise la connaissait, lui faisait confiance et la considérait comme un membre de sa famille.

— Pourquoi le logiciel de reconnaissance faciale ne nous a-t-il pas alertés à son arrivée ? demanda-t-elle, coupant court à ses pensées.

Nick remit la vidéo en temps réel avant de relever les yeux vers elle.

— Il l'a fait, mais j'ai pensé que c'était une erreur quand

j'ai vu qu'il s'agissait de Robert. Pourquoi ne pas m'avoir dit qu'il était suspect ?

Ce n'était pas le moment de le lui expliquer. Il leur fallait trouver Robert avant qu'il ne leur file entre les doigts. Quand, sur la vidéo, ils le virent se lever de la machine, Luca réagit immédiatement.

— Suivez-le avec les caméras.

L'angle de vision changea, suivant les pas de l'homme. Sur son chemin, il rencontra plusieurs membres du personnel, qui lui serrèrent la main et échangèrent quelques mots avec lui en souriant. Luca se tourna vers Annalise pour observer l'expression de son visage. Déception. Colère. Espoir.

— Il y a peut-être une explication tout à fait logique.

Son regard s'était fixé sur le sien et toutes les émotions qu'elle ressentait semblaient désormais se déverser en lui.

Il regrettait amèrement de devoir être l'homme qui ferait voler en éclats le parfait idéal qu'elle avait bâti autour de son existence. Sachant désormais ce qu'elle avait vécu dans son enfance, il comprenait son besoin de se construire une famille en qui elle pouvait se fier. Chose qu'elle avait faite avec ses employés. Elle était la figure maternelle qui résolvait tous leurs problèmes, et tout ce qu'elle demandait en échange était leur loyauté et un sentiment de sécurité.

Mais ce n'est pas comme ça que le monde fonctionne. Et il était mieux placé que quiconque pour le savoir.

— Il n'y en a pas. Et tu le sais très bien.

Il avait essayé de prononcer ces mots d'une voix douce, mais ils avaient semblé durs à ses propres oreilles.

Elle secoua la tête, comme pour nier ce qu'elle savait pourtant être la vérité.

— Annalise ? fit soudain Nick pour attirer son attention.

Ensemble, ils se retournèrent vers l'écran.

— Il vient de s'asseoir devant une autre machine.

— Quelle carte utilise-t-il ?

La bouche ne Nick s'était changée en une ligne droite et sévère.

— Celle de Daniel Salcedo.

Du point de vue de Luca, il s'agissait là de la preuve irréfutable qu'ils avaient trouvé le voleur. Mais il n'était pas le responsable du casino. Ce n'était pas à lui d'agir. Et il lui fallut faire un dur effort de volonté pour se retenir de donner l'ordre de l'arrêter.

Les muscles crispés par l'appréhension et la déception, il se contenta donc d'attendre.

Jusqu'à ce qu'elle prenne la parole :

— Envoyez quelqu'un le chercher. Dites-lui que j'aimerais lui parler. Avec un peu de chance, il viendra sans faire d'histoires. Amenez-le au sous-sol.

Tournant les talons, elle quitta la pièce sans rien ajouter. Bien qu'il n'y eût pas été invité, Luca la suivit.

Un instant plus tard, il la retrouva dans le couloir, le dos au mur, le visage entre les mains. Dans un premier temps, il pensa qu'elle pleurait, mais quand il s'approcha, elle découvrit son visage pour le regarder.

Ses yeux étaient brûlants de colère.

Elle était bien la fille de son père. Une réflexion qu'elle ne s'était pas faite depuis bien longtemps.

Fut une époque où il avait été la cible d'un regard presque identique. Juste avant que Mac Mercado ne demande à deux de ses hommes de lui tomber dessus.

— Qu'est-ce que tu comptes faire ?

— Rassembler les preuves que nous avons obtenues, dont les images de vidéosurveillance et les données des cartes de fidélité, et les apporter à la police.

— Je sais que c'est très dur pour toi, Annalise.

— La vie est dure. J'ai appris la leçon il y a bien longtemps, Luca.

La sombre détermination qu'il avait perçue dans sa voix

l'effraya. Où était passée la femme rationnelle et détachée qu'il avait appris à connaître au fil des quelques semaines passées ?

Il ne voyait plus devant lui qu'un amas d'émotions, toutes plus mauvaises les unes que les autres. Naturellement, elle cherchait à les refouler, mais il n'avait aucun mal à les percevoir, bouillonnant sous la surface de sa peau.

Ce qui était tout aussi dangereux. Car à un moment ou un autre, ces émotions allaient finir par prendre le dessus sur elle. Elle ne pourrait pas les retenir éternellement et l'explosion qui en découlerait ne serait bonne pour personne, et surtout pas pour elle.

— Tu pourrais peut-être appeler Dominic pour qu'il t'aide à régler le problème.

Face à cette situation, son frère lui semblait plus susceptible de garder la tête froide. Parce qu'aucune émotion ne le liait à l'homme qui venait de trahir Annalise.

Ses yeux étaient devenus plus durs encore.

— Et pourquoi ferais-je ça ? Je peux très bien m'en charger toute seule. Je n'ai besoin de personne.

Ce fut à ce moment-là de la conversation que l'un des vigiles apparut sur le pas de la porte.

— Il vous attend, Annalise.

Après lui avoir répondu par un simple hochement de tête, elle tourna les talons pour appeler l'ascenseur. Une fois dans la cabine, ils gardèrent tous deux le silence jusqu'à leur arrivée au sous-sol.

Quand les portes finirent par s'ouvrir, ils se retrouvèrent dans un environnement totalement différent de celui qu'ils venaient de quitter. Disparu l'élégance et l'opulence de la salle de jeu. Ou le décor froid et professionnel des bureaux. Ils étaient à présent entourés de murs en parpaing, de béton brut, de néons droits et blancs. Un lieu fonctionnel, et rien de plus.

Des souvenirs lui revinrent brusquement en mémoire, réveillant sa douleur à la hanche. Elle se rappelait rarement à son esprit, mais dans des moments comme celui-ci, quand quelque chose le ramenait dans le passé, il la percevait beaucoup plus nettement.

Il pouvait presque encore sentir le pincement des doigts du vigile qui l'avait attrapé par le bras pour le traîner dans ce même couloir. Un second homme les suivait de près au cas où Luca aurait tenté de faire quelque chose de stupide.

Il se souvenait de la dure lumière des néons qui lui faisaient mal aux yeux et de l'étrange façon dont elle éclairait les deux hommes silencieux.

À cette époque, il était encore tout jeune et, bêtement, il avait pensé qu'il ne pouvait pas lui arriver grand-chose. Le comptage de cartes avait beau être mal vu dans les casinos, ce n'était pas une pratique illégale. Ils ne pouvaient pas appeler la police. Ils pouvaient le jeter dehors et le blacklister, mais rien de plus. Et s'il manquerait ainsi l'occasion de développer son talent et de gagner de l'argent facile pour payer le coût exorbitant de ses études, il pourrait toujours trouver d'autres jeux, d'autres moyens.

C'était dans cet état d'esprit bravache qu'il se trouvait quand Mac Mercado était entré dans la petite pièce où on l'avait conduit.

Chacun étant très en colère, il n'avait pas fallu beaucoup de temps pour que le ton monte. Et pour que les coups se mettent à pleuvoir. C'était à ce moment-là seulement que Luca avait compris son erreur. Il pouvait lui arriver beaucoup de choses. Des choses horribles.

La porte devant laquelle ils se trouvaient à présent était-elle la même que celle que ces deux hommes lui avaient fait passer ? Elle lui semblait familière, mais d'un autre côté, toutes les portes du couloir étaient identiques.

Peu importait de toute façon.

Comme elle s'était arrêtée, il décida de profiter de l'occasion pour la prendre par le bras afin de l'attirer face à lui.

La colère qu'il avait perçue un peu plus tôt bouillonnait toujours à la surface. Il était évident qu'elle s'en servait pour tenir la douleur à distance. Mais il ne voulait pas qu'elle l'utilise pour prendre une décision qu'elle pourrait plus tard regretter.

— Promets-moi que, quand on entrera là-dedans, tu ne feras pas quelque chose de stupide ?

— De stupide ? répéta-t-elle en inclinant la tête sur le côté.

Avant de répondre, il serra les dents.

— Écoute, j'ai été le type assis derrière cette table. Ne fais pas quelque chose que tu regretteras plus tard.

Une expression de choc passa brièvement sur son visage. Mais la colère ne tarda pas à refaire son apparition.

— Tu pensais vraiment que j'allais le faire battre ? Tu as rencontré la plupart des membres de la sécurité. Tu penses vraiment que c'est le genre de personnes qui accepteraient de passer un homme à tabac, même si c'était moi qui le leur demandais ?

Pour mieux réfléchir à la question, il fronça les sourcils.

— La plupart de tes employés seraient prêts à faire n'importe quoi pour toi, Annalise.

Ses yeux de miel devinrent plus brûlants encore.

— Tu sais l'enfance que j'ai eue. J'ai été témoin de violences à plus d'une occasion. J'ai vu ma mère mourir sous les coups. Comment peux-tu me croire capable de reproduire ce type de situation ?

Elle s'interrompit pour pousser un lourd soupir.

— Tu sais, je condamne fermement ce que mon père t'a fait. Cette expérience m'a hantée pendant des années. Cet homme est mon père, la seule personne sûre vers qui j'ai pu me tourner dans mon enfance. Je l'avais toujours considéré comme un dieu, quelqu'un qui ne pouvait pas se tromper.

Jusqu'à cette horrible soirée. Tu as eu la jambe cassée et des marques partout sur ton corps. Je ne cherche pas à minimiser le traumatisme dont tu as fait l'objet. Mais au même moment, tout mon univers s'est effondré sous mes pieds. Pour la seconde fois. Et le fait que tu me penses capable d'infliger une telle douleur à quelqu'un d'autre, un homme que j'ai considéré comme un ami pendant des années…

Elle s'interrompit, secoua la tête.

— Écoute, je n'ai pas le temps, là. Je te remercie pour tout ce que tu as fait pour nous aider. Rentre chez toi, ton travail est terminé. Ta présence n'est plus nécessaire.

Ses paroles lui transpercèrent le cœur tout aussi douloureusement qu'une lame de couteau.

Elle avait fait bien plus que le rejeter. Elle avait piétiné toute possibilité qu'ils puissent former un couple.

Mais pourquoi cela le surprenait-il ? Pourquoi aurait-elle été différente des autres ?

Personne n'avait jamais voulu de lui.

Et il avait bâti toute sa vie en veillant scrupuleusement à n'avoir jamais besoin de personne. Comment avait-il pu l'oublier ?

Tout bien considéré, elle lui avait rendu service en lui rappelant cette réalité.

- 13 -

Annalise passa la porte et toutes les émotions contre lesquelles elle s'était battue déferlèrent sur elle. Douleur, déception et colère.

Mais elle n'avait pas de temps pour ces choses-là. Elle s'en occuperait plus tard.

Tout en serrant les dents, elle ordonna à son corps de continuer à avancer. Ce ne serait pas long. Une fois qu'elle aurait réglé ces quelques détails, elle pourrait se laisser aller.

Mais en attendant…

— Annalise, lui dit Robert en faisant mine de se lever de sa chaise.

Mais l'un des vigiles adossé au mur s'approcha de lui pour l'arrêter dans son élan.

— Restez assis, lui dit-elle. Il faut qu'on parle de deux ou trois choses, Robert.

Son corps retomba mollement sur la chaise, et à ce moment-là, toute une gamme d'émotions sembla passer sur son visage. Peur, culpabilité, colère, et enfin, détermination.

— Je sais très bien de quoi vous voulez me parler.

Sa voix tremblait. Elle n'aurait su dire si c'était la peur, la culpabilité ou une combinaison des deux. Mais elle ne se laisserait pas émouvoir.

— Je savais que je finirais par me faire prendre, reprit-il.

Pas de dérobade. Pas de tentative de déni. Pas d'explication qui aurait pu rendre les choses plus supportables. Cela faisait presque aussi mal que sa trahison.

— Pourquoi avez-vous fait ça ? Si vous aviez si désespérément besoin d'argent, pourquoi ne pas être venu me voir pour m'en parler ?

Il fit une petite grimace avant de répondre.

— Ce n'est pas juste une question d'argent.

— Alors, de quoi s'agit-il ?

— Les casinos ont pris à ma sœur tout ce qu'elle avait. Et ensuite, ils m'ont pris tout ce que j'avais.

— Non, dit-elle fermement en secouant la tête. C'est l'addiction qui vous a pris ces choses.

Son visage devint rouge et ses yeux tristes s'emplirent de larmes.

— C'est exactement ce que les gens m'ont dit quand Emily est morte. « C'est dommage. L'addiction au jeu est une terrible maladie. »

Brusquement, il tapa du poing sur la table. Sous le coup de la surprise, elle sursauta, et les deux vigiles qui se trouvaient à la porte commencèrent à avancer vers lui. Elle leur fit signe de le laisser.

Mais il ne sembla pas en avoir conscience. Son regard était rivé sur le sien.

— Mais pourquoi est-elle la seule à avoir dû payer le prix fort ? Les casinos rendent cette addiction possible, et quand on vit à Vegas, il est impossible d'éviter les casinos. Saviez-vous qu'elle avait entrepris quatre thérapies avant de mettre fin à ses jours ?

La douleur qu'elle percevait dans sa voix trouvait un écho dans sa propre poitrine. Cette expérience, elle l'avait elle aussi vécue. Perdre un être cher, demander justice, ne rien obtenir, se sentir impuissant…

— Je suis désolée, Robert, mais ça ne justifie pas ce que vous avez fait.

— Je sais bien, répondit-il d'une voix teintée de désespoir.

Au départ, j'ai vu ça comme un moyen de rembourser les dettes et de protéger ma famille.

— Mais c'est devenu autre chose ?

Elle posa la question, mais au fond d'elle, elle connaissait déjà la réponse.

— Oui.

Ce simple mot avait résonné entre eux comme une explosion, pleine d'accusations et de justifications.

— J'étais en colère. Et cet argent m'a fait du bien. J'ai pu partir en vacances, avec tous mes petits-enfants. J'ai fourni à mon fils l'apport pour l'achat de sa première maison. Et j'ai acheté une nouvelle voiture à ma fille.

Ses enfants s'étaient-ils interrogés sur l'origine de cette fortune nouvellement acquise ? Elle se posa la question. Mais tout bien considéré, cela importait peu.

— J'avais les moyens de faire payer le milieu du jeu et je m'en suis servi.

— Sauf que vous n'avez fait payer personne, mis à part moi, le Magnifique, la famille avec qui vous avez travaillé pendant trente ans, vos collègues et amis.

— Je sais, répondit-il en haussant les épaules, mais je connaissais le système informatique, j'avais les compétences pour le faire. Et surtout, je me suis appuyé sur un logiciel de contrôle à distance que j'avais moi-même installé sept ans plus tôt.

— Vous aviez prévu cela depuis longtemps ?

— Non, bien sûr que non. Ce logiciel, je l'avais installé dans une logique de sécurité. Pour qu'on puisse reprendre le contrôle si quelqu'un parvenait à nous pirater. Mais quand j'ai compris que j'avais besoin d'argent…

— Vous avez décidé de vous en servir à des fins personnelles.

— Oui.

Brusquement, il se laissa retomber contre le dossier

de la chaise. Ses épaules s'affaissèrent, et la passion et la combativité semblèrent disparaître de son regard.

— Qu'est-ce qui va se passer maintenant ?

Elle resta un long moment à le regarder. Une immense part d'elle-même, la petite fille qui avait vu sa mère mourir violemment entre les mains d'un homme en qui elle avait jadis eu confiance, avait envie de jeter l'éponge et de répondre que rien n'allait se passer.

D'ailleurs, s'il s'était contenté de prendre les fonds dont il avait besoin pour rembourser les dettes de sa sœur et protéger sa famille, ce serait sans doute ce qu'elle aurait fait. Mais l'affaire était allée trop loin.

— La police a été contactée. Je vais leur remettre les preuves que nous avons récoltées. Je pense que vous allez être mis en examen.

Il hocha la tête.

— Ma femme va être dévastée.

C'était certain.

— Je suis désolée, Robert, mais je ne peux pas faire autrement.

— Je comprends.

Le cœur lourd, elle se leva. Et quand elle eut passé la porte, elle se retourna pour jeter un dernier coup d'œil à cet homme qu'elle considérait jadis comme un ami.

Il paraissait abattu et petit.

Elle ne pouvait plus le voir.

Animée du vague espoir que Luca l'y attende, elle remonta à son bureau. Mais il n'était pas là. Et les quelques effets personnels qu'il avait laissés dans la pièce au fil des semaines passées avaient disparu. Pendant qu'elle parlait avec Robert, il avait pris ses affaires et était parti.

Ajouté à tout le reste, le poids de son absence était tout simplement trop lourd à supporter.

Des larmes vinrent lui emplir les yeux, mais elle refusa

de les laisser couler. Elle n'était pas ce genre de femme. La vie l'avait rendue plus forte que ça.

Tournant les talons, elle décida de rentrer chez elle. De toute façon, elle n'arriverait pas à se concentrer sur quoi que ce soit ce soir-là.

Pour la première fois de sa vie, l'appartement terrasse lui parut vide et froid. Contrairement à d'habitude, la magnifique vue qu'il offrait n'eut pour effet ni de l'apaiser ni de l'émerveiller. Elle n'avait même pas le courage de se servir un verre de vin pour le siroter sur le balcon.

Lasse, elle se laissa tomber sur le canapé et se recroquevilla sur elle-même.

Un son étranglé s'échappa du fond de ses entrailles.

Elle avait mal. Tout ce qui s'était passé ce jour-là lui avait fait mal. Robert. Luca. Se sentir trahie par l'un et par l'autre.

Elle avait placé sa confiance en deux hommes qui à l'évidence ne la méritaient pas.

Pour Robert, ce n'était pas de sa faute. Rien ne semblait indiquer qu'il puisse y avoir un problème jusqu'à ce qu'il ne soit trop tard.

Mais avec Luca… elle aurait mieux fait de se méfier. Pour commencer, son frère l'avait clairement avertie que cet homme ne s'attachait jamais à rien ni à personne. Pas même aux projets dans lesquels il mettait tout ce qu'il avait. Il créait, il inventait, il se servait de son esprit brillant pour résoudre des problèmes puis il prenait ses distances pour laisser quelqu'un d'autre gérer le travail quotidien.

Certes, elle lui avait dit qu'elle n'avait pas besoin de lui dans la salle d'interrogatoire, mais ça ne voulait pas dire pour autant qu'elle souhaitait qu'il reprenne ses affaires et s'en aille sans dire un mot. Cependant, n'avait-elle pas toujours su que ce serait ainsi que cela se finirait ?

Il ne laissait personne se rapprocher de trop près. Et elle comprenait très bien que cette réaction trouvait sa source dans les épreuves qu'il avait vécues durant son enfance. Mais ça ne rendait pas la situation plus facile à supporter.

Tout bien considéré, cela la rendait même plus dure. Parce que, quelque part au fond d'elle, elle s'était laissé aller à croire qu'il pourrait peut-être faire une exception pour elle. Avec elle.

Mais ce n'est pas comme ça que la vie fonctionne.

Il était tel qu'il était, et il ne lui avait jamais promis de changer. La douleur qu'elle ressentait, c'était elle-même qui se l'était infligée.

Elle ne pouvait même pas être en colère contre lui. Ou plutôt non. Elle avait le droit d'être en colère contre lui. Ce qu'elle ne pouvait pas faire, c'était le tenir pour responsable.

Ce qu'elle pouvait faire, en revanche, c'était se reconstruire et tourner la page. Chérir le souvenir des moments qu'ils avaient partagés et s'estimer heureuse d'avoir eu la chance de le connaître, ne serait-ce que quelques semaines.

Oui, c'était exactement ce qu'elle allait faire.

Le lendemain.

Cela faisait plusieurs jours à présent qu'ils avaient attrapé Robert.

Depuis, Annalise avait retrouvé la routine de la direction du casino. Ce n'était qu'au moment où cette épée de Damoclès avait disparu du dessus de sa tête qu'elle avait pris la pleine mesure de la quantité d'énergie et d'attention qu'elle lui avait prise.

Mais le retour à la normale ne s'était pas bien passé. Elle se montrait sèche avec son personnel, hargneuse avec tout le monde, et quand elle rentrait chez elle, elle se sentait bien seule. Ce soir-là, cependant, elle était déterminée à changer le cours des choses : elle s'apprêtait à se rendre à l'Excess.

Là, au moins, elle pourrait voir Dominic et Meredith.

À son arrivée, la musique lui sembla trop forte, la lumière trop crue, mais elle refusa de quitter les lieux. Elle but deux verres, se força à danser un peu, même si le souvenir de la dernière soirée qu'elle avait passée là lui faisait l'effet d'un coup de poignard en plein cœur.

Quand elle finit par se laisser tomber sur le canapé de la mezzanine, Meredith l'observa attentivement.

— Tout va bien ?

— Très bien, répondit Annalise en se forçant à sourire.

Meredith plissa les yeux pour étudier son visage pendant plusieurs secondes, mais elle ne chercha pas à insister. Annalise lui en fut reconnaissante. Si elle retenait tout en elle, c'était délibérément. Elle ne se sentait pas encore prête à partager son malheur. Pas même avec sa meilleure amie.

Alors qu'elle se faisait ces réflexions, un homme s'était approché d'elles.

— Vous dansez ? dit-il, fort, pour couvrir le bruit de la musique.

Annalise le regarda. Il n'avait rien de spécial, mais il n'était pas mal du tout. Beau, bien habillé. Un homme qui avait à l'évidence réussi ou au moins était en mesure de faire comme si. Il semblait par ailleurs bien éduqué.

Mais ce n'était pas Luca.

Et ce fut précisément pour cette raison qu'elle lui tendit la main et accepta.

Il lui fallait oublier le fantasme qu'elle avait élaboré dans son esprit et cette soirée pouvait constituer un bon point de départ.

Ensemble, ils descendirent sur la piste. La musique était entêtante, elle n'eut aucun mal à se laisser aller. Quant au jeune homme, Marcus, il était plutôt bon danseur. Il avait le sens du rythme et suffisamment de confiance en soi pour se moquer du regard que les autres pouvaient porter sur lui. À deux reprises, elle le surprit à rire de lui-même.

En d'autres circonstances, elle se serait laissé charmer par sa conversation et ses pas de danse si assurés.

Tout allait bien, jusqu'à ce que la musique se fasse plus douce et qu'il la prenne dans ses bras.

À l'instant même où elle sentit sa main se poser sur sa taille, elle eut envie de fuir. Très loin.

Un sentiment de panique s'empara d'elle. Pas parce qu'elle avait peur qu'il lui fasse du mal (il ne semblait absolument pas être ce genre d'homme), mais parce qu'elle ne voulait pas se montrer vulnérable.

Après avoir balbutié quelques rapides excuses, elle s'éloigna, le laissant seul sur la piste.

D'un pas lourd, elle remonta l'escalier qui menait à la mezzanine, mais ne s'y arrêta pas. Continuant sur sa lancée, elle poussa la porte dérobée qui menait aux bureaux de Dominic.

Un instant plus tard, elle l'entendit se rouvrir et se refermer derrière elle. Meredith l'avait suivie. Mais elle ne ralentit pas.

Elle avait l'impression qu'un lourd poids pesait sur sa poitrine. Elle avait peine à respirer. L'agréable chaleur de la danse s'était changée en un véritable incendie qui faisait rage en elle. Elle avait envie d'arracher les vêtements de son corps. Trouver un moyen de se soulager.

Mais il n'y en aurait pas.

Une fois dans le bureau de son frère, elle s'effondra sur la froide surface d'un canapé en cuir. Lentement, Dominic se détourna du mur de glace qui surplombait le club. Il lui arrivait souvent de rester devant, immobile, à surveiller son empire.

Arrivée sur ses talons, Meredith referma doucement la porte derrière elle.

À bout de nerfs, Annalise se prit le visage entre les mains, essayant désespérément de faire entrer l'air dans ses poumons.

Les coussins du canapé s'affaissèrent un peu quand

Meredith s'installa à côté d'elle. Immédiatement après, elle sentit le doux réconfort de la main de son amie qui lui massait le dos.

— Respire.

Lentement, la panique s'apaisa. Le poids qui pesait sur sa poitrine finit par disparaître, et soudain, elle se sentit totalement éreintée.

Fermant les yeux, elle resta immobile durant les quelques minutes dont elle avait besoin. Elle ne se sentait pas encore prête à affronter les deux sentinelles silencieuses qui avaient été témoins de son effondrement émotionnel.

Mais elle savait bien qu'elle ne sortirait pas de cette pièce sans leur avoir fourni une explication. Alors autant commencer tout de suite. Elle pourrait ainsi rentrer plus rapidement chez elle.

Tout bien réfléchi, elle n'aurait jamais dû venir à l'Excess ce soir-là.

Tout en dégageant ses mains de son visage, elle s'adossa au canapé.

— Tu as envie de nous parler ? demanda Meredith d'une voix douce et aimable.

Pas de pression. Annalise connaissait ce ton. C'était celui que son amie employait quand elle abordait des sujets délicats dans ses interviews. Elle avait un don pour mettre les autres à l'aise et leur donner un sentiment de sécurité. Raison pour laquelle les gens se fiaient et se confiaient à elle.

— Pas vraiment.

— Mais tu vas quand même le faire, non ? intervint Dominic, depuis l'autre bout de la pièce.

Annalise fit une grimace. Comme si son frère allait lui laisser le choix…

— C'est juste que la semaine a été… difficile.

C'était le moins qu'on pouvait dire.

— Je savais que la trahison de Robert te ferait du mal,

dit Meredith. Tu le considérais comme un membre de ta famille. Mais il n'y a pas que ça, n'est-ce pas ? Où est Luca ?

La douleur reprit de la vigueur dans sa poitrine.

— Je n'en ai aucune idée. Il a quitté le Magnifique pendant que je parlais avec Robert. En emportant toutes ses affaires avec lui. Je n'ai plus aucune nouvelle de lui depuis.

Meredith laissa échapper un petit cri de surprise. Quant à son frère, son expression déjà sombre prit des allures orageuses.

— Je vais le tuer.

— Certainement pas, répliqua Annalise.

Mais il n'y avait dans ses mots ni force ni passion. Une petite part d'elle-même, la plus faible d'entre toutes, aimait l'idée que son frère fasse regretter à Luca de l'avoir quittée. Mais toutes les autres facettes de sa personnalité étaient convaincues qu'elle était parfaitement capable de s'occuper de ses affaires toute seule.

De plus, c'était elle qui lui avait demandé de partir. Même si elle n'avait pas voulu dire de façon définitive. Elle avait besoin d'être seule pour affronter ce qui se trouvait en face d'elle. Et il lui avait donné la solitude qu'elle lui avait demandée. Mais c'était là le signal dont elle avait besoin pour se rappeler qu'il était ainsi. Et les souffrances dans lesquelles elle se trouvait désormais étaient inévitables. Mieux valait les surmonter dès à présent pour pouvoir passer à autre chose.

Si elle éprouvait le désir de se confronter à Luca, elle le ferait. Mais pour lui dire quoi ? Ils ne s'étaient pas fait de promesses. Ils étaient à peine sortis ensemble. Ils n'avaient partagé qu'un lit. Rien de plus.

— Il n'a rien fait de mal. Laisse-le tranquille, Nic.

L'expression de son visage devint plus dure encore. Il n'acquiesça pas, mais il n'insista pas non plus. Et connaissant son frère, elle pensait pouvoir dire sans se tromper que c'était ce qu'elle obtiendrait de plus proche d'une concession de sa part.

— Vous savez, je crois que cette histoire de vol m'a vraiment affectée. J'ai beaucoup travaillé au cours des quelques semaines passées. Et depuis qu'on a découvert l'identité du voleur, tout le monde autour de moi semble marcher sur des œufs, avoir peur de me parler. Il faut dire que j'ai perdu mon sang-froid plus d'une fois.

— Ce qui ne te ressemble pas, murmura pensivement Meredith.

Son amie avait raison. D'ordinaire, elle était une source inépuisable de patience et de compréhension pour les membres de son personnel.

Elle secoua la tête pour marquer son accord.

— Qu'est-ce qui s'est passé, en bas, pour que tu traverses le club en courant comme si tu avais le diable aux trousses ? lui demanda son frère. Le type avec qui tu étais t'a fait quelque chose ?

— Non.

Il n'avait rien fait d'autre que de présumer qu'il lui plaisait parce qu'elle lui avait accordé un peu de son temps et avait essayé de s'intéresser à lui.

— Ce n'est pas de sa faute. Dès l'instant où il a posé la main sur moi, j'ai ressenti le besoin de fuir.

Et elle espérait qu'elle ne passerait pas le reste de sa vie à manifester ce type de réaction à chaque fois qu'un homme qui n'était pas Luca la toucherait. Ce serait horrible. Elle aimait trop le sexe pour ça.

— Tu as enduré beaucoup d'épreuves. La trahison de Robert. Celle de Luca.

— Il ne m'a pas trahie.

Certes, c'était bien le sentiment qu'elle avait eu sur le moment, mais pour être honnête avec elle-même, elle devait reconnaître que les choses ne s'étaient pas passées ainsi. Il ne lui avait jamais promis quoi que ce soit, ne lui avait jamais menti. Naturellement, il avait ignoré ses souhaits, mais même sur ce sujet, il s'était montré intègre, en reconnaissant clairement les faits.

Tandis qu'elle songeait à tout cela, Dominic avait poussé un petit murmure dubitatif.

— Peut-être pas au sens propre du terme, mais ce qui est sûr, c'est qu'il t'a quittée sans avoir avec toi la conversation que tu méritais. Je vous ai vus tous les deux ici l'autre soir. J'ai bien compris que vous étiez bien plus que des collaborateurs travaillant ensemble sur le même projet.

— Dominic et moi, on sait très bien combien il est compliqué de mélanger amours et affaires, ajouta Meredith en adressant un sourire entendu à son fiancé.

— Ce n'était pas comme ça entre nous. Je savais dès le départ, puisque tu me l'avais toi-même dit, Dominic, que Luca ne faisait jamais rien de permanent. Ce n'est pas de sa faute si je suis devenue bête au point de tomber amoureuse de lui.

Cette prise de conscience la frappa avec la force d'un coup de tonnerre. Elle était amoureuse de lui. Cela allait bien au-delà du fait qu'il soit parti sans un mot. Si cela avait été quelqu'un d'autre, cela lui aurait été parfaitement égal. Mais Luca était important pour elle. Et avant que ces mots ne sortent de sa bouche, elle ne s'était pas rendu compte à quel point.

Elle ne s'était même pas autorisée à réfléchir à cette possibilité, parce qu'elle savait que ça ne pouvait pas lui faire du bien. Il était tel qu'il était. Mais à l'évidence, dans un petit recoin de son cœur, elle avait espéré qu'il pourrait être différent avec elle.

C'était de sa faute. À elle.

Ce qu'il lui fallait était du temps. Rien de plus. Si elle avait appris à vivre avec les souvenirs de la mort de sa mère, elle pouvait très bien apprendre à vivre avec cette réalité : aimer quelqu'un qui ne l'aimait pas en retour.

— Tu peux toujours aller lui parler, dit Meredith, coupant court à ses pensées. Tu te souviens de cette conversation où tu m'as dit de me sortir la tête du sable et de me battre pour obtenir ce que je souhaitais ?

Annalise secoua la tête avant même que son amie n'ait fini de parler.

— Ce n'était pas pareil. Je savais que Dominic était fou amoureux de toi et avait juste besoin d'un petit coup de pouce.

— Merci, fit pensivement son frère.

Elle haussa les épaules.

— La vérité fait mal parfois. Mais Luca n'est pas amoureux de moi.

— Comment peux-tu le savoir ? À ce que j'ai cru comprendre, Luca n'a jamais eu d'exemple de ce que l'amour pouvait être. C'est peut-être juste qu'il ne comprend pas ce qu'il ressent.

L'espace d'un bref instant, une étincelle d'espoir vint illuminer son esprit, chaleureuse et très tentante. Mais non, cela ne l'aiderait en rien. Il lui fallait se montrer réaliste en cet instant.

— S'il avait le moindre sentiment pour moi, il ne serait pas parti comme il l'a fait. Ou alors, il serait revenu à l'heure qu'il est. Il a fait comme pour tous ses autres projets : une fois le problème résolu, il a pris ses distances.

Sans même regarder derrière lui. Mais la douleur que cela avait engendrée finirait sûrement par s'apaiser avec le temps.

— Écoutez, je vous remercie pour votre soutien.

Car tout bien considéré, c'était cela qui l'avait poussée à prendre le chemin de l'Excess ce soir-là. Pas la musique, l'alcool ou la compagnie des hommes. Non, elle avait juste besoin de son frère et de sa meilleure amie. De leur soutien indéfectible.

— Je me sens un peu mieux maintenant. Je vais rentrer chez moi et prendre ma journée de demain pour me faire bichonner au spa. Ça me fera du bien.

Gentiment, Meredith posa la main sur son épaule.

— Ça me semble être une très bonne idée. Tu veux de la compagnie ?

Annalise prit le temps de réfléchir à la question avant de répondre.

— Avec grand plaisir. Une journée entre filles. C'est exactement ce dont j'ai besoin.

- 14 -

Luca regarda la rangée d'écrans et de dispositifs informatiques et électroniques qui se trouvaient devant lui. Il aurait dû travailler. Cela faisait plusieurs jours qu'il aurait dû travailler.

Mais il ne le faisait pas.

Le problème qu'il était censé régler ne parvenait tout simplement pas à retenir son attention.

La sonnette de la porte d'entrée lui épargna l'effort de continuer de faire semblant.

Machinalement, il se leva et ses pas résonnèrent dans le sous-sol qui lui servait de poste de travail. Un écho qui ne fit que lui rappeler à quel point cette maison était vide. Cela ne l'avait jamais vraiment dérangé jusqu'ici. Mais force lui était de constater que la présence d'Annalise lui manquait, même si elle n'était pas venue souvent chez lui.

Oui, Annalise lui manquait.

La dernière personne qu'il s'attendait à voir sur le pas de sa porte était son frère. *Il est arrivé quelque chose à Annalise.* Ce fut sa première pensée. La peur lui glaça le corps. Mais la logique finit par reprendre le dessus. S'il lui était arrivé quelque chose, Dominic ne se serait jamais déplacé pour le lui annoncer, il n'avait aucune raison de faire ça.

Non, sa visite devait avoir trait à Stone Surveillance et à un projet dans lequel il voulait qu'il s'implique. Cela faisait plusieurs jours qu'il ne consultait plus ses messages. Stone avait dû essayer de le contacter. Et comme il ne répondait pas, il lui avait envoyé son ami, qui vivait sur place.

Tournant les talons, il commença à avancer vers la cuisine. La villa faisait plus de 2 500 mètres carrés, il n'en utilisait qu'une infime fraction. Il aurait dû la vendre. Mais il l'avait achetée des années plus tôt, à l'époque où il avait commencé à gagner beaucoup d'argent. Et à ce moment-là, la seule chose qu'il voulait était ce qu'il n'avait jamais eu auparavant : une maison dont personne ne pourrait le chasser.

Et il lui avait paru logique d'acheter la plus grande et la plus belle qu'il pouvait trouver. Puisqu'il en avait de toute façon les moyens.

Mais ce qu'il n'avait pas compris, jusqu'à sa rupture avec Annalise, c'était qu'on ne se sent pas chez soi dans sa propre maison tant qu'on n'a pas quelqu'un d'important avec qui la partager.

Perdu dans ses pensées, il sortit deux bouteilles de bière qu'il décapsula avant d'en tendre une à Dominic.

— Que me vaut cet honneur ? finit-il par demander.

Sans même en avoir bu une gorgée, Dominic posa sa bouteille sur l'îlot, auquel il s'appuya de ses deux mains pour se pencher vers lui.

— Arrête de faire l'imbécile avec ma sœur.

Surpris, Luca s'immobilisa. Il s'était donc trompé sur les intentions de son ami.

— Je ne fais rien du tout avec ta sœur.

Dominic lui jeta un regard dur.

— C'est vrai. Tu ne fais rien du tout. Et c'est pour ça que tu es un imbécile.

— Je ne comprends pas, dit Luca en secouant la tête.

— Je vous ai vu tous les deux, dans ce petit hall sous mon bureau. Vous êtes tout de même assez intelligents pour savoir qu'il y a des caméras partout.

Aurait-il dû être choqué, amusé ou vexé ? Luca s'interrogeait.

— Tu nous as regardés, ta sœur et moi, pendant qu'on faisait l'amour ?

— Je n'ai pas eu à le faire. C'est mon responsable de la sécurité qui m'a averti de ce qui était en train de se passer. Il a pensé que je souhaiterais être tenu au courant.

Luca dut se retenir de lever les yeux au ciel. Annalise avait beau être une adulte parfaitement capable de prendre ses propres décisions, Dominic et son équipe semblaient penser qu'elle avait besoin d'être surveillée comme une enfant.

— Et tu le souhaitais ?

Une grimace vint déformer la bouche de Dominic.

— Pas particulièrement, mais puisque je sais à présent, je suis venu ici te dire quelque chose que j'aurais aimé que quelqu'un me dise, à un moment de mon passé.

— Je t'écoute, fit Luca, intrigué, en croisant les bras sur le plan de travail.

— Sors la tête du sable.

Comme il ne comprenait toujours pas, Luca attendit.

— Est-ce que tu as des sentiments pour ma sœur ? reprit Dominic.

Luca n'envisagea même pas une seule seconde de mentir.

— Oui, répondit-il sans hésiter.

La question était simple et la réponse plus simple encore.

— Alors, pourquoi es-tu parti ?

— Parce que ta sœur n'aura jamais confiance en moi. Elle me verra toujours comme le tricheur que son père a passé à tabac et jeté à la rue. C'est elle qui m'a demandé de partir. C'est elle qui a souhaité mon départ. J'ai déjà été suffisamment rejeté dans ma vie comme ça. Et il y a bien longtemps que je me suis fait la promesse de ne jamais dépendre de qui que ce soit. Et certainement pas d'une personne qui ne veut pas de moi. Alors j'ai fait ce qu'elle m'a demandé.

Et cela avait été horriblement douloureux.

Bien plus que d'être bringuebalé de famille d'accueil en famille d'accueil. Au bout de quelques mois, il s'était habitué à ces changements. Il ne ressentait plus de déception quand on lui demandait de faire ses bagages. La véritable douleur venait plus tard, quand il se retrouvait seul dans un lieu inconnu sans personne qui se souciait vraiment de lui.

Arrivé à l'âge adulte, il s'était juré ne jamais laisser à quelqu'un le pouvoir de lui faire du mal de cette façon. Mais manifestement, c'était là une chose qu'il ne pouvait pas contrôler. Parce que ce pouvoir, Annalise l'avait eu.

Dominic prit place sur l'un des hauts tabourets qui faisaient face à l'îlot. Son regard s'était adouci. S'étant penché vers Luca, il étudia longuement son visage avant de parler.

— Elle est complètement dévastée, tu sais ?

— J'imagine. La trahison de Robert a dû lui faire l'effet d'un coup de poignard.

Dominic secoua la tête.

— Évidemment, ça lui a fait du mal. Mais certainement pas autant que sortir de cette pièce et découvrir que tu avais pris tes affaires et l'avais quittée sans même lui adresser un mot. Ça l'a totalement détruite.

— N'importe quoi, répliqua-t-il sans même réfléchir. C'est elle qui m'a demandé de partir et elle savait très bien où me trouver. Si elle avait voulu parler, changer d'avis, elle aurait pu le faire à n'importe quel moment.

— Vous êtes les deux personnes les plus têtues que j'aie jamais rencontrées.

Luca laissa échapper un petit rire dépourvu de gaieté.

— C'est l'hôpital qui se moque de la charité.

— Elle est amoureuse de toi, Luca. Si tu l'aimes aussi, il faut que tu ailles la trouver.

Il avait dû mal entendre. Sidéré, il regarda Dominic, dans l'attente de quelque chose qui lui indique qu'il avait mal interprété ce qu'il venait de dire. Parce que ça ne pouvait pas être ça.

Mais comme Dominic se contenta de lui rendre son regard, il finit par réaliser qu'il avait en réalité parfaitement compris.

— Non. Elle n'est pas amoureuse de moi.

— Si. Fais-moi confiance, je connais ma sœur. Et je vais te dire une chose : je peux compter sur les doigts d'une main les hommes qu'elle a fait venir dans mon club depuis l'ouverture, il y a dix ans.

Là-dessus, Dominic leva lentement un doigt, qu'il finit par pointer sur Luca.

— Et à ton avis, que doit-on en déduire ? Pas qu'elle ne sort pas. Pas qu'elle ne sort pas avec des hommes. Non. Juste que les hommes qu'elle a pu fréquenter jusqu'ici n'étaient pas assez importants à ses yeux pour qu'elle les fasse venir dans mon club en vue de me les présenter.

— Nous nous connaissions déjà tous les deux.

— Je ne vois pas le rapport avec ce que je viens de dire.

Comment pouvait-il ne pas comprendre ?

— Cette soirée n'avait pas pour but de me présenter à toi. Nous nous connaissions, et Annalise le savait. Le but était de décompresser. Nous avions juste besoin de distraction.

— N'importe quoi. Le but était de te faire venir dans un endroit où elle se sentait en sécurité et de voir comment tu interagissais avec les deux personnes les plus importantes de sa vie.

Une lueur d'espoir venait de s'allumer en lui. Fragile et douloureuse. L'espoir fait mal quand, à chaque fois qu'on en ressent, on se retrouve finalement avec le cœur piétiné, en lambeaux.

— Écoute, maintenant, la balle est dans ton camp. Annalise sait que tu finis toujours par couper les ponts, et dans son esprit, c'est exactement ce que tu viens de faire. Tu n'as jamais eu de relation à long terme. Pareil dans ton travail : tu règles un problème, et ensuite, tu laisses à d'autres le soin de gérer la solution. Je comprends pourquoi tu es comme ça, mais maintenant, tu as une décision à prendre. Est-ce que tu comptes vraiment laisser ton passé continuer de déterminer ton futur ? Ou es-tu capable de prendre un risque pour obtenir ce que tu désires ?

Luca secoua la tête. L'espoir et la peur se disputaient la suprématie en lui.

— Je vais te dire une bonne chose, reprit Dominic. La vie est compliquée et rien n'est jamais garanti. Mais se battre pour l'amour et le bonheur, ça en vaut toujours la peine.

Luca ouvrit la bouche. Il ne savait même pas ce qu'il allait dire, mais de toute façon, Dominic l'empêcha de parler en levant la main devant lui.

— Tu n'es pas obligé de dire quoi que ce soit. D'ailleurs, je préférerais que tu te taises. C'est une affaire entre ma sœur et toi. Je suis juste venu te voir en ami pour te dire qu'il y a des choses dont vous feriez mieux de parler ensemble avant de tourner le dos à toutes les possibilités qui pourraient s'offrir à vous.

Sans attendre sa réponse, Dominic se leva et partit.

Resté seul dans la cuisine, Luca observa la pièce sans la voir et écouta le silence.

Les quelques jours passés avaient été horribles. Non pas parce qu'il n'arrivait pas à se concentrer et que son travail n'avançait pas. Mais parce qu'Annalise n'avait pas été là.

Dominic avait raison. Luca avait passé toute sa vie à être mis de côté, mais jamais une seule fois Annalise ne l'avait laissé tomber. Elle s'était battue à son côté. S'était opposée à lui. Avait ri avec lui. Lui avait confié des choses intimes sur elle.

Il fallait qu'ils déterminent ensemble s'ils ne pouvaient pas aller plus loin. Ils le méritaient. Tous les deux.

Meredith était venue la chercher aux alentours de 10 heures. Elles avaient passé la matinée au spa à se faire faire gommages, massages et autres masques. Et Annalise avait désormais l'impression d'avoir la peau plus douce, plus souple.

Cependant, elle ne se sentait ni détendue ni ragaillardie.

Elle avait dû se forcer à entrer dans chaque cabine. Faire semblant d'être heureuse. Ou du moins plus heureuse qu'elle ne l'était la veille au soir. Même si elle ne savait pas si Meredith était dupe.

Elles avaient pris leur déjeuner dans le délicieux restaurant diététique du spa. Et à présent que les esthéticiennes s'occupaient de leurs mains et de leurs pieds, elles étaient en pleine discussion sur le choix de la couleur du vernis : rouge sirène ou rose coquillage ?

Meredith cherchait à l'orienter vers le rouge, mais cette couleur vive et audacieuse ne lui semblait pas du tout en accord avec son état d'esprit actuel.

— Ne l'écoutez pas. Rouge, dit soudain Meredith en attrapant le flacon de vernis rose pour le cacher derrière son dos.

— Ne fais pas l'enfant, Meredith. Donne-moi ce flacon.

— Jamais. Fais-moi confiance. Tu as besoin de quelque chose de fun.

Ce dont elle avait besoin était d'une sieste (elle ne dormait pas bien depuis quelques jours), ainsi que d'un cachet d'aspirine pour atténuer le mal de tête qui commençait à la tourmenter.

Mais les éclats de voix qui retentirent soudain à l'entrée du spa l'empêchèrent de protester.

— Vous ne pouvez pas entrer ici, monsieur !

La personne n'obtint pour seule réponse que ce qui ressemblait à un rugissement.

Il ne manquait plus que ça. Une crise à gérer. Annalise n'était peut-être pas la responsable du spa, mais comme elle était celle de l'ensemble du complexe du casino, si un problème survenait en sa présence, il nécessitait son attention. Et si un imbécile essayait de forcer l'accès au secteur réservé aux femmes pour harceler ses clientes, il allait falloir qu'elle intervienne rapidement.

S'étant levée d'un bond, elle se précipita vers la porte, mais à son arrivée dans le couloir, elle se heurta aux muscles durs d'un torse viril.

Vacillant sur ses pieds nus, elle fut retenue par une poigne ferme.

Son esprit fonctionna à toute allure puis sembla se bloquer. Elle avait des papillons dans l'estomac, elle se sentait même complètement retournée.

Parce qu'instinctivement elle avait compris à qui appartenaient les muscles nets et bien dessinés de ce torse, avant même de relever la tête pour plonger son regard dans les profondeurs orageuses de ces yeux gris.

— Qu'est-ce que tu fais là ? demanda-t-elle d'une voix étranglée.

— Ton frère est venu me voir.

Dominic. Elle allait le tuer.

Lentement, elle libéra son bras.

Si Luca était venu, ce n'était pas parce qu'il avait fini par comprendre qu'il ne pouvait vivre sans elle. C'était parce que Dominic avait joué la carte du grand frère et l'avait probablement menacé.

L'espoir qui avait commencé à prendre son envol s'écrasa brusquement dans sa poitrine, retombant comme un lourd poids.

Furieuse, elle se tourna vers Meredith qui, toujours assise derrière eux, ne cherchait nullement à cacher qu'elle observait la scène attentivement.

— Tu savais que Dominic allait faire ça ?

Comme si elle trouvait le comportement de son fiancé tout à fait normal et acceptable, son amie haussa les épaules d'un air détaché.

Mais Annalise devrait s'occuper plus tard de l'ingérence de son frère et de la trahison de sa meilleure amie.

Ayant vivement attrapé Luca par le bras, elle l'attira vers la salle d'attente et referma la porte derrière elle.

La pièce était déserte. En sourdine, on percevait les notes d'une douce musique relaxante en provenance d'une cabine. Ils étaient entourés de bois sombre et de fleurs claires. Un décor incitant à la sérénité.

Mais à cet instant précis, elle se sentait très loin d'être sereine.

Il fit mine de parler, mais elle secoua la tête. Hors de question que cette conversation ait lieu dans la salle d'attente. Elle ouvrit la porte d'une cabine, l'attira à l'intérieur.

Une table de massage se trouvait au centre de la pièce et une petite lampe diffusait une douce lumière tamisée. Délibérément, elle contourna la table pour établir une séparation entre eux.

— Je m'excuse pour tout ce que Dominic a pu te dire. Il n'avait pas à intervenir ; j'en parlerai avec lui.

Ignorant les signaux évidents qu'elle lui avait envoyés, il contourna à son tour la table pour se rapprocher d'elle. Et tout à coup, cette cabine dont le décor paraissait pourtant relaxant lui sembla toute petite. Étouffante. Au point qu'elle avait désormais peine à respirer.

Elle aurait dû s'éloigner. Mais elle était comme clouée sur place.

Doucement, il la reprit par le bras et chercha à l'attirer vers lui.

Et comme une imbécile, elle se laissa faire. Rien de bon ne pourrait découler de tout cela. Mais manifestement, elle n'avait pas eu son compte de souffrances.

Lentement, il glissa ses doigts dans ses cheveux et joignit ses lèvres aux siennes.

Et ce baiser fut… merveilleux de complexité. Une douce chaleur se répandit en elle, finissant par se concentrer dans son sexe, qu'elle sentit aussitôt palpiter de désir. Mais au-delà de cette réaction physique, il y avait beaucoup de choses.

Le goût du chagrin et de l'espoir, doux et amer dans sa bouche.

Délicatement, il écarta ses lèvres du bout de sa langue jusqu'à ce qu'elle s'ouvre à lui. Et quand elle le sentit s'enfoncer en elle, un profond sentiment de soulagement la gagna.

Des larmes se mirent à couler sur ses joues.

Non !

Brusquement, elle le repoussa.

— Je ne peux pas faire ça, Luca. Je ne peux pas. C'est trop douloureux. Je sais que ce n'est pas de ta faute et je ne te demande rien, sauf de me laisser tranquille. T'aimer en sachant que tu ne m'aimeras jamais en retour… c'est trop difficile. Je ne peux pas rester là à attendre sagement que tu me donnes quelques miettes d'affection de temps en temps. J'ai besoin de plus que ça. Je mérite mieux que…

Comme il avait placé son index sur ses lèvres pour la faire taire, elle fut contrainte de s'interrompre. Sa respiration était saccadée, son regard troublé, mais un timide sourire vint étirer ses lèvres viriles.

— Tu as raison. Tu mérites mieux que ça. Je t'aime, Annalise. C'est une chose qui me fait très peur. Parce que jamais dans toute ma vie une personne ne m'avait choisi, moi. Mes parents sont morts, et après ça, personne n'a voulu de moi. Ni leurs familles, ni leurs amis. Aucune famille d'accueil n'a cherché à se battre pour me garder. J'ai vu beaucoup d'enfants se faire adopter, mais ce n'était jamais moi. Parfois, j'ai le sentiment que je ne mérite pas d'être aimé ou désiré.

Ce dernier aveu lui brisa le cœur. Parce que, naturellement, il était tout à fait digne d'être aimé.

Délicatement, elle prit son visage entre ses mains. Quoi qu'il ait pu se passer entre eux, il fallait qu'elle parvienne à lui faire comprendre ça.

— Tu es un homme extraordinaire, Luca, et je suis certaine que tu étais un enfant tout aussi extraordinaire. Toutes ces personnes, ces familles d'accueil, sont passées à côté de quelque chose. Ils ne savent pas ce qu'ils ont perdu. Tu es éminemment digne d'amour. Et moi, je t'aime.

Comme s'il avait du mal à ravaler sa salive, il porta la main à sa gorge.

— Quand tu m'as demandé de partir, quand tu m'as dit que ma présence n'était plus nécessaire… ça a été le pire moment de ma vie.

— Je suis désolée, Luca. Je n'ai pas réfléchi avant de parler. Je n'ai pas pensé à l'impact que ces mots auraient sur toi. La mission était terminée, l'énigme résolue. Et je sais que, dans ces moments-là, tu considères qu'il est temps pour toi de t'en aller. J'ai cherché à me protéger. Instinctivement ; je ne m'en suis pas rendu compte sur le coup. Mais au fond de moi, j'étais persuadée que tu allais me quitter, et après la trahison de Robert…

Délicatement, il posa la main sur son épaule.

— Je comprends.

En essayant de se protéger personnellement, ils s'étaient fait souffrir l'un l'autre, songea-t-elle. Et quand elle plongea son regard dans le sien, elle comprit que la souffrance qu'elle lui avait infligée était bien pire que toute douleur qu'elle pouvait elle-même ressentir.

— Je te promets de ne plus jamais m'en aller. Je te veux dans ma vie, Annalise. Je suis disposé à prendre des risques. À rester. Parce que je t'aime.

Sentant son cœur se gonfler de joie, elle sourit.

— Je t'aime aussi. Et ce sera toujours toi que je choisirai.

Les yeux pétillant de joie, il la hissa dans ses bras pour la déposer sur la table de massage. Et tout en joignant ses lèvres aux siennes, il commença à la déshabiller.

— Luca ! On ne peut pas.

Un sourire espiègle se dessina sur son beau visage.

— C'est toi la patronne. Tu fais ce que tu veux.

Tout bien considéré… il avait raison.

Vous avez aimé *Arrogant ennemi* ?
Retrouvez sur Harlequin.fr Dominic et ses amis !

1. *La rédemption d'Anderson*
2. *La trahison de Finn*
3. *Le secret de Gray*
4. *Un bad boy au grand cœur*
5. *Arrogant ennemi*

YAHRAH ST. JOHN

Une idylle de vacances

Traduction française de
ROSELINE AULIAC

PASSIONS

HARLEQUIN

Titre original :
VACATION CRUSH

- 1 -

Ne jamais montrer qu'on a peur. Natalie Hastings se souvint opportunément de ce conseil alors qu'elle franchissait le seuil du Royal Diner et que les regards des convives convergeaient dans sa direction. La tête haute, ses mini-tresses couleur de jais se balançant au gré de ses mouvements, elle s'installa dans une alcôve. Elle faisait profil bas depuis la réception estivale désastreuse qui s'était déroulée au Texas Cattleman's Club le mois dernier. En effet, elle s'était ridiculisée devant tous les invités en avouant son béguin pour Jonathan Lattimore à sa meilleure amie, Chelsea Grandin, sans se rendre compte qu'à cet instant précis, les vidéos préenregistrées diffusées sur écran géant cédaient la place aux diffusions en direct via Facebook Live.

Par chance, les invités n'avaient entendu que sa voix alors qu'elle se trouvait dans la tente de tournage au moment de ce changement. Comble de malheur, elle était certaine que Jonathan avait entendu chaque mot qu'elle avait prononcé ! En sortant de la tente, elle n'avait pas compris pourquoi tout le monde la fixait en ricanant. C'était sa grand-mère, Claudette Hastings, qui l'avait prise à part et mise au courant. Horrifiée, elle avait voulu s'expliquer avec Jonathan, mais ne l'avait pas trouvé. Et depuis, il l'évitait avec le plus grand soin. Ils n'étaient pas proches, mais côtoyaient les mêmes personnes. Elle était blessée qu'il ne veuille pas lui parler. Elle pensait qu'ils étaient amis, mais à l'évidence, elle se trompait.

Si seulement les habitants de Royal pouvaient passer à autre chose ! songeait Natalie, frustrée. N'y avait-il pas d'autres commérages susceptibles de les intéresser ? Par exemple, les fiançailles de Chelsea avec Nolan Thurston, le splendide frère jumeau de Heath Thurston, alors même que ce dernier avait déposé une réclamation à l'encontre de la famille de Chelsea. Mais non. Les habitants de Royal s'obstinaient à cancaner au sujet du béguin de Natalie pour un homme qui ne lui prêtait aucune attention !

— Natalie, quel plaisir de vous voir ! s'exclama Gloria Brown, la serveuse du restaurant, en arrivant à sa table. Où vous cachiez-vous, mon chou ?

— Me cacher ?

Natalie jouait les innocentes, mais Gloria savait à quel point elle aimait la tourte aux pêches du chef. Elle s'en offrait une part au moins une fois par mois.

La serveuse lui tapota l'épaule en souriant.

— Cessez de faire profil bas parce que certaines langues vont bon train. Vous n'avez pas à avoir honte de vos propos. Jonathan Lattimore ferait un bon mari pour n'importe quelle femme, notamment une femme aussi intelligente que vous.

— Madame Brown, murmura Natalie, pourrions-nous changer de sujet ?

— Bien sûr. Que souhaitez-vous manger ?

— Une salade de poulet Buffalo et un Coca sans sucres, s'il vous plaît.

— Je vous apporte votre commande tout de suite.

Par chance, Mme Brown s'éclipsa sans faire d'autres commentaires sur Jonathan.

Après la réception au Texas Cattleman's Club, Natalie avait eu peur de se montrer en ville, aussi avait-elle fait ce qu'elle faisait toujours quand elle était stressée : manger de la nourriture de confort, notamment des crèmes glacées, des plats chinois et des pizzas, et ne fréquenter personne.

Elle avait même ignoré les appels de Chelsea. Le résultat ne s'était pas fait attendre : elle avait pris trois kilos en deux semaines.

En voyant l'aiguille de la balance osciller dans la mauvaise direction, elle avait alors décidé de surmonter sa dépression et de reprendre le cours normal de sa vie.

Mais elle avait du mal à oublier son béguin pour Jonathan Lattimore. Alors qu'elle avait treize ans, il l'avait sauvée des griffes d'une bande de petits harceleurs qui se moquaient d'elle à cause de son surpoids. Bien qu'un peu plus âgé que Natalie, il s'était montré gentil envers elle, et pour une adolescente ayant une image négative d'elle-même, sa sollicitude lui avait fait un bien fou. Au fil des ans, elle avait suivi son parcours. Cela lui avait été facile puisque la famille de Chelsea et les Lattimore étaient voisins et amis intimes.

Peu à peu, son admiration pour lui s'était teintée de désir amoureux, notamment quand, à seize ans, elle avait travaillé en tant que serveuse au Royal Diner. Jonathan avait l'habitude d'y venir déjeuner avec ses ouvriers agricoles. Il était tellement sexy en jean et chemise écossaise qu'elle en était toute chavirée. Quand elle le servait, elle lui réservait toujours une grosse part de gâteau. Il adorait la tourte aux pêches, comme elle. Elle savait aussi qu'il voulait du jus de viande sur ses frites, qu'il détestait les oignons, mais qu'il aimait les pickles dans ses cheeseburgers.

Qu'est-ce qui cloche chez moi ? se demanda Natalie.

C'était tellement gênant que tout le monde soit au courant de son béguin pour le séduisant éleveur. Elle avait dit textuellement à Chelsea : « Jonathan est l'homme le plus fabuleux que je connaisse. Je me verrais bien avec lui. Il ferait un merveilleux mari et père de famille. » Son aveu avait été un choc pour Chelsea qui ne s'était jamais rendu compte de la profondeur des sentiments de son amie.

Chelsea et Jonathan avaient pour ainsi dire grandi

ensemble, les ranchs de leurs parents étant attenants. Les deux familles, puissantes et prospères, faisaient partie de l'élite de Royal. Natalie croisait souvent Jonathan quand elle participait à des événements culturels ou caritatifs en compagnie de Chelsea, mais il n'avait jamais montré le moindre intérêt pour elle. Quand Natalie était revenue à Royal après sa première année d'université avec neuf kilos en moins, elle avait été prête à tenter d'attirer l'attention de Jonathan. Sauf qu'il s'était marié entre-temps. Elle avait été profondément déçue, mais contre toute attente, ce mariage n'avait pas duré longtemps. Natalie avait espéré être celle qui guérirait son cœur brisé, mais depuis son divorce, Jonathan était devenu un bourreau de travail et sortait rarement. Elle avait donc continué à garder pour elle ses sentiments non partagés… jusqu'au mois dernier.

À cet instant, la porte vitrée du restaurant s'ouvrit, et à sa grande consternation, elle vit Jonathan pénétrer *seul* dans l'établissement. Un frisson convulsif la parcourut tandis qu'elle le fixait, fascinée. Il était aussi attirant qu'une grande cuillérée de crème glacée au chocolat Ben & Jerry's, avec son jean délavé, sa chemise blanche amidonnée, son Stetson et ses bottes de cow-boy usagées.

Pourquoi cet homme éveillait-il à ce point ses instincts sexuels, lui donnant envie de porter ses enfants ? Peut-être était-ce sa haute taille. Avec son mètre quatre-vingt-dix, il la dominait de quinze bons centimètres. Ou serait-ce son derrière ferme et sexy, admirablement mis en valeur par son jean ajusté ? Ayant travaillé toute sa vie dans le ranch de ses parents, il était habitué au dur labeur physique. À moins que ce ne soient ses lèvres scandaleusement sensuelles et son sourire éblouissant encadré par une barbe sombre ? Ou serait-ce son splendide pick-up Ford F-450 Platinum, ou sa somptueuse demeure de style ranch dont elle avait entendu parler par Chelsea ? Elle n'avait jamais été invitée à s'y rendre, mais rêverait de la visiter. Quelle que soit la raison, elle était irrésistiblement attirée par lui.

Troublée, elle s'empara de son téléphone, s'efforçant de paraître absorbée par son contenu. S'avancerait-il vers elle pour qu'ils puissent enfin s'expliquer comme deux adultes raisonnables ? Ou prendrait-il ses jambes à son cou ? Brûlant de connaître la réponse, elle leva les yeux et eut un coup au cœur en voyant son regard pénétrant rivé sur elle. Aussitôt, une vague de panique la submergea.

Allait-il lui faire une scène ? Non. Ce n'était pas dans son caractère. Alors, pourquoi la fixait-il aussi intensément, comme si elle connaissait les secrets de l'univers, ce qui n'était absolument pas le cas ? Elle devait réagir. Prendre son destin en main. Elle s'apprêtait à se lever quand Mme Brown revint vers elle avec sa salade de poulet Buffalo.

— Voilà, mon chou.

Mme Brown déposa l'assiette garnie devant elle, ajoutant :

— Bon appétit.

— Merci.

Alors qu'elle sortait de l'alcôve, Natalie s'aperçut que Jonathan n'était plus là. Elle jeta un regard circulaire dans la salle, mais ne le vit pas. Soudain, elle perçut le ronflement d'un moteur. Elle se précipita dehors et constata avec horreur que Jonathan s'éloignait au volant de son pick-up.

Il choisissait la fuite ! Écœurée, elle retourna à sa place. Ce malentendu entre eux devait cesser, mais si Jonathan refusait de lui parler, elle respecterait sa volonté. À la place, elle se concentrerait sur son travail avant ses prochaines vacances. Elle prit son téléphone et consulta le calendrier. Encore une semaine à patienter avant de s'envoler pour Galveston. D'ici là, elle n'avait pas fini de trouver le temps long !

Bon sang ! Pourquoi s'était-il enfui ? songeait Jonathan Lattimore en sortant du parking du Royal Diner et en s'engageant sur Main Street. Parce qu'il n'avait pas supporté de voir la lueur d'espoir dans les yeux de Natalie Hastings. Dès qu'il l'avait aperçue dans l'établissement, il avait été incapable de détourner son regard d'elle.

Avec ses courbes voluptueuses, son visage angélique, ses grands yeux bruns, son nez mutin et ses lèvres pulpeuses faites pour les baisers, Natalie était le genre de femme à faire fantasmer tous les hommes. Il l'avait toujours trouvée très séduisante, mais il était hors de question qu'il sorte avec une femme côtoyant les mêmes personnes que lui. Depuis son divorce d'avec Anne, il privilégiait les rencontres sexuelles sans lendemain. Mais Natalie était une femme sérieuse, aspirant à se marier et à fonder une famille. Or, il ne voulait plus jamais prendre ce genre d'engagements. Son mariage avec Anne avait été la pire erreur de sa vie, et leur séparation avait été acrimonieuse. Ce fiasco l'avait profondément marqué. Désormais, il doutait de lui-même et ne faisait plus confiance aux femmes. D'où sa décision de ne plus jamais se remarier.

Il avait toujours su que Natalie avait le béguin pour lui, mais il l'avait tenue à distance bien qu'ils aient de nombreux amis communs à Royal, notamment Chelsea Grandin qu'il connaissait depuis l'enfance. Mais le mois dernier, les choses avaient pris un tour inattendu quand la voix de Natalie avait résonné dans les haut-parleurs, lors de la réception au Texas Cattleman's Club. Sa fervente déclaration l'avait désarçonné car elle prouvait que Natalie ignorait qui il était réellement. Il ne méritait pas son admiration – ni celle de quiconque.

Si elle le connaissait vraiment, elle s'enfuirait dans la direction opposée et ne regarderait jamais en arrière, à l'instar de son ex-femme. Anne lui reprochait d'être un bourreau de travail et de ne jamais s'occuper d'elle. D'aimer son domaine plus qu'elle, alors qu'il s'appliquait seulement à développer l'héritage familial. Mais Anne ne l'avait jamais compris. Elle le trouvait froid, insensible, incapable d'aimer et de prendre soin d'un autre être humain. Peut-être avait-elle raison. Ils avaient été malheureux durant leur mariage et soulagés quand il avait pris fin.

Jonathan ne voulait à aucun prix renouveler cette expérience traumatisante. Le divorce pesait lourdement sur ses épaules, et il ne parvenait pas à surmonter son chagrin. Il se sentait responsable de l'échec de son mariage et de la décision inconcevable que son ex-femme avait prise sans même le consulter. La culpabilité le rongeait. Il fallait vraiment qu'il soit quelqu'un de détestable pour qu'Anne en arrive à une pareille extrémité. Alors, quand il avait vu Natalie au restaurant quelques instants plus tôt, il avait fait la seule chose raisonnable à ses yeux – courir aussi vite que ses longues jambes le lui permettaient. Il ne voulait pas lui laisser croire qu'il pourrait y avoir un jour quelque chose entre eux.

Jetant un coup d'œil dans son rétroviseur, il la vit sortir du restaurant et le suivre des yeux pendant qu'il fuyait. Certes, il se comportait lâchement en refusant une confrontation, mais il n'était pas sûr de pouvoir se conduire en gentleman si jamais il avait l'occasion de faire plus ample connaissance avec elle. En entendant sa déclaration enflammée, il avait été tenté d'oublier toute prudence, de la prendre au mot et de se perdre entre ses cuisses.

Bon sang, il avait intérêt à se ressaisir ! Ce soir, il devait dîner chez ses parents. Il était passé au Royal Diner pour acheter le dessert. À la place, il se présenterait chez eux les mains vides parce qu'il avait eu peur d'affronter une femme très séduisante dans sa robe longue soulignant à la perfection ses courbes sensuelles. Il soupira, furieux contre lui-même, et se concentra sur la soirée à venir. Il espérait que la conversation ne porterait pas sur Heath Thurston ; celui-ci avait déposé une réclamation à l'encontre des familles Lattimore et Grandin, selon laquelle il affirmait détenir des droits miniers sur le sous-sol de leurs ranchs respectifs. Les deux familles avaient consacré beaucoup de temps et d'énergie à découvrir la vérité. Jonathan ne croyait pas une seule seconde aux assertions de Heath. Il était inconcevable que son grand-père ait cédé ses droits sur le sous-sol de son ranch à un tiers. Jonathan ne permettrait pas à Heath de s'emparer de ce qui appartenait à sa famille. Il se battrait bec et ongles pour conserver l'intégrité de son héritage.

Quand il gara son Ford F-450 devant le ranch familial des Lattimore une demi-heure plus tard, c'était la tombée du jour, un de ses moments favoris. Il aimait s'asseoir sous le porche de ses parents et contempler le déclin du soleil sur l'immense domaine des Lattimore, dans la famille depuis des générations.

Pénétrant dans la vaste demeure d'un étage, il trouva ses parents installés dans le salon. Son père, Ben Lattimore, cheveux poivre et sel coupés court, portait comme à son habitude un jean foncé délavé et une chemise boutonnée jusqu'au col. Sa mère, Barbara Lattimore, cheveux couleur de jais coiffés en un carré chic, arborait une tunique sur un pantalon ample. Jonathan avait hérité de sa mère sa carnation d'une riche couleur de miel foncé.

— Bonsoir, maman.

Jonathan se baissa pour déposer un baiser sur sa joue.

— Bonsoir, papa.

Il le gratifia d'une brève accolade.

— Jonathan, je suis heureuse que tu aies pu venir, répondit sa mère, posant le livre qu'elle lisait. Assieds-toi.

Perplexe, Jonathan prit place en face d'eux.

— Ai-je fait quelque chose de mal ? J'ai l'impression d'être convoqué dans le bureau du principal du lycée !

De fait, ses parents avaient la mine sérieuse, et il se demanda s'ils s'inquiétaient à son sujet. Depuis son divorce, il se réfugiait dans le travail et éludait autant que possible les invitations.

Son père éclata de rire.

— Non, rassure-toi, fiston. Mais nous avons remarqué que tu travaillais beaucoup trop.

— Parce qu'il y a beaucoup à faire dans le ranch.

Une large gamme d'activités était nécessaire au bon fonctionnement de cet immense domaine spécialisé dans l'élevage des chevaux et des bovins. Son père en était le directeur général. Jonathan se chargeait des tâches administratives et partageait la gestion courante de l'entreprise avec son jeune frère Jayden. Sa sœur Alexa était avocate et s'occupait de la fameuse réclamation pour le compte des Grandin et des Lattimore.

Par chance, leur famille était très soudée, contrairement à leurs amis, les Grandin, dont les enfants se disputaient les commandes du ranch. Bien qu'il soit l'aîné, Jonathan était content de partager la charge de travail avec son frère.

— J'en conviens, il y a beaucoup à faire, dit sa mère. Mais tu ne sais pas t'arrêter et prendre le temps de vivre. Et c'est là que ton père et moi intervenons.

Jonathan les contempla tour à tour, les sourcils froncés.

— J'ai l'impression que je ne vais pas aimer ce que vous allez me dire.

— Nous t'offrons une semaine de vacances à Galveston.

Sa mère se leva et lui tendit une enveloppe.

— Des vacances ?

Jonathan dit cela comme si c'était un gros mot.

— Oui, des *vacances*, répéta son père avec un grand sourire. Tu en as besoin. Tu t'investis beaucoup trop, et il est temps que tu te détendes et passes le relais à quelqu'un d'autre.

— Ce n'est pas nécessaire, papa, protesta Jonathan. J'ai la situation bien en main.

— Nous savons que tu te débrouilles très bien, intervint sa mère d'un ton radouci. Et ce n'est pas une punition, Jonathan. Mais depuis ton divorce, tu es devenu un bourreau de travail et tu ne t'accordes jamais le moindre répit.

— Détrompez-vous. Je prends du temps quand j'en éprouve le besoin.

Son père croisa les bras sur sa poitrine et demanda :

— À quand remonte ton dernier jour de congé ? Et je ne parle pas de congé maladie, car tu es rarement souffrant.

Jonathan eut beau réfléchir, il ne se souvenait pas de la dernière fois où il avait pris des *vraies* vacances. Depuis la réclamation de Heath Thurston, il participait aux investigations menées par Alexa tout en travaillant d'arrache-pied dans le ranch pour essayer d'oublier la confession de Natalie et ne pas être tenté de nouer une relation plus personnelle avec elle.

— Bon. J'admets avoir été très occupé ces derniers temps.

— Tu admettras donc aussi que tu as besoin de repos pour recharger tes batteries, argua sa mère.

— Et avant que tu protestes, ajouta son père d'un air sévère, sache que ce n'est pas une simple recommandation de notre part, mais un ordre. Ta mère t'a déjà réservé une semaine de vacances, tous frais payés, dans un complexe hôtelier de Galveston.

— Mais, papa…

— C'est une affaire entendue. Et maintenant, il est temps de faire honneur au savoureux dîner que ta mère nous a concocté.

— Bien sûr, mais où sont les autres ?

— Caitlin et Alexa ont rendez-vous avec leurs fiancés respectifs. Quant à Jayden, tu sais combien ton frère apprécie la compagnie féminine, répondit son père, pince-sans-rire.

Jonathan réprima un soupir résigné. Il aurait aimé avoir du renfort pour tenter de convaincre ses parents de changer d'avis, mais il était livré à lui-même.

Deux heures plus tard, Jonathan quittait la maison de ses parents, mécontent de devoir prendre des vacances forcées. Il avait beaucoup à faire, mais il devait admettre que ses parents avaient raison. Cela faisait une éternité qu'il ne s'était pas accordé du temps libre loin du ranch.

Une fois à Galveston, peut-être rencontrerait-il une femme séduisante, désireuse de passer un peu de temps avec lui. La nuit dernière, il avait rêvé qu'une femme aux courbes voluptueuses enroulait ses jambes autour de lui tandis qu'il s'enfonçait en elle avec délectation. Leur ébat passionné avait provoqué un véritable feu d'artifice dans sa poitrine, lui donnant l'envie folle de renouveler l'expérience. Puis l'image de sa partenaire était devenue plus précise.

Bon sang !

Natalie Hastings.

- 2 -

Oh ! Seigneur, ça ne peut pas être lui ! songea Natalie, paniquée, en se dissimulant avec sa valise derrière une colonne du complexe hôtelier de Galveston situé sur le front de mer. Elle jeta un autre coup d'œil furtif, espérant s'être trompée.

Hélas, non. C'était bien lui !

Mais que faisait Jonathan Lattimore sur son lieu de vacances ? Comme s'il n'y avait pas d'autres endroits au Texas ou ailleurs !

Il se tenait à la réception, vêtu d'un jean noir et d'un T-shirt blanc qui mettaient en valeur sa haute silhouette athlétique. Même vu de profil, il était superbe et viril, songea-t-elle, nostalgique.

Mais comment pouvait-elle être autant attirée par un homme qui l'évitait au point de faire demi-tour au restaurant pour ne pas lui parler ? Comble de l'humiliation, tout le monde était au courant de ses sentiments non partagés pour Jonathan. Elle se demandait constamment si les gens se gaussaient d'elle : comme si un homme beau, cultivé et prospère comme Jonathan Lattimore pouvait s'intéresser à elle ! Faute de pouvoir revenir en arrière pour effacer ses propos, elle était venue à Galveston pour se changer les idées. Et voilà que le destin lui jouait à nouveau un mauvais tour.

Que vais-je faire ? se demanda-t-elle, désespérée. Elle ne pouvait aller nulle part sans que Jonathan la voie. Elle devait rester cachée. Apercevant le concierge qui s'avançait dans sa direction, elle lui fit signe de la rejoindre.

— Madame ? Avez-vous besoin d'aide ? Voulez-vous que j'appelle un groom pour porter votre valise ? demanda-t-il, fixant son bagage Louis Vuitton derrière la colonne.

Natalie se l'était offerte après que son agence H & W Marketing eut pris son essor.

— Non, merci. Il faut que je change d'hôtel. Existe-t-il en ville un autre établissement faisant partie de la même chaîne hôtelière, dans lequel je pourrais transférer ma réservation ?

— Oui, mais je ne suis pas sûr qu'il ait des chambres disponibles. Toutefois, je vais me renseigner. Que diriez-vous de prendre un verre au bar de la piscine en attendant ?

Oh ! oui. Elle en avait vraiment besoin !

— Volontiers. Merci de votre aide.

Le concierge désigna sa valise.

— Voulez-vous que je la mette à la bagagerie ?

Natalie acquiesça. Elle jeta un autre coup d'œil depuis sa cachette et vit que Jonathan se dirigeait vers l'ascenseur. S'il se rendait dans sa chambre, elle aurait le temps de prendre une décision, car il était hors de question qu'elle demeure dans le même hôtel que lui.

Une fois la voie libre, elle longea le hall en direction de la piscine. Elle noierait son chagrin dans une margarita bien tassée et prierait le ciel pour que le concierge lui trouve une solution de rechange.

Jonathan n'avait aucune envie d'être ici. Il était un homme de la campagne. Il n'avait aucune idée de ce qu'il était censé faire durant une semaine dans une ville balnéaire assoupie, mais ses parents ne lui avaient pas laissé le choix.

Ils lui offraient des vacances tous frais payés, et il les prendrait afin d'être en pleine forme pour contrecarrer les projets de Heath Thurston. Sa réclamation mettait en péril l'intégrité du ranch familial. Or, Jonathan y était très attaché. C'était son héritage. Son grand-père Augustus Lattimore l'avait légué à son fils Ben, et son père le lui transmettrait un jour. Il ne laisserait pas un intrus s'emparer de ce qui lui appartenait. Il avait sacrifié beaucoup de choses, notamment son mariage, pour assurer la pérennité du ranch.

Il déposa sa valise dans la suite luxueusement meublée, comprenant une chambre dotée d'un lit immense, un grand salon avec un coin repas et une somptueuse salle de bains. Puis il se posta sur un des deux balcons surplombant le Golfe du Mexique. Voilà qui était mieux. Il exerçait des activités de plein air et n'avait pas l'habitude de vivre enfermé. Pour l'heure, il avait désespérément besoin d'une bière.

Cet hôtel chic en proposait-il ? Ou servait-il seulement des cocktails sophistiqués ? Il avait la ferme intention de le découvrir. Tout compte fait, il était soulagé d'échapper aux regards indiscrets et aux bavardages des habitants de Royal.

Même Alexa s'en était mêlée, lui demandant s'il avait parlé à Natalie et insistant pour qu'il le fasse. *Mais pour lui dire quoi ?* Discuter d'un sujet aussi personnel les mettrait mal à l'aise. Il valait mieux attendre que les choses se tassent. Avec un peu de chance, un autre sujet ou *une autre personne* focaliserait l'attention des habitants de Royal. Lui, en revanche, n'arrêtait pas de penser à Natalie. Il n'en revenait pas de la franchise avec laquelle elle avait parlé de ses sentiments. Comme la plupart des hommes, il gardait ses émotions et ses sentiments pour lui. Mais les déclarations de Natalie le troublaient. Décidément, une bière s'imposait !

Natalie en convenait, elle avait bien choisi son hôtel. Cela dit, elle travaillait dans le marketing et était douée pour ce genre de recherches. La piscine, décorée dans des tons apaisants de blanc et de corail, correspondait exactement à la cachette élégante qu'elle recherchait pour oublier ses soucis, allongée dans un transat et étrennant un des nombreux maillots de bain qu'elle avait emportés. Elle s'était même laissé persuader par Chelsea de s'acheter non pas un mais *deux* bikinis. Était-ce sa meilleure amie qui avait informé Jonathan de sa présence à Galveston ? Non. Chelsea ne ferait pas une chose pareille sans lui en parler d'abord.

À cause de sa poitrine opulente et de ses hanches larges, elle évitait les maillots deux pièces. Mais Chelsea qui était grande et svelte lui avait dit : « N'aie pas peur d'afficher tes atouts. » Et Natalie avait décidé de relever le défi. Aurait-elle l'occasion de porter ses bikinis ? De profiter du brasero extérieur et d'admirer le coucher de soleil sur le Golfe du Mexique ? Pas si Jonathan Lattimore était ici.

Pourquoi fallait-il que cela lui arrive à elle ? Elle était quelqu'un de bien. Elle aidait les personnes âgées, était bénévole dans un orphelinat et aimait les animaux de compagnie. Décidément, le destin était injuste.

La présence de Jonathan la rendait tellement nerveuse qu'elle en était à sa deuxième margarita. Finalement le concierge était venu la voir pour l'informer qu'il n'avait trouvé aucune chambre disponible dans un hôtel du même groupe. Puis il lui avait remis sa carte magnétique et proposé de faire monter sa valise dans sa chambre. Elle n'avait pas eu d'autre choix que d'accepter. Elle n'allait quand même pas renoncer à son séjour ! Si elle croisait Jonathan, elle trouverait le moyen de surmonter sa gêne.

— Puis-je avoir une bière ?

Natalie reconnut la voix de Jonathan quelques secondes avant que son regard le repère, deux tabourets plus loin. Le bar était pratiquement désert car les vacanciers friands de l'*happy hour* étaient partis dîner. À l'exception du barman, ils étaient les deux *seules* personnes au comptoir.

Oh ! non. Elle n'avait pas encore son compte de margaritas.

Affichant un sourire factice sur son visage, elle pivota sur son tabouret pour faire face à Jonathan et, comme toujours, son cœur tressauta dans sa poitrine à la vue de cet homme si séduisant. Peut-être devrait-elle faire comme si elle ne le connaissait pas. Non. Il s'apercevrait aussitôt de son stratagème. Elle opta donc pour une approche directe.

— Jonathan ? Que fais-*tu* ici ?

— Natalie ?

Sous le coup de la surprise, il vacilla sur son tabouret et se redressa de justesse. Il n'était donc pas au courant de sa présence ici.

Elle ne put s'empêcher de rire.

— Hum… Tout va bien ?

— J'espérais que tu ne remarquerais pas ma maladresse, dit-il, esquissant un sourire.

Elle rit nerveusement.

— Désolée. Figure-toi que je suis ici en vacances. Et toi ?

Elle s'efforçait de ne pas regarder ses lèvres charnues dont il savait sûrement se servir à merveille pour faire chavirer une femme.

— Pareil.

Une réponse laconique. Oh ! ce n'était *pas* bon signe. À l'évidence, ils étaient aussi embarrassés l'un que l'autre. Si seulement il était venu lui parler après la réception au Club, ils n'en seraient pas là.

— Il faut que je parte, dit-elle, mortifiée.

Récupérant son verre de margarita, elle se leva. Mais, à sa grande surprise, Jonathan posa sa large main sur son bras.

— Reste, s'il te plaît, et prends un verre avec moi.

Elle le contempla, perplexe.

— Tu en es sûr ?

N'était-elle pas la dernière personne avec qui il avait envie de passer du temps ?

— Tout à fait.

Elle se rassit et contempla son verre presque vide. Elle allait avoir besoin d'un remontant si elle devait rester à côté de l'homme qui avait le don d'accélérer les battements de son cœur. Elle fit signe au barman et commanda une autre margarita.

— À propos, commença Jonathan en s'installant sur le tabouret vide à côté d'elle. Est-ce qu'une amie ou... quelqu'un d'autre verrait un inconvénient à ce qu'on prenne un verre ensemble ?

Était-ce une façon allusive de lui demander si elle était venue seule à Galveston ? Dans ce cas, il n'était pas très futé.

— Je suis seule, si c'est ce que tu veux savoir.

Il hocha la tête en souriant.

— En effet. D'habitude, tu pars seule en vacances ?

— Non. Mais compte tenu des circonstances, j'avais besoin de m'éloigner de Royal.

Il demeura silencieux un long moment avant de dire :

— Les choses se tasseront d'ici quelques semaines. Personne ne se souviendra plus de ce que tu as dit.

C'était la première fois qu'il faisait allusion au moment le plus embarrassant de sa vie, et elle ne savait pas comment réagir.

Elle s'efforçait de tourner la page et d'aller de l'avant, mais c'était difficile de le faire quand l'objet de vos fantasmes était assis à côté de vous. Après l'humiliation qu'elle avait subie, un mois auparavant, jamais elle n'aurait imaginé qu'ils se retrouveraient côte à côte pour prendre un verre. Les regards de pitié auxquels elle avait eu droit l'avaient blessée, mais l'attitude fuyante de Jonathan l'avait encore plus meurtrie.

— J'en doute, dit-elle finalement. Les habitants de Royal sont friands de commérages.

— Écoute, j'apprécie les choses gentilles que tu as dites

à mon sujet, mais je préférerais les oublier. Tirer un trait sur cet épisode. Tu veux bien ?

Elle fit un signe d'assentiment.

— Tant mieux, parce que je souhaite me détendre au bord de la piscine et découvrir Galveston. Et toi ?

— Pareil.

— Alors, portons un toast.

Jonathan leva sa bouteille de bière.

— Au farniente !

Ils trinquèrent, répétant à l'unisson :

— Au farniente !

Jonathan n'en revenait pas que Natalie Hastings soit à Galveston. Quand il avait réfléchi à la façon dont il passerait sa semaine de vacances, il n'avait pas imaginé un seul instant que cette femme hyper sexy se retrouverait assise à côté de lui. Elle était très élégante dans sa combinaison pantalon dos nu, à fleurs, dont le décolleté en V révélait la naissance de sa poitrine opulente. Il la trouvait tellement désirable qu'une décharge électrique traversa son bas-ventre.

Il avait toujours su que Natalie avait le béguin pour lui, mais jusqu'à ce qu'il entende sa déclaration à travers les haut-parleurs, il ne s'était pas rendu compte que c'était plus sérieux qu'une simple amourette. À cet instant, elle évitait de croiser son regard, et c'était dommage car il brûlait d'envie de se noyer dans ses prunelles sombres et veloutées. Son chignon tressé élaboré dégageait son beau visage. Soudain, le rêve érotique qu'il avait fait à son sujet lui revint en mémoire, et il s'agita, mal à l'aise, sur son tabouret. Il avait une conscience aiguë de leur proximité. Chaque cellule de son corps vibrait de désir. Ce n'était pas ainsi qu'il allait l'oublier ! S'ils voulaient aller de l'avant, peut-être devraient-ils assouvir cette attirance mutuelle ?

L'idée était alléchante. Et puis, les vacances n'étaient-elles pas faites pour prendre du bon temps ?

— Combien de temps restes-tu ici ? demanda-t-il.

— Une semaine.

— Moi aussi. Mais pas par choix. Ce sont mes parents qui m'ont forcé à prendre des vacances. Ils trouvent que je travaille trop et que je ne profite pas assez de la vie.

— Ont-ils raison ?

Jonathan haussa les épaules.

— Je ne pense pas.

La vie qu'il menait lui convenait. Il vivait et travaillait sur un ranch valant des millions de dollars et appartenant à sa famille depuis des générations. Se tournant vers Natalie, il s'aperçut qu'elle paraissait dubitative.

— Apparemment, tu penses qu'ils ont raison.

— Je me base sur ce que je vois.

— Et que vois-tu ?

— Chaque fois que je te croise en ville, tu y viens pour le travail. T'arrive-t-il de prendre du temps pour toi ? De te divertir ?

En l'occurrence, il avait quelques projets distrayants pour cette semaine, tous incluant Natalie dans son lit.

— La solitude ne te pèse pas ?

Il s'abstint de répondre. Il s'accommodait de son existence solitaire. S'il voulait se changer les idées, il faisait de longues chevauchées sur son cheval préféré ou contactait une de ses partenaires féminines pour un intermède sexuel torride. Cela lui convenait, mais ses parents pensaient qu'il s'enfermait dans une routine malsaine. Peut-être était-ce le cas. Il n'avait pas toujours été solitaire. Avant Anne, il était plus sociable, il aimait passer du temps avec sa famille et ses amis. Mais après son divorce, il était devenu renfermé et méfiant envers la gent féminine.

— Tout le monde a besoin d'avoir quelqu'un dans sa vie, Jonathan.

Se rembrunissant, il s'écarta légèrement de Natalie. Sa remarque lui faisait penser à Anne, son ex-femme. Elle lui reprochait d'être un bourreau de travail, froid et insensible, mais elle avait tort. Quand ils s'étaient mariés, il s'était cru amoureux, puis il avait vite compris qu'elle n'était pas la femme qu'il lui fallait. Très dépendante de lui sur le plan affectif, elle le voulait pour elle toute seule. Elle était fière d'être devenue une Lattimore, mais quand elle avait compris que ce statut social impliquait aussi de passer des journées solitaires pendant qu'il travaillait sur le domaine, elle avait arrêté les frais et révélé son vrai caractère. Il en venait à se demander si elle l'avait jamais aimé.

Il battit des paupières, s'efforçant de chasser ces mauvais souvenirs pour se concentrer sur sa conversation avec Natalie, mais elle sortait plusieurs billets de son portefeuille et les déposait sur le comptoir.

— Tu voudras bien m'excuser, dit-elle en partant précipitamment.

— Natalie, attends !

Avait-il fait quelque chose qui l'avait offensée ? Mais elle était déjà loin. Il déposa un billet de vingt dollars sur le comptoir et courut après Natalie. Il ne voulait pas que leur soirée se termine sur un malentendu. Contre toute attente, elle avait éveillé en lui un sentiment d'anticipation, et il avait envie de voir où cette rencontre inattendue les mènerait.

- 3 -

Dire qu'elle avait été assez stupide de penser qu'elle pourrait prendre un verre avec Jonathan Lattimore et faire comme s'ils étaient deux inconnus normaux liant connaissance lors d'un séjour de vacances ! songeait Natalie, furieuse. Mais elle n'était pas dans un *remake* de *Vacances romaines*. À en juger par sa mine renfrognée, Jonathan devait sans doute penser que sa remarque sur la nécessité d'avoir quelqu'un dans sa vie était une sorte d'appel du pied. Qu'*elle* voulait être la personne dont *il* avait besoin.

Dieu sait si elle aimerait que ce soit vrai, mais ce n'était pas le cas. Elle devait se faire une raison. Jonathan ne la considérerait *jamais* autrement que comme une simple personne de connaissance. Plus vite elle cesserait de penser qu'ils formeraient un couple merveilleux, mieux ce serait.

Dans le hall de l'hôtel, elle pressa furieusement le bouton d'appel. Elle entendit Jonathan la héler, mais fit la sourde oreille. Elle n'avait pas envie de savoir ce qu'il avait à lui dire. Tout ce qu'elle voulait, c'était retourner dans sa chambre, prendre une douche chaude et réfléchir au meilleur moyen d'éviter Jonathan durant le reste de la semaine. Après tout, pourquoi partirait-elle ? Elle avait réglé la totalité de son séjour et avait autant que lui le droit d'être ici. Il était hors de question qu'il la fasse fuir.

L'ascenseur arriva quelques secondes plus tard, mais pas suffisamment vite.

— Natalie !

Jonathan la rattrapa in extremis.

Au moment de pénétrer dans la cabine, elle lui décocha un regard noir, espérant le dissuader de la suivre, mais il lui emboîta le pas. Le silence durant leur montée jusqu'au troisième étage était assourdissant. Elle n'avait pas l'intention de s'excuser de s'être souciée de son bien-être, mais il n'était pas facile à ignorer. Avec sa stature imposante et sa prestance, il semblait absorber tout l'oxygène de la cabine.

Quand l'ascenseur s'arrêta, Natalie se hâta de sortir et de longer le couloir, mais Jonathan ne la lâchait pas d'une semelle. Arrivée devant sa porte, elle se tourna vers lui.

— Que veux-tu ?

— J'aimerais m'excuser.

Sa réponse inattendue la décontenança, et sa colère contre lui retomba comme un soufflet.

— Puis-je entrer ? demanda Jonathan, la fixant intensément.

Sans trop savoir pourquoi, elle lui tint la porte ouverte. Tandis qu'il passait devant elle, elle capta une bouffée de sa fragrance à la fois virile, champêtre et légèrement épicée. Tout chez cet homme assaillait ses sens et lui faisait penser à des choses coquines qu'elle aimerait faire avec lui. Mortifiée, elle secoua la tête pour chasser cette idée saugrenue et ferma la porte.

S'avançant dans la chambre, elle fut impressionnée par la suite que le concierge lui avait attribuée. Un grand lit se dressait au centre de la pièce. Un petit espace salon avec un bureau était aménagé dans un angle. Les rideaux ouverts laissaient voir un balcon. Mais rien de tout cela n'était aussi impressionnant que l'homme qui se tenait au milieu de la pièce, dominant l'espace.

Il émanait de lui une force indéniable et magnétique, au point qu'elle était incapable de détacher son regard de ce beau ténébreux qui la faisait fantasmer depuis toujours.

— Je suis désolée, Natalie, commença-t-il. Je ne sais

sans doute plus comment me comporter avec une dame. Je regrette si je t'ai paru distant, car ce n'était pas mon intention. J'ai été rattrapé par des souvenirs déplaisants.

Natalie haussa les épaules avec détachement et posa son sac à main sur la table basse.

— Ce sont des choses qui arrivent.

Il la contempla, la mine dubitative.

— Es-tu sincère ? Ou me dis-tu ce que j'ai envie d'entendre pour que je sorte de ta chambre et te laisse tranquille ?

— Je suis sincère et j'accepte tes excuses, dit-elle, prenant place sur le canapé.

— Tant mieux. Parce que j'ai beaucoup aimé parler avec toi au bar et je ne voudrais pas que ce soit notre dernière conversation.

— Vraiment ?

Décidément, l'attitude de Jonathan n'en finissait pas de la déconcerter. D'habitude, il se montrait réservé envers elle. Voyait-il dans ces vacances une occasion d'approfondir leur relation ? Elle en rêvait, mais redoutait qu'il se serve d'elle. Après tout, il connaissait ses sentiments à son égard. Il lui serait donc facile de la séduire. Elle avait intérêt à rester sur ses gardes.

Il hocha la tête.

— Oui. J'ai envie de mieux te connaître. Pouvons-nous tout reprendre à zéro ?

— Je suppose que oui, répondit-elle, mal à l'aise.

Elle avait la bouche sèche et les jambes flageolantes, aussi demeura-t-elle assise. Elle ne savait pas quoi faire ni quoi dire. Une énergie mystérieuse vibrait entre eux, et l'air était chargé d'anticipation.

— Hum… Veux-tu boire quelque chose ?

— Volontiers, répondit-il, plantant son regard dans le sien avec une intensité qui lui coupa le souffle.

Elle cligna des paupières pour s'arracher à son charme envoûtant.

— À vrai dire, j'ignore ce qu'il y a dans le minibar.

— Ce sera la surprise. Pas vrai ?

Sa voix était comme le chocolat noir et le vin rouge, sensuelle, généreuse et riche en saveurs. Elle l'observa pendant qu'il se penchait pour examiner le contenu du minibar. De sa place, elle apercevait des bouteilles d'eau, de Coca, des mignonnettes d'alcool, du jus d'orange et de canneberge, mais elle préféra se focaliser sur les fesses de Jonathan moulées dans son jean.

Il sortit plusieurs bouteilles et prépara une vodka orange pour elle et un rhum Coca pour lui. Puis il s'assit près d'elle sur le canapé. Elle fut surprise quand il demanda :

— As-tu des nouvelles d'Aubrey Collins ?

Elle doutait qu'il soit ici pour lui faire la conversation. Ou était-ce un prétexte pour rester dans sa chambre ?

Quoi qu'il en soit, elle répondit à sa question :

— Aux dernières nouvelles, elle souffrait d'amnésie, mais les médecins pensent que c'est temporaire.

Aubrey était une amie commune qui avait été blessée lors de la réception au Texas Cattleman's Club, le mois dernier, quand le podium où elle se tenait s'était effondré. Elle avait heurté sa tête en tombant et perdu connaissance.

— J'en suis désolé pour elle, dit Jonathan, sirotant son cocktail. J'espère qu'elle se remettra vite.

— Moi aussi.

Elle priait pour qu'ils continuent de parler de sujets anodins, mais ses prières ne furent pas exaucées.

— Allons-nous enfin aborder le sujet délicat que nous éludons depuis le début ? demanda-t-il, se tournant vers elle et l'observant avec attention.

— Pourquoi le ferions-nous ?

Incapable de détourner son regard du sien, Natalie sentit son pouls s'accélérer.

— Je veux effacer ce souvenir de ma mémoire. Par ailleurs, nous avions convenu de tout reprendre à zéro. Alors pourquoi s'appesantir sur le passé ?

— C'est nécessaire pour aller de l'avant. Écoute…

Jonathan posa une main sur sa cuisse. Ce contact était si inattendu qu'elle ne put réprimer un halètement de surprise. Une secousse la traversa, telle une décharge électrique se propageant dans son bas-ventre tandis que le cœur de son intimité se resserrait.

— J'ai été flatté d'entendre ce que tu éprouvais pour moi, même si tes sentiments sont injustifiés.

Elle fronça les sourcils, perplexe.

— Si tu t'es senti flatté, pourquoi m'évitais-tu ?

Jonathan haussa les épaules, embarrassé.

— Parce que je ne savais pas quoi dire. Je ne mérite pas tous ces compliments.

Comme soulagée d'un grand poids, Natalie éclata de rire. Durant tout ce temps, elle avait redouté ce face-à-face, mais en voyant Jonathan faire preuve d'une modestie excessive, elle pouvait enfin oublier son humiliation.

— Merci, dit-elle. J'ai sans doute pris les choses trop à cœur. Nous devrions apprendre à nous détendre.

— Tu as raison.

Natalie leva les yeux vers Jonathan et s'aperçut qu'il la fixait intensément de ses prunelles couleur caramel, ourlées de longs cils épais et recourbés. Ils se dévisagèrent pendant de longues secondes. Sentant son pouls s'affoler, elle se rappela opportunément que Jonathan ne s'intéressait pas à elle. Un mois plus tôt, elle s'était pour ainsi dire jetée à sa tête, mais cette fois, il devrait faire le premier pas. Et… il y avait une lueur dangereuse dans son regard.

Jonathan n'aurait jamais dû suivre Natalie jusque dans sa chambre, mais il y avait quelque chose chez elle qui l'attirait irrésistiblement. Sa façon de le regarder avec une grande douceur avait le don d'exacerber sa libido. En l'observant avec attention, il sut qu'elle avait remarqué l'intérêt qu'elle suscitait en lui.

S'en étonnait-elle ? Ce ne devrait pas être le cas. Selon lui, elle avait un corps parfait. C'est pourquoi il n'avait pas ôté sa main de sa cuisse. Il avait cédé à l'envie irrépressible de la toucher, et si elle lui donnait le moindre signe d'encouragement, il poserait ses mains sur tout son corps, depuis sa poitrine généreuse jusqu'à ses pieds ravissants.

Le regard de Natalie était rivé au sien, et il avait une conscience aiguë de l'énergie sexuelle qui vibrait entre eux. Il leva sa main libre et traça délicatement le contour de sa joue soyeuse. Elle semblait aussi subjuguée que lui, et quand il enroula sa main autour de sa nuque pour l'attirer vers lui, elle ne lui opposa aucune résistance. Quelques secondes plus tard, sa bouche se posa sur la sienne, et un sentiment d'urgence qu'il n'avait jamais ressenti auparavant s'empara de lui. Quand il cajola ses lèvres pour qu'elles s'entrouvrent et lui permettent d'approfondir leur baiser, elle accepta de bonne grâce. Alors, il savoura sa bouche tout à loisir, mais même cela ne lui suffisait pas.

Il l'attira plus près et ne put résister à la tentation de toucher ses seins. Il plaqua ses mains sur eux, et les sentit s'épanouir à son contact. Quand leurs pointes titillèrent ses paumes, il eut l'envie folle de leur prodiguer des caresses plus poussées. Mais il s'agissait de Natalie. Elle avait des sentiments pour lui. Il ne voulait pas la blesser ou qu'elle se méprenne sur la nature des émotions qu'elle suscitait en lui : du désir charnel, purement et simplement.

Il s'écarta d'elle à contrecœur et s'efforça de se ressaisir.

— Ce fut une révélation ! dit-il d'une voix qui lui parut étrangement rauque.

De fait, il brûlait d'envie de passer la nuit avec Natalie et de se perdre dans ses courbes affriolantes, mais ce serait déloyal de sa part.

La ferveur de leur baiser ne fut pas une révélation pour Natalie. Bien qu'elle ait été prise au dépourvu, ses lèvres s'étaient ouvertes d'elles-mêmes quand il avait capturé avidement sa bouche, et elle avait accueilli ses caresses avec ivresse. Intuitivement, elle avait toujours su qu'ils s'accorderaient à merveille, mais elle n'avait jamais eu l'occasion d'explorer cette attirance. Et maintenant, elle savait qu'elle n'était pas unilatérale. Tout au moins, Jonathan la désirait.

— As-tu l'intention de t'excuser de m'avoir embrassée ? demanda-t-elle.

Elle espérait de tout son cœur qu'il n'en ferait rien, car son baiser grisant avait mis tous ses sens en émoi.

— Oh ! non. Cela faisait longtemps que j'en avais envie.

Un lent sourire s'épanouit sur le visage de Natalie. Si elle n'y prenait pas garde, Jonathan pourrait aisément abattre ses barrières de défense. Mais elle ne voulait pas renoncer à cette occasion unique de satisfaire les désirs de son cœur.

— Ce qui se passera à Galveston restera à Galveston.

Jonathan n'eut pas besoin d'autre encouragement car il se pencha vers elle pour capturer sa bouche avec passion et l'attirer contre lui. Natalie avait le souffle court, et son cœur battait la chamade, mais elle n'en avait cure. Jonathan allumait un brasier de passion en elle, et elle s'y consumait avec délice. Quand la main de Jonathan dégrafa le bouton pression de sa combinaison sur sa nuque avant de glisser lentement le long de son dos, elle frissonna d'anticipation.

Il lui semblait qu'elle avait attendu ce moment toute sa vie, et elle voulait en savourer chaque minute. S'enhardissant, elle dégrafa son soutien-gorge et le laissa tomber sur le sol.

— Seigneur, comme tu es belle !

La voix de Jonathan était rauque de désir et ses yeux fixaient avec gourmandise sa poitrine dénudée.

— J'ai hâte de te voir toute nue.

La prenant par la main, il l'encouragea à se lever du canapé pour que sa combinaison pantalon tombe à ses pieds.

Malgré sa crainte diffuse qu'il se serve d'elle pour assouvir ses désirs sexuels, ce moment lui paraissait juste. Son rêve devenait enfin réalité, et elle voulait le vivre pleinement. Elle désirait Jonathan, et lui aussi la désirait. Elle en voulait pour preuve la façon dont il la dévorait des yeux. Grisée de se sentir aussi sexy, elle défit son chignon, laissant ses mini-tresses retomber sur ses épaules. Aussitôt, Jonathan l'attira contre lui, et elle sentit son érection contre son ventre tandis qu'il emprisonnait sa bouche et l'embrassait à nouveau avec une ferveur qui l'électrisa.

Elle s'embrasait dans son étreinte, et toute pensée rationnelle se désagrégea dans un gémissement de plaisir. Consumée de désir, elle aida Jonathan à se dévêtir car ses vêtements l'empêchaient de le savourer pleinement, de sentir sa chair nue contre la sienne. Une fois dans le plus simple appareil, il l'entraîna jusqu'au lit, repoussa la couverture et l'allongea sur les draps, leur fraîcheur contrastant avec la chaleur de la passion qui la consumait.

— Natalie…

Il attendait son feu vert, le regard éperdu de désir, et elle lui tendit les bras pour l'accueillir. Il s'allongea sur elle et s'empara de sa bouche avec fièvre. Elle lui rendit avidement son baiser, le goûtant et l'explorant tout à loisir. C'était si bon qu'elle en perdait tout sens des réalités.

Puis il détacha ses lèvres des siennes pour tracer un chemin brûlant de baisers sur son cou, son épaule et plus bas, sur sa poitrine. Il entreprit de vénérer ses seins, enroulant sa langue autour de leurs pointes brunes. Elle ne put retenir un cri de plaisir quand la bouche chaude de Jonathan se referma sur un téton et qu'il le suça avec gourmandise. Elle aurait voulu qu'il continue sans relâche ses caresses grisantes, mais il s'aventura plus bas, sur son ventre, jusqu'à sa culotte.

Passant ses pouces sous l'élastique, il la fit glisser le long de ses jambes avant de la jeter de côté. Puis il s'accroupit sur le lit pour la contempler. D'habitude, c'était le moment crucial où elle se sentait gênée à cause de ses courbes opulentes, mais pas avec Jonathan. Elle percevait un désir brut dans son regard, qu'elle n'avait jamais remarqué chez un autre homme. Elle retint son souffle quand il lui écarta les jambes et qu'il se pencha pour égrener des baisers le long de ses cuisses. Alors que son souffle chaud se rapprochait de l'orée de sa féminité, elle se trémoussa, soudain gênée, mais il posa une main sur son ventre pour la maintenir en place.

— Laisse-moi te donner du plaisir.

Il glissa ses mains sous ses fesses et l'attira vers lui avant de plaquer sa bouche sur le cœur son intimité. Elle regimba, haletante, en sentant sa langue lécher les replis secrets de sa chair moite, mais au lieu d'en rester là, il se servit de ses doigts pour explorer chaque centimètre d'elle, déclenchant des ondes de volupté dans tout son être. Oh ! oui, c'était encore plus merveilleux que dans ses rêves les plus fous. Elle sentait la tension monter en elle tandis que Jonathan l'emmenait vers de nouveaux sommets de plaisir. Et quand sa langue se focalisa sur son point le plus sensible, l'univers de Natalie explosa en un feu d'artifice de sensations exquises.

À travers la brume de son plaisir, elle avait vaguement conscience que Jonathan rendait à nouveau hommage à sa poitrine avant de s'écarter d'elle pour récupérer quelque chose. Elle perçut le froissement d'un emballage aluminium, puis il s'allongea à nouveau sur elle et unit leurs deux corps d'une seule poussée. Natalie haleta, surprise. Il dut percevoir son inconfort car il se retira, puis la pénétra plus lentement, lui laissant le temps de s'adapter à la taille de son érection.

Cette fois, elle exhala un soupir de bien-être. Jonathan l'emplissait corps et âme, et c'était merveilleux. Mais cela ne lui suffisait pas, et elle ondula sous lui pour lui faire comprendre qu'il pouvait poursuivre leur joute érotique. Il saisit l'allusion et se mit à aller et venir en elle, lui tirant des gémissements de plaisir.

Elle noua ses jambes autour de lui pour qu'il s'enfonce plus profondément en elle, et il accéléra le rythme de ses assauts, comme mû par un sentiment d'urgence. La peau moite, Natalie ressentait aussi ce besoin impérieux de libération charnelle. Elle se raccrochait étroitement à Jonathan, ses muscles resserrés autour de lui, tandis qu'il lui imposait une cadence effrénée. Chaque cellule de son corps pulsait, signe qu'elle approchait du vertige suprême. Elle n'eut pas à attendre longtemps avant qu'une nouvelle vague de plaisir déferle sur elle.

— Oh ! oui !

Elle laissa échapper un cri d'exultation quand la jouissance libératrice, d'une intensité inouïe, s'empara d'elle. Jonathan l'embrassa longuement jusqu'à ce que les ondes de volupté refluent en elle.

Mais il n'avait pas encore atteint le paroxysme de son plaisir. Ses assauts devinrent plus forcenés, plus urgents, jusqu'à ce que son corps se convulse et qu'il la rejoigne dans l'extase en poussant un grognement guttural.

Se sentait-il aussi comblé qu'elle ?

Leur ébat avait été tellement puissant. Tellement passionné. Tellement nécessaire.

Elle lui caressa le dos, écoutant son souffle s'apaiser peu à peu, jusqu'à ce qu'il s'écarte d'elle et s'allonge à son côté. Épuisée et repue, elle ferma les yeux, respirant avec délice sa senteur virile tandis que le sommeil s'emparait d'elle.

- 4 -

Natalie se réveilla quelques heures plus tard. Alors qu'elle reprenait peu à peu pied dans la réalité, elle se remémora les événements de la nuit dernière. Elle n'arrivait pas à croire que c'était arrivé. Cela ressemblait à un rêve, et si c'en était un, elle n'avait aucune envie de se réveiller. Elle et Jonathan avaient fait l'amour non pas une, mais deux fois, comme s'ils n'arrivaient pas à se repaître l'un de l'autre.

Comme en réponse à ce souvenir, elle ressentit une douleur sourde entre ses jambes. Elle n'était pas vierge, mais elle n'avait pas eu de relations intimes avec un homme depuis deux ans. Cependant, aucun de ses autres partenaires n'avait su lui procurer autant de plaisir que Jonathan. Il est vrai qu'elle n'avait jamais éprouvé les mêmes sentiments à leur égard. En parlant de Jonathan…

Ramenant le drap sur sa poitrine nue, elle se redressa et s'aperçut que la place à côté d'elle était vide. L'espace d'un instant, elle eut peur qu'il se soit enfui, mais à son grand soulagement, il émergea du balcon, seulement vêtu d'un jean, une tasse à la main. À la vue de son torse nu, admirablement ciselé, elle réprima l'envie de se lécher les lèvres sous l'effet de la gourmandise.

Aux petites heures du matin, elle avait passé sa langue sur chaque centimètre carré de sa poitrine imberbe, et il avait apprécié chacune de ses caresses, surtout quand elle était descendue plus bas et qu'elle avait pris délicatement son pénis dans sa bouche.

— Bonjour, belle endormie, dit-il.

Natalie baissa la tête en rougissant. Elle n'avait pas l'habitude de faire la grasse matinée. Elle lui jeta un regard gêné.

— Pourquoi ne m'as-tu pas réveillée ?

— Tu étais fatiguée, et j'ai préféré te laisser dormir. À propos de la nuit dernière…

Oh ! nous y voilà. Le fameux discours du lendemain.

Elle aurait dû s'attendre à ce qu'il ait des états d'âme. Elle le savait, il ne voulait pas s'engager dans une relation, aussi prit-elle les devants :

— Comme je te l'ai dit hier soir, ce qui se passera ici, restera ici.

— Oui, je m'en souviens. Mais je tenais à te dire que j'ai vraiment apprécié la nuit que nous avons passée ensemble.

— Moi aussi.

Elle n'avait jamais eu autant d'orgasmes en l'espace d'une nuit ! Elle trouvait grisant qu'il sache exactement comment lui procurer du plaisir sans qu'elle lui demande quoi que ce soit. Elle graverait ces merveilleux moments dans sa mémoire. De cette façon, s'ils ne renouvelaient pas l'expérience, il lui resterait ses précieux souvenirs.

— Tant mieux, dit-il, posant sa tasse sur la table de chevet. Tu sais, quand je t'ai suivie dans ta chambre, je n'avais pas l'intention de…

— M'emmener au lit ? suggéra-t-elle en souriant.

Elle devait absolument faire quelque chose pour soulager la gêne de Jonathan. Que s'imaginait-il ? Qu'elle allait lui demander de l'épouser ? Elle était une femme du XXIe siècle, habituée à se débrouiller seule, mais cela ne voulait pas dire qu'elle n'était pas aussi surprise que lui par leur attirance sexuelle aussi torride qu'inattendue.

Jonathan sourit.

— Oui.

Il s'approcha d'elle, et elle retint son souffle tandis qu'une expression étrange traversait ses prunelles caramel.

Quand il effleura ses lèvres du bout des doigts, elle exhala un petit soupir d'aise.

— Tu es si belle…

Puis il inclina la tête vers elle, et elle ferma les yeux tandis que sa bouche emprisonnait la sienne. Elle savourait avec délice son baiser ardent, rêvant qu'il se prolonge pour toujours. La forme de leurs lèvres concordait parfaitement, et quand il écarta les siennes de la pointe de sa langue, elle se fondit en lui, exhalant un gémissement de plaisir. C'était plus fort qu'elle. Ils s'accordaient à merveille, et son corps le savait d'instinct.

Jonathan aussi le savait, car il la bascula sur le lit et s'allongea sur elle. Elle *sentait* tout. Son torse chaud, son ventre musclé et la forme de sa fière érection. Consumée de désir, elle plaqua ses mains sur ses fesses pour le maintenir là où elle avait besoin qu'il soit. Exhalant un grognement sourd, il captura à nouveau sa bouche et la dévora avec passion.

Puis il écarta impatiemment le drap qui les séparait et inséra une main entre ses cuisses. Quand ses doigts trouvèrent le cœur palpitant de son intimité et qu'ils en écartèrent les replis soyeux, elle haleta. Et quand il glissa un autre doigt en elle, ses muscles le happèrent. Mais ses caresses, aussi expertes soient-elles, la laissaient sur sa faim, et elle se trémoussa fébrilement contre lui en gémissant pour qu'il mette fin à cette torture.

— S'il te plaît, j'ai besoin de t'avoir en moi !

Il s'écarta d'elle dans un grognement guttural, ôta son pantalon en un tournemain et enfila un préservatif. Puis il reprit sa place entre ses cuisses, et elle enroula ses chevilles autour de sa taille tandis qu'il unissait leurs deux corps.

Une vague de plaisir déferla sur elle. C'était si bon de voir qu'ils s'ajustaient parfaitement, comme s'ils étaient faits l'un pour l'autre. Leurs bouches se soudèrent tandis qu'il entamait ses va-et-vient érotiques. Sentant la tension monter en elle, elle essaya de la combattre pour trouver la délivrance en même temps que Jonathan. Comme s'il lisait dans ses pensées, il accéléra la cadence de ses assauts, et ils atteignirent ensemble le pic de la jouissance.

Jonathan ne se reconnaissait plus. Il avait à nouveau perdu tout sens commun dans les bras de Natalie ! S'agissant de sexe, il n'avait jamais été insatiable auparavant, mais il était inexplicablement attiré par Natalie. Par le rayonnement qui émanait d'elle et par sa bonne humeur contagieuse. Elle exerçait sur lui une fascination sensuelle et comblait tous ses désirs sexuels, et même davantage. Elle lui correspondait à tous points de vue.

Et c'était un problème. Elle avait des sentiments pour lui et le mettait sur un piédestal. Mais elle ne le connaissait pas, du moins pas sa *vraie* personnalité. Selon son ex-épouse, il était un salaud froid et insensible qui se souciait uniquement de son ranch. L'échec de son mariage l'avait tellement meurtri qu'il ne se sentait plus capable de rendre une femme heureuse. Or Natalie, si chaleureuse et généreuse, méritait qu'un homme l'aime de tout son cœur.

Les émotions faisaient rage en lui. Il n'avait jamais eu l'intention de coucher avec elle, mais maintenant qu'il l'avait fait, maintenant qu'il savait qu'elle était une femme de chair et de sang dotée d'une poitrine et d'un postérieur sublimes, il n'était plus question qu'ils redeviennent de simples connaissances. Il ne pourrait plus feindre de l'ignorer. C'était comme si elle avait soudain pris vie devant ses yeux.

Mais si elle attendait *davantage* de lui, il ne pourrait pas le lui offrir. Depuis son divorce, il s'interdisait toute relation sérieuse avec une femme. La trahison d'Anne l'avait détruit, et il ne pensait pas être capable de s'en remettre. Aussi, avant que les choses aillent plus loin avec Natalie, devait-il s'assurer qu'elle comprenne son point de vue.

— Eh bien, je ne m'attendais pas à un réveil aussi agréable ! déclara Natalie, tournant la tête vers lui.

— À vrai dire, j'étais resté pour que nous parlions afin d'éviter tout malentendu par la suite, répondit-il, les yeux rivés au plafond.

— Je comprends parfaitement.

À sa grande surprise, elle se redressa, enroula le drap autour de sa poitrine et s'assit face à lui.

— C'était une aventure sans lendemain. Rien de plus.

Il fronça les sourcils, à la fois soulagé et déçu.

— Est-ce ce que tu veux ?

Natalie le considéra longuement.

— Tu apprécies ta vie solitaire, Jonathan. Et je le comprends. Je n'ai pas l'intention de bouleverser tes habitudes, ni ici ni à Royal.

Il se redressa et cala plusieurs oreillers derrière son dos.

— Je te remercie de te montrer aussi compréhensive…

Indécis, il laissa sa phrase en suspens. Il n'avait pas prévu qu'elle accepterait la situation aussi facilement. Il pensait qu'elle exigerait davantage de lui que ce qu'il était désireux ou capable de lui offrir.

— Y a-t-il un « mais » ? demanda Natalie.

— Eh bien, nous sommes ici pour une semaine…

Natalie hocha la tête, devinant où il voulait en venir.

— Je suis disponible pour une relation sans engagement le temps de nos vacances, si c'est ce que tu souhaites.

— Vraiment ?

— Tu parais surpris ?

— C'est que…, tu es…

— Le genre de femme qu'on épouse ? demanda-t-elle. C'est vrai. Mais je sais aussi m'amuser. Je n'attends pas éternellement qu'un homme veuille bien me passer la bague au doigt.

Jonathan rit.

— Bien sûr. C'était présomptueux de ma part.

— En effet. Alors ? Que décides-tu ?

— Je dis mille fois oui ! s'exclama-t-il, aux anges. Et maintenant, si tu veux bien revenir t'allonger, nous reprendrons là où nous en sommes restés.

Il écarta le drap, et pour sa plus grande joie, Natalie se glissa à côté de lui. Oh ! oui, il allait à nouveau faire un festin de son corps de rêve !

Assise en face de Jonathan dans un des célèbres restaurants de fruits de mer sur la jetée de Galveston, Natalie songeait au tourbillon d'émotions qui l'assaillaient depuis vingt-quatre heures. À commencer par le choc et l'incrédulité. Elle n'en revenait toujours pas que Jonathan Lattimore, l'éleveur beau et séduisant dont elle avait le béguin depuis une éternité, soit devenu son amant – et pas seulement pour une nuit, comme elle l'avait cru quand elle s'était réveillée ce matin, mais pour toute la semaine ! Bien sûr, elle rêverait d'obtenir davantage de sa part, mais elle se contenterait de ce laps de temps avec lui pour réaliser ses fantasmes.

Ce soir, elle était nerveuse. Voulant lui faire honneur, elle avait mis un temps fou pour choisir sa tenue. Elle avait finalement opté pour une robe rouge à mancherons, agrémentée d'un volant vertical partant de la taille et descendant jusqu'aux genoux. Pourquoi une telle nervosité ? Parce que Jonathan ne détachait pas son regard d'elle. Pour la première fois, il la regardait vraiment. Oh ! il n'avait pas fait que la regarder ! Il l'avait embrassée, léchée, caressée. Il avait goûté chaque centimètre carré de son corps jusqu'à ce qu'elle soit malléable et soumise entre ses mains. Quand il avait mentionné qu'ils seraient à Galveston pour la semaine, elle avait compris qu'il voulait poursuivre leur relation charnelle le temps de leur séjour. Elle avait adoré leur nuit et leur matinée ensemble. Avait-elle tort de vouloir prolonger leur intimité ? Le pari était risqué à cause des sentiments de longue date qu'elle éprouvait pour lui, mais il valait la peine d'être tenté.

— Qu'aimerais-tu manger ? demanda Jonathan, interrompant le cours de ses pensées.

— Hum, je ne sais pas.

Elle regarda distraitement le menu et choisit un plat, puis observa Jonathan pendant qu'il commandait. Comme il était élégant dans son pantalon noir et sa chemise en soie noire ! Quand il commanda en supplément des amuse-bouche et une bouteille de Dom Pérignon, elle haussa un sourcil surpris.

— Je suis affamé et épuisé, expliqua-t-il, un grand sourire illuminant son beau visage. J'ai besoin de reprendre des forces pour être d'attaque pour notre deuxième nuit.

N'étant pas habituée à une intimité charnelle aussi intense, elle rougit, mal à l'aise. Au début, leur conversation fut un peu guindée ; elle se contentait de répondre par des phrases courtes. Mais quand il l'interrogea sur son travail, elle prit de l'assurance et lui expliqua comment elle et son associé, Brent White, avaient monté leur société grâce à un petit apport de leurs familles respectives. Les grands-parents de Natalie lui faisaient confiance et souhaitaient l'aider de leur mieux. Elle et Brent avaient trouvé un bureau en ville à leur convenance et avaient aussitôt commencé leurs activités.

Elle fut soulagée quand le serveur apporta le champagne, car elle pouvait enfin faire autre chose que contempler Jonathan ! Par chance, le breuvage délicieux l'aida à se détendre, et elle put enfin apprécier la soirée.

À son tour, Jonathan lui parla de son travail et des dernières innovations qu'il mettait en place pour faciliter le fonctionnement du ranch. Outre des bovins, il élevait aussi des chevaux qu'il vendait à des propriétaires privés ou à des joueurs de polo.

— Tu es passionné par ton métier, remarqua Natalie, admirative.

— Oui, il fait partie de mon ADN. Les Lattimore sont éleveurs depuis des générations.

— Je t'envie d'avoir une grande famille unie, dit-elle.

Il la contempla avec curiosité.

— Pourquoi ?

Elle haussa les épaules, mal à l'aise.

— Parce que je n'ai que mes grands-parents. Ma mère n'avait pas envie de s'occuper de moi. Elle m'a déposée chez eux quand j'avais six ans.

— Je suis désolée, Natalie. Je l'ignorais.

Il tendit le bras à travers la table et posa sa grande paume sur sa main.

— Tout va bien. Je me suis fait une raison.

— Peut-être, mais ce doit être douloureux de ne pas se sentir désirée, remarqua Jonathan.

— Oui, j'ai souffert de grandir sans mère… et sans père, mais cela ne m'affecte plus autant aujourd'hui. Par chance, mes grands-parents ont toujours pris soin de moi, et je leur en serai éternellement reconnaissante.

— Tu sembles beaucoup les aimer.

— C'est vrai, dit-elle en souriant. Ils sont adorables.

— Moi aussi, j'aime beaucoup mon grand-père. À quatre-vingt-seize ans, il est encore en bonne forme physique, mais sa mémoire flanche un peu.

— Avec tout ce qu'il a vécu, il doit avoir des histoires passionnantes à raconter, dit-elle.

Elle aimait écouter ses grands-parents lui parler de leur première rencontre dans les années 1960, de leur participation au Mouvement pour les droits civils et de leur mariage.

— Oui. Mes plus beaux souvenirs, ce sont mes chevauchées à ses côtés pendant qu'il me racontait l'histoire de la famille Lattimore dans les années 1900 et notre longue amitié avec les Grandin. Mais ça, tu le sais déjà. Toi et Chelsea êtes très proches.

— En effet. Nous sommes tout de suite devenues amies.

Elle s'interrompit en voyant arriver le serveur avec leurs amuse-bouche. Ils mangèrent avec appétit tout en admirant la vue panoramique sur le Golfe du Mexique.

— Chelsea est quelqu'un de bien, déclara Jonathan en réponse à sa précédente déclaration, tout en mangeant un calamar. Nos deux familles sont très liées, c'est pourquoi nous avons été tellement surpris par les allégations de Heath Thurston. Es-tu au courant ?

— Chelsea m'en a parlé, mais sans entrer dans le détail.

— En fait, Heath affirme qu'il détient des droits miniers sur le sous-sol des ranchs Lattimore et Grandin. Ça paraît tellement absurde !

Natalie fronça les sourcils, perplexe.

— Dit-il la vérité ?

— C'est ce que nous essayons de découvrir. Nous avons engagé un détective privé pour élucider cette affaire, et ma sœur Alexa représente nos deux familles. Inutile de te dire que nous sommes tous révoltés. Ce ranch représente tout pour moi. J'ai travaillé dur pour le faire fructifier. C'est notre héritage familial. Il est hors de question de laisser un tiers s'emparer de ce qui nous appartient !

— Bien sûr que non. Tu es quelqu'un de bien, Jonathan. Je l'ai toujours su, dit-elle avec chaleur.

— Comment peux-tu dire cela ? Tu me connais à peine.

— Je sais que tu es intervenu quand des ados persécutaient une adolescente parce qu'elle était en surpoids.

Voyant qu'il fronçait les sourcils, perplexe, elle demanda :

— Tu ne t'en souviens pas ?

— Non.

— La jeune fille, c'était moi. J'avais treize ans, et des gamins se moquaient de moi au restaurant. Tu leur as dit d'arrêter de s'en prendre à une plus faible qu'eux et que s'ils continuaient, ils auraient affaire à toi.

Jonathan rit.

— Ai-je vraiment dit ça ? Je suis très fier de moi, dit-il, bombant le torse.

Elle ne put s'empêcher de rire.

— Ne prends pas la grosse tête. Je voulais simplement dire que tu étais quelqu'un d'intègre et de courageux, et que je n'avais pas rencontré beaucoup d'hommes comme toi.

— Oh ! maintenant, tu vas me faire rougir.

Quand le serveur revint à leur table pour leur demander s'ils voulaient un dessert, Jonathan interrogea Natalie :

— Que dirais-tu de partager le cheesecake aux myrtilles avec moi ?

— Volontiers !

Jonathan était surpris de la facilité avec laquelle il discutait avec Natalie, mais cela ne signifiait pas pour autant qu'il était prêt à aller plus loin avec elle une fois leur semaine de vacances terminée. Elle était une amante fabuleuse et il aimait parler avec elle, mais la vie qu'il menait lui convenait très bien. Ne voulant pas aborder le sujet trop douloureux de son passé, il évoqua le souhait de sa mère de diversifier ses activités culinaires.

— Ma mère est un véritable cordon-bleu. Cela fait des années que nous l'encourageons à partager ses recettes avec tout le monde, et elle a fini par nous écouter. Elle vient de signer un contrat avec une maison d'édition pour la publication d'un livre de cuisine.

— C'est formidable ! s'exclama Natalie avec un grand sourire. A-t-elle l'intention de faire autre chose que d'écrire des livres de recettes ? Elle pourrait, à l'instar de chefs célèbres, lancer sa propre ligne d'ustensiles de cuisine, d'épices ou autre.

— Je sais. Alexa lui donnait le même conseil, mais il a fallu que son agente lui en parle pour qu'elle se décide. Et maintenant, elle s'apprête à examiner les propositions des agences de marketing pour l'aider à commercialiser ses produits.

— Si elle a besoin de quoi que ce soit, qu'elle n'hésite pas à me contacter. Je serais ravie de l'aider.

— Merci. Je lui ferai part de ta suggestion. Si tu es prête, que dirais-tu d'une promenade digestive ?

Il tapota son ventre.

— J'ai abusé des bonnes choses !

— Excellente idée.

Ils longèrent la jetée, passant devant une demi-douzaine de restaurants et croisant de nombreux promeneurs. Sans réfléchir, il prit la main de Natalie et entrelaça leurs doigts. Il perçut son halètement de surprise tandis qu'elle accordait son pas au sien.

Elle leva les yeux vers lui en souriant, mais s'abstint de toute remarque, et il se demanda ce qu'elle pensait de son attitude contradictoire envers elle. Il n'avait jamais imaginé ce scénario en venant ici. Bien sûr, il avait envisagé de faire une rencontre féminine, c'est pourquoi il avait acheté un paquet de préservatifs. Mais lui et Natalie avaient presque épuisé le stock.

Il avait rapidement remédié à cette situation en faisant une halte à la boutique de l'hôtel. Et maintenant, il avait hâte de rentrer pour pouvoir se repaître à nouveau de son corps splendide.

Natalie constituait une distraction inattendue mais bienvenue dans sa vie. Ces derniers temps, il menait une existence prosaïque, consacrée presque exclusivement au travail. Quand il n'était pas dans son ranch, il passait du temps en famille et avec les Grandin. Mais récemment, ces réunions avaient perdu de leur charme en raison de l'onde de choc provoquée par les assertions de Heath Thurston.

Quant à sa vie amoureuse, elle était au point mort. Bien que son divorce remonte à plusieurs années, il éprouvait toujours un sentiment de défiance envers les femmes.

L'avantage des relations sexuelles sans lendemain, c'est qu'elles ne généraient jamais de malentendu ou de déception chez ses partenaires car il leur expliquait dès le début son refus de tout engagement.

Il se doutait qu'à Royal on le prenait pour une sorte de play-boy, mais c'était faux. Il choisissait avec soin ses partenaires d'une nuit et les voyait le plus souvent en dehors de Royal. Mais Natalie et lui avaient des amis communs. Ils seraient amenés à se revoir. Serait-elle capable de surmonter la fin de leur liaison au terme de leur semaine de vacances ?

— À quoi penses-tu ? demanda soudain Natalie quand ils s'arrêtèrent au bout de la jetée.

Avait-elle le don de lire dans ses pensées ?

— Je me demandais si cette aventure d'une semaine te suffirait, répondit-il avec franchise.

— N'avions-nous pas convenu que ce qui se passerait à Galveston resterait à Galveston ?

— Si, en effet.

— Mais ? demanda-t-elle, haussant légèrement un sourcil. Tu ne me crois pas ?

— Je crois que tu n'as pas vraiment clarifié tes sentiments envers moi. Tu ne me connais pas aussi bien que tu le penses, et je ne veux pas te donner de faux espoirs, Natalie. Je m'en voudrais de te faire souffrir.

Elle se détourna de lui sans répondre et contempla les eaux sombres du golfe.

Son divorce avait profondément marqué Jonathan. Il se

reprochait l'échec de son mariage et se demandait s'il aurait pu se comporter différemment envers Anne. Se montrer plus ouvert, plus attentionné. Mais ce n'était pas dans sa nature. Il ne voulait pas que Natalie s'imagine qu'elle pourrait le changer. Cette idylle d'une semaine serait tout ce qu'il pourrait lui offrir.

- 5 -

Natalie était blessée par le manque de confiance dont Jonathan faisait preuve envers elle. Elle s'en voulait d'avoir cru qu'ils pourraient passer une semaine ensemble, sans engagement de part et d'autre. Furieuse, elle s'écarta de lui et reprit le chemin du retour.

— Natalie, attends ! cria Jonathan, la rattrapant en quelques enjambées.

— À quoi bon ? demanda-t-elle, lui faisant face. Puisque tu penses que tout ce que je dis est un mensonge. Je ne peux pas revenir en arrière et retirer les propos que j'ai prononcés il y a un mois. Je les assume car ils étaient sincères. Et si tu ne me crois pas, alors nous n'avons rien à faire ensemble.

Elle se remit à marcher, mais Jonathan la saisit par le bras.

— Je t'en prie, ne pars pas.

— Je n'ai aucune raison de rester avec toi si tu ne me fais pas confiance, déclara-t-elle, furieuse.

Jonathan exhala un profond soupir.

— Il ne s'agit pas de toi, Natalie. Si je suis aussi méfiant, notamment vis-à-vis des femmes, cela vient de moi. Tu n'y es pour rien.

— Alors, explique-toi. J'ai besoin de comprendre.

Jonathan secoua la tête.

— Je n'ai pas envie d'en parler. Tout ce que je peux dire, c'est que mon ex-femme m'a menti et a fait quelque chose d'impardonnable, et cela m'a rendu très méfiant.

— Tu n'as aucune raison de te comporter ainsi envers moi.

— Je sais, dit-il avec chaleur. Tu es une femme merveilleuse, et au cas où tu ne l'aurais pas remarqué, je t'apprécie beaucoup. J'ai très envie de passer cette semaine avec toi.

Il inclina la tête et approcha sa bouche de la sienne.

Frissonnant d'anticipation, elle s'efforça de chasser la pensée déprimante que Jonathan pourrait ne jamais être capable de lui faire confiance ou de lui exprimer ses sentiments, parce que son corps tout entier se languissait de ses baisers et de ses caresses.

La bouche de Jonathan commença par effleurer la sienne avant de se faire plus sensuelle et plus insistante. Quand il lui écarta les lèvres pour que sa langue explore l'intérieur de sa bouche, des frissons de volupté la parcoururent tout entière. C'était si bon qu'elle ne put s'empêcher d'enrouler ses bras autour du cou de Jonathan.

Son corps viril était chaud et dur. Elle sentait la preuve de son excitation contre son ventre et se plaqua contre lui, consumée de désir. Alors qu'elle se perdait dans leur baiser, Jonathan s'écarta d'elle.

— Rentrons à l'hôtel, veux-tu ? demanda-t-il d'une voix rauque.

Malgré ses doutes, elle fit un signe d'assentiment.

Le trajet à pied depuis la jetée jusqu'à l'hôtel lui parut plus court qu'à l'aller, peut-être parce qu'elle avait hâte de se retrouver nue dans les bras de Jonathan. Le souvenir de leur dispute avait cédé la place à un besoin urgent d'assouvir la passion que Jonathan faisait naître en elle.

— Tu es tellement désirable ! s'exclama Jonathan quand ils furent de retour dans sa chambre.

Il l'enlaça et plaqua ses rondeurs pulpeuses contre lui, puis captura sa bouche avec passion, désireux de briser toutes les barrières que Natalie serait susceptible d'ériger entre eux. Tout à l'heure, il s'était montré maladroit dans ses explications, mais il saurait se montrer entreprenant et convaincant dans ses actes.

Pour sa plus grande joie, il la sentit se détendre entre ses bras. Sa bouche fusionna avec la sienne, et il en explora les délicates profondeurs, avide de savourer son essence. Glissant une main sous ses tresses, il trouva la fermeture Éclair de sa robe et l'abaissa. Natalie brûlait du même désir que lui car elle s'empressa de défaire les boutons de sa chemise. Bientôt, leurs vêtements atterrirent sur le sol, suivis de leurs chaussures. Alors, il la souleva et la déposa délicatement sur le lit.

Natalie lui tendit les bras, et il la rejoignit avec ivresse, pillant à nouveau sa bouche jusqu'à ce qu'elle enfonce ses ongles dans son dos en gémissant de plaisir. Levant la tête, il aperçut l'étincelle de passion dans son regard. Oh ! oui, elle était aussi consumée de désir que lui ! Ainsi encouragé, il reporta son attention sur ses seins splendides, leur prodiguant des caresses avec sa langue, puis suçant ses mamelons gonflés jusqu'à ce qu'elle agrippe sa tête et la maintienne là où elle avait le plus besoin de lui.

Mais il ne comptait pas en rester là et se dégagea de son étreinte pour égrener des baisers le long de son ventre et plus bas, ses doigts effleurant simultanément ses replis secrets jusqu'à ce qu'elle ronronne de plaisir et s'ouvre davantage à lui. Alors, il se servit de sa bouche pour la titiller et la lécher jusqu'à ce qu'elle se cambre sous ses caresses et le supplie :

— Jonathan ! S'il te plaît ! J'ai besoin de t'avoir en moi. Maintenant !

Il s'écarta d'elle, le temps de se protéger, et unit leurs deux corps, exhalant un râle extatique. Il se retira momentanément avant de la pénétrer à nouveau, puis réitéra son retrait jusqu'à ce qu'elle tremble sous l'effet de l'anticipation. Alors seulement, il la pénétra à nouveau.

— Que ressens-tu ? demanda-t-il avec un sourire mutin.

Il voulait l'entendre dire qu'elle brûlait de la même passion dévorante que lui.

— C'est divin ! haleta-t-elle sous lui.

Il ferma les yeux, exultant de la savoir à l'unisson de ses propres émotions, puis ils ondulèrent harmonieusement l'un contre l'autre. Elle atteignit l'orgasme la première, puis après quelques coups de reins, il se laissa porter par une jouissance d'une intensité explosive, qui le bouleversa.

Natalie savait que ce sentiment de béatitude ne durerait pas éternellement. Elle et Jonathan avaient déjà passé les deux jours précédents à la plage, à la piscine ou à explorer Galveston. À l'instigation de Natalie, ils avaient écumé les magasins d'antiquités et les brocantes, car elle recherchait un cadeau de mariage pour Chelsea. Lors de leurs déambulations, elle avait expliqué à Jonathan qu'elle aimait rénover des vieux meubles pour leur offrir une seconde vie.

À son tour, ce soir, elle découvrait avec stupeur qu'il jouait du piano. Après un repas copieux dans un des restaurants haut de gamme de leur hôtel, ils avaient fait halte au piano-bar où ils étaient restés longtemps à bavarder et à siroter des martinis pendant que le pianiste chantait et jouait des classiques du répertoire de jazz ainsi que des chansons populaires. Puis, le pianiste était parti, les autres clients aussi, et à la grande surprise de Natalie, Jonathan s'était installé au piano et avait joué la *Sonate au Clair de Lune.* Elle avait admiré la façon dont ses doigts habiles effleuraient les touches pour en tirer un son mélodieux. Elle se sentait privilégiée qu'il lui montre cet autre aspect de lui-même, plus doux. Il était toujours d'un abord froid avec les autres, mais pas avec elle. Il se montrait gentil et tendre, mais aussi passionné et entreprenant lors de leurs joutes amoureuses.

Elle le rejoignit et s'assit sur la banquette à côté de lui.

— Quand as-tu appris à jouer du piano ? demanda-t-elle.

— À l'âge de sept ans. Ma mère tenait à ce que ses enfants pratiquent une activité artistique. Elle m'a fait apprendre le piano. Alexa joue du violon, Jayden du saxophone. Et quand nous avons adopté Caitlyn, elle a appris à jouer de la clarinette.

— Vous pourriez former un orchestre !

— Tu ne crois pas si bien dire ! s'exclama Jonathan en riant. Mon père joue admirablement du tambour, et quand la famille est réunie, nous faisons un sacré raffut. Ces jours-là, ma mère doit regretter sa décision !

— C'est merveilleux. J'aurais adoré faire partie d'une grande famille comme la tienne.

— C'était si dur d'être enfant unique ?

— Oui. Ma mère était aussi fille unique. Je n'avais donc pas de cousins. Personne avec qui jouer quand j'étais enfant. Avec le temps, j'ai fini par apprivoiser la solitude.

— Donne-moi ta main, lui demanda Jonathan. Je vais te donner ta première leçon de piano.

Elle lui tendit sa main, hésitante. Il la prit dans la sienne, lui montra où placer ses doigts sur le clavier et interpréta avec elle un air familier.

— C'est la comptine « Au clair de la lune », dit-elle, ravie.

— Bravo !

Puis il se pencha vers elle et posa sa bouche chaude et exigeante sur la sienne, embrasant tous ses sens. Quand le besoin de respirer les força à s'écarter, il suggéra d'une voix rauque :

— Allons dans nos chambres.

Une fois dans la suite de Natalie, ils se dévêtirent l'un l'autre et grimpèrent sur le lit en se caressant mutuellement. Jonathan cueillit ses seins dans ses paumes, ses pouces frottant ses mamelons avides d'être capturés par sa bouche experte. Quand il se décida enfin à en sucer un et à l'agacer avec ses dents, elle poussa un soupir extasié. C'était si bon qu'elle aurait voulu que cela ne s'arrête jamais, mais elle tenait à lui rendre la pareille.

Se sentant intrépide, elle fit basculer Jonathan sur le dos et enroula ses doigts autour de son membre viril. Il exhala un grognement guttural quand elle le caressa sur toute sa longueur et qu'elle le pressa délicatement jusqu'à ce qu'il palpite contre sa paume. Puis elle le prit dans sa bouche et le cajola tant et si bien que Jonathan cria grâce.

Mais il n'était pas égoïste, loin de là. Il la repoussa doucement, le temps d'enfiler une protection, puis la jucha à califourchon sur lui et l'abaissa lentement sur son érection jusqu'à ce qu'elle l'absorbe complètement, leur tirant à tous deux un gémissement de pur plaisir.

— À toi de jouer ! ordonna-t-il avec un sourire mutin.

Bien décidée à relever le défi, elle ondula des hanches, allant et venant lascivement au-dessus de lui, les mains posées sur son torse. Laissant échapper un râle satisfait, il accompagna chacun de ses mouvements de coups de reins vers le haut. Emportée dans un tourbillon de sensations exquises, elle ne savait plus le nombre de fois où elle avait crié son prénom tandis que leurs corps devenaient brûlants et moites. Elle savait seulement qu'ils entreprenaient une folle chevauchée qui les conduirait tout droit au septième ciel. Quand l'orgasme la frappa de plein fouet, elle poussa un cri extatique. Jonathan ne tarda pas à la suivre, le corps convulsé par les spasmes de la jouissance.

Natalie sut alors que cette expérience serait une de celles qu'elle conserverait à jamais gravées dans sa mémoire.

La journée d'aujourd'hui promettait de faire partie de ses meilleurs souvenirs, songea Natalie, deux jours plus tard. Jonathan avait affrété un yacht privé pour une escapade romantique d'une journée. Elle n'avait pas su à quoi s'attendre quand il lui avait demandé d'emporter un maillot de bain, une tenue décontractée ainsi qu'un lainage pour le soir. Elle s'était efforcée de ne pas se lécher les lèvres de gourmandise en voyant Jonathan vêtu d'un débardeur et d'un short qui mettaient en valeur son corps musclé.

— Arrête de me reluquer ! plaisanta Jonathan, faisant rougir Natalie, prise en flagrant délit de pensées coquines.

À mesure que les jours passaient, elle devenait de plus en plus éprise de Jonathan. Il lui avait clairement dit que cette semaine serait tout ce qu'ils auraient. Elle était très déçue qu'il refuse de voir à quel point ils étaient bien ensemble, mais elle faisait de son mieux pour lui dissimuler ses véritables sentiments. Elle avait pris un risque en entamant cette idylle estivale avec lui, mais c'était une occasion inespérée d'apprendre à le connaître, loin de toutes les contraintes que leur imposait leur vie à Royal. Elle ne savait pas si elle serait capable de faire bonne figure au moment de leur séparation. Entre-temps, elle gardait ses émotions sous clé et profitait pleinement de chaque instant qu'ils passaient ensemble.

Une limousine vint les chercher à l'hôtel et les conduisit au port de Galveston. Là, les attendait un splendide yacht d'une trentaine de mètres de long, doté de deux ponts et d'un balcon sur le pont supérieur.

— Bienvenue à bord, déclara un homme aux cheveux blancs en aidant Natalie à monter sur le pont arrière doté d'un grand salon de plein air.

— Merci.

Elle supposa qu'il s'agissait du capitaine du bateau car il portait une casquette avec une ancre brodée, une chemisette blanche à épaulettes comportant une ancre brodée et quatre galons, et un pantalon noir.

— Et vous devez être monsieur Lattimore, dit-il, tendant une main à Jonathan qui montait à bord derrière elle.

— Oui, monsieur. Appelez-moi Jonathan, s'il vous plaît.

— Entendu. Je me prénomme Jeff et je serai votre capitaine. Je vais commencer par vous faire visiter le bateau.

Jeff les entraîna vers un grand salon ouvert sur une cuisine dotée d'un immense îlot où trônait un vase garni de roses ainsi qu'un seau à champagne et deux flûtes.

— Jonathan…, murmura Natalie, attendrie.

— C'était compris dans le forfait, dit-il avec un haussement d'épaules désinvolte.

Quelle déception ! L'espace d'un instant, elle avait cru qu'il éprouvait des sentiments romantiques pour elle. Elle ferait bien de se montrer prudente, car il avait raison de dire qu'elle ne le connaissait pas.

Ils suivirent Jeff au niveau inférieur où se trouvaient une chambre spacieuse, une salle de bains et des toilettes. Puis ils remontèrent sur le pont supérieur comportant un balcon. De là, elle apercevait de grands poufs à l'avant du bateau.

— C'est formidable ! Merci, Jonathan, dit-elle, une fois que le capitaine les eût laissés dans le salon.

— Je t'en prie, répondit-il, débouchant la bouteille de champagne. Nos vacances tirent à leur fin, et je voulais que nous gardions un souvenir mémorable de notre séjour à Galveston.

Il pense déjà à la fin de notre idylle.

Cela ne devrait pas la surprendre, songea-t-elle, mortifiée. Elle connaissait son refus de poursuivre leur relation après Galveston. Mais comment étaient-ils censés se comporter, une fois de retour à Royal ? Devraient-ils se montrer indifférents l'un envers l'autre, comme s'ils n'avaient pas partagé un nombre incroyable d'orgasmes ?

Elle n'était pas sûre d'y parvenir, mais si Jonathan refusait de poursuivre leur liaison au-delà de demain, elle ne lui forcerait pas la main. Elle ne voulait pas d'un homme qui soit *à contrecœur* avec elle. Elle savait trop combien c'était douloureux de n'être ni aimée ni désirée. Sa propre mère n'avait pas voulu la garder.

— Natalie !

— Oui…

Elle s'aperçut que Jonathan lui parlait alors qu'elle avait l'esprit ailleurs.

— Je te demandais si tu aimerais un verre de champagne.

— Volontiers. Merci.

Il remplit leurs flûtes. Quand elle eut siroté la sienne, il contourna le comptoir et l'enlaça. Elle adorait quand il faisait cela. Son geste lui procurait un sentiment de bien-être et de sécurité. Quel dommage que ce soit bientôt fini.

— Quelque chose te perturbe-t-il ? demanda Jonathan, rivant son regard au sien. Tu sembles distraite.

— Vraiment ?

Elle afficha un sourire de façade. Il prendrait ses jambes à son cou si elle lui disait le fond de sa pensée !

— Oui. Ai-je commis une erreur en affrétant ce bateau ? Tu trouves que c'est trop ?

Elle perçut le doute dans sa voix.

— Non, c'est parfait, le rassura-t-elle.

— Tant mieux. Je voulais que tu saches à quel point j'ai aimé passer du temps avec toi. Tu as été la plus grande surprise, ou devrais-je dire, la révélation, de ces vacances que mes parents m'ont obligé à prendre.

— Ils ont eu raison. Tu dois apprendre à trouver un équilibre entre le travail et les distractions.

Il la contempla avec une intensité qui mit tous ses sens en émoi.

— Tu es l'équilibre dont j'ai besoin.

Puis, sans crier gare, il s'empara de sa bouche avec voracité. Sa langue chaude s'immisça entre ses lèvres et s'enroula sensuellement autour de la sienne, chassant ses pensées négatives et échauffant son sang dans ses veines.

Tout ce qu'elle ressentait, c'était un élan de désir sauvage. Jonathan le comprit, car il la plaqua contre son érection. Elle exultait de savoir qu'une femme comme elle, aux courbes généreuses, avait le pouvoir de tourner la tête d'un homme aussi séduisant. Précédemment, il avait ignoré ses tentatives pour attirer son attention, mais maintenant, elle monopolisait tout son intérêt.

Finalement, ce fut Jonathan qui s'écarta le premier.

— Je n'en reviens pas de l'effet que tu produis sur moi ! s'exclama-t-il, amusé.

— Une pauvre petite chose comme moi ? plaisanta-t-elle.

— Cesse de te moquer de moi et allons nager. Ça nous rafraîchira les idées.

Comme Jonathan était déjà en tenue, Natalie se rendit seule dans la chambre mise à leur disposition.

Elle ôta sa robe bain de soleil et enfila un bikini taille haute à rayures ivoire et noires qu'elle avait hésité à porter jusqu'à maintenant de peur de s'y sentir empruntée en raison de sa corpulence. Mais elle était seule avec son amant, sans autre regard indiscret que le sien. Par-dessus le bikini, elle revêtit une tunique de plage en dentelle noire. Puis elle mit ses lunettes de soleil et rejoignit le pont supérieur.

Le yacht s'était déjà éloigné du port, et ils croisaient dans le golfe. Elle apercevait l'île de Galveston au loin, mais tout autour, il n'y avait plus que l'océan.

Elle trouva Jonathan allongé sur un transat, torse nu, en short de bain et lunettes de soleil. Il avait un corps splendide, et Natalie était soulagée de pouvoir dissimuler la réaction électrisante qu'il lui inspirait derrière ses verres teintés. Il se redressa pour l'observer pendant qu'elle s'avançait dans sa direction. Bien qu'il porte des lunettes de soleil, elle distinguait son regard brillant qui la détaillait de la tête aux pieds. Arrivée à sa hauteur, elle hésita à ôter sa tunique de bain, soudain embarrassée.

— Allons, ne me fais pas languir, grogna Jonathan, visiblement émoustillé. Enlève cette tunique !

Prenant une profonde inspiration, elle la fit passer par-dessus sa tête. Le sifflement admiratif qu'il émit lui mit du baume au cœur.

— Tu es hyper sexy !

— Ne te sens pas obligé de me faire tout le temps ce genre de compliment, Jonathan.

D'autant qu'il était exagéré. Elle était constamment obligée de surveiller son poids, même si désormais, elle se sentait bien dans sa peau.

Il fronça les sourcils.

— Arrête de te rabaisser, Natalie. Ce n'est pas la première fois que tu le fais.

Elle rit pour se donner une contenance.

— Je ne suis pas aveugle, Jonathan. Je sais comment tout le monde me voit.

— Et comment te voit-on ?

— Comme une femme grosse. Je sais bien que la tendance actuelle est de s'aimer tel qu'on est, mais j'ai vécu avec ce handicap toute ma vie. Tu n'as aucune idée de ce que je peux ressentir quand j'entends les gens ricaner dans mon dos ou quand les hommes veulent sortir avec moi parce qu'ils pensent que je suis une femme facile.

— Cela t'arrive-t-il souvent ?

Elle secoua la tête et alla s'accouder au bastingage.

— Je n'ai pas envie d'en parler.

Quelques secondes plus tard, elle sentit sa présence derrière elle. Il l'enlaça, et elle se laissa aller contre lui, s'autorisant, l'espace d'une seconde, à imaginer qu'ils étaient un couple amoureux faisant une croisière romantique. Mais au fond d'elle-même, elle savait que c'était un mensonge. Elle était en sursis.

— Je regrette que tu aies eu à subir ce genre d'avanies, Natalie.

Il l'obligea à lui faire face.

— En tout cas, *je* te trouve très séduisante. Si tu ne dois emporter qu'un seul souvenir de notre idylle, c'est celui-ci : tu es une femme belle et désirable.

— Merci.

— Je ne cherche pas à te flatter. Je veux que *tu t'en persuades.*

— C'est plus facile à dire qu'à faire, Jonathan.

— Alors, avant de partir, il faudra que je te montre exactement ce que je veux dire.

C'était ce qu'elle redoutait : que Jonathan laisse une empreinte si profonde dans son cœur qu'elle soit incapable de regarder un autre homme, – encore moins de tomber amoureuse –, et ce processus avait déjà commencé.

- 6 -

Depuis son transat, Jonathan observait Natalie pendant qu'elle consultait le site Pinterest pour trouver des idées afin de moderniser les deux meubles datant des années 1950 qu'elle avait dénichés dans un magasin d'antiquités de Galveston. Il ne comprenait pas qu'elle ne se voie pas comme il la voyait : une femme splendide, intelligente et passionnée.

Meurtri par son divorce, il l'avait évitée pendant des années, mais ce premier soir, il avait été incapable de la laisser partir du bar sans lui tant il avait eu envie de savourer ses lèvres pleines et sensuelles. Elle représentait tout ce qu'il désirait sans même le savoir. Il avait cru que cette idylle de vacances lui suffirait, mais il s'était trompé sur toute la ligne. Natalie réveillait sa libido comme aucune autre femme ne l'avait fait. Il songeait déjà à tous les endroits sur le yacht où il pourrait lui faire l'amour.

Quand il avait dit au capitaine qu'ils avaient besoin de tranquillité, Jeff avait compris et n'avait pas posé de questions. Peut-être finirait-il par assouvir la faim insatiable qu'il avait de Natalie, parce qu'une fois de retour à Royal, les choses changeraient. Il le fallait.

Il n'avait aucune envie que toute la ville bavarde sur leur compte, d'autant qu'il n'avait pas l'intention de lui passer la bague au doigt. Et c'était précisément ce que tout le monde attendrait de sa part, car elle était une femme formidable. Il aimerait pouvoir lui donner cette satisfaction, mais il avait étouffé dans l'œuf ce genre d'aspiration il y a longtemps. Le mariage, la famille, les enfants, ce n'était plus pour lui.

Il considérait son divorce comme un de ses plus grands échecs. Il n'aurait jamais dû se marier si jeune. Il ne connaissait pas vraiment Anne. Elle était issue d'une bonne famille, ils s'entendaient très bien au lit, et il se croyait amoureux, mais c'était une simple tocade. Ils s'étaient mariés sans la bénédiction de leurs parents, dans le bureau d'un juge de paix. Sa mère s'était sentie offensée de ne pas avoir pu lui organiser un mariage et une réception grandioses. Au moins, elle se rattraperait avec Caitlyn et Alexa, car il était hors de question qu'il convole à nouveau. Il en avait terminé avec le mariage et les relations sérieuses. Tout ce qu'il était en mesure d'offrir à Natalie, c'était une idylle d'une semaine. Rien de plus.

— Notre capitaine a arrêté le bateau. Es-tu prête pour un plongeon dans l'océan ? demanda-t-il, désireux de ne plus penser à la fin de leur aventure et à son divorce.

Natalie leva les yeux de son téléphone.

— Bien sûr.

Tandis qu'elle se levait, il ne parvenait pas à détacher son regard d'elle. Si elle n'aimait pas ses courbes voluptueuses, lui, en revanche, en raffolait. Une fois de retour à Royal, elle les dissimulerait sous d'élégants tailleurs amples.

— Veux-tu que je t'applique un supplément d'huile solaire ? demanda-t-il, brûlant d'envie de promener ses mains sur tout son corps.

— Volontiers.

Elle fouilla dans son sac de plage et lui tendit un flacon. Il versa une petite quantité d'huile au creux de sa paume, et Natalie lui présenta son dos tout en ramenant ses tresses devant elle. La première caresse de ses mains sur la peau soyeuse de Natalie était si électrisante qu'il envisagea un autre scénario, mais ce n'était pas le bon moment. Il massa ses épaules et son dos avec un zèle sensuel, descendant jusqu'à la lisière de son audacieux bikini. Celui-ci laissait entrevoir le haut de ses fesses, et il passa langoureusement ses mains sur cette zone affriolante de son anatomie.

— Jonathan…

Elle susurra presque son prénom.

— Oui ?

— Me mets-tu de l'huile ou fais-tu autre chose ?

Son corps privilégiait la seconde option, mais il se contenta de lever les mains en signe de reddition.

— Je m'assurais simplement que tu étais bien protégée.

— Je ferais mieux de terminer moi-même.

Elle lui prit le flacon des mains et appliqua la protection solaire sur ses jambes. Quand elle eut fini, elle se rapprocha de lui et passa ses mains sur son torse avec un sourire mutin. Émoustillé, il promena son doigt sur la lèvre inférieure de Natalie. Elle haleta tandis qu'il poursuivait sa caresse sensuelle. Une lueur de défi dans le regard, elle happa son doigt et entreprit de le sucer avec gourmandise.

Oh ! oui, cette femme l'ensorcelait. Troublé, il retira son doigt, et Natalie parut déconfite, mais elle ne dit rien. Elle fit volte-face, et contre toute attente, plongea dans l'océan depuis la plate-forme de baignade.

Il se pencha au-dessus de l'eau au moment où elle refaisait surface.

— Comment est l'eau ?

— Rafraîchissante. Tu devrais me rejoindre.

Il allait suivre son conseil. Autrement, il lui ferait l'amour et ne pourrait plus s'arrêter. Elle avait le don de lui faire perdre sa maîtrise de soi, et cela l'inquiétait. S'il n'y prenait pas garde, elle pourrait abattre ses barrières de protection et lui donner envie de prolonger leur idylle une fois qu'ils seraient de retour à Royal.

Allongée sur un des matelas flottants que le capitaine leur avait lancé, Natalie déplorait que Jonathan ne puisse pas lui donner son cœur de la même façon qu'il lui offrait son corps. Parfois, elle se demandait s'il était toujours amoureux de son ex-épouse. Était-ce pour cette raison qu'il refusait de s'engager auprès d'une autre femme ? Elle aimerait tant connaître ce genre d'amour, rencontrer un homme qui l'aime, à l'exclusion de toute autre femme. Hélas pour elle, Jonathan ne serait jamais cet homme-là.

Elle n'avait pas l'intention de le supplier de revenir sur sa décision de mettre un terme à leur idylle. Elle avait trop de fierté et de respect d'elle-même. Elle profiterait donc au maximum de leur dernière journée ensemble.

Quand ils en eurent assez de se baigner, ils retournèrent sur le bateau pour déguster le déjeuner léger que le capitaine leur avait servi : des sandwichs, une salade de pâtes et des fruits frais, accompagné d'une bouteille de vin blanc.

— Mmm, ça à l'air délicieux, déclara Natalie en s'épongeant avec une serviette de bain moelleuse.

Puis elle s'assit et se prépara une assiette. Jonathan l'imita et prit place en face d'elle. Ils déjeunèrent en silence, et Natalie apprécia le fait qu'ils ne ressentent pas le besoin de meubler ce silence par de vains bavardages. Avec un autre homme, elle s'efforcerait de trouver quelque chose de spirituel à dire pour alimenter la conversation, mais pas avec Jonathan.

Le repas terminé, elle s'apprêtait à s'allonger sur un des transats pour lire un livre sur sa tablette quand Jonathan la happa au passage et l'attira sur lui, sur son propre transat.

— Jonathan, qu'est-ce qui te… ?

Elle n'eut pas le temps d'en dire davantage car il enserra sa nuque et emprisonna sa bouche avec voracité, la léchant et la savourant tout à loisir. Elle s'entendit vaguement gémir de plaisir tandis qu'il plaquait ses mains sur ses hanches pour la maintenir fermement contre lui. Leurs lèvres et leurs langues faisaient assaut de caresses érotiques dans une sorte de parade de séduction. Emportée dans un tourbillon de sensations divines, elle se rendit à peine compte qu'il l'avait fait pivoter de façon à se retrouver sur elle.

Il défit prestement le nœud de son maillot sur sa nuque, libérant ses seins de leur confinement. Puis il s'empara d'un téton et le choya, alternant coups de langue, mordillements et succion. Les yeux clos, Natalie avait l'impression de voguer sur un océan de délices.

Quand Jonathan lui ôta le bas de son bikini, elle écarta les jambes pour permettre à sa main de s'immiscer dans son cocon intime.

— S'il te plaît…

Elle le supplierait uniquement pour cela, car c'était tout ce qu'il serait en mesure de lui offrir.

Il lui obéit et commença à la caresser. À mesure que le plaisir montait en elle, ses halètements s'intensifiaient. Alors, Jonathan accéléra le rythme, promenant son pouce autour de son point le plus sensible. Elle se pressa contre sa main en gémissant, et il accrut la pression de ses doigts jusqu'à ce qu'elle tremble de désir.

— C'est bien, mon ange. Jouis pour moi.

Elle se trémoussa de plus belle contre lui tandis que son désir s'intensifiait en un crescendo inexorable. Ses muscles internes se resserrèrent autour de ses doigts, signe qu'elle était tout proche de la libération…

— Jonathan !

Un grand frisson la parcourut, et un plaisir fou, incontrôlé, s'empara d'elle. Elle avait encore l'esprit embrumé quand elle sentit le poids du corps de Jonathan sur elle. Il s'était déjà protégé, et elle exulta quand il la pénétra.

Alors qu'il entamait ses va-et-vient sensuels, elle sut qu'il briserait toutes les barrières de protection qu'elle avait érigées pour s'empêcher de tomber amoureuse de lui. À chacun de ses coups de reins, il l'emplissait totalement, corps et âme, ne faisait plus qu'un avec elle, faisait *partie intégrante* d'elle.

— Oh ! oui…

Elle se haussa à sa rencontre, promenant ses ongles le long de son dos musclé. Elle l'embrassa dans le cou et le mordilla, comme elle aimait qu'il le fasse avec elle. Il exhala un râle de plaisir et, ainsi aiguillonné, intensifia ses assauts. Bientôt, les pensées de Natalie se brouillèrent, et son corps se cambra sous l'effet d'un plaisir fulgurant. Puis, Jonathan atteignit à son tour le pic de la jouissance dans un grognement guttural.

Épuisés et repus, ils quittèrent le pont pour aller se doucher, puis Natalie se rendit dans la chambre pour un somme réparateur.

Quand elle se réveilla un peu plus tard, elle s'inquiéta à nouveau de savoir où ces rapports sexuels torrides la mèneraient. Ce qu'elle ressentait dans les bras de Jonathan allait bien au-delà de la simple satisfaction charnelle. Quand ils étaient ensemble, ils *faisaient l'amour*. Elle avait beau s'efforcer de bannir ses tendres sentiments pour lui lors de leurs rapports physiques, sachant qu'ils ne seraient jamais réciproques, elle n'y parvenait pas.

Comment pourrait-il en aller autrement quand Jonathan la connaissait si intimement ? Elle risquait de tomber éperdument amoureuse de lui. Hélas, il ne voulait pas entendre parler de ses sentiments et refusait d'en éprouver à son égard. Elle les garderait donc par-devers elle, ainsi que les autres mots doux qui lui brûlaient les lèvres.

Jonathan apparut sur le seuil de la chambre.

— Hello, belle endormie.

Ses yeux sombres la fixaient d'un éclat intense.

— Je suis épuisée, avoua-t-elle.

— Trop épuisée pour admirer le coucher de soleil et dîner ? Le capitaine m'a informé que le soleil se coucherait dans quinze minutes. Alors, si tu veux le voir, tu ferais mieux de te dépêcher.

— Oh ! j'arrive !

Elle repoussa la couette et se leva en tenue d'Ève. Avec tout autre amant, elle aurait enroulé le drap autour d'elle pour dissimuler son corps, mais Jonathan en aimait chaque centimètre carré.

Alors qu'elle passait à côté de lui pour se rendre dans la salle de bains, il lui donna une tape sur les fesses.

— Jonathan !

Il lui fit un clin d'œil coquin.

— C'était trop tentant. Je n'ai pas pu résister.

Elle enfila rapidement une robe longue à motif cachemire, agrémentée de smocks à la taille, qui mettaient sa poitrine en valeur. Puis ils rejoignirent le capitaine sur le balcon.

— Approchez-vous, leur dit-il. Ce serait dommage de rater ce spectacle.

Elle s'accouda au bastingage juste au moment où le soleil se couchait. Jonathan se posta derrière elle et allongea ses bras de part et d'autre d'elle, l'enveloppant dans sa chaleur. Si seulement elle pouvait rester ici avec lui pour toujours, songea-t-elle, les yeux clos.

— T'arrive-t-il souvent de contempler le coucher de soleil les yeux fermés ? demanda Jonathan, se penchant vers elle.

Elle les rouvrit et regarda droit devant elle, gênée d'avoir été prise en flagrant délit de rêverie romantique.

— Non. Je savourais ce moment.

Il rit.

— Tout va bien, Natalie, murmura-t-il à son oreille. Moi aussi, j'apprécie ce moment.

— Crois-tu que le capitaine nous ait entendus tout à l'heure quand nous avons…

Elle laissa sa phrase en suspens.

— Fait l'amour ? proposa-t-il. J'espère que non, mais même si c'est le cas, je suis sûr qu'il est d'une grande discrétion.

Ils se concentrèrent sur le spectacle qui s'offrait devant eux. Les teintes jaune vif et orange virèrent au rose cendré et au mauve. Puis, abruptement, ce fut fini, comme le serait bientôt leur relation.

— J'espère que cela vous a plu, intervint le capitaine. Je vais dresser la table pour votre dîner. En attendant, profitez encore un peu de la vue.

— Merci, capitaine, répondit Jonathan.

Une fois Jeff parti, il se pencha vers elle.

— Je te trouve bien silencieuse.

— Je suis simplement songeuse, répondit-elle.

— Pense plutôt à l'instant présent. D'accord ?

— Je vais essayer.

— Bien.

Ils demeurèrent ainsi jusqu'à ce que le ciel devienne violet. Alors seulement, il lui prit la main.

— Allons dîner.

Elle entrelaça leurs doigts, mais elle lui avait menti. Elle songeait déjà à demain et à tout ce que l'avenir leur réservait.

- 7 -

Le lendemain matin, Jonathan se réveilla plus tard que d'habitude et sut aussitôt que quelque chose était différent. Roulant sur le côté, il contempla la place vide à côté de lui, où Natalie avait dormi cette nuit. Tout ce qu'il restait, c'était le léger creux entre les draps ainsi qu'un mot.

Se redressant d'un bond, il s'en empara et lut :

Jonathan, tu ne peux pas savoir à quel point j'ai apprécié ces quelques jours que nous avons passés ensemble à Galveston. Malheureusement, le travail me rattrape. Prends soin de toi, Natalie.

Prends soin de toi ?

C'était ainsi qu'elle mettait fin à ce qu'il considérait comme les six jours les plus fabuleux de sa vie ? Ne voyait-elle pas les choses comme lui ? Pourquoi ne l'avait-elle pas réveillé pour qu'ils puissent se dire au revoir comme il convient ? Mais si elle l'avait réveillé, il aurait essayé de la dissuader de rentrer. Il avait beau savoir qu'elle avait pris la bonne décision, il regrettait de ne pas passer sa dernière journée de vacances avec elle.

Depuis leur arrivée, ils avaient été inséparables, partageant tantôt le lit de l'un, tantôt celui de l'autre. Et s'il n'avait tenu qu'à lui, ils auraient continué jusqu'à leur départ de Galveston. Comme elle allait lui manquer, avec sa gentillesse, sa drôlerie et son corps de rêve ! Ils allaient si bien ensemble ! À croire qu'elle était *faite pour lui.*

Il n'avait jamais eu une partenaire aussi compatible sur le plan sexuel. Chacun de leurs ébats le satisfaisait pleinement. Il ne parvenait pas à se rassasier d'elle. Hier soir, après le dîner sur le yacht, il avait repoussé les assiettes et *l*'avait prise en guise de dessert.

Ce souvenir le fit sourire. Après l'avoir assise sur la table, il avait retroussé sa robe jusqu'à la taille, s'était accroupi entre ses jambes et avait savouré le cœur de sa féminité. Il l'avait tant et si bien cajolé qu'elle s'était agrippée à sa tête en tremblant de tous ses membres et en criant son nom. À ce moment-là seulement, il s'était écarté d'elle, le temps de se protéger avant d'unir leurs deux corps. L'effet qu'elle produisait sur ses sens était magique, inégalé.

Se levant, il se rendit dans la salle de bains et ouvrit le robinet d'eau froide en espérant que cela apaiserait sa frustration de ne plus pouvoir assouvir ses fantasmes avec Natalie. Mais plus grave encore, il se demandait si c'était uniquement le sexe avec elle qui allait lui manquer.

— Natalie, je te remercie beaucoup d'avoir abrégé tes vacances pour m'aider à gérer ce dossier, déclara Brent White, son associé. Quand je t'ai envoyé un texto pour te tenir au courant de la situation, je ne m'attendais pas à ce que tu sautes aussitôt dans un avion, mais je peux bien te l'avouer, je suis soulagé que tu l'aies fait.

Ils étudiaient ensemble la stratégie marketing qu'ils avaient choisie pour l'un de leurs plus gros clients, un hôtel-boutique à Houston. L'établissement avait entrepris une rénovation de plusieurs millions de dollars et cherchait à se réinventer. H & W Marketing était chargé de les aider à atteindre leur objectif.

Elle et Brent avaient décidé de s'associer après avoir travaillé dans des entreprises américaines et réalisé que cela ne leur convenait pas. Après cinq ans de dur labeur et de sacrifices, leur agence engrangeait enfin des bénéfices, ce qui avait permis à Natalie de s'offrir des vacances. Voilà pourquoi cette campagne marketing était si importante à ses yeux et méritait qu'elle lui sacrifie un jour de congé.

— C'est normal que je sois revenue, répondit-elle. Nous travaillons sur ce dossier depuis des mois. Je n'ai pas envie que nous manquions notre objectif.

— As-tu au moins passé de bonnes vacances ? demanda Brent.

Natalie songea à la journée de la veille et aux orgasmes successifs que Jonathan lui avait procurés sur la table du dîner, puis sur le bar du salon et plus tard, au lit, avant qu'ils rejoignent la terre ferme.

— Oui. Beaucoup.

Elle ne put s'empêcher de sourire.

— Oh ! je parierais que tu n'es pas restée seule, la taquina Brent.

— Une femme ne révèle jamais ses secrets d'alcôve.

Brent rit.

— Cette réponse éloquente me suffit. Et maintenant, au boulot !

Ils travaillèrent assidûment, commandant à déjeuner et à dîner, pendant qu'ils s'efforçaient de remanier leur campagne maintenant que des images de la rénovation avaient fuité dans les médias.

Le marketing avait beaucoup évolué depuis que Natalie avait décroché son diplôme. Compte tenu du rôle de plus en plus important des réseaux sociaux, elle devait demeurer à la pointe des dernières tendances et choisir les meilleures stratégies pour répondre aux attentes de ses clients. Elle avait même pris des cours du soir pour actualiser ses connaissances et ses compétences. Dans une localité aussi prestigieuse que Royal, la concurrence était féroce. Aussi, leur agence préférait-elle rechercher des clients dans les grandes villes voisines comme Houston et Dallas. Elle était fière des progrès qu'elle et Brent avaient réalisés.

Quand elle réintégra son cottage en fin de soirée, elle était épuisée. Laissant son énorme valise Louis Vuitton dans l'entrée, elle se rendit dans la cuisine, puis sortit un verre à vin et un tire-bouchon. En ouvrant le réfrigérateur, elle se réjouit de voir la bouteille de pinot gris qu'elle gardait pour de telles occasions. Après s'être versé un verre, elle se rendit au salon et s'installa sur le canapé.

Elle avait été tellement occupée toute la journée qu'elle avait à peine eu le temps de consulter ses messages. La seule fois où elle l'avait fait, elle avait reçu un texto de Chelsea lui demandant quand elle serait de retour pour qu'elles puissent rattraper le temps perdu. Elle en aurait des choses à lui raconter !

En revanche, elle n'avait reçu aucun message de Jonathan. Pourtant, ils avaient échangé leurs numéros de téléphone à Galveston afin qu'ils puissent se joindre le jour où elle s'était offert quelques heures de détente dans le spa de l'hôtel pendant qu'il partait pêcher. Elle eut beau vérifier et revérifier, elle n'avait aucune notification indiquant qu'elle avait manqué un appel ou un texto de sa part.

Vraiment ?

Elle fixa son téléphone, perplexe. Bien sûr, ils avaient convenu que ce qui se passerait à Galveston resterait à Galveston, mais elle s'attendait à *quelque chose*. Un accusé de réception du mot qu'elle lui avait laissé. Un au revoir. Une formule du genre : *« Bonjour, comment vas-tu ? Ton retour à Royal s'est-il bien passé ? »* Mais rien. Nada. Apparemment, elle avait cru à tort qu'elle représentait davantage pour lui qu'un corps chaud et complaisant.

Au moins, le texto de Brent au sujet du chamboulement de leur campagne marketing lui avait fourni le prétexte de partir dignement. Pendant que Jonathan était plongé dans un profond sommeil, elle avait rédigé un mot et l'avait déposé sur le lit à côté de lui pour qu'il le trouve à son réveil. Puis elle s'était faufilée hors de sa chambre. Il le fallait. Pas seulement à cause du travail, car Brent aurait été en mesure de résoudre le problème sans elle.

Elle avait fui pour se préserver. Autrement, elle serait tombée encore plus amoureuse de Jonathan qu'elle ne l'était déjà. Et elle lui aurait peut-être avoué ses sentiments. Mais il n'en avait aucun pour elle. À ses yeux, leur idylle était bel et bien terminée, et elle devait l'accepter. Alors, pourquoi se sentait-elle aussi blessée de compter si peu pour lui qu'il n'eût pas jugé bon de lui envoyer un texto ou de l'appeler ? Elle sirota son vin en soupirant.

La semaine écoulée avait modifié les choses entre eux. Jonathan n'était plus une énigme pour elle, ni le héros pour lequel elle avait eu le béguin. C'était un homme solide, gentil, talentueux et passionné, qui aimait jouer du piano, mais qui savait aussi la faire rire et oublier ses complexes. Et quand ils étaient devenus intimes, la passion qu'ils avaient partagée et le lien qui s'était créé entre eux ne ressemblaient à rien de ce qu'elle avait connu avec d'autres hommes. Elle aurait tant aimé que cela dure davantage que six jours ! Elle devrait faire bonne figure la prochaine fois qu'elle le verrait et se comporter comme si ce qu'ils avaient vécu ensemble était sans importance, alors que ces six jours avaient tellement compté pour elle.

- 8 -

Levé avant l'aube, Jonathan délaissa ses tâches administratives pour aider ses employés à panser et nourrir les chevaux. Puis il sella Beauty, un splendide pur-sang arabe, pour donner un coup de main à une autre équipe partie rassembler des vaches qui s'étaient éparpillées sur des centaines d'hectares de prairies non clôturées. Il espérait que l'air frais et les grands espaces contribueraient à lui éclaircir les idées et l'aideraient à reprendre ses marques après sa semaine de vacances.

Depuis son retour de Galveston, deux jours plus tôt, il se sentait mal dans sa peau. Tout lui paraissait différent sans qu'il parvienne à définir en quoi consistait cette différence. La joie que lui procurait son travail dans le ranch avait disparu. Même ses chevauchées sur les terres des Lattimore ne parvenaient pas à le sortir de sa morosité.

Plus il y réfléchissait, plus il était convaincu que cela avait un rapport avec Natalie. Elle lui manquait. Le souvenir de la jeune femme dans son lit, totalement ébouriffée, surgit à l'improviste dans son esprit. Puis il se remémora ses sourires éblouissants ou mutins, la façon dont elle le fixait de ses grands yeux confiants. Frustré, il s'efforça de chasser ces images de son esprit. Ils avaient défini les règles de leur idylle – elle durerait aussi longtemps que leurs vacances, puis ils reprendraient le cours séparé de leurs vies. Mais il éprouvait une sensation d'inachevé, comme s'il y avait une suite à leur histoire et qu'il avait besoin de la vivre jusqu'au bout.

Sauf qu'il ne recherchait pas une relation de longue durée. Depuis son divorce, il ne voulait surtout pas être à nouveau malheureux. Il avait tiré les enseignements de son expérience et vu les ravages que l'amour causait. Il vous rendait faible et impuissant. Il vous faisait croire des choses qui n'étaient pas vraies. Jonathan avait été tellement persuadé d'être amoureux d'Anne qu'il ne s'était jamais demandé si elle était l'épouse qu'il lui fallait.

Elle avait coché toutes les bonnes cases. Belle, intelligente, issue d'une famille respectée à Royal. Mais elle s'était montrée indigne de confiance – un trait de caractère qu'il avait découvert, hélas, trop tard, quand elle avait commis un acte impensable qui avait scellé la fin de leur union. Anne lui avait reproché de l'avoir poussée à cette extrémité, et il lui en avait voulu d'avoir commis l'irréparable. La procédure de divorce n'avait pas tardé à suivre. Voilà pourquoi il avait renoncé aux relations sérieuses. Les choses étaient beaucoup plus faciles ainsi.

Mais Natalie…

Non, elle ne méritait pas d'être traitée comme une partenaire occasionnelle. Elle était une femme respectable. Gentille. Confiante. Il ne voulait pas la blesser. Il préférait se souvenir de son beau visage quand elle dormait, de son corps repu pressé contre le sien. Elle croyait aux histoires d'amour qui finissaient bien, mais elles n'étaient pas faites pour un homme comme lui, qui ne s'était même pas rendu compte à quel point son épouse était malheureuse. Il avait été trop égoïste, trop obsédé par son travail. Il ne l'avait pas entourée de toutes les attentions dont elle avait tant besoin. Ce n'était pas dans sa nature.

Natalie méritait un homme qui l'aime. Et non un homme brisé.

En ce samedi matin, Natalie était ravie. Ces derniers jours avaient été stressants avec la préparation de la réouverture en grande pompe de l'hôtel, une fois les travaux de rénovation terminés. Mais maintenant, elle pouvait s'accorder du temps libre pour s'adonner à une de ses occupations favorites.

Après son cours de Pilates, suivi d'un smoothie et d'une douche, elle se rendait chez Priceless, le magasin d'antiquités appartenant à Raina Patterson. Il servait aussi d'atelier pour les personnes désireuses d'apprendre à fabriquer des bougies ou suivre des cours de mosaïque. Mais Natalie était à la recherche d'un autre objet pour compléter les deux meubles qu'elle avait découverts à Galveston et qu'elle s'était fait livrer à Royal. L'ensemble constituerait son cadeau de mariage pour Chelsea.

Après avoir garé son véhicule, elle pénétra dans la grande bâtisse à la façade rouge et aux encadrements blancs. Elle chinait parmi un assortiment de vieilles tables et d'étagères quand elle tomba en arrêt devant un magnifique secrétaire à pente en bois d'érable. Elle se penchait pour l'examiner quand elle entendit une voix derrière elle.

— Tu trouves quelque chose d'intéressant ?

Natalie n'avait pas besoin de se retourner pour connaître le propriétaire de cette voix parce qu'il avait réalisé tous ses fantasmes pendant ses vacances à Galveston.

Prenant une profonde inspiration, elle se releva.

— Jonathan.

Son cœur se mit à battre la chamade. Pourquoi fallait-il qu'il soit si beau dans son jean, sa chemise blanche impeccable et son Stetson ? Elle connaissait chaque centimètre carré du corps musclé dissimulé sous ses vêtements, et cette pensée lui mit l'eau à la bouche.

— Natalie.

Il lui souriait, mais elle l'accueillit avec froideur.

— Je ne m'attendais pas à te rencontrer ici, dit-il.

— Moi non plus. Je ne me souvenais pas que la brocante faisait partie de tes hobbys.

Elle s'efforçait de parler d'une voix calme pour ne pas trahir son trouble intérieur à la vue de cet homme qu'elle connaissait très intimement. Après avoir passé six jours et six nuits merveilleux en sa compagnie, elle vivait leur séparation comme une véritable torture. Et maintenant, ils se comportaient comme s'ils étaient de simples connaissances ! C'était terriblement frustrant.

— Peut-être y ai-je pris goût durant mes vacances, répondit-il avec un large sourire.

Vexée par son silence depuis leur retour à Royal, elle ne saisit pas la perche qu'il lui tendait.

— Le magasin de Raina est bien achalandé. Peut-être trouveras-tu un objet qui te plaît.

— Natalie… Je ne suis pas ici pour acheter quelque chose mais pour déposer un meuble dont ma mère ne veut plus.

— Je comprends. Eh bien.., au revoir.

Elle pivota sur ses talons et se dirigea vers la sortie.

— Et le meuble que tu examinais ? demanda-t-il.

Il attendrait une autre fois. Il fallait qu'elle sorte d'ici, et vite. La colère et le chagrin la submergeaient, et elle refusait de laisser voir à Jonathan la profondeur des sentiments qu'il lui inspirait.

— Natalie, attends !

Il lui emboîta le pas et la rattrapa dehors.

— Pourquoi dois-je toujours te courir après ? Ne peux-tu pas m'attendre ?

— Pourquoi le ferais-je, Jonathan ? demanda-t-elle, furieuse, regardant alentour pour être sûre que personne ne les écoute. Nous ne sommes plus à Galveston.

— Je sais.

— En effet, tu le sais.

Il fronça les sourcils, perplexe.

— Que veux-tu dire ?

— Ne fais pas semblant de ne pas comprendre, Jonathan. Et j'ai reçu ton message cinq sur cinq !

Elle déverrouilla la portière de sa Lexus à distance.

— Bonne journée, lui lança-t-elle.

Puis elle s'installa derrière le volant et mit le contact.

Il était hors de question qu'il voie à quel point elle était bouleversée par son attitude désinvolte. Et puisqu'elle ne représentait rien à ses yeux, elle était mieux sans lui.

Qu'est-ce qui avait pris à Natalie de partir comme une furie ? se demandait Jonathan, éberlué, en suivant des yeux la Lexus qui s'éloignait.

Quand il l'avait vue chez Priceless, penchée sur un secrétaire, son derrière sublime en l'air, il avait eu l'envie folle de renouer avec elle et de voir si leur attirance réciproque, si puissante à Galveston, était uniquement due au caractère illicite de leur arrangement temporaire. Puis son bon sens avait repris le dessus, lui intimant de garder ses distances. Après tout, Natalie ne le connaissait pas suffisamment pour savoir qu'il montrait rarement ses émotions et ses sentiments. Il risquait de la décevoir.

Il avait donc opté pour le badinage, mais il avait dû dire quelque chose qui l'avait vexée car elle l'avait planté là, furieuse. Pourtant, il n'avait fait que respecter l'arrangement qu'ils avaient pris à Galveston. Certes, ils n'avaient pas décidé de la façon dont ils se comporteraient l'un envers l'autre une fois de retour à Royal, mais ils auraient pu discuter d'une stratégie commune si elle n'était pas partie aussi vite.

Bon sang, à quoi s'attendait-elle ? Qu'il l'appelle ou lui envoie un texto, comme un ado entiché ? Ils étaient deux adultes qui avaient *choisi* d'avoir une idylle de vacances. Il n'allait pas se sentir coupable, comme s'il avait fait quelque chose de mal. Ils en avaient discuté à Galveston. Elle lui avait dit que ce qui se passerait là-bas resterait là-bas.

Et maintenant, elle se comportait comme s'ils étaient ensemble et qu'il lui était *redevable* de quelque chose. Il lui devait simplement la courtoisie et le respect, et c'était précisément ce qu'il avait fait, mais il ne pouvait pas en dire autant de Natalie. Leur semaine à Galveston lui avait-elle donné l'envie d'obtenir davantage de sa part qu'il n'était prêt à lui concéder ?

Compte tenu des sentiments qu'elle éprouvait pour lui, et que toute la ville connaissait, il ne devrait pas être surpris. Bien qu'il l'ait avertie qu'il ne recherchait pas une relation durable, elle avait dû penser qu'elle pourrait le faire changer d'avis. Mais c'était impossible. Il était hanté par l'échec de son mariage. Il s'en voulait de ne pas avoir été un meilleur mari. Et il ne se sentait pas digne d'être aimé.

Cela ne voulait pas dire qu'il n'avait pas envie de coucher à nouveau avec Natalie. Il avait besoin de se désenvoûter. De la chasser de son esprit *et* de son corps. Alors seulement il pourrait reprendre le cours de sa vie solitaire. Mais tandis qu'il fixait la route déserte, il se demandait s'ils pourraient vraiment redevenir ce qu'ils étaient *avant* Galveston : des amis, tout simplement.

Sur la route du retour, Natalie appela Chelsea, mais sa meilleure amie ne répondit pas. Elle se retrouvait donc seule avec sa colère et sa frustration. Elle avait envie de maudire le ciel à cause de sa déconvenue sentimentale, mais elle ne pouvait s'en prendre qu'à elle-même. C'était elle qui s'était mise dans une impasse en convenant avec Jonathan que leur relation sexuelle se terminerait à la fin de leurs vacances.

À ce moment-là, cela lui avait paru être la meilleure solution compte tenu de la méfiance dont Jonathan avait fait preuve après leur premier rapport sexuel. Elle avait été secrètement ravie de savoir que l'homme pour lequel elle avait le béguin depuis des années la trouvait séduisante. Elle lui avait proposé une idylle, le temps des vacances, car c'était le *seul* moyen qu'elle avait trouvé pour garder Jonathan dans son lit. Mais sa stratégie s'était retournée contre elle. En effet, même si elle ne s'attendait pas à ce que Jonathan comprenne enfin qu'elle était la femme de sa vie, comme dans les comédies romantiques, elle avait espéré qu'il lui passerait au moins un coup de fil ou lui enverrait un texto.

Devant son silence, elle avait compris à quel point elle s'était fourvoyée. Jonathan était resté avec elle uniquement pour le sexe et pour sa compagnie, et maintenant que les vacances étaient terminées, leur idylle l'était aussi. En le revoyant aujourd'hui, elle avait été terriblement blessée qu'il veuille tirer un trait sur elle malgré leur merveilleuse entente durant ces six jours. Non, rectification : elle avait vu la faim dans son regard quand elle s'était retournée pour lui faire face. Peut-être avait-il envie d'un nouvel interlude sexuel en souvenir du bon vieux temps.

Mais elle en avait assez de se montrer complaisante. Le sexe pour le sexe n'était plus d'actualité. Désormais, elle exigerait qu'ils aient au moins une relation suivie. Elle le valait bien.

- 9 -

Après le dîner ayant réuni toute la fratrie, à la grande joie de sa mère qui adorait jouer les mamans poules, Jonathan s'était attardé car il voulait parler à sa mère. Il avait réfléchi à la question depuis son retour et il était certain de prendre la bonne décision.

— Jonathan ! Je croyais que tu étais parti, déclara sa mère en pénétrant dans la cuisine alors qu'il faisait une razzia dans la boîte de gâteaux.

Elle était aussi gourmande que lui, et il avait tablé sur le fait qu'elle prendrait un en-cas avant de monter se coucher.

— Tu sais bien que je suis incapable de résister à tes cookies à la farine d'avoine et aux pépites de chocolat.

Elle sourit avec fierté.

— Personne ne sait que le secret pour les rendre encore plus délicieux, c'est le petit supplément de farine d'avoine.

Elle ouvrit l'imposant réfrigérateur, récupéra une bouteille de lait et remplit deux verres.

— Mais quelque chose me dit que ce n'est pas la seule raison de ta présence ici, ajouta-t-elle, lui tendant son verre.

— Merci, maman. Non, en effet, tu as deviné juste.

— Alors ? Qu'as-tu à me dire ?

— Je voulais savoir si tu avais déjà choisi une agence de marketing pour t'aider à commercialiser tes produits culinaires.

Malgré la froideur de l'accueil que Natalie lui avait réservé, il croyait toujours en son talent.

Sa mère secoua la tête.

— Pas encore. J'examine diverses propositions.

— Pourrais-je te faire une suggestion ?

— Je t'écoute.

— Je pensais à Natalie Hastings. Elle et son associé dirigent une agence de marketing ici, à Royal. Si tu recherches une entreprise locale, je ne pense pas que tu puisses trouver mieux que celle de Natalie.

Sa mère inclina la tête sur le côté et le scruta longuement.

— Vraiment ?

— Tu sembles sceptique.

— Pas en ce qui concerne l'agence de Natalie. J'en ai entendu parler, et je serais disposée à étudier une proposition de sa part. En revanche, je suis curieuse de savoir pourquoi tu me la recommandes.

— Je ne comprends pas.

Sa mère rit, et il comprit qu'elle l'avait percé à jour.

— Voyons, Jonathan, ne te fais pas plus bête que tu n'es. Le mois dernier, toute la famille assistait à la réception au Texas Cattleman's Club. Nous avons entendu la déclaration de Natalie et savons que tu es l'objet de son affection. Et soudain, tu dis le plus grand bien d'elle. Que se passe-t-il ?

Bon sang ! Sa mère ne le laisserait pas s'en tirer à bon compte. Il devait lui donner un indice. Un os à ronger.

— J'ai eu récemment l'occasion de la connaître et je l'ai trouvée charmante et talentueuse.

Sa mère lui sourit.

— Venant de ta part, c'est un très beau compliment, surtout si l'on considère que tu ne nous as présenté aucune femme depuis Anne.

Jonathan leva les yeux au ciel, agacé.

— Je t'en prie, évite de me parler de mon ex !

— Volontiers. Je n'ai jamais eu d'estime pour elle. Concernant ta Natalie, je la contacterai, mais elle a intérêt à être aussi compétente que tu le dis. Je n'ai pas l'habitude d'accorder des passe-droits.

Vu sa froideur à son égard, il doutait qu'elle soit encore « sa Natalie ».

— Merci, maman.

Il l'embrassa sur les joues, puis s'empressa de quitter la cuisine avant que sa mère le soumette à un interrogatoire en règle pour savoir comment et *quand* il avait fait plus ample connaissance avec Natalie. Elle avait compris qu'il y avait anguille sous roche et elle userait de son pouvoir de persuasion et de la machine à rumeurs de Royal pour découvrir ce qu'il lui cachait. Par chance, personne ne savait que lui et Natalie étaient devenus amants, et il ferait en sorte que cela reste un secret.

— Natalie, ma chérie, je suis si heureuse de te voir !

Sa grand-mère l'accueillit à bras ouverts quand elle pénétra dans la maison de son enfance, ce dimanche soir. C'était ses grands-parents qui l'avaient élevée quand sa mère biologique, la jugeant *indésirable*, n'avait plus voulu s'occuper d'elle.

— Bonsoir, Mimi, répondit Natalie, utilisant le surnom affectueux qu'elle lui avait donné à l'âge de deux ans.

Elle l'embrassa tendrement sur la joue et s'avança dans la maison de trois pièces, située dans le centre-ville de Royal.

— Je vous ai apporté un gâteau au caramel provenant du Royal Diner.

— Merci, ma chérie. Ce n'était pas nécessaire.

— J'ai pensé qu'il compléterait le repas que tu as concocté.

— C'est le menu classique du dimanche soir : poulet frit, chou braisé et pain de maïs. As-tu faim ?

— Oh ! oui, j'en ai l'eau à la bouche ! Où est grand-père ?

— Il est allé donner un coup de main au voisin. Il ne va

pas tarder à rentrer. Viens t'asseoir et raconte-moi comment s'est passé ton séjour à Galveston. T'a-t-il aidé à te changer les idées après l'incident du mois dernier ?

Natalie rit sous cape. Oh ! oui, Jonathan y avait parfaitement réussi.

— Oui, Mimi. C'était exactement le dérivatif dont j'avais besoin pour mettre le passé derrière moi.

Peut-être serait-ce le seul bénéfice qu'elle retirerait de ce séjour. Durant six jours, Jonathan avait comblé tous les désirs de son cœur et de son corps, mais maintenant, elle savait qu'une poursuite éventuelle de leur relation serait néfaste pour elle.

— Tant mieux. Je ne voudrais surtout pas que tu sois malheureuse et que tu continues d'espérer que Jonathan Lattimore s'intéresse à toi alors qu'il ne t'a jamais contactée depuis l'incident.

Mince ! Était-ce ainsi que tout le monde la considérait ? Comme une femme désespérée ?

— Rassure-toi. J'ai tourné la page.

— Dans ce cas, serais-tu prête à t'intéresser à un autre homme ? demanda sa grand-mère. J'ai fait la connaissance d'un jeune homme formidable à l'église, et il serait ravi de sortir avec toi.

— Non, merci, Mimi. Je préfère me concentrer sur mon travail.

— Le temps passe vite, ma chérie. Il ne faut pas trop tarder si tu veux fonder une famille.

Natalie rit.

— Je veux un mari et des enfants, mais pas forcément tout de suite. Notre agence devient enfin prospère et a besoin de poursuivre sur sa lancée.

— Entendu. Mais tu comprendras que c'est le rôle d'une maman de vouloir le bonheur de son enfant.

Natalie lui sourit, très émue d'entendre sa grand-mère se

considérer comme une mère pour elle, car c'était précisément ainsi que Natalie la considérait. Claudette et Carlton Hastings étaient devenus ses parents, et elle les aimait tendrement.

Quelques secondes plus tard, la porte à l'arrière de la maison s'ouvrit, et son grand-père pénétra dans le salon.

— Ma chérie !

Il serra Natalie dans ses bras, et toutes ses pensées négatives se désagrégèrent dans la chaleur de son étreinte. Il avait toujours eu cet effet bénéfique sur elle.

— Bonsoir, Pop-pop, dit-elle quand il la relâcha.

— J'ignorais que tu passerais nous voir.

— Vous me manquiez, dit-elle.

— Elle a apporté le fameux gâteau au caramel du Royal Diner, intervint Mimi.

Son grand-père se frotta le ventre avec gourmandise.

— Le dessert idéal pour clore le dîner succulent que tu nous as préparé, chérie.

Il donna à son épouse un baiser léger sur les lèvres.

— Restes-tu dîner avec nous, Nat ?

— Volontiers !

Pour rien au monde elle ne manquerait cette occasion de se retrouver avec des personnes qui l'aimaient sincèrement. Sa Mimi avait raison. Elle devait cesser d'espérer que les sentiments de Jonathan envers elle évoluent. Il avait manifesté très clairement ses intentions en ne la contactant pas à son retour. Ce qu'ils avaient partagé à Galveston était bel et bien terminé. Elle devait aller de l'avant, même sans lui. Elle refusait qu'il se serve d'elle pour assouvir ses besoins sexuels.

- 10 -

— Tu ne vas pas en croire tes oreilles ! déclara Brent en faisant irruption dans le bureau de Natalie, le lendemain matin. Devine qui publie un livre de cuisine et recherche une agence de marketing pour l'aider à lancer sa ligne de produits culinaires ?

— Je donne ma langue au chat.

— Barbara Lattimore !

— Vraiment ?

Elle remua des papiers sur son bureau, s'efforçant de paraître surprise, alors que Jonathan lui avait expliqué que sa mère voulait diversifier ses activités culinaires.

— Elle nous a contactés, poursuivit Brent, enthousiaste. Elle souhaite que nous lui adressions une proposition commerciale. Elle a déjà trouvé un éditeur pour son nouveau livre de cuisine, mais d'après son agente, elle veut se lancer dans les mélanges d'épices et les préparations pour gâteaux, voire les ustensiles de cuisine et de pâtisserie.

C'était une nouvelle fantastique. En temps normal, Natalie serait aux anges, mais en ayant Mme Lattimore comme cliente, elle risquait de croiser le chemin de Jonathan. Et après leur rencontre chez Priceless, qui avait réveillé sa frustration et son chagrin, elle ne tenait pas à renouveler l'expérience.

Brent l'observait, perplexe.

— Que t'arrive-t-il, Natalie ? Cette demande ne semble pas t'enthousiasmer.

— Aurais-tu oublié que j'ai révélé devant toute la ville que j'avais le béguin pour son fils ?

Elle n'avait jamais dit à Brent *avec qui* elle avait eu une aventure pendant ses vacances.

— Non, je ne l'ai pas oublié. Mais il s'agit d'une proposition de travail. Nous ne devons pas laisser nos émotions prendre le dessus. Décrocher un pareil contrat donnerait un sacré coup de projecteur à notre agence.

Prenant une profonde inspiration, elle s'efforça de se ressaisir.

— Désolée. Je ne voulais pas jouer les rabat-joie. Tu as raison. C'est une merveilleuse nouvelle ! Nous allons rédiger une proposition commerciale si alléchante que Mme Lattimore ne pourra pas la refuser.

— Bravo ! Je reconnais là ton esprit combatif. Et qui sait, son fils s'apercevra enfin à quel point tu es une femme digne d'intérêt et il t'invitera à sortir avec lui.

Si seulement il savait la vérité, songea Natalie quand Brent retourna dans son bureau. Elle et Jonathan avaient partagé une intimité charnelle à Galveston, mais le connaissait-elle vraiment ? Une relation se construisait sur du temps long, or ils n'avaient passé que six jours ensemble. Il y avait sans doute beaucoup d'aspects de sa personnalité qu'elle méconnaissait. Parfois, elle avait envie de découvrir quels secrets et quelles blessures poussaient Jonathan à privilégier les rencontres sexuelles sans lendemain, mais son bon sens lui dictait de se protéger et de rechercher un homme disposé à l'aimer.

Plus tard, après qu'elle et Brent eurent rédigé la fameuse proposition commerciale à l'intention de Mme Lattimore, Natalie quitta l'agence et se rendit au Texas Cattleman's Club où elle devait déjeuner avec Chelsea. Tout en roulant, elle s'efforçait de ne pas penser aux conséquences éventuelles d'avoir Barbara Lattimore comme cliente.

Si la mère de Jonathan l'invitait à venir chez elle pour

mettre au point leur stratégie marketing, aurait-elle l'occasion de croiser son fils ? Elle espérait que non. Pour autant qu'elle s'en souvienne, Jonathan s'occupait des tâches administratives et partageait la gestion courante de l'entreprise avec son frère Jayden. Il serait donc très occupé.

Natalie n'avait croisé Barbara Lattimore qu'à quelques reprises. Elle l'avait trouvée chaleureuse et affable.

En arrivant au Club, Natalie confia sa Lexus à un voiturier et pénétra dans le bâtiment pour retrouver son amie.

Elle attendait devant le bureau de l'hôtesse d'accueil quand elle aperçut Jonathan qui sortait du restaurant avec un autre homme. Ils se serrèrent la main, et l'homme qui l'accompagnait s'en alla. Le voyant plongé dans ses pensées, elle hésita à lui parler, puis se dit qu'elle devait s'habituer à affronter Jonathan en public, même si son cœur battait à coups précipités chaque fois qu'elle se trouvait près de lui.

— Jonathan.

— Natalie ?

Il paraissait surpris de la voir, comme si elle était redevenue invisible à ses yeux. Comment était-ce possible après tout ce qu'ils avaient partagé ?

— Tout va bien ? demanda-t-elle malgré tout.

Elle ne l'avait pas revu depuis leur rencontre fortuite chez Priceless, mais elle s'était radoucie entre-temps. Elle refusait de faire partie de ces femmes qui avaient du mal à admettre la fin d'une liaison. Mais cela ne l'empêchait pas de souffrir de leur séparation.

— Oui, merci. J'ai simplement beaucoup de choses en tête en ce moment.

Il détourna les yeux, mal à l'aise.

— Puis-je faire quelque chose pour toi ? Je sais écouter si tu as besoin de parler.

— C'est gentil, mais non. Il s'agit d'un problème familial.

Sa rebuffade lui fit l'effet d'une gifle.

— Bien sûr. Je ne voulais pas être indiscrète. Si tu veux bien m'excuser…

Elle se hâta vers la sortie. Si elle restait une minute de plus en présence de Jonathan qui se comportait comme si rien ne s'était passé entre eux, elle allait hurler.

Chaque fois qu'ils se rencontraient, la situation devenait de plus en plus embarrassante. Elle avait envie de dire à Jonathan qu'il n'avait rien à craindre d'elle, mais tout dans son attitude lui intimait de se tenir à distance. Et c'était ce qu'elle ferait. Elle en avait assez d'espérer que la situation s'améliore entre eux.

Elle monta dans sa voiture et appela son amie.

— Chelsea, où es-tu ? Je t'attends au Club.

— Désolée ! Nolan m'a retardée.

— Je comprends. Ne vaudrait-il pas mieux qu'on se retrouve ce soir, après le travail ?

— Bonne idée. Viens à la maison. J'ai hâte de te voir. Nous avons des tas de choses à nous raconter, et nous serons plus tranquilles qu'au Club.

— J'espère que tu as des boissons alcoolisées parce que je vais en avoir besoin !

— Uniquement de la bière.

— Dans ce cas, j'en achèterai avant de venir.

Puis elle mit fin à la communication. Elle gardait ses sentiments sous clé depuis trop longtemps, et elle espérait qu'en se confiant à Chelsea, elle parviendrait à surmonter sa frustration d'avoir commis la plus grosse erreur de sa vie en couchant avec Jonathan.

Bon sang !

Il avait encore tout gâché, songea Jonathan en regardant s'éloigner Natalie. Il avait été trop obnubilé par le danger que la réclamation de Heath Thurston faisait courir à sa famille. C'est pourquoi il avait organisé ce rendez-vous au Club avec Jonas Shaw, détective privé, pour étudier tous les détails de l'affaire. Non qu'il mette en doute les compétences d'Alexa, mais toutes les pistes devaient être examinées. Jonathan avait travaillé trop dur sur ce ranch pour laisser un intrus s'emparer de son héritage.

Pour autant, il n'avait pas eu l'intention de se montrer méprisant envers Natalie. Il avait été simplement distrait par son problème familial. S'en servait-il comme prétexte pour éviter de penser à Natalie et à tout ce qu'ils avaient partagé ? Sans aucun doute ! Il était incapable d'extirper de son esprit le souvenir de ses courbes affriolantes. D'habitude, après chacune de ses rencontres féminines, il se reconcentrait sans problème sur son travail, mais Natalie éveillait en lui des *sentiments* – le bonheur de voir son beau visage chaque matin au réveil, la bienheureuse détente quand il était avec elle et l'excitation de partager son lit chaque nuit.

Et il n'aimait pas cela. Il préférait ne rien éprouver parce qu'il savait gérer le vide de son existence. Mais toutes ces émotions le chamboulaient. Il ne savait pas comment les maîtriser. Et il ne pouvait pas offrir à Natalie le genre de relation qu'elle désirait.

Voilà pourquoi il avait demandé à son frère Jayden de passer le voir chez lui. Parler de ce qui le perturbait l'aiderait peut-être à voir plus clair en lui.

— Salut, frangin ! lança Jayden. Que t'arrive-t-il ? Tu semblais stressé au téléphone.

— À cause d'une femme.

Tandis qu'ils longeaient le vestibule, Jonathan aperçut son piano. D'habitude, jouer apaisait ses tourments, mais depuis son retour de vacances, son instrument était impuissant à guérir l'insomnie dont il souffrait chaque nuit.

— Tu as eu raison de m'appeler. Un frère, c'est fait pour ça.

— Merci, Jayden. J'ai trop de choses en tête, ces derniers temps, et j'espérais que tu pourrais m'aider.

Il s'installa sur le canapé tandis que Jayden prenait place dans un fauteuil en face de lui.

— Je ferai de mon mieux, répondit son frère, mais j'avoue que je suis surpris. Tu es tellement secret. Tu ne confies jamais tes sentiments, même à tes proches. J'imagine que ce trait de caractère ne doit pas faciliter tes relations avec la gent féminine.

— Merci, Jayden ! maugréa Jonathan, vexé.

— Ne sois pas fâché. Tu connais mon franc-parler. Et maintenant, si tu me racontais ce qui se passe ?

— J'ai couché avec Natalie.

— Waouh ! Je ne m'attendais pas à cette confidence ! Mais pour que les choses soient claires, il s'agit bien de Natalie Hastings, qui a annoncé à toute la ville que tu étais, je la cite : « l'homme le plus fabuleux qu'elle connaisse » ?

— Oui.

Son frère demeura silencieux quelques instants et se frotta le menton.

— Quand est-ce arrivé ? Je ne me souviens pas vous avoir vus ensemble en ville, récemment. Autrement, la machine à rumeurs fonctionnerait à plein régime, et maman commanderait déjà sa robe de mère du futur marié !

Jonathan secoua la tête avec véhémence.

— Il est hors de question que je me remarie !

Il n'était pas fait pour les relations durables. Et il ne méritait pas qu'une femme s'attache à lui.

— Tu dis ça maintenant, mais tu seras peut-être d'un autre avis dans un an ou deux, intervint Jayden. Tu t'es marié très jeune, sur un coup de tête.

— Tu n'as pas besoin de me le rappeler, maugréa Jonathan.

— Quel est le problème avec Natalie ? Tu culpabilises d'avoir couché avec elle ? Franchement, tu as tort. Nous avons tous eu des aventures d'un soir. Mais je suis vraiment curieux de savoir comment Natalie et toi vous êtes débrouillés pour que personne n'en sache rien.

— Parce qu'il ne s'agit pas d'une aventure d'un soir et que ça ne s'est pas passé à Royal.

Jayden se gratta la tête, l'air perplexe.

— Mais tu as bien couché avec Natalie, non ?

— En effet. Mais je n'ai jamais dit que ça ne s'était produit qu'une fois. C'est toi qui l'as supposé.

— Bon sang, Jonathan ! Vas-tu enfin me dire de quoi il retourne ?

— Natalie et moi sommes devenus amants pendant que nous étions tous deux à Galveston. Nous avons passé six jours et six nuits ensemble. Et je peux bien te l'avouer, c'est la plus belle expérience sexuelle que j'aie jamais connue.

— Vraiment ? Raconte !

— J'ai été littéralement subjugué. Peut-être parce que l'alchimie entre nous était si inattendue. En fait, je pensais m'ennuyer ferme pendant ces vacances que papa et maman m'avaient imposées. Puis, le premier soir, j'ai croisé Natalie, descendue dans le même hôtel que moi. Et… nous sommes devenus amants. Ce fut tellement torride entre nous que j'en suis encore groggy. Depuis, je n'arrive pas à oublier les courbes sublimes de Natalie et l'effet incroyable qu'elles produisent sur mes sens.

Jayden leva les mains en signe de reddition.

— Stop ! Inutile de me fournir davantage de détails. J'ai compris l'essentiel.

— Désolé, je me suis laissé emporter.

Jonathan se leva et se mit à arpenter le salon.

— Toujours est-il qu'elle m'obsède. Je n'arrive pas à la chasser de mes pensées.

— Tu ne t'es jamais dit que cette femme était une aubaine

pour toi ? Tu vis comme un moine depuis des années. Il serait temps que tu t'accordes un peu de bon temps.

— Tu as une façon crue de dire les choses…

— Je le dis comme je le pense. Ce que démontre ton aventure avec Natalie, c'est que tu ne peux pas te couper du monde. Tu dois laisser une femme entrer dans ta vie, Jonathan. Tu es fait de chair et de sang. Tu as des besoins.

Natalie lui avait dit peu ou prou la même chose, sauf qu'elle pensait à une relation amoureuse. Ne voulant pas s'engager dans cette voie, il se contenta d'admettre :

— En effet, j'ai des besoins.

— Mais depuis ton divorce, tu t'es replié sur toi-même, trop effrayé pour prendre le moindre risque.

Jayden avait raison, mais il se garderait de le lui dire.

— Je suis content que Natalie t'ait donné une chance. Comment vous êtes-vous rencontrés ?

Il lui raconta qu'ils s'étaient croisés au bar de leur hôtel, qu'après leur première nuit ensemble, il avait pensé en rester là, mais Natalie lui avait proposé de poursuivre l'aventure le temps de leurs vacances, et il avait accepté.

— Vous êtes restés ensemble tout le temps ?

— Oui. Un peu moins d'une semaine, car elle a dû rentrer à l'improviste pour son travail.

— T'es-tu senti frustré à cause de son départ précipité ?

— Non…, pas exactement.

— Allons, Jonathan. Il faut vraiment t'arracher les mots de la bouche !

Jonathan rit.

— Puisque tu veux tout savoir, elle me manque, et pas seulement au lit. Son sourire et sa gentillesse me manquent. Elle est beaucoup plus intéressante que je ne m'y attendais.

— Peut-être devrais-tu voir où cette aventure vous mènerait ?

Jonathan secoua la tête avec véhémence.

— Non. Elle ne *nous* mènera nulle part. J'ai déjà fait l'expérience avec Anne, et ce fut un désastre.

— Toutes les femmes ne sont pas comme Anne. Tu as dit que Natalie était spéciale, et elle doit l'être puisque c'est la première fois en près de dix ans que tu parles d'une femme en termes élogieux.

Jonathan refusait de donner à quiconque ce genre de pouvoir sur lui. Anne l'avait rendu fou. Elle était belle, mais trop dépendante de lui sur le plan affectif. Toutes ses tentatives pour lui montrer qu'il se souciait d'elle avaient été vaines. Il aspirait à faire les choses bien – sans doute parce qu'il était l'aîné de la fratrie – et détestait l'échec.

Celui de son mariage l'avait anéanti. Il s'en sentait responsable, car Anne se plaignait constamment qu'il n'était jamais là pour elle, qu'il passait son temps sur son ranch. Il avait besoin d'une femme indépendante, qui ne soit pas toujours pendue à ses basques, comme son ex-épouse.

Natalie était l'antithèse d'Anne. Non seulement belle, mais solide et indépendante. Il aimait l'entendre exposer ses idées concernant l'agence de marketing qu'elle avait fondée avec son meilleur ami. Bien qu'elle soit furieuse contre lui, elle s'abstenait de le harceler, de pleurer ou de bouder comme Anne l'aurait fait. Elle allait de l'avant, et il appréciait cette attitude raisonnable. Il la respectait.

— Tu te fais du tort à toi-même, répondit Jayden. Si Natalie possède toutes ces qualités, tu devrais vraiment essayer de voir où cette relation vous mènerait avant qu'un autre homme survienne et se rende compte à quel point elle est fabuleuse. À ce moment-là, tu regretteras tes atermoiements.

— Je ne sais pas, Jayden.

Il n'était pas certain de pouvoir l'aimer comme elle le méritait, et ce serait injuste pour elle.

— Tu préfères rester célibataire ? Parce qu'à force, tu risques de décourager Natalie.

Jonathan secoua la tête.

— Je trouve le célibat préférable à l'ascenseur émotionnel que j'ai connu avec Anne.

— Tu es prêt à renoncer à tout espoir d'avenir entre toi et Natalie par peur de t'attacher ?

— Ce n'est pas de la peur, mais du bon sens. Crois-moi, j'ai longuement réfléchi à la question. Il se peut qu'il y ait un reste d'attirance entre Natalie et moi, mais il disparaîtra avec le temps. Et elle changerait vite d'avis à mon sujet si elle avait l'occasion de mieux me connaître.

Jayden haussa les épaules avec détachement.

— Très bien. Je ne sais pas ce que je fais ici si tu as déjà pris ta décision. Mais ne viens pas me dire par la suite que je ne t'ai pas prévenu.

— Si tu savais comme je m'en veux ! dit Natalie à Chelsea.

Après le travail, Natalie était arrivée chez son amie avec une bouteille de tequila Jose Cuervo, un mélange spécial margarita et des citrons verts. Après avoir versé les divers ingrédients dans un shaker à cocktails et agité vigoureusement l'appareil, elle avait rempli les verres et commencé à déballer tout ce qu'elle avait sur le cœur.

— Je n'arrive pas à croire que tu m'aies caché cette nouvelle croustillante durant tout ce temps ! remarqua Chelsea. D'habitude, tu n'es pas du genre à garder des secrets, surtout concernant Jonathan.

Natalie sirota une longue gorgée de margarita.

— Je t'en aurais bien parlé, mais tu étais trop occupée avec Nolan. Vous êtes si amoureux et heureux ensemble ! Je ne voulais pas jouer les rabat-joie.

— Je suis ta meilleure amie et réciproquement. Tu peux m'appeler à n'importe quel moment. Ma porte est toujours ouverte pour toi. Mon mariage avec Nolan n'y changera rien.

Natalie contempla le splendide solitaire que Chelsea arborait fièrement.

— Quelle chance tu as d'avoir rencontré un homme qui t'aime et veuille vivre avec toi ! J'ai tellement envie que cela m'arrive un jour.

— Tu finiras par trouver l'homme de ta vie, assura Chelsea en pressant affectueusement la main de son amie. Je suis persuadée que chacun a son âme sœur.

— Je pensais que cette personne était Jonathan.

— Tu as toujours eu un faible pour lui, admit Chelsea, sirotant une gorgée de son breuvage. Cela ne me surprend pas que tu aies sauté sur l'occasion quand elle s'est présentée.

— Ce qui s'est passé entre nous était tellement passionné et intense ! dit-elle, se remémorant avec nostalgie leurs ébats torrides. Je ne pensais pas pouvoir ressentir des émotions et des sensations aussi divines.

— Avec la bonne personne, le sexe est phénoménal. Qui a eu l'idée d'entamer une idylle ?

Natalie leva la main.

— C'est moi qui ai eu cette brillante idée, mais il faut que je t'explique dans quelles circonstances. Nous avions couché ensemble pour la première fois, et le lendemain matin, l'attirance crépitait toujours entre nous. J'avais très envie de poursuivre l'aventure, mais je voyais bien que Jonathan avait peur. C'est pourquoi je me suis raccrochée à la première bouée que j'ai trouvée et je lui ai dit que ce qui se passerait à Galveston resterait à Galveston.

— En somme, tu lui laissais une porte de sortie ?

Natalie acquiesça, baissant la tête, mortifiée.

— Je ne voulais pas que ça se termine et je craignais qu'il s'enfuie. Mais peut-être aurait-il mieux valu que je le laisse partir. Nous aurions eu une aventure d'un soir dont nous nous serions souvenus avec tendresse. Au lieu de quoi, je me suis investie à fond dans cette aventure. Nous sommes devenus amants, et je suis restée dans son lit nuit après nuit.

— Et tu es tombée de plus en plus amoureuse de lui, n'est-ce pas ? demanda Chelsea, la contemplant par-dessus le bord de son verre.

— Oui. Alors, quand Brent m'a informé d'un problème concernant le travail, j'ai saisi cette occasion pour m'éclipser discrètement afin que Jonathan ne voie pas combien il m'était difficile de le quitter. Je pensais qu'il me contacterait après mon départ. Ne serait-ce que pour savoir si j'étais bien rentrée. Mais non. « Loin des yeux, loin du cœur », comme dit le proverbe. C'est comme si je n'existais plus pour lui. Hélas, il n'en est pas de même pour moi. J'ai appris à le connaître, mes sentiments pour lui se sont renforcés, et je souffre de me sentir rejetée.

— Bien sûr. Tu voudrais qu'ils soient réciproques.

— Hélas, ce n'est pas le cas.

— Tu n'en sais rien. Il est resté six jours avec toi à Galveston. Tu représentes donc quelque chose pour lui.

— Alors, pourquoi ce silence ?

— Parce qu'il ne sait pas quelle attitude adopter. Il essaie de respecter la proposition que tu lui as faite après votre première nuit. À l'évidence, il t'apprécie. Tu devrais en tirer parti. Lui faire comprendre que tu aimerais poursuivre votre relation. Tu pourrais être agréablement surprise.

Natalie secoua la tête.

— Non. Je ne peux pas prendre un tel risque. Et s'il me repoussait ?

— Je connais Jonathan depuis toujours, insista Chelsea. C'est quelqu'un de bien. L'échec de son mariage l'a profondément marqué, mais il pourrait changer. Il y a toujours de l'espoir. Regarde ce qui s'est passé avec moi et Nolan. Compte tenu de la procédure que son frère a intentée contre ma famille, nos parents respectifs ne voulaient pas entendre parler de notre mariage. Mais nous avons tenu bon. Toi aussi, tu peux te battre pour obtenir ce que tu veux. Bien sûr, tu courras un risque en essayant de briser les barrières que Jonathan a érigées autour de son cœur, mais le jeu en vaut la chandelle.

Chelsea avait raison. Elle s'était promis de prendre sa vie en main et de s'efforcer d'obtenir ce qu'elle voulait. Or, ce qu'elle voulait par-dessus tout, c'était *Jonathan*. Pas pour une idylle d'une semaine, mais pour la vie entière.

— Tu as raison. Je vais suivre ton conseil.

Son béguin d'adolescente pour Jonathan était terminé. Désormais, elle éprouvait les sentiments d'une femme adulte qui avait connu le bonheur et la plénitude dans les bras de son amant. Un amant qu'elle poursuivrait de ses assiduités jusqu'à ce qu'il comprenne qu'ils étaient faits l'un pour l'autre.

- 11 -

Les deux jours suivants s'écoulèrent lentement pour Natalie. Elle pensait sans cesse au conseil de Chelsea et s'efforçait d'établir la meilleure stratégie d'approche. À moins que l'honnêteté ne soit la meilleure solution. Elle devrait aller trouver Jonathan et lui dire qu'elle avait envie de le revoir, non pas dans le cadre d'une relation épisodique, mais pour nouer une relation stable conduisant à un engagement de longue durée. Mais qu'en penserait-il ? Sa démarche était risquée et l'exposait à un refus douloureux.

En effet, Jonathan avait eu largement le temps de la contacter et de lui faire savoir qu'il aimerait poursuivre leur idylle, mais il ne l'avait pas fait. À la place, il lui avait envoyé des signaux contradictoires, se montrant flirteur chez Priceless et distant au Club. Dans ces conditions, elle avait beaucoup de mal à décrypter ses intentions.

Délaissant pour l'instant l'option d'une confrontation directe, elle se rendit au ranch Lattimore, en réponse à une invitation de Barbara Lattimore. Celle-ci avait étudié la proposition commerciale d'H & W Marketing et souhaitait en discuter avec les deux associés. Par malchance, ce matin, Brent était confiné chez lui en raison d'un problème gastrique, et Natalie se rendait donc seule à ce rendez-vous. Elle ne savait pas si elle irait voir Jonathan après cette visite. Elle se déciderait une fois sur place. Mais au cas où elle le verrait, elle arborait sa robe préférée, aux motifs géométriques et manches trapèze. Une jolie ceinture mettait en valeur sa silhouette aux courbes généreuses.

Une heure plus tard, elle franchissait les grilles du ranch au volant de sa Lexus. Elle n'était jamais venue ici auparavant. Elle s'était souvent rendue au ranch attenant des Grandin avec Chelsea. C'était le père de son amie qui avait convaincu Natalie de prendre des cours d'équitation. Outre son hésitation à confier sa sécurité à ces grands animaux, elle avait cru que son poids constituerait un handicap, mais M. Grandin lui avait assuré qu'elle n'avait rien à craindre. Désormais, elle se considérait comme une bonne cavalière.

Elle gara sa voiture devant la splendide demeure d'un étage à la façade en briques, puis grimpa les marches du porche et sonna à la porte. Quelques secondes plus tard, une femme possédant la même carnation couleur de miel foncé que Jonathan ouvrit la porte pour l'accueillir avec un grand sourire. Barbara portait un jean, une tunique élégante dont le col en V était agrémenté d'une garniture de perles, et des bottes de cow-girl.

— Bonjour, Madame Lattimore.

— Bonjour, Natalie. Entrez, je vous en prie.

Elle lui indiqua le salon, sur la droite.

— Voulez-vous du thé glacé ou de la citronnade ?

— Je prendrai les deux, si vous n'y voyez pas d'inconvénient, répondit Natalie. J'ai un faible pour l'Arnold Palmer.

— Bien sûr. Asseyez-vous. Je reviens tout de suite. Et appelez-moi Barbara.

— Merci, Barbara.

Pendant que son hôtesse allait chercher les boissons, Natalie se dirigea vers la cheminée dont la tablette supportait des photos de famille.

Elle reconnut aisément Jonathan sur chacune d'elles. Elle les admirait quand Barbara revint avec un plateau contenant deux verres et deux pichets.

— Vous avez une famille magnifique, Barbara.

Celle-ci lui sourit et versa une quantité égale de thé glacé et de citronnade dans un verre qu'elle tendit à Natalie.

— J'espère que la boisson est à votre convenance.

Natalie but une gorgée.

— Elle est délicieuse, merci. Je dois admettre que votre invitation m'a surprise.

— Vraiment ? Pourtant, Jonathan m'a dit beaucoup de bien de vous et de votre agence.

— Oh ?

Natalie rit nerveusement et sirota une gorgée de son breuvage. Elle n'en revenait pas qu'il soit intervenu en sa faveur étant donné que leur relation était au point mort.

— Il m'a parlé de votre livre de cuisine et de votre nouvelle ligne de produits culinaires, mais ne m'a jamais laissé entendre qu'il me recommanderait.

Barbara haussa les épaules avec détachement.

— C'est Jonathan tout craché. De tous mes enfants, c'est celui qui est le plus difficile à décrypter. Il dissimule soigneusement ses sentiments. Mais ce n'est pas votre cas, n'est-ce pas ?

— Comment ?

Natalie faillit s'étrangler sous le coup de la surprise.

— Je vous prie de m'excuser pour ma franchise brutale. C'est un de mes nombreux défauts. Contrairement à mon fils, je n'aime pas tourner autour du pot.

— Mais…, je ne comprends pas…

— Lors de la réception au Texas Cattleman's Club, n'avez-vous pas dit que vous trouviez mon fils fabuleux ?

Oh ! Seigneur ! Natalie était mortifiée. Si seulement elle pouvait disparaître de cette pièce d'un simple claquement de doigts ! Hélas, elle n'avait pas ce pouvoir. Aussi se força-t-elle à croiser le regard de Barbara.

— Euh, oui, je l'ai dit.

— Compte tenu de son mode de vie solitaire durant ces dernières années, j'ai été ravie d'apprendre que vous l'appréciez à ce point. J'espérais que vos charmants compliments l'aideraient à reprendre confiance en lui et qu'il vous inviterait à sortir, mais les semaines s'écoulaient, et il ne se passait rien. Je pensais que tout était perdu.

Ne comprenant pas où Mme Lattimore voulait en venir, Natalie la laissa poursuivre.

— Imaginez ma surprise quand il m'a parlé de vous en termes élogieux, m'expliquant que vous aviez passé du temps ensemble. Alors, mue par mon instinct maternel, j'ai aussitôt pris mon téléphone pour vous contacter. Par chance, c'est Brent, votre associé, qui m'a répondu. Un jeune homme charmant, soit dit en passant.

— C'est aussi mon avis.

Barbara lui sourit d'un air mystérieux, et Natalie se demanda ce que la mère de Jonathan lui dissimulait. Elle ne tarda pas à le découvrir.

— Brent m'a expliqué que votre agence était devenue tellement prospère que vous veniez de rentrer d'une semaine de vacances à Galveston.

Embarrassée, Natalie déglutit péniblement.

— Saviez-vous que mon mari et moi avions envoyé Jonathan dans cette ville pour qu'il y passe une semaine de vacances ?

— C'était très généreux de votre part.

La gorge de Natalie devenait aussi sèche que du buvard.

— Oui. Le monde est petit, n'est-ce pas ? Quelle étrange coïncidence que vous et mon fils vous soyez retrouvés dans le même hôtel, aux mêmes dates.

— Est-ce vraiment une coïncidence ? demanda Natalie.

Barbara haussa les épaules avec nonchalance.

— J'ai entendu Chelsea mentionner que vous aviez réservé une chambre dans un hôtel fabuleux à Galveston.

Sachant à quel point vous appréciez mon fils, j'ai un peu aidé le destin.

— Barbara… !

Natalie n'en croyait pas ses oreilles. La mère de Jonathan avait joué les entremetteuses !

— Mon fils était tellement solitaire durant toutes ces années. Il a besoin d'une gentille femme à ses côtés.

— Les choses ne se sont pas tout à fait passées comme vous l'espériez. Nous ne sommes plus ensemble.

— Pas encore.

Elle lui sourit, et Natalie se demanda quelle autre surprise Mme Lattimore lui réservait. Apparemment aucune, puisqu'elle commença à parler de ses prochains objectifs pour son empire culinaire. Puis elles discutèrent de stratégies marketing.

Une heure plus tard, Natalie était tellement absorbée par leur conversation qu'elle n'entendit pas la porte d'entrée s'ouvrir. Quelle ne fut pas sa surprise en découvrant la haute silhouette de Jonathan sur le seuil du salon. Il était terriblement séduisant dans son costume bleu marine sur mesure, complété par une cravate en soie grise. Natalie ne se souvenait pas de l'avoir déjà vu en tenue d'homme d'affaires. Elle lui allait à ravir et mettait en valeur son corps sculptural, songea-t-elle, toute chavirée.

— Natalie ? Que fais-tu ici ?

— Jonathan Lattimore ! Est-ce une façon d'accueillir une invitée dans notre maison ? l'interpella vertement Barbara.

Jonathan baissa la tête, penaud.

— Désolée, maman. J'ai été surpris.

— *J*'ai invité Natalie pour que nous discutions de mon projet de diversification de mes activités. Après tout, c'est bien toi qui m'as recommandé son agence.

À ces mots, Jonathan riva son regard dans celui de

Natalie, guettant sa réaction. Mais elle n'en avait aucune, trop déconcertée par les révélations successives de Barbara.

— Bon. Il faut que je parte.

Natalie se leva et rassembla ses papiers qu'elle fourra dans son porte-documents.

— J'ai été ravie de vous rencontrer, Barbara. J'espère vous avoir convaincue qu'H & W Marketing est l'agence la mieux à même de vous aider à mener à bien votre projet.

— Vous m'avez si bien convaincue que vous êtes engagée, répondit Barbara en lui serrant la main.

— Oh ! merci !

Quelle divine surprise ! Natalie était aux anges.

Barbara lui sourit.

— Envoyez-moi le contrat. Je le transmettrai à mon avocat pour qu'il l'étudie.

— Oui, madame !

— Jonathan, sois gentil et raccompagne Natalie. Je dois préparer le dîner.

— Bien sûr, avec plaisir, répondit-il.

Quand Barbara eut quitté la pièce, Natalie ne sut pas quoi faire. Elle avait envie de suivre le conseil de Chelsea et d'expliquer à Jonathan ce qu'elle attendait de lui, mais elle se trouvait chez ses parents, et le moment était mal choisi.

Alors qu'elle récupérait son porte-documents, Jonathan s'avança dans la pièce et le lui prit des mains.

— Laisse-moi le porter.

— Hum. Merci.

Elle le suivit dehors, jusqu'à sa Lexus. Il s'arrêta devant la portière du conducteur qu'elle déverrouilla à distance, mais il ne s'écarta pas.

Alors qu'elle levait la tête vers lui, perplexe, elle croisa son regard de loup affamé, et une onde de chaleur la submergea. Elle reconnaissait cette lueur : le désir. Il avait très envie qu'elle revienne dans son lit. Mais ensuite, que se passerait-il ? Elle n'était pas disposée à tout donner d'elle-même sans rien recevoir en retour.

— Ne pars pas, murmura Jonathan.

Natalie secoua la tête.

— Je te sais gré d'avoir recommandé mon agence auprès de ta mère, mais si tu attends de moi quelque chose en retour…

— Bien sûr que non ! s'exclama-t-il, outré. Ça ne me viendrait jamais à l'esprit. Je veux simplement te parler.

Il marqua une pause avant d'ajouter :

— Tu me manques.

Ces mots eurent raison de ses bonnes résolutions.

Jonathan n'avait pas eu l'intention de faire cet aveu à voix haute, de dévoiler ses états d'âme à Natalie, mais maintenant que les mots étaient sortis de sa bouche, il les assumerait. Parce qu'ils étaient sincères. Voir Natalie assise dans le salon de sa mère avait fait remonter tous ces sentiments à la surface, et cela d'autant plus facilement qu'elle portait une ravissante robe courte dévoilant ses jambes galbées, dont le décolleté en V lui procurait une vue plongeante sur les rondeurs de sa poitrine. Elle était splendide, et le feu du désir qui crépitait toujours entre eux attendait l'occasion de se transformer en brasier. Mais il devait faire attention de ne pas la blesser. Elle ne lui pardonnerait pas un troisième impair.

— Pouvons-nous parler ? demanda-t-il.

— Où ?

Elle jeta un coup d'œil vers la demeure de ses parents.

Il secoua la tête.

— Pas ici. J'habite un peu plus loin. Veux-tu venir avec moi ?

— Oui, dit-elle sans hésitation.

Soulagé et heureux, il lui ouvrit sa portière et lui tendit son porte-documents.

— Je te précède avec ma Bentley.

En rejoignant sa voiture, il aperçut sa mère qui les observait derrière la fenêtre, mais il s'en moquait. S'installant au volant, il mit le moteur en marche et démarra, suivi par Natalie.

Sa maison de style ranch, comportant quatre chambres, était située à plusieurs kilomètres de celle de ses parents. Ils lui avaient offert la parcelle de terrain pour son vingt-cinquième anniversaire. À l'époque, Jonathan avait songé à fonder une famille. Il avait même engagé un architecte pour dessiner les plans de la demeure de ses rêves, celle que lui et son ex-femme étaient censés partager, mais lors du premier coup de pelle, leur mariage était déjà terminé.

C'était la première fois qu'il amenait une femme dans son domaine privé. D'habitude, quand il sortait avec une compagne occasionnelle, ils allaient chez elle, et une fois leurs désirs mutuels assouvis, il rentrait chez lui *seul*. Il ne passait jamais la nuit chez une de ses compagnes parce qu'il avait besoin de se retrouver dans sa propre chambre au petit matin. Mais avec Natalie, il n'avait pas voulu qu'ils fassent chambre à part. Sa venue chez lui constituait un changement colossal dans ses habitudes, mais cela lui semblait juste.

Depuis la fin de leur idylle à Galveston, il se sentait terriblement frustré ; il avait du mal à se concentrer sur son travail et il espérait que leurs retrouvailles l'aideraient à retrouver tout son bon sens.

Quand il mit pied à terre, Natalie sortait à son tour et examinait sa maison avec curiosité.

— Elle est splendide, déclara-t-elle.

— Merci.

Il se dirigea vers la double porte d'entrée en bois. Il n'eut pas à la déverrouiller car sa gouvernante l'ouvrit à son approche.

— Merci, Josie. Natalie, je te présente Josie, ma gouvernante. Cela fait des années qu'elle travaille pour notre famille.

— Je suis enchantée de faire votre connaissance, Josie.

— Tout le plaisir est pour moi, madame. Jonathan, je m'apprêtais à aller chez vos parents, dit-elle, prenant son sac sur la console. Je vous ai laissé des steaks et des asperges à faire griller. Les pommes de terre sont dans le four.

— Parfait.

Après le départ de Josie, il se tourna vers Natalie. Elle regardait autour d'elle, admirative. Il vit qu'elle jetait un coup d'œil au piano dans le vestibule. Il l'invita à passer au salon doté d'une imposante cheminée en pierre. À côté, se trouvait la cuisine qui donnait sur une grande terrasse couverte.

— Ta maison est vraiment extraordinaire !

Un sourire éclairait son beau visage. Il brûlait d'envie de se rapprocher d'elle pour sentir sa chaleur contre sa peau.

— Qui a dessiné cet endroit ?

— Tu penses que j'en suis incapable ? demanda-t-il, amusé.

Il ôta sa veste de costume et la posa sur le canapé en cuir.

— C'est toi ?

Il rit.

— En quelque sorte. J'ai engagé un architecte pour la dessiner selon mes idées, un entrepreneur pour la construire, et ma mère m'a aidé à engager un décorateur d'intérieur.

— Elle a fait le bon choix.

Puis l'expression de Natalie s'assombrit.

— Au fait, de quoi veux-tu me parler ?

Jonathan posa son Stetson sur la console. Quand il s'avança vers Natalie, elle *recula* de plusieurs pas.

— Qu'est-ce qui ne va pas ? demanda-t-il, déconcerté.

— Si j'ai accepté de venir ici, c'est parce que nous avons besoin de parler. *J'ai* besoin de te parler.

Jonathan demeura où il était.

— Très bien. Je t'écoute.

Elle hésita quelques secondes, et il devina que, quoi qu'elle ait à dire, ce ne devait pas être facile.

— J'ai toujours eu le béguin pour toi, Jonathan.

— Natalie…

Elle leva la main pour l'arrêter.

— S'il te plaît, laisse-moi terminer. J'ai besoin de dire ce que j'ai sur le cœur.

Il fit un signe d'acquiescement.

— C'était un engouement d'adolescente. Je te considérais comme mon héros parce que tu m'avais sauvée des griffes de petits durs. Mais je n'éprouve plus ce sentiment.

Sans trop savoir pourquoi, sa dernière phrase lui causa un choc, et il sentit son estomac se nouer douloureusement.

— Je veux dire par là que cet engouement a cédé la place à d'autres sentiments, ceux qu'une femme éprouve pour un homme, poursuivit Natalie. Des sentiments qui se sont renforcés quand nous sommes devenus amants à Galveston. Et j'ai envie de savoir comment les choses évolueraient entre nous si nous poursuivions notre relation au-delà de la chambre à coucher.

Jonathan était abasourdi. Cette conversation ne se passait pas du tout comme il l'avait prévu. D'habitude, il maîtrisait la plupart des situations, mais pas avec Natalie. Lui aussi avait des sentiments pour elle, mais ils étaient si confus qu'il n'arrivait pas à les interpréter correctement. Il savait aussi que s'il la laissait partir sans avoir au moins essayé de la retenir, il le regretterait.

— J'ai envie de passer plus de temps avec toi, Natalie.

— Vraiment ?

— Oui.

S'approchant d'elle, il glissa ses doigts dans ses tresses et l'attira contre lui.

Comme hypnotisée, Natalie était incapable de détourner son regard de celui de Jonathan. Des souvenirs de l'incroyable semaine qu'ils avaient passée ensemble affluèrent à sa mémoire. Oh ! Seigneur, elle ne pouvait pas fuir maintenant, et elle n'était pas sûre d'en avoir envie. Il dut lire dans ses pensées car ses doigts se resserrèrent sur sa nuque, l'empêchant de s'échapper.

— Ose me dire que tu n'as pas envie que je t'embrasse.

Elle désirait Jonathan de tout son être, mais il ne lui proposait pas de s'engager dans une relation durable. Il voulait passer du temps avec elle *au lit*. Elle aimerait être suffisamment courageuse pour lui dire qu'elle rêvait de mariage et d'enfants, mais elle n'y parvenait pas. Elle ne voulait pas risquer de le perdre. Elle resterait donc avec lui, même s'il ne lui offrait pas de réaliser son rêve. Quand Jonathan inclina la tête et effleura ses lèvres, elle le laissa faire. C'était un baiser d'une exquise douceur, et elle ne s'y attendait pas. Elle pensait qu'il se montrerait affamé et vorace, mais il poursuivit ses effleurements sensuels. C'était si bon qu'elle gémit de plaisir et entrouvrit ses lèvres, permettant à Jonathan d'approfondir son baiser. Il explora langoureusement sa bouche, et elle ne put s'empêcher de lui rendre son baiser, grisée par le contact de son corps chaud et viril contre le sien.

Comme animées d'une vie propre, les hanches de Natalie se plaquèrent contre le ventre de Jonathan et se frottèrent contre lui. À en juger par son érection, il était consumé de désir et n'allait pas tarder à la prendre sur le canapé. Ayant besoin de réfléchir, elle le repoussa, et à son grand soulagement, il ne la retint pas.

— Est-ce pour cette raison que tu m'as amenée ici ? demanda-t-elle. Pour le sexe ?

— Nous nous entendons merveilleusement bien au lit, répondit Jonathan. À quoi bon ignorer l'évidence ?

Certes, il avait un pouvoir inégalé sur ses sens, mais elle n'avait pas l'intention de lui faciliter les choses, pas après qu'il l'eut tenue à distance, la semaine dernière.

— Je te le redemande, qu'attends-tu de moi ?

— Je te veux dans mon lit, Natalie, pour le temps que cela durera, mais j'aimerais que ça reste entre nous.

Natalie hocha la tête.

— Je vois. Tu veux que nous soyons des amis-amants.

— Pas toi ?

Elle s'apprêtait à répondre, mais il l'interrompit.

— Avant que tu refuses, je veux que tu saches que je n'essaie pas de faire de toi ma maîtresse cachée. Mais après tes confidences en direct, toute la ville a jasé sur notre compte, et je n'ai pas envie que cela se reproduise. Ne pouvons-nous pas tout simplement voir où cette relation nous mènera sans la classer dans telle ou telle catégorie ? Nous avons essayé de le faire à Galveston, et manifestement, cela n'a pas fonctionné puisque nous sommes tous les deux malheureux. Jouons cartes sur table. Je t'apprécie, et tu m'apprécies.

— En es-tu sûr ? demanda-t-elle, sceptique.

Il eut un large sourire.

— Oh ! oui.

Selon lui, l'affaire était réglée, mais elle ne l'entendait pas ainsi.

— Tu penses que je suis une femme facile.

— Sûrement pas ! s'écria-t-il, se rapprochant d'elle. Mais tu préfères te cacher derrière ta colère plutôt que d'admettre que tu veux être avec moi.

Il avait raison, et elle détestait cela.

Les mains de Jonathan encadrèrent son visage, et il l'embrassa à nouveau, sa langue chaude et exigeante pillant sa bouche sans vergogne. Il ne se lassait pas de l'embrasser, et il en était de même pour elle. Elle *brûlait d'envie* d'être avec lui, et quand il immisça une cuisse entre ses jambes afin de plaquer son érection contre elle, *juste au bon endroit*, ce fut si bon qu'elle commença à onduler frénétiquement contre lui pour assouvir le désir qui la consumait. Ses mamelons s'étaient durcis sous sa robe et se languissaient d'être cajolés par la bouche de Jonathan. Elle exhala un soupir extasié quand il en suça un à travers le tissu.

— J'ai envie de toi, dit-il d'une voix rauque, titillant le bourgeon saillant.

Ses mains saisirent l'ourlet de sa robe et la relevèrent suffisamment haut pour lui permettre d'abaisser sa culotte. Puis il glissa un doigt entre ses replis moites. Elle s'agrippa à sa main, sans trop savoir si c'était pour l'arrêter ou l'encourager à aller plus vite. Car sa faim pour cet homme devenait incontrôlable. Le pouce de Jonathan titillait son point le plus sensible tandis que ses autres doigts allaient et venaient en elle.

Natalie exhala un râle de plaisir que la bouche de Jonathan captura. Tandis que ses doigts continuaient leurs assauts érotiques, s'enfonçant plus profondément en elle, elle s'arc-bouta contre sa main.

— Oh ! oui ! cria-t-elle, tremblant de tous ses membres à l'approche du plaisir.

— C'est bien, murmura Jonathan. Laisse-toi aller.

Natalie n'eut pas d'autre choix que de lui obéir, surtout quand sa bouche captura la sienne pour un baiser torride qui la précipita dans un océan de sensations exquises. La tête rejetée en arrière, elle laissa échapper un cri de pur ravissement. Jonathan la maintint contre lui jusqu'à ce que ses tremblements s'apaisent. Alors seulement, il rajusta sa culotte et la libéra.

— Accorde-moi un instant.

Bouleversée, Natalie s'écarta de lui et se précipita en direction de ce qu'elle espérait être la salle de bains. Elle la trouva à l'extrémité du couloir et s'enferma à clé à l'intérieur. Agrippée au rebord de l'évier, elle ferma les yeux. Elle avait joui sur la cuisse de Jonathan, au milieu de son salon, comme une ado à la libido exacerbée ! Qu'est-ce qui clochait chez elle ? Elle semblait dénuée de toute pudeur s'agissant de Jonathan. Il était capable de tout lui faire faire et de lui procurer toute une gamme d'émotions et de sentiments.

Son béguin d'adolescente s'était métamorphosé en des sentiments plus profonds pour cet homme drôle et séduisant qu'elle avait appris à connaître à Galveston. Bien sûr, elle le désirait, mais elle voulait aussi avoir un avenir avec lui. Or, à aucun moment il ne lui avait laissé entrevoir que l'alchimie si puissante entre eux aboutirait à un engagement. Elle en serait quitte pour renoncer à ses rêves de mariage et d'enfants. Mais l'alternative, renoncer à lui, lui paraissait inconcevable.

Elle entendit un coup léger à la porte.

— Natalie ?

Elle redoutait d'avoir le cœur brisé.

— Natalie, je t'en prie, ouvre-moi.

— Va-t'en !

Il rit.

— Je ne peux pas. Je suis chez moi.

Elle exhala un soupir de frustration. Elle devait l'affronter si elle voulait partir d'ici et retrouver la sécurité de sa voiture. Lentement, elle se redressa et se contempla dans le miroir. Ses yeux luisaient de passion. Une passion que l'homme de l'autre côté de la porte suscitait en elle.

— Natalie ! appela-t-il à nouveau.

Cette fois, elle ouvrit la porte.

Il poussa un soupir de soulagement, et à sa grande surprise, lui ouvrit les bras. Elle s'y précipita sans hésiter. Il inclina la tête et appuya sa joue contre sa tempe.

— Je t'en prie, ne sois pas gênée par ce que nous partageons. Nous prenons du plaisir ensemble. Il n'y a pas de honte à cela.

Il lui releva le menton pour qu'elle croise son regard.

— D'accord ?

Elle fit un signe d'assentiment. Jonathan pensait que son trouble provenait de l'expérience sexuelle qu'elle venait de vivre, mais en réalité, elle s'inquiétait davantage de savoir où cette relation les mènerait. Comme Jonathan refusait de la classer dans une catégorie quelconque, ils avaient seulement convenu de se voir, autrement dit de coucher ensemble, mais pourrait-elle obtenir davantage de lui ? Ou était-elle en train de se fourvoyer dans une liaison purement sexuelle avec lui ? Quand trouverait-elle enfin le courage d'exiger ce qu'elle voulait ? Elle n'en savait rien. Elle savait seulement qu'elle redoutait par-dessus tout de laisser passer l'occasion qu'elle et Jonathan deviennent plus que de simples amants.

- 12 -

— Que faisons-nous, maintenant ? demanda Natalie, levant vers lui ses beaux yeux marron foncé.

Son sourire était hésitant, mais tellement sexy. Jonathan brûlait d'envie de l'emmener dans sa chambre et de lui faire l'amour toute la nuit, mais il était encore tôt. Son estomac gronda, lui rappelant qu'il n'avait rien mangé depuis midi.

— Que dirais-tu de dîner ? demanda-t-il. Josie a laissé des steaks pour que je les fasse griller.

Elle haussa un sourcil sceptique.

— Tu vas cuisiner pour moi ?

Il rit.

— Je ne suis pas un cordon-bleu, mais je suis capable de préparer des plats simples, notamment un excellent steak.

— Alors, va pour le dîner.

Il sourit, soulagé, et pénétra dans sa cuisine spacieuse. Il ouvrit l'imposant réfrigérateur Sub-Zero et en retira deux entrecôtes persillées à souhait que Josie avait assaisonnées. Pendant qu'il allumait le gril, il remarqua du coin de l'œil que Natalie posait son sac sur le comptoir en granit et installait son sublime derrière sur un des tabourets de bar avec dossier entourant le grand îlot.

— Veux-tu boire quelque chose ? Je crains de n'avoir à t'offrir que du Perrier et de la bière.

— Je prendrai une bière, merci.

Il sourit, heureux qu'elle ne soit pas trop prétentieuse pour boire une bière avec lui. Il sortit deux Heineken du réfrigérateur, les décapsula et lui en tendit une. Il la regarda boire une généreuse gorgée au goulot. La façon dont ses lèvres pulpeuses s'incurvaient autour du bord lui fit penser à toutes ces choses délectables qu'elle faisait avec sa bouche.

S'efforçant de se ressaisir, il but une gorgée et s'attela à la préparation du dîner.

— Alors, quel effet cela te fait-il d'avoir décroché le contrat avec ma mère ? demanda-t-il.

— Je suis très excitée. Ce sera l'impulsion dont nous avons besoin pour nous imposer sur le marché local. Et je t'en remercie.

— C'est inutile. Je t'ai effectivement recommandée, mais ma mère est une femme d'affaires. Elle a pris des renseignements sur ton agence, et si elle l'a choisie, c'est parce qu'elle estime qu'elle l'aidera à promouvoir sa marque.

Natalie lui adressa un grand sourire.

— Il n'empêche que je te suis reconnaissante. Tu n'étais pas obligé de lui glisser un mot en ma faveur alors que tu n'avais aucune idée de ce qui se passerait par la suite entre nous.

— Je ne l'ai pas fait en guise de contrepartie, encore moins dans l'espoir de te ramener dans mon lit, assura-t-il. Quand nous étions à Galveston, tu parlais de ton travail en termes si enthousiastes que j'en ai été impressionné.

— J'ai du mal à te comprendre, Jonathan, déclara Natalie, soudain sérieuse. D'un côté, tu te montres distant avec moi, tu ne te donnes pas la peine de m'appeler ou de m'envoyer un texto. De l'autre côté, tu me recommandes à ta mère.

— Je ne suis pas si compliqué, assura-t-il en surveillant les pommes de terre cuisant dans le four. Si je ne t'ai pas contactée, c'est parce que j'essayais de respecter notre accord. Tu n'imagines pas à quel point ce fut difficile pour moi de rester loin de toi. Quand je t'ai vue chez Priceless, j'ai compris que ce que nous avions partagé à Galveston ne me suffirait pas. Je voulais davantage, mais j'avais déjà tout gâché, et tu étais furieuse contre moi.

Natalie but une autre gorgée, l'air pensive.

— C'est vrai. J'étais blessée et déroutée par ton silence.

Jonathan délaissa ce qu'il faisait et s'avança vers Natalie. Elle ne le repoussa pas quand il s'immisça entre ses jambes et qu'il enserra ses joues dans ses mains pour la forcer à le regarder dans les yeux.

— Je suis désolé.

Il ne s'excusait pas souvent, mais cette fois, il devait le faire. S'il s'était abstenu de la contacter, c'était aussi parce que ce silence l'aidait à la considérer comme une partenaire occasionnelle. Il tenait les femmes à distance et se gardait de les inviter chez lui, dans son refuge personnel, parce qu'il ne voulait plus jamais être malheureux à cause de l'une d'elles. Après l'échec de son mariage, il avait été désespéré. Brisé. Se sentant indigne d'être aimé. Mais Natalie était différente. Il n'avait jamais désiré une autre femme avec autant d'intensité.

Son envie de poursuivre leur relation était une complication qu'il n'avait pas prévue. Bien sûr, il ne regrettait pas sa décision, mais il devrait se montrer prudent. Natalie n'était pas le genre de femme à multiplier les aventures.

Elle esquissa un sourire.

— Merci. J'avais besoin d'entendre tes excuses.

Il lui caressa tendrement la joue.

— Suis-je pardonné ?

Elle fit un signe d'assentiment.

— Merci. Je vais finir de préparer le dîner.

S'écartant d'elle à contrecœur, il sortit les asperges du réfrigérateur.

Alors que les steaks commençaient à grésiller sur le gril, il ouvrit les doubles portes vitrées pour montrer à Natalie la terrasse couverte et dallée donnant sur un bois et un vallon.

Cette terrasse était son endroit préféré. Dotée d'un minibar, d'une télévision et d'une chaîne hi-fi, elle faisait face à une piscine à débordement. À côté, se trouvait un salon de jardin avec un bar en pierre et un brasero. À l'automne, il aimait s'asseoir près du brasero avec son frère ou quelques ouvriers agricoles. Aurait-il l'occasion de savourer de tels instants de détente avec Natalie ?

Il était temps pour lui d'ôter les steaks du gril et de mettre les asperges à la place, aussi retournèrent-ils à l'intérieur.

— Je suis impressionnée par ta maison, remarqua Natalie.

— J'en ai dessiné les plans il y a longtemps…

Il laissa sa phrase en suspens.

— Quand tu étais marié ?

Hochant la tête, il commença à mettre le couvert.

— Oui. Quand je croyais au bonheur pour toujours.

— Et tu n'y crois plus ?

— Non, répondit-il d'un ton catégorique.

Le sourire de Natalie s'effaça. Mais il devait faire preuve d'honnêteté ; il ne voulait pas qu'elle s'imagine que ce qui se passait entre eux mènerait à une relation plus sérieuse. Il lui avait dit qu'il essaierait, mais sans garantir quoi que ce soit.

— Je ne me remarierai jamais.

— Je le regrette. Tu risques de passer à côté de quelque chose de merveilleux.

— Tu dis ça parce que tu te fais une idée romantique du mariage. Mais tout n'est pas rose dans la vie d'un couple.

Il avait appris à ses dépens que le mariage n'était pas pour lui. Être marié exigeait de consacrer du temps et de l'attention à la personne vivant à vos côtés, et il avait failli dans son rôle d'époux faute d'avoir su exprimer ses émotions et ses sentiments. Son père et son grand-père étaient des hommes coriaces qui ne se plaignaient jamais et travaillaient dur. Jonathan était fait du même bois, et ne savait pas comment changer sa nature profonde. Natalie avait beau être une femme merveilleuse, il n'avait aucune intention de refaire la même erreur. Un engagement sur du long terme était exclu.

Les propos de Jonathan firent l'effet d'une douche froide à Natalie. Elle finit sa bière et s'efforça de dissimuler sa déception à l'idée qu'il ne se remarierait *jamais*. Si elle continuait dans cette voie avec lui, elle ne pourrait pas s'en contenter longtemps. Bien sûr, ils s'entendaient bien au lit, mais cette situation allait à l'encontre de ses objectifs à long terme. Elle avait envie de fonder une famille. Or, Jonathan ne voulait pas en entendre parler.

Pourtant, elle n'arrivait pas à puiser en elle le courage de partir et de rompre avec cet homme qui la faisait fantasmer depuis qu'elle était adolescente.

— Le dîner est prêt.

L'annonce de Jonathan l'arracha à ses pensées.

Elle lui sourit et le rejoignit dans le coin repas aménagé entre le salon et la cuisine. Il l'aida à s'asseoir, et sa prévenance fit courir un délicieux frisson dans tout son corps. Se ressaisissant, elle se concentra sur le contenu appétissant de son assiette. Elle mangea un morceau de viande fondant à souhait et poussa un soupir extasié.

— Mmm. Ce steak est succulent !

Jonathan se rengorgea.

— Merci. La cuisson d'un steak sur un gril fait partie des choses indispensables qu'on apprend à toute personne travaillant dans un ranch.

— Je préfère laisser l'usage du gril à mon grand-père, répondit Natalie.

— As-tu des nouvelles de ta mère ?

Déconcertée par cette question qui semblait sortie de nulle part, elle posa ses couverts sur son assiette.

Elle devait avoir la mine sombre car Jonathan s'empressa de s'excuser.

— Je suis désolé. Tu n'es pas obligée de répondre à ma question. Je me suis montré trop curieux.

Natalie se ressaisit. Elle savait qu'il ne pensait pas à mal, mais c'était un sujet épineux qu'elle abordait rarement.

— Après m'avoir laissée chez mes grands-parents, elle ne nous a plus donné de nouvelles pendant six ou sept ans. Puis, elle est revenue pour nous annoncer qu'elle était prête à reprendre son rôle de mère.

Natalie récupéra ses couverts et se remit à manger.

— Et ?

— Entre-temps, mes grands-parents étaient devenus mes tuteurs légaux et avaient entamé une procédure d'adoption. En l'apprenant, ma mère s'est mise en colère et m'a obligée à choisir entre elle et mes grands-parents, les seules personnes stables que j'aie jamais connues.

— Et tu as choisi tes grands-parents ?

— Oui. Ma mère m'en a voulu. Nous ne nous sommes pas parlé pendant des années. Puis, quand j'ai eu dix-huit ans, elle est revenue me voir pour me demander pardon et pour que nous essayions de nouer une relation. Mais c'était trop tard.

— Quels sont vos rapports, maintenant ?

— Elle m'envoie une carte pour mon anniversaire et pour Noël. Mais nous ne sommes pas proches, si c'est ce que tu veux savoir.

Jonathan posa sa main sur la sienne et la pressa.

— Cela a dû être difficile pour toi.

— Oui. Enfant, j'ai eu du mal à accepter cette situation. Mais maintenant, je me suis fait une raison.

— Je te remercie de m'avoir permis de mieux te connaître.

Natalie croisa le regard de Jonathan, et sa bouche s'assécha quand elle y discerna une lueur étrange, qui n'était ni de la pitié ni de la compassion. Son cœur se mit à battre plus vite. Être assise avec Jonathan, dans sa maison, lui semblait naturel, comme s'ils étaient un couple. Elle s'efforça de se rappeler que cette attirance pouvait la consumer, mais ce fut peine perdue, et elle se perdit dans la profondeur de ses yeux couleur caramel.

Son corps était en feu. Elle le savait, c'était de la folie de continuer dans cette voie avec Jonathan alors qu'il refusait tout engagement. Elle risquait de souffrir mille morts. Mais c'était plus fort qu'elle.

— Je vais débarrasser la table, suggéra-t-elle en se levant.

— Non. Laisse.

Déroutée par la brusquerie de son ton, elle allait se rasseoir quand Jonathan repoussa sa chaise et s'avança vers elle.

Arrivé à sa hauteur, il traça délicatement le contour de sa bouche à l'aide de son index. Une fois. Puis, une autre. La deuxième fois, elle ne put résister à l'envie de lécher son doigt. Surpris, Jonathan haleta.

Puis il l'embrassa avec une exquise douceur. Elle se perdit dans ce baiser, savourant chaque partie de Jonathan qu'elle pouvait toucher avec ses lèvres et sa langue. Il émit un grognement sourd et la souleva de terre. Les jambes de Natalie s'enroulèrent d'elles-mêmes autour de la taille de Jonathan tandis qu'il l'emportait le long du couloir.

Quelques secondes plus tard, il l'allongeait sur un lit immense.

— Es-tu d'accord pour que nous fassions l'amour ? demanda-t-il. Acceptes-tu ce que je suis en mesure de t'offrir ?

Il lui laissait le choix de partir et de mettre un terme à leur relation, mais elle ne s'en sentait pas capable. Alors, elle l'attira vers elle, et leurs bouches fusionnèrent. Elle gémit quand les mains de Jonathan explorèrent son corps et défirent sa ceinture. Il l'aida à se relever, le temps de lui ôter sa robe et de dégrafer son soutien-gorge, libérant ses seins gonflés qui se languissaient de ses caresses.

Elle ronronna de plaisir quand il aspira un téton durci dans sa bouche chaude. Une petite flamme s'alluma au creux de son ventre quand il remonta langoureusement ses mains le long de ses jambes jusqu'à sa culotte. Puis il la lui retira, et elle se retrouva entièrement nue, chaude et prête pour lui.

— La vue de ton corps splendide m'a manqué, murmura-t-il d'une voix rauque.

— Moi aussi, j'ai envie de te voir nu.

Elle voulut déboutonner sa chemise, mais il la repoussa.

— Plus tard, dit-il en se reculant. J'ai attendu trop longtemps. J'ai besoin de goûter ta saveur.

Elle sentit ses mains chaudes sur ses cuisses tandis qu'il traçait un chemin de baisers sur sa peau frissonnante. À peine avait-elle écarté les jambes pour lui faire de la place qu'il léchait avidement son intimité et la maintenait contre sa bouche dans la position la plus érotique qui soit. Des gémissements de pur plaisir s'échappaient de ses lèvres tandis que la langue de Jonathan lui prodiguait des caresses grisantes, s'appliquant à la rendre folle de désir.

— Jonathan, *s'il te plaît*… J'ai besoin de toi.

Il s'écarta et se redressa au-dessus d'elle. Frissonnant d'anticipation à la vue de son érection qui tendait son pantalon, elle s'attaqua aussitôt à sa chemise. Une fois déboutonnée, il l'ôta et permit à Natalie de promener ses mains sur la chaleur moite de son torse. Puis, elle défit sa ceinture, abaissa la fermeture Éclair de son pantalon et le fit glisser sur ses hanches minces.

Elle le voulait *maintenant*.

Il se leva, le temps d'enfiler un préservatif, puis revint vers elle et lui agrippa fermement les hanches. En voyant son regard brûlant de passion, elle en eut le souffle coupé.

Elle allait mourir s'il la faisait encore languir ! Puis il la pénétra d'un puissant coup de reins.

Enfin ! Elle l'enserra étroitement dans ses bras et écarta les jambes pour qu'il la remplisse complètement.

— Natalie ! s'écria-t-il d'une voix rauque de désir, commençant à se mouvoir avec fougue en elle.

— Oh ! oui ! cria-t-elle, extatique, ondulant sous lui.

C'était si bon ! Et quand il s'enfonça plus profondément en elle tout en accélérant la cadence, elle se haussa à sa rencontre pour mieux accueillir ses coups de reins puissants. Avide de le toucher, elle agrippa ses fesses fermes.

— Oh ! oui !

Elle n'avait aucune envie qu'il s'arrête. Elle se sentait totalement libre entre ses bras. Mais bientôt, elle sentit monter en elle la spirale du plaisir. Puis l'extase la balaya avec une intensité inouïe.

Jonathan poursuivit ses assauts frénétiques, son regard où brillait une lueur sauvage rivé sur elle. Sa peau luisait tandis qu'il s'efforçait de lutter contre le raz-de-marée qui menaçait de l'engloutir. Puis il finit par lâcher prise. Un grognement guttural s'échappa de ses lèvres, et il se laissa porter par la vague de la jouissance. Natalie l'enserra dans ses bras, savourant les répliques du plaisir qui parcouraient leurs deux corps à l'unisson.

Elle était tellement heureuse d'être avec Jonathan, dans sa maison. Elle s'y sentait à sa place.

- 13 -

— Regardez qui voilà ! s'exclama Jayden quand Jonathan vint le rejoindre ainsi que quelques employés pour boire un verre, en ce vendredi soir.

La journée avait été longue. Plusieurs taureaux s'étaient égarés sur le domaine des Grandin, et ils avaient dû chevaucher pendant des heures afin de les ramener sur les terres des Lattimore. Pour remercier ses équipiers, Jonathan les avait invités à boire une bière dans un bar en ville.

— Qu'est-ce que tu sous-entends ? demanda Jonathan.

— Cette semaine, chaque fois que quelqu'un suggérait une sortie après le travail, tu avais toujours d'autres projets. Or, tu es célibataire, comme moi.

Jayden baissa la voix avant d'ajouter :

— Ou peut-être pas.

Puis il attira Jonathan à l'écart du groupe pour qu'ils puissent parler en privé.

— As-tu revu Natalie Hastings ?

Jonathan jeta un regard inquiet alentour.

— Parle plus bas, Jayden. Je n'ai pas envie que quelqu'un entende tes suppositions.

— Ce ne sont pas des suppositions si c'est la vérité. Et ton refus de répondre est révélateur.

Jonathan poussa un soupir résigné.

— Très bien. J'admets l'avoir revue.

— Tu as renoué avec elle ?

— En quelque sorte.

Jayden fronça les sourcils.

— Es-tu conscient de ce que tu fais, Jonathan ? Natalie n'est pas le genre de femme qu'on traite à la légère.

— Je sais.

Il y pensait tout le temps. Il ne voulait pas la blesser.

— Je lui ai expliqué quelle était ma position sur les engagements et le mariage. Ainsi, elle ne se méprend pas sur mon compte.

— En es-tu sûr ? insista Jayden. Parfois, les femmes pensent qu'elles peuvent nous changer.

— Natalie n'est pas comme ça.

— Tu lui fais donc confiance ?

Jonathan prit le temps de réfléchir avant de répondre. Natalie était sincère et honnête, contrairement à Anne, manipulatrice et déloyale.

— Oui.

— C'est une bonne chose dans la mesure où cela fait longtemps que tu n'as pas fait confiance à une femme. Peut-être devrais-tu te demander si votre relation actuelle te suffit.

— Ne tire pas des conclusions hâtives. Il est hors de question que je me remarie.

— Si tu le dis. Mais je pense que tu protestes un peu trop.

Sur la route du retour, Jonathan se demanda si Jayden avait raison. Donnait-il de faux espoirs à Natalie ? Ce n'était pas son intention. Il lui avait clairement expliqué ce qu'il était en mesure de lui offrir, et il ne lui avait certainement pas promis le mariage. Mais peut-être devrait-il mettre un terme à leur relation pour permettre à Natalie de rencontrer un homme bien, capable de lui offrir tout ce dont elle rêvait.

Quelle pensée déprimante ! Il était bel et bien face à un dilemme. Renoncer à Natalie ou laisser la flamme de la passion les consumer. Quand la sonnerie de son téléphone retentit et qu'il vit le nom de Natalie s'afficher sur l'écran, il sut qu'il choisirait la seconde option.

Natalie n'en revenait pas d'avoir renoué avec Jonathan ! Depuis le jour où elle s'était rendue au ranch des Lattimore pour rencontrer sa mère, ils s'étaient revus presque quotidiennement.

Personne n'était au courant de leur relation. Jonathan préférait qu'il en soit ainsi, et elle l'avait accepté. Ils avaient pris l'habitude de se retrouver soit au cottage de Natalie situé en ville, soit de passer le week-end au ranch de Jonathan. Ils cuisinaient, regardaient la télévision, ou elle écoutait Jonathan jouer du piano. Puis elle retournait chez elle de bonne heure le lundi matin pour changer de vêtements et se préparer pour sa semaine de travail.

Elle était de plus en plus attirée par cet éleveur si séduisant, et bien qu'ils se comportent comme un couple, elle savait qu'il ne voulait pas faire évoluer leur relation vers un engagement durable. Quant à la passion explosive qu'ils partageaient, elle n'avait pas diminué. Au contraire, elle se renforçait avec le temps. Pourquoi Jonathan refusait-il de voir quelle vie merveilleuse serait la leur si seulement il acceptait d'envisager l'idée du mariage ?

Cette pensée assombrissait d'autant plus son humeur qu'elle était en route pour rejoindre Chelsea dans la boutique de robes de mariée de Natalie Valentine. Son amie se mariait dans quelques mois et voulait se faire une idée de la robe qui lui conviendrait le mieux avant de soumettre son choix à sa mère et à ses sœurs.

Et maintenant, Natalie s'apprêtait à jouer les conseillères.

Quand elle pénétra dans la boutique, Chelsea discutait avec l'une des vendeuses. Natalie examina avec curiosité la salle brillamment éclairée, remplie de portants chargés de robes blanches, ivoire ou rouges, de toutes les tailles et de tous les styles. Des chaises élégantes à hauts dossiers et des bancs étaient disséminés dans la boutique pour le confort des clientes. Natalie avait toujours rêvé de se marier un jour. Quel dommage que l'homme de ses rêves ne veuille pas en entendre parler !

— Chelsea !

Natalie afficha son plus beau sourire car elle était sincèrement heureuse pour son amie.

— Natalie ! Je suis si contente que tu sois venue, déclara Chelsea, se précipitant vers elle et lui donnant l'accolade.

Elle était splendide, bien que classique, dans sa robe droite et ses bottes de cow-girl.

— Moi aussi. J'ai hâte de te voir dans ces tenues magnifiques.

— Natalie, voici Miriam. Elle sera ma styliste personnelle, aujourd'hui.

Chelsea désigna une blonde élégante vêtue d'une robe droite noire.

— Enchantée, dit Natalie.

— Je suis ravie de vous accueillir dans notre boutique, répondit Miriam en lui tendant une coupe de champagne.

— J'ai expliqué à Miriam que je me marierais en décembre et qu'il ferait froid, intervint Chelsea. Je pense qu'une robe à manches longues s'impose.

— Tu as raison, dit Natalie. C'est chic et classique.

— Avez-vous décidé du style de robe que vous souhaitiez ? demanda Miriam. Ajustée-évasée, sirène, robe de bal ou fourreau ?

— Comme je suis mince, je crains de me sentir perdue dans une robe de bal, répondit Chelsea en riant.

— Je suis de votre avis, déclara Miriam. Je pense qu'une robe fourreau, avec sa ligne droite et ajustée, vous irait à merveille. Si vous le souhaitez, il existe des robes à traîne amovible. Vous porterez la traîne lors de la cérémonie pour sublimer votre robe et vous donner le sentiment de vivre un moment solennel et unique, puis vous l'enlèverez lors de la réception afin d'être plus libre de vos mouvements pour vous amuser et danser.

— J'adore cette idée ! s'exclama Chelsea.

Puis elle se dirigea vers un mannequin arborant une magnifique robe fourreau en dentelle faite main.

— Oh ! je veux essayer ce modèle !

— Bien sûr. Suivez-moi. Je vais vous conduire dans un salon d'essayage.

Pendant que Chelsea enfilait la robe, Natalie ne put s'empêcher d'imaginer la robe qu'elle choisirait un jour si elle se mariait. Elle aimerait tant que ce soit avec Jonathan ! Elle savait qu'une robe de bal ne conviendrait pas à sa silhouette aux courbes généreuses. Elle aurait besoin de bretelles pour maintenir sa poitrine opulente. Le style ajusté-évasé ou sirène lui irait mieux. À cet instant, Chelsea sortit du salon d'essayage, et Natalie resta sans voix.

Sa meilleure amie avait l'air d'une princesse dans sa robe fourreau en dentelle au décolleté illusion en V.

— Tu es sensationnelle, Chelsea !

— Tu trouves ? demanda son amie, rosissant de plaisir.

— Oh ! oui.

— Venez avec moi.

Miriam la conduisit à une estrade. Chelsea monta dessus et examina son reflet dans le miroir en pied à trois faces.

— Waouh ! s'exclama Chelsea. As-tu remarqué la façon dont cette robe met mes fesses en valeur ?

Natalie rit. Son amie avait son franc-parler. Voilà pourquoi elles étaient meilleures amies.

— Tu vas éblouir Nolan dans cette robe.

— Je l'espère bien ! Elle est magnifique, mais il est préférable que j'en essaie d'autres pour pouvoir comparer.

Une heure plus tard, Chelsea avait enfilé à nouveau la robe fourreau. De toutes les tenues qu'elle avait essayées, c'était sa préférée. Elle inviterait sa mère et ses sœurs à venir la voir.

— Que dirais-tu d'un cocktail ? proposa Chelsea, une fois dehors. Tous ces essayages m'ont épuisée !

— Excellente idée !

Natalie brûlait d'envie de lui parler du tour inattendu qu'avait pris sa relation avec Jonathan.

Elles s'installèrent dans l'espace salon-bar du Sheen, le nouveau restaurant à la mode de Royal.

Natalie commanda un martini et Chelsea un whisky.

— J'ai adoré être le centre du monde pendant une heure, déclara cette dernière, mais maintenant, ce qui m'intéresse, c'est de savoir comment les choses se passent entre toi et Jonathan. Lui as-tu fait des avances ?

Natalie rit.

— Je n'en ai pas eu besoin. C'est Jonathan qui a fait le premier pas.

— Vraiment ? Raconte !

— Il a recommandé mon agence de marketing à Barbara pour que nous l'aidions à commercialiser sa nouvelle ligne de produits culinaires. Elle m'a demandé de venir la voir au ranch, et devine qui est arrivé entre-temps ?

— Jonathan.

Natalie acquiesça.

— Après mon rendez-vous avec sa mère, il m'a dit qu'il voulait me parler. Et… nous avons fait plus que parler.

Chelsea se frotta les mains, ravie.

— C'est très excitant !

— Mais… ce n'est pas tout.

— Je t'écoute.

— Il m'a dit qu'il ne voulait pas se remarier.

— Oh ! non !

Chelsea secoua la tête, écœurée.

— Les hommes disent ça tout le temps, mais cela ne doit pas t'empêcher d'essayer de le faire changer d'avis. Tu as déjà remporté une victoire.

— Laquelle ?

— Tu as obligé Jonathan à sortir de sa routine, répondit Chelsea. Ne m'as-tu pas dit qu'habituellement il privilégiait les aventures sans lendemain ?

Natalie fit un signe d'assentiment.

— Tu es plus qu'une partenaire occasionnelle pour lui, Nat. Il a passé une semaine entière avec toi à Galveston. Et maintenant que vous êtes de retour à Royal, il n'arrête pas de penser à toi. Tu l'obsèdes. Quand vous êtes ensemble, faites-vous autre chose que l'amour ?

— Oui. Nous parlons, rions, cuisinons, regardons la télévision.

— En somme, vous vous comportez comme un couple d'amoureux. Sauf que Jonathan ne le sait pas encore.

— Tu oublies qu'il ne m'a jamais invitée à sortir en ville.

— Quel prétexte utilise-t-il ?

— Il ne veut pas que les gens jasent à notre sujet, comme ils l'ont fait après mes révélations en direct.

Natalie marqua une pause, pensive.

— Mais il se peut que tu aies raison, Chelsea.

Jonathan avait beau dire qu'il ne voulait pas entendre parler de relation sérieuse, ses *actes* démontraient le contraire. Ils entretenaient bel et bien une relation. La question était de savoir où elle les mènerait.

- 14 -

— Je te remercie de m'avoir invitée à faire une balade à cheval, déclara Natalie, montant un beau palomino.

Les Lattimore possédaient une superbe écurie de pur-sang primés. Elle avait de la chance de pouvoir en monter un.

— Je t'en prie, répondit Jonathan, dangereusement séduisant dans sa tenue de cow-boy : jean délavé, chemise écossaise, Stetson et bottes usagées.

Il lui parlait souvent de son amour des grands espaces, mais c'était la première fois qu'il l'autorisait à explorer son univers. Hier soir, elle avait été surprise qu'il ne vienne pas la retrouver chez elle. Certes, elle et Brent avaient invité un client au restaurant, mais d'habitude, elle et Jonathan passaient leurs soirées au lit.

Natalie s'était efforcée de ne pas se sentir rejetée. Ou non désirée. Aussi, quand elle était rentrée dans sa maison vide, s'était-elle résignée à dormir seule, le cœur meurtri. Puis, Jonathan l'avait appelée, et ils avaient longuement parlé au téléphone. Il lui avait alors proposé de le rejoindre le lendemain après-midi au ranch.

— Le paysage est majestueux, déclara-t-elle.

Après une heure de chevauchée, ils venaient de faire une halte pour permettre aux chevaux de se reposer et de s'abreuver. Pour elle aussi, cette pause était la bienvenue. Elle ne montait pas souvent à cheval. À coup sûr, demain, elle serait courbaturée.

— Je suis heureux de te l'entendre dire, répondit Jonathan. C'est un de mes endroits préférés, idéal pour un pique-nique.

Il détacha un panier du dos de Beauty, ainsi qu'une couverture et un grand coussin.

— Cela tombe bien, je meurs de faim !

Cette idée romantique d'un pique-nique dans un cadre aussi somptueux la transportait de joie. Cela ressemblait bel et bien à un rendez-vous galant, même si Jonathan ne voyait sans doute pas les choses de cette façon. Et qu'importait si ce rendez-vous n'avait pas lieu en ville ? Elle profitait de chaque instant passé avec Jonathan tant qu'elle le pouvait.

Elle l'observa pendant qu'il étalait la couverture sur l'herbe à l'ombre d'un grand chêne et qu'il déballait le contenu du panier : une planche de charcuteries variées, des fromages à pâte dure et à pâte molle, de la confiture de figues, de la gelée au poivre, des noix et des fruits frais.

Elle doutait qu'il ait préparé un tel festin tout seul. Josie avait dû l'aider. Il n'empêche qu'il s'était donné de la peine pour elle. Cela voulait sûrement dire quelque chose, non ?

— Viens t'asseoir et mange, dit-il.

Elle s'empressa de le rejoindre sur la couverture.

— Je suis impressionnée par vos efforts, monsieur Lattimore.

Il rit.

— Tu doutes que ce repas ait été concocté par ces mains de travailleur manuel ? dit-il, levant ses mains calleuses.

— Oui, répondit-elle en riant. Mais j'apprécie l'intention.

Elle mit un peu de brie et de confiture de figues sur un biscuit et savoura le délicieux mélange.

— Que dirais-tu d'un verre de champagne pour faire descendre le tout ? demanda Jonathan en débouchant une bouteille de Veuve Clicquot.

— Je veux bien.

Il remplit deux flûtes en plastique et lui en tendit une.

— À la tienne !

Ils trinquèrent, et elle finit sa flûte d'un trait.

— Je te ressers ?

— Essayerais-tu de m'enivrer afin d'abuser de moi ?

Il lui décocha un sourire malicieux.

— Oui. Ça fonctionne ?

— Il me faudrait un peu plus de cet excellent champagne, plaisanta-t-elle, lui tendant sa flûte.

Il la remplit, et ils continuèrent à manger jusqu'à ce que la planche soit presque vide, ainsi que la bouteille de champagne.

— Ah, c'était délicieux.

Natalie exhala un soupir de contentement et s'allongea sur la couverture.

— Je suis de ton avis.

S'allongeant à côté d'elle, il enroula son bras autour de sa taille et l'attira contre lui. Elle était si bien dans ses bras ! Elle prendrait tous les moments volés qu'elle pourrait grappiller, car elle n'avait pas l'intention de lui forcer la main. Mais d'un autre côté, elle redoutait que des instants magiques comme celui-ci ne l'incitent à rester avec lui malgré son refus de se marier et de fonder une famille. Désireuse de chasser cette pensée déprimante, elle ferma les yeux et s'endormit dans le confort de son étreinte.

Alors qu'elle s'étirait au sortir de son somme, elle s'aperçut que Jonathan était plaqué contre son dos. Et qu'il était *dur*.

— Oh ! haleta-t-elle.

Elle essaya de se dégager, mais il resserra son étreinte. Lorsqu'elle fit une nouvelle tentative, Jonathan émit un grognement de mécontentement.

— Tes trémoussements ne font qu'empirer les choses.

— Que suggères-tu ? demanda Natalie.

Ils se trouvaient en pleine nature, au vu et au su de tous.

Comme s'il lisait dans ses pensées, il murmura :

— Jamais personne ne vient ici. Du moins, pas ma famille. C'est mon coin secret, en quelque sorte. Quant à mes hommes, ils travaillent à une centaine de kilomètres de là.

Elle pivota dans ses bras pour lui faire face.

— Que veux-tu dire exactement ?

Il eut un sourire coquin.

— Eh bien, si tu voulais m'aider à me soulager de ce malencontreux trouble…, sache que nous sommes *seuls*.

Natalie se redressa d'un bond, tétanisée. Elle n'avait jamais eu de rapports charnels dans un lieu public. C'était dangereux. Risqué. Mais quand elle était avec Jonathan, elle n'avait pas peur de réaliser ses fantasmes les plus fous. Or, faire l'amour avec lui en pleine nature serait un acte de pure folie. Jonathan était l'homme pour qui elle avait eu un béguin d'adolescente et dont elle était maintenant éperdument amoureuse. Il n'y avait rien qu'elle ne puisse faire pour lui.

Jonathan percevait l'indécision de Natalie. Elle avait envie de vivre dangereusement, mais elle avait peur. Il ne l'obligerait jamais à faire quelque chose susceptible de la mettre mal à l'aise. Aussi, quelle ne fut pas sa surprise de la voir défaire un à un les boutons de son chemisier avant de le libérer de son jean – un jean qu'il brûlait d'envie de lui ôter depuis qu'elle était arrivée chez lui. On croirait qu'il avait été moulé sur elle tant il mettait en valeur son splendide fessier.

Sous son regard hypnotisé, elle dégrafa son soutien-gorge et fit glisser les bretelles le long de ses bras jusqu'à ce qu'il tombe sur la couverture.

Sortant de la transe où l'avait plongé ce spectacle sublime, il se releva pour se déshabiller en un tournemain. Puis il aida Natalie à se relever. Comme elle baissait timidement la tête, il lui releva le menton.

— Tu n'es pas obligée de faire ça, Nat.

Une lueur de défi traversa ses prunelles marron.

— J'en ai envie.

Son regard rivé au sien, elle retira son jean et sa culotte, puis se tint nue devant lui.

Jonathan faillit tomber à la renverse tant elle était éblouissante à la lumière du jour, au milieu de la nature verdoyante et fleurie. Elle ressemblait à une déesse. La prenant par la main, il l'aida à s'allonger à nouveau sur la couverture et la parcourut d'un long regard admirateur, se demandant s'il se lasserait un jour de ce corps délectable.

— Si tu savais comme j'ai hâte de poser ma bouche sur toi ! dit-il, ses doigts effleurant son ventre.

— Tant mieux. Parce que moi aussi je brûle d'envie de savourer chaque centimètre carré de ta peau.

Enroulant sa main autour de la nuque de Jonathan, elle attira sa tête vers la sienne et captura sa bouche. Leur baiser était sauvage, vorace et incendiaire. Il exprimait leur besoin impérieux de se repaître l'un de l'autre.

Jonathan détacha ses lèvres des siennes le temps de mordiller délicatement son cou. Il la sentit frissonner sous lui, mais elle tenait aussi à satisfaire son envie de le toucher. Aussi la laissa-t-il enrouler sa langue chaude autour de son mamelon et le titiller avant de faire subir le même traitement exquis à l'autre mamelon, lui tirant un râle de plaisir. Prenant le relais, il repoussa les tresses de Natalie et exposa sa gorge pour se délecter de sa chair ambrée. Elle gémit et se cambra sous lui, plaquant son intimité contre son érection palpitante.

Ciel, si elle continuait à l'exciter ainsi, il la prendrait sans plus attendre ! Or, il voulait continuer de la savourer parce qu'en repoussant le moment fatidique de la fusion de leurs corps, leur plaisir mutuel en serait décuplé. Il y avait une telle symbiose entre eux qu'il en venait à se demander s'il ne voudrait pas la faire *sienne* un jour de façon permanente.

Mais c'était inenvisageable. Alors, il fit la seule chose en son pouvoir : faire un festin de son corps.

Assise dans son bureau en ce lundi matin, Natalie se disait que Jonathan était capable de lui faire commettre les pires folies. Elle en voulait pour preuve la façon dont il l'avait prise en pleine nature, après leur pique-nique.

Elle avait savouré chaque instant de leur ébat torride. L'accord parfait de leurs corps, la délicieuse friction de leurs peaux nues. Ses lèvres sur son cou et ses doigts dans son intimité. Encore maintenant, elle avait l'impression de le sentir se mouvoir en elle, jusqu'à ce qu'une vague d'orgasme menace de la submerger. Jamais elle n'aurait fait preuve d'une telle liberté et d'une telle témérité avec un autre homme que Jonathan, l'homme qu'elle aimait.

— Natalie ! Redescends sur terre !

Clignant des paupières pour chasser son rêve érotique, elle aperçut Brent dans l'encadrement de la porte.

— Quelque chose me dit que ton week-end a été torride, plaisanta Brent.

Natalie s'éventa.

— Tu n'as pas idée !

Elle prit sa bouteille d'eau et but une gorgée.

— Je venais te soumettre une liste des meilleures entreprises que nous pourrions présenter à Barbara Lattimore pour commercialiser sa ligne de produits.

— Bien sûr, entre, répondit Natalie. Je me disais que nous pourrions collaborer avec des grandes surfaces pour qu'elles mettent en évidence ses produits dans leurs rayons.

— Nous pourrions même positionner Barbara en tant que nouvelle pionnière dans son domaine.

— Bonne idée. De par sa personnalité, elle évoque le mode de vie simple et sans prétention, typique de la campagne, et cela plaira aux acheteurs potentiels. Mais auparavant, il faudra procéder à une refonte de son site Internet pour le rendre plus attrayant et plus facile à utiliser pour les cuisiniers amateurs. Il faudra aussi qu'elle ouvre une boutique en ligne.

— Fantastique ! Je ne sais pas si ta liaison avec Jonathan a un rapport avec le fait que nous ayons décroché ce contrat, mais c'est une aubaine pour notre agence.

— Je suis aussi ravie que toi, répondit-elle, prenant sa liste et le regardant sortir de son bureau.

Elle lui avait récemment révélé son idylle de vacances avec Jonathan. Connaissant Brent, il devait s'inquiéter des conséquences éventuelles de cette liaison sur leur agence, mais Natalie était plus optimiste.

Leurs avocats feraient en sorte que le contrat avec Mme Lattimore soit inattaquable. Natalie n'avait rencontré la mère de Jonathan qu'une seule fois, mais elle lui avait paru d'une grande intégrité, et il était peu probable qu'elle renonce aux services d'H & W Marketing au cas où Natalie et Jonathan mettraient un terme à leur relation.

Ce jour viendrait tôt ou tard, et cette perspective la rendait nerveuse. Mais d'ici là, elle profiterait pleinement de tous les moments précieux qu'elle passerait avec Jonathan.

Elle l'aimait, et s'il voulait bien leur donner une chance, ils pourraient connaître le bonheur ensemble, car elle en était certaine, ils étaient faits l'un pour l'autre.

- 15 -

— Merci à tous d'être venus, déclara Alexa quand tous les Grandin – Victor Jr, son épouse Bethany et leurs quatre enfants, Vic, Chelsea, Layla et Morgan – se furent installés dans le salon des Lattimore, ce vendredi soir.

La sœur de Jonathan avait organisé ce rendez-vous pour faire le point sur la réclamation déposée par Heath Thurston.

Jonas Shaw, le détective privé qu'ils avaient engagé pour découvrir la vérité, était aussi présent, et il prit la parole :

— Comme vous le savez, j'avais trouvé une piste intéressante en la personne de Sylvia Stewart, l'ancienne secrétaire d'Augustus Lattimore, le grand-père d'Alexa. Malheureusement, elle est actuellement en randonnée quelque part dans une contrée reculée. J'ai brièvement réussi à entrer en contact avec elle, mais le réseau mobile est défaillant. Elle a promis de me rappeler à son retour.

Alexa intervint :

— De mon côté, je vous confirme que la promesse de cession des droits miniers sur le sous-sol de nos deux propriétés à Cynthia Thurston, la mère de Heath, est légale.

— Je n'arrive toujours pas à y croire ! répondit Ben.

— Pourtant, c'est la vérité, papa, déclara Alexa. Nous devons l'admettre une fois pour toutes.

Jonas Shaw reprit la parole :

— Je vous confirme aussi qu'Augustus Lattimore et Victor Sr Grandin ont fait sonder le sous-sol de leurs propriétés respectives un an avant la signature de la promesse de cession de leurs droits miniers à Cynthia.

— Qu'en dit ton grand-père, Alexa ? demanda Victor Jr.

— Pas grand-chose. Quand je lui ai parlé de ce sondage du sous-sol, il a dit ne rien savoir à ce sujet.

— Il se peut qu'il ne mente pas, intervint Ben Lattimore. Sa mémoire est défaillante.

— En es-tu sûr, Ben ? demanda Victor Jr.

— Bien sûr ! Tu l'as rencontré, récemment.

— Mesdames et messieurs, intervint Jonas, rappelant tout le monde à l'ordre. Il se trouve que le résultat des sondages effectués à l'époque était peu concluant.

— S'il n'y a pas de pétrole dans le sous-sol de nos propriétés, il n'y a rien à négocier avec Cynthia et Heath ! remarqua Vic, le seul garçon du clan Grandin.

— Hélas, non. Peu concluant ne veut pas dire qu'il n'y a pas de pétrole, remarqua Ben. Nous devons parler à Sylvia pour qu'elle nous aide à y voir plus clair.

— Monsieur Lattimore a raison, déclara Jonas. Je vais me renseigner pour savoir si d'autres sondages ont été réalisés. Je vous tiendrai au courant du résultat de mes démarches.

Finalement, le détective privé et la famille Grandin s'en allèrent, au grand soulagement de Jonathan. Seul demeura le clan Lattimore.

— Je devrais peut-être parler à nouveau à mon père, déclara Ben. Au cas où il se souviendrait de quelque chose.

— À quoi bon l'embêter ? demanda Jonathan, croisant les bras sur sa poitrine. Tu l'as dit toi-même, sa mémoire se détériore. Il a quatre-vingt-seize ans, tout de même !

Son père soupira et s'affala sur le canapé.

— Je déteste que nous nous retrouvions dans cette situation à cause de quelque chose qui échappe à notre contrôle.

Alexa s'accroupit devant lui.

— Nous finirons par découvrir le fin mot de l'histoire, papa. Et j'aiderai la famille à se sortir de ce mauvais pas.

Ben lui caressa la joue.

— Merci, ma chérie.

Jonathan consulta sa montre et fronça les sourcils. Il avait envie de retrouver Natalie, mais la réunion avait duré plus longtemps que prévu. Par ailleurs, il avait un rendez-vous tôt demain matin, il la verrait donc une autre fois.

— Un problème ? demanda sa mère en le rejoignant.

— Non, pas du tout. Il est plus tard que je ne pensais.

— Avais-tu des projets pour la soirée ?

Sa question paraissait innocente, mais elle essayait de le faire parler. Il le savait, elle soupçonnait qu'il y eût quelque chose entre lui et Natalie, mais jusqu'à présent, elle ne s'était pas montrée insistante.

— Non. Mais je dois me lever de bonne heure, demain matin. Bonsoir à tous !

Il embrassa sa mère sur la joue et s'empressa de partir avant qu'elle lui fasse subir un interrogatoire en règle.

Une fois dehors, il sortit son téléphone de sa poche et appela Natalie. Elle répondit quelques secondes plus tard.

— Hello, tu viens me rejoindre ?

— Hélas, non. Il est tard, et demain j'ai un rendez-vous d'affaires matinal.

— Oh ! je comprends.

Il perçut la déception dans sa voix. Lui aussi se sentait frustré. Il aimait s'endormir dans les bras de Natalie et surtout, se réveiller auprès d'elle et lui faire l'amour aux petites heures du matin.

— Je saurai me faire pardonner, c'est promis.

— J'y compte bien.

Il mit fin à la communication et rejoignit son pick-up en souriant. Cela faisait seulement deux semaines qu'ils se fréquentaient, mais elle avait très vite acquis une place importante dans sa vie. Pendant près de dix ans, il avait privilégié les relations sans lendemain parce qu'aucune femme ne lui avait donné envie de s'investir dans une relation, mais Natalie était en train de saper sa résistance aux engagements. Il jurait qu'il ne se remarierait jamais, mais si une femme était en mesure de le faire changer d'avis, ce serait Natalie.

— Je suis ravie que tu m'accompagnes, déclara Mimi, la grand-mère de Natalie, alors qu'elles se rendaient au marché.

Chaque samedi matin, des fermiers et divers commerçants de Royal et des comtés alentour vendaient des produits frais, des créations gourmandes, des objets artisanaux et des plantes à l'ombre des arbres du parc municipal.

— Je regrette de ne pas avoir pu venir les deux derniers samedis, Mimi, s'excusa Natalie.

— Cela ne fait rien. Tu as ta propre vie, maintenant.

— Mais j'aurai toujours du temps pour toi, promit Natalie en passant son bras autour des épaules de sa grand-mère. Qu'as-tu l'intention d'acheter, aujourd'hui ?

— Oh ! je verrai sur place.

Elle aimait s'arrêter à différents stands pour juger de la qualité des légumes ou des fruits avant de se décider.

Natalie était plus pragmatique. Elle préparait une liste de courses et s'y tenait.

Alors qu'elles s'arrêtaient à un stand de primeurs, Natalie entendit que quelqu'un l'appelait. Elle se retourna et se trouva face à Barbara Lattimore et… à Jonathan.

— Natalie.

Barbara l'embrassa sur les deux joues.

— Quelle surprise de vous rencontrer ici. N'est-ce pas, Jonathan ?

Natalie pensait la même chose. Jonathan était censé avoir

un rendez-vous d'affaires matinal, ce qui l'avait empêché de venir la retrouver, hier soir. Au lieu de quoi, il faisait les courses avec sa mère. S'il n'avait plus envie de passer du temps avec elle, il suffisait qu'il le lui dise. Ils s'étaient beaucoup vus ces deux dernières semaines. Elle comprendrait qu'il ait besoin d'un répit.

Elle afficha son plus beau sourire.

— Barbara, connaissez-vous ma grand-mère, Claudette Hastings ?

— Oh ! oui. Nous nous connaissons, répondit sa grand-mère en tapotant le bras de Barbara. Nous faisons partie du même comité de bénévoles à l'église.

— Je l'ignorais, admit Natalie.

— Si tu venais à l'église plus souvent, tu le saurais. Et tu rencontrerais ce jeune homme charmant dont je t'ai parlé, précisa sa grand-mère en jetant un rapide coup d'œil à Jonathan.

Natalie avait dit à Mimi qu'elle n'avait plus le béguin pour lui, mais c'était loin d'être le cas.

— Oh ! j'ignorais que vous fréquentiez quelqu'un, déclara Barbara en la fixant avec attention.

Natalie imaginait sans peine ce qui se passait dans la tête de la mère de Jonathan. Elle devait penser qu'elle jouait un double jeu et qu'elle avait l'intention de laisser tomber son fils, ce qui était faux.

— Non, Barbara, je ne fréquente personne en ce moment, assura-t-elle, priant pour que son nez ne s'allonge pas. Je me concentre sur mon travail.

— Vraiment ?

Barbara jeta un coup d'œil à son fils, lequel demeurait silencieux et stoïque. Natalie se demanda à quoi il pouvait penser. Était-il jaloux que sa grand-mère cherche à lui trouver un mari ? Embarrassée, elle se tourna vers Mimi.

— Veux-tu voir les pêches de Mme Mabelle, deux stands plus loin ?

— Volontiers.

— Permettez-moi de vous accompagner, intervint Barbara, entraînant d'autorité Mimi, non sans avoir adressé un clin d'œil complice à Natalie et à Jonathan.

Était-elle au courant qu'ils se voyaient depuis le jour où elle avait révélé son stratagème à Natalie ?

— Que fais-tu ici ? murmura Natalie, s'efforçant de paraître détachée. Je pensais que tu avais du travail.

Jonathan sourit tout en regardant prudemment alentour.

— C'est exact, mais ma mère m'a demandé de l'accompagner après mon rendez-vous d'affaires pour que je l'aide à porter des cageots de fruits en vue du concours annuel de pâtisserie qui se tiendra la semaine prochaine.

Natalie salua d'un signe de tête des personnes de connaissance qui passaient près d'eux.

— Est-ce que je te verrai plus tard ?

— Ça dépend. Est-ce que tu sors avec quelqu'un d'autre ? demanda Jonathan.

Natalie rit.

— Serais-tu jaloux ?

— Pourquoi le serais-je ? Tu es mienne. Je te procure des orgasmes à foison.

Les paroles incendiaires de Jonathan la firent rougir. Pour quelqu'un qui ne voulait pas entendre parler de relation ou d'engagement, il se montrait très possessif.

— Jonathan !

— Tu m'as manqué, hier soir.

Son doux aveu fit fondre son cœur.

— Vraiment ?

— Oui, et tu le sais. Quand j'aurai fini d'aider ma mère et expédié mes tâches administratives, je te rejoindrai à ton cottage et je serai tout à toi jusqu'à lundi matin.

— Quel beau programme !

— Et méfie-toi des manigances matrimoniales de ta grand-mère. Sinon, je te donnerai la fessée.

— Des promesses, encore des promesses !

Jonathan s'éloigna en riant. Elle commençait à se dire que, malgré ses dénégations, il s'investissait dans leur relation au même titre qu'elle.

Après avoir raccompagné sa grand-mère, Natalie pénétra dans son garage pour s'adonner à son activité préférée du samedi après-midi, la customisation de vieux meubles. Il y faisait une chaleur de four, mais cela ne la dissuaderait pas de transformer le secrétaire à pente en érable – qu'elle avait finalement acheté chez Priceless – en un cadeau de mariage pour Chelsea. Ce travail requerrait beaucoup d'huile de coude, aussi avait-elle revêtu un short en denim à ourlet effiloché et un débardeur.

Elle commença par nettoyer le meuble avec un tissu imbibé d'essence minérale, puis le ponça dans le sens des fibres du bois pour ôter la couche de finition, utilisant une éponge abrasive pour les angles et les bords. Après avoir répété ces opérations, le meuble avait déjà meilleur aspect.

Elle préparait la couche d'apprêt quand elle entendit un véhicule qui remontait son allée. Se redressant, elle aperçut Jonathan qui s'avançait vers elle.

Elle sourit.

— Que fais-tu ici de si bonne heure ?

— J'ai fini mon travail. Mais comme tu ne répondais pas au téléphone, je suis venu voir ce qui se passait.

Il l'attira dans ses bras et prit sa bouche dans un long baiser brûlant. Quand il la relâcha, il regarda alentour.

— Que fais-tu de beau ?

— Tu te souviens de ce meuble que j'admirais chez Priceless ? Eh bien, je le customise.

— As-tu besoin d'un coup de main ?

— Volontiers. Tu vas m'aider à passer la couche d'apprêt. Mais auparavant, nous devons protéger le meuble.

— Entendu.

Ravie, Natalie ne pouvait détacher son regard de Jonathan tandis qu'il ôtait sa chemise écossaise et la posait sur une chaise, ne gardant que son maillot ajusté qui soulignait ses larges épaules et ses abdominaux ciselés.

Elle lui tendit le ruban de masquage.

— Comment s'est passée la réunion avec la famille Grandin, hier soir ? demanda-t-elle tandis qu'ils appliquaient le ruban protecteur autour des bords du secrétaire.

— La situation n'a guère évolué, répondit Jonathan en lui faisant part des découvertes du détective privé.

— C'est plutôt bon signe, remarqua-t-elle.

Elle lui remit une bombe d'apprêt et un masque de protection.

— Nous allons vaporiser l'apprêt et nous poncerons à nouveau le meuble.

— Je ne pensais pas qu'il y avait autant d'étapes, remarqua-t-il, enfilant son masque.

Pendant qu'ils travaillaient, Natalie s'épongeait régulièrement le front. Le maillot de Jonathan était trempé, mais il semblait insensible à la chaleur. S'il ne tenait qu'à elle, elle le dépouillerait du reste de ses vêtements, et ils feraient l'amour sur le sol du garage. Oh ! oui, il exerçait sur elle une fascination sensuelle inégalée.

Elle prit une éponge abrasive pour poncer le meuble avant de vaporiser une nouvelle couche d'apprêt.

— Bon. Maintenant, il est temps de passer à la peinture. Mais au préalable, nous allons protéger le sol.

Elle récupéra un vieux drap maculé de peinture.

— Rénover un meuble exige un travail fou ! Et tu y prends plaisir ? demanda Jonathan en soulevant le secrétaire pour permettre à Natalie d'étendre le drap sur le sol.

Elle leva la tête vers lui en souriant.

— Oui. Ma récompense, c'est d'avoir à la fin un beau meuble comme neuf.

Si seulement Jonathan comprenait que leur relation pourrait être remise à neuf comme ce secrétaire ! Avec du temps et de l'attention, l'amour pourrait être leur récompense. Elle prit un bidon de peinture bleue et deux pinceaux.

— Prends ce pinceau, dit-elle. Et maintenant, fais comme moi.

Elle s'accroupit et commença à passer la peinture sur les pieds du secrétaire. Jonathan l'imita du côté opposé. En même temps, Natalie passait l'éponge abrasive sur chaque couche de peinture. Quand ils eurent terminé de peindre le secrétaire, Natalie appliqua un vernis de finition. Cerise sur le gâteau, Jonathan l'aida à installer les nouvelles poignées dorées qu'elle avait achetées.

Quelques heures plus tard, Natalie admirait le produit fini.

— Alors ? demanda-t-elle, jetant un regard en coin à Jonathan. Qu'en penses-tu ?

— Je dois t'avouer qu'au début, je pensais que c'était de la folie d'entreprendre un tel projet, mais en voyant le résultat, je suis époustouflé par ton travail.

Natalie rayonnait de fierté.

— Vraiment ?

— Oui. Tu as le souci du détail. Je suis certain que Chelsea sera ravie de se voir offrir ce secrétaire et les deux autres pièces que tu as achetées à Galveston.

— Je l'espère.

Elle voulait offrir quelque chose de personnel à son amie qui l'avait toujours soutenue dans les moments difficiles.

— Que dirais-tu d'une bière ? Tu l'as bien méritée.

— Je veux bien une bière et une douche, répondit Jonathan.

— Dans cet ordre ?

Il rit.

— Oh ! oui. Parce qu'après la douche, nous aurons besoin de faire la sieste.

Natalie sourit, émoustillée. Elle savait qu'une fois au lit, la sieste ne serait pas leur priorité.

Jamais Natalie ne s'était sentie aussi heureuse et épanouie. H & W Marketing était prospère. Brent et elle avaient retourné les contrats dûment signés à l'avocat de Barbara Lattimore. Et à sa grande surprise, Jonathan l'avait invitée au RCW Steakhouse pour fêter l'événement. C'était la première fois qu'il lui proposait une sortie en public. Bien sûr, elle comprenait qu'il redoute les commérages, mais elle s'était sentie blessée qu'il ne veuille pas s'afficher en sa compagnie.

Ce soir, leur relation prendrait un nouveau tour. Aussi, décida-t-elle de s'offrir une nouvelle robe chez The Rancher's Daughter. Elle ne fréquentait pas la boutique de mode haut de gamme appartenant à Morgan, la sœur de Chelsea, dans le centre-ville de Royal, mais un dîner au restaurant en compagnie de Jonathan justifiait cette visite.

À son arrivée, Morgan l'accueillit par un baiser aérien.

— Natalie, je suis si contente de te voir ! Bienvenue chez The Rancher's Daughter.

Morgan était splendide dans sa combinaison pantalon verte qui mettait en valeur ses longs cheveux roux et sa carnation laiteuse.

Natalie lui sourit.

— Merci pour ce chaleureux accueil.

Elle promena son regard dans la salle et aperçut plusieurs clientes déambulant dans les allées.

— J'avais très envie de voir les modèles que tu proposais.

Elle n'était venue qu'une seule fois avec Chelsea pour l'inauguration de la boutique.

— J'ai une large gamme de vêtements, déclara Morgan. Je te laisse regarder. Et si tu as besoin de quoi que ce soit, viens me voir. Je serai ravie de t'aider.

— Merci.

Natalie se dirigea vers les portants proposant plusieurs robes de soirée. Elle passait en revue les modèles quand son regard se porta sur une paire de jambes brunies. Levant les yeux, elle découvrit une femme sculpturale postée en face d'elle. Plus grande et plus mince que Natalie, elle avait une longue chevelure brune et portait des vêtements élégants.

— Natalie Hastings ? demanda la jeune femme.

Natalie fronça les sourcils, perplexe.

— Désolée. Nous nous connaissons ?

— Non, mais j'ai des informations sur Jonathan Lattimore qui pourraient vous intéresser.

Aussitôt, un soupçon effleura Natalie. Elle examina l'inconnue et comprit qu'elle se trouvait face à *elle*.

Anne Lattimore, l'ex-épouse de Jonathan.

— Ah, vous devinez qui je suis, déclara Anne en croisant les bras sur sa petite poitrine.

Natalie détestait se sentir inférieure à Anne dans son tailleur-pantalon classique. Elle sortait d'un rendez-vous d'affaires et était venue directement à la boutique.

— Oui. Mais je ne vois pas de quoi nous pourrions discuter.

Natalie contourna Anne pour continuer de passer en revue les différentes robes de soirée.

— Oh ! moi je sais, dit-elle, faisant à nouveau face à Natalie. Je pense notamment à la fois où vous avez révélé à toute la ville que vous aviez des sentiments pour mon mari.

Natalie la toisa, ses yeux lançant des éclairs.

— Ex-mari.

Anne haussa les épaules avec désinvolture.

— Peu importe.

— Excusez-moi, je suis occupée.

Contrariée, Natalie continua à écarter machinalement les cintres sans même regarder les robes. Elle avait envie de partir d'ici, mais ne voulait pas faire d'esclandre. Elle aperçut Morgan qui s'avançait pour intervenir et lui fit un signe de dénégation. Elle était capable de tenir tête à des personnes comme Anne. Cette femme avait blessé Jonathan ; c'était à cause d'*elle* s'il ne voulait plus entendre parler d'engagement ou de mariage.

— Que vous le vouliez ou non, vous écouterez ce que j'ai à vous dire, riposta Anne. Vous perdez votre temps si vous pensez pouvoir mettre le grappin sur Jonathan.

Natalie tressaillit.

— De quoi parlez-vous ?

— Je sais que vous êtes follement amoureuse de lui.

La voix d'Anne monta de plusieurs octaves, et Natalie s'aperçut avec horreur que plusieurs clientes écoutaient sans vergogne leur conversation.

— Toute la ville le sait, poursuivit Anne. Vous ne trompez personne. Mais laissez-moi vous dire une bonne chose : Jonathan n'est pas du bois dont on fait les maris. S'il n'a pas pu me consacrer tout son temps et toute son attention (elle passa ses mains le long de ses hanches étroites), il ne se donnera pas cette peine avec quelqu'un comme vous !

— Vous êtes vraiment odieuse !

Toute sa vie, Natalie avait eu affaire à des femmes méprisantes comme Anne et elle refusait de se laisser à nouveau humilier.

— Ce n'est pas étonnant que Jonathan n'ait pas voulu rester marié avec vous !

— C'est moi qui aie demandé le divorce ! protesta Anne, rouge de colère. Parce qu'il est incapable de s'impliquer émotionnellement auprès d'une femme. Si j'étais à votre place, je partirais maintenant avant qu'il brise votre petit cœur pathétique.

La flèche empoisonnée d'Anne atteignit Natalie en plein cœur. Elle avait envie de se recroqueviller sur elle-même, comme une tortue dans sa carapace, mais elle refusait de montrer à Anne qu'elle l'avait blessée, surtout avec les clientes alentour qui ne perdaient pas une miette de leur altercation. Elle relevait le menton et s'apprêtait à répliquer vertement quand Morgan s'empressa d'intervenir.

— Anne, je vous demande de partir, dit-elle, s'interposant entre elles deux.

— Pourquoi ? Je n'ai fait que lui dire la vérité !

— Vous harcelez mes clientes, et je ne le tolérerai pas. Partez. *Tout de suite*. Et vous n'êtes plus la bienvenue dans ma boutique.

— Soit.

Anne rejeta ses cheveux en arrière et décocha un regard venimeux à Natalie.

— Mais je vous aurai prévenue. Jonathan ne vous aimera jamais ni aucune autre femme, parce qu'il n'a jamais réussi à m'oublier.

Sur cette nouvelle flèche, elle sortit de la boutique.

— Oh ! mon Dieu !

Morgan se tourna vers Natalie et effleura son bras.

— Ça va ? Cette femme a toujours été une garce. Je regrette de ne pas l'avoir bannie plus tôt.

Natalie hocha la tête, mais elle était loin d'aller bien. Les paroles d'Anne trouvaient un écho en elle, car elle s'était posé ces mêmes questions. Jonathan surmonterait-il un jour sa séparation d'avec Anne ? Natalie perdait-elle son temps à attendre qu'il comprenne qu'elle était la femme qu'il lui fallait ?

— Surtout, ne crois pas un mot de ce que cette femme t'a dit. Elle est méchante et vindicative parce qu'elle te jalouse.

Natalie entendait les mots sortant de la bouche de Morgan, mais elle était dans un tel état de choc qu'elle ne parvenait pas à les assimiler. Elle avait l'impression que les murs se resserraient autour d'elle et qu'elle étouffait. Elle s'empressa de remercier Morgan et se précipita dehors. Puis, elle s'adossa à la vitrine et aspira de grandes goulées d'air.

Anne disait-elle la vérité ? Elle savait que ses « conseils » étaient dictés par la colère et la jalousie, mais son argumentation tenait la route. Elle et Jonathan se fréquentaient depuis deux semaines, et rien n'avait changé entre eux. Natalie avait cru pouvoir poursuivre leur relation malgré le refus de Jonathan de lui offrir ce qui lui tenait tant à cœur : le mariage et des enfants, mais elle avait eu tort. Elle ne s'en sentait plus capable. Elle devait affronter la vérité : elle était amoureuse d'un homme qui refusait de s'engager dans une relation durable avec elle et qui était très probablement encore amoureux de son ex-épouse.

- 16 -

— Je te trouve bien joyeux, remarqua Jayden en pénétrant dans le bureau de Jonathan pour lui faire signer des papiers.

Jonathan arbora un large sourire.

— En effet.

Il était heureux. Cela faisait trop longtemps qu'il n'avait pas éprouvé ce sentiment exaltant. Mais depuis qu'il voyait Natalie à Royal, c'était comme si sa vision de la vie avait changé. Natalie avait une influence bénéfique sur lui, et il en arrivait presque à oublier toutes ses déconvenues. Il se concentrait sur les bonnes choses, et Natalie en faisait partie.

Voilà pourquoi il avait finalement décidé de lui proposer un véritable rendez-vous galant. Ces deux dernières semaines, ils s'étaient secrètement vus chez lui ou chez elle. Mais il était temps que leur relation évolue et qu'il traite Natalie comme une dame et non comme une de ses partenaires occasionnelles. Ce soir, il allait l'inviter à dîner au RCW Steakhouse, puis il l'emmènerait chez lui et lui ferait l'amour jusqu'au petit matin.

— Y a-t-il une cause particulière à cette allégresse ? Ou devrais-je plutôt demander *qui* la suscite ? l'interrogea Jayden, s'asseyant en face de lui.

Jonathan se renversa contre le dossier de son siège.

— Oui. Et tu sais de qui il s'agit.

Un large sourire incurva les lèvres de Jayden.

— Je suis content de savoir que tu acceptes enfin de

t'ouvrir à quelqu'un. Natalie est une femme formidable. J'ai hâte de mieux la connaître.

Jonathan n'avait pas l'intention de la présenter de sitôt à sa famille. Leur relation évoluait à petits pas, à commencer par un dîner en ville.

— Tu as raison, elle est formidable, et je l'invite ce soir au RCW pour lui montrer à quel point je l'apprécie.

— Excellente idée, approuva Jayden. Même si je n'ai pas l'intention de suivre ton exemple. Je suis très satisfait de mon statut de célibataire.

Jonathan rit.

— Profites-en avant que la flèche de Cupidon te touche.

Après le départ de Jayden, Jonathan rangeait ses affaires quand il reçut un coup de fil de Morgan Grandin. Elle l'appelait rarement à l'improviste.

— Bonsoir, Morgan. Tout va bien ?

— Je crains que non. Une altercation a eu lieu dans ma boutique.

Il se redressa sur son siège, inquiet.

— Tu es blessée ?

Morgan rit.

— Non, il n'y a pas eu de bagarre à proprement parler. Mais je voulais t'avertir qu'Anne est venue dans ma boutique.

Ce prénom lui fit l'effet d'une douche froide.

— Vraiment ?

— Oui. Et ce n'était pas pour acheter des vêtements. Elle a pris à partie Natalie au beau milieu de ma boutique.

— Que s'est-il passé ?

Il se ramassa sur lui-même, prêt à passer à l'attaque.

— Je n'ai pas entendu toute leur conversation. J'ai simplement vu qu'Anne était en colère et agressait verbalement Natalie, et que celle-ci paraissait bouleversée.

— Merci de m'avoir prévenu. Je vais m'en occuper.

— Jonathan, excuse-moi, mais pourquoi Anne s'en est-elle prise à Natalie ? Y a-t-il quelque chose entre vous deux ?

Bien qu'il invite Natalie au restaurant, il n'était pas encore prêt à révéler sa vie amoureuse à sa famille et à ses amis.

— Je te parlerai plus tard, Morgan.

Il raccrocha avant qu'elle pose d'autres questions.

De quoi diable Anne et Natalie avaient-elles parlé ? Qu'avait dit Anne pour bouleverser Natalie ? Il espérait que Natalie ne prendrait pas les déclarations de son ex-femme pour argent comptant, mais il n'y avait qu'un seul moyen de le savoir : parler à Natalie.

Natalie fixait son reflet dans le miroir. Elle devait se préparer pour son rendez-vous avec Jonathan, mais n'y arrivait pas. En apparence, elle était normale, mais intérieurement, elle était en plein désarroi émotionnel. Les paroles d'Anne tournaient en boucle dans sa tête. Tout ce qu'elle retenait, c'était que Jonathan ne l'aimerait jamais parce qu'il était encore amoureux de son ex-épouse.

Elle avait espéré qu'à force de passer du temps ensemble, il reviendrait sur son refus de se marier, mais elle s'était bercée d'illusions.

À leur retour de Royal, il lui avait été facile de mettre ses sentiments de côté parce que Jonathan s'était comporté comme un goujat en ne se donnant pas la peine de la contacter. Puis il avait recommandé son agence à Barbara, et elle avait alors compris qu'elle n'était pas la seule à vouloir renouer leur relation charnelle. Mais était-ce tout ce qu'elle représentait pour lui ? Une partenaire sexuelle compatible, accommodante dans la chambre à coucher ?

Elle devait accepter la réalité : Jonathan ne changerait sans doute jamais. Elle ne regrettait pas les quelques semaines passées avec lui, car il lui avait permis de réaliser son fantasme. Toutefois, elle lui avait dit qu'elle voulait se marier et avoir des enfants, et elle devait tenir bon jusqu'à ce qu'elle obtienne gain de cause… ou qu'il lui oppose une fin de non-recevoir.

À cet instant, le carillon de la porte d'entrée retentit, l'arrachant à ses pensées. Quand elle regarda par le judas, elle eut la surprise de voir Jonathan. Il était tôt, et elle n'était pas prête.

Elle ouvrit la porte.

— Que fais-tu ici ? demanda-t-elle. N'avions-nous pas convenu de nous retrouver à 18 h 30 ?

Il avait une heure d'avance. Puis elle s'aperçut qu'il n'était pas habillé pour le dîner et qu'il avait la mine grave.

— Jonathan ? Tout va bien ?

— Je pourrais te demander la même chose, répondit-il, pénétrant dans le vestibule sans attendre d'y être invité.

— Je ne comprends pas.

Il la fixa longuement, et elle comprit. Il savait ce qui s'était passé entre elle et Anne dans la boutique de Morgan.

— Tu es au courant ?

— Oui. Morgan m'a appelé pour me dire que mon ex-femme t'avait accostée et que tu étais bouleversée. Que t'a-t-elle dit, Natalie ?

Elle se détourna.

— Je ne veux pas en parler. Cela n'a plus d'importance. Je ne crois pas un seul mot de ce qu'elle m'a dit.

Il lui toucha l'épaule, et elle se résolut à lui faire face.

— Arrête, Nat. Ne te comporte pas comme si tu n'étais pas bouleversée. Je vois bien que tu l'es.

Quelle barbe ! Elle pensait pourtant faire bonne figure.

— Je vais bien.

— Ne me mens pas. Tu te souviens ? Tu m'avais dit que tu ne le ferais jamais.

Il marquait un point. Natalie baissa la tête, embarrassée.

Elle songea à lui donner une version édulcorée de son altercation avec Anne. Mais elle aurait tort de minimiser l'incident. Elle méritait d'entendre ce que Jonathan avait à dire en réponse aux propos d'Anne.

Natalie croisa le regard franc de Jonathan.

— Elle m'a dit que je m'étais ridiculisée devant toute la ville en déclarant mon amour pour toi, que tu n'étais pas du bois dont on fait les maris et que tu ne t'engagerais jamais dans une relation sérieuse avec moi.

— Natalie, je suis désolé. Il faut que tu saches qu'elle ment.

— À quel sujet ?

— Elle a eu tort de dire que tu t'étais ridiculisée. Tu sais bien ce que je ressens pour toi.

Natalie plissa les paupières, dubitative.

— Vraiment ?

Il recula d'un pas, visiblement surpris par sa réaction.

— Oui, tu le sais, Natalie. Allons, ne te laisse pas embobiner par les mensonges d'Anne.

— Ce n'est pas le cas. J'ai réfléchi aux paroles d'Anne et j'ai compris que tu ne tisserais jamais de liens durables avec moi pour la simple et bonne raison que rien n'a changé entre nous depuis deux semaines. Et cela ne me convient pas, Jonathan. Je veux me marier, avoir des enfants. Et si je décide de rester avec toi, je ne me satisferai pas d'un pis-aller. Je mérite d'être heureuse et de voir mes rêves d'avenir se réaliser.

Jonathan exhala un soupir exaspéré.

— Pourquoi accordes-tu du crédit aux propos d'Anne ? Elle a dit des horreurs pour te blesser. Si je ne voulais pas être avec toi, je ne serais pas ici.

— Anne n'a rien fait d'autre que dire ce que je sais déjà. Tu m'as affirmé toi-même que tu ne te remarierais jamais. As-tu changé d'avis ?

— Nous nous égarons, Natalie ! Nous avons passé deux

merveilleuses semaines ensemble. Au cas où tu ne l'aurais pas remarqué, je ne peux pas m'empêcher de te toucher.

Il s'avança vers elle avec un sourire enjôleur et essaya de l'enlacer, mais elle le repoussa. Il était hors de question qu'il détourne la conversation en mêlant le sexe à l'équation. Elle avait besoin de réponses claires de sa part.

— Jonathan, arrête !

— Quoi ? demanda-t-il en s'écartant d'elle. J'essaie de te montrer à quel point j'apprécie d'être avec toi.

— Et c'est bien le problème. Notre relation est uniquement physique, et cela ne me suffit plus.

— Je fais de mon mieux ! s'exclama Jonathan, exaspéré. Nous ne passons pas tout notre temps au lit. Nous faisons d'autres activités.

— Après quoi, nous finissons à nouveau au lit. Je ne peux plus continuer ainsi…

Elle devait trouver le courage d'exprimer sa vérité, même si c'était douloureux.

— Tu n'as plus confiance en moi ? demanda Jonathan. Pourtant, je ne t'ai jamais menti.

Des larmes roulèrent sur les joues de Natalie parce qu'ils en venaient enfin à l'essentiel.

— Je veux un engagement de ta part, Jonathan. Je le mérite.

— Natalie, ne fais pas ça, plaida Jonathan.

— Faire quoi ? Te poser un ultimatum ? demanda Natalie, haussant la voix et essuyant ses larmes du revers de la main.

Pendant trop longtemps, elle s'était voilé la face parce qu'ils s'entendaient merveilleusement bien au lit, mais ce temps-là était terminé.

— Dis-moi que tu vas prendre cet engagement envers moi, Jonathan. J'ai besoin de l'entendre de ta bouche. Alors, je finirai peut-être par y croire.

Désemparé, Jonathan contemplait le visage ruisselant de larmes de Natalie. Il détestait la voir aussi bouleversée à cause de lui. Il avait envie de s'engager dans une relation durable, comme elle le méritait, mais il en était incapable.

Il lui paraissait injuste de continuer de profiter de son engouement pour lui et de sa gentillesse. Il avait fallu qu'elle surgisse de façon inopinée dans son existence pour qu'il se rende compte à quel point il avait besoin de joie et de bonheur. Natalie était comme une bouffée d'air pur. Mais elle voulait le mariage et des enfants. Et il ne pouvait pas lui donner satisfaction. Alors, la meilleure chose qu'il pouvait faire était de la laisser libre de trouver un autre homme digne d'elle, parce qu'il n'était pas cet homme. Il ne la méritait pas.

— Je regrette infiniment, Natalie, mais je ne nouerai jamais de liens durables avec toi ou une autre femme.

Jonathan vit le moment exact où ses paroles l'atteignirent, car ses traits s'altérèrent et la lumière s'éteignit dans son regard. Il avait anéanti ses espoirs et ses rêves. Natalie serra ses mains sur son ventre et se courba en avant, comme si elle allait être physiquement malade. Il brûlait d'envie d'aller vers elle, de la tenir dans ses bras. De l'embrasser. De lui faire l'amour et de lui dire que tout irait bien.

Mais ce n'était pas le cas.

Ils ne pouvaient pas poursuivre leur relation en l'état parce que ce n'était pas ce que Natalie souhaitait, et il ne voulait pas qu'elle renonce à ses rêves.

Quand elle se redressa, le visage défait, elle demanda :

— Tu n'aimeras personne d'autre parce que tu es toujours amoureux d'Anne ?

Il lui serait facile de répondre par l'affirmative, mais il devait faire preuve d'honnêteté envers Natalie, même si c'était douloureux.

— Non, je ne suis pas amoureux d'Anne. Simplement, je ne suis pas fait pour les relations de longue durée.

Natalie hocha la tête et essuya ses larmes.

— Tu me l'avais dit. J'aurais dû t'écouter.

— Je regrette sincèrement de ne pas pouvoir être l'homme dont tu as besoin.

Cette fois, elle le toisa, le regard luisant de colère.

— Si, Jonathan, tu le pourrais, mais tu as choisi de cantonner notre relation dans un cadre purement sexuel par peur de t'attacher et de souffrir. Mais dans la vie, on risque toujours d'être déçu. Ce n'est pas une raison pour tirer un trait définitif sur le mariage et l'amour. Tu dois cesser de me juger, ainsi que toutes les autres femmes, à l'aune de ton expérience passée décevante avec Anne. C'est injuste pour nous deux, et surtout pour toi.

— Tu ne comprends pas.

Il n'avait jamais raconté à quiconque la trahison d'Anne. Personne ne savait à quel point il en avait souffert.

— Et comme tu ne comptes pas m'aider à comprendre, il vaut mieux que tu partes maintenant, dit Natalie posément.

Jonathan fit un signe d'assentiment. Alors qu'il se dirigeait vers la porte, il ne put résister à l'envie d'étreindre Natalie une dernière fois. Il l'enlaça, pensant qu'elle lui résisterait, mais elle s'abandonna à lui, aussi inerte qu'une poupée de son.

Il effleura son front avec ses lèvres.

— Tu mérites le meilleur, Natalie. Merci d'avoir partagé ces quelques semaines avec moi. Ce furent les plus heureuses depuis très longtemps.

Puis il la relâcha et sortit de sa vie.

- 17 -

— Il ne s'est pas battu pour moi, Chelsea, pour nous, pour la vie merveilleuse que nous aurions pu avoir tous les deux ! se lamentait Natalie, tard ce soir, après avoir envoyé un appel de détresse à sa meilleure amie, accourue aussitôt.

— Il m'a embrassée sur le front et il est parti. Comme si ce que nous avions vécu n'avait pas compté pour lui.

Voilà pourquoi elle ne lui avait pas dit qu'elle l'aimait ; elle avait refusé de gaspiller ces mots précieux puisqu'il ne partageait pas ses sentiments.

— Je suis désolée, Natalie, dit Chelsea. Je n'aurais jamais dû te conseiller de poursuivre ta relation avec Jonathan, surtout connaissant la force de tes sentiments pour lui.

— Je ne te reproche rien, Chelsea. J'en veux à Jonathan d'avoir été trop lâche pour tenter l'aventure avec moi.

Chelsea hocha la tête, l'air contrit.

— Je pensais qu'à force de passer du temps avec toi, il finirait par comprendre que tu es la femme de sa vie et qu'il ne voudrait plus te laisser partir.

Natalie ricana.

— Ce soir, il avait plutôt envie de se débarrasser de moi.

— Nat, j'espère que cette déconvenue ne t'empêchera pas d'essayer à nouveau de trouver l'âme sœur. Tu mérites de rencontrer un homme qui t'aime sans restriction.

— Non, je ne me décourage pas aussi facilement. Au moins, cette expérience m'aura permis de savoir ce que je mérite et ce que je suis prête ou non à accepter. Compte tenu de mes sentiments pour Jonathan, je me suis montrée plus accommodante avec lui que je ne l'aurais été avec un autre homme. Il a toujours été *le seul et unique*.

Natalie fondit à nouveau en larmes. C'était plus fort qu'elle. Après le départ de Jonathan, elle s'était effondrée sur le sol. C'était là que Chelsea l'avait trouvée après avoir reçu son appel de détresse.

— Il m'a brisé le cœur, et je l'ai laissé faire, sanglota-t-elle. Je ne me suis pas battue pour obtenir ce que je désirais. Ce que nous avions, c'était une relation purement sexuelle.

— Ce sont des sottises, et tu le sais, protesta Chelsea. Certes, le sexe occupait une place importante dans votre relation, mais il y avait autre chose entre vous. C'est toi-même qui me l'as dit.

— C'est ce que je croyais. Mais je me suis trompée sur toute la ligne concernant Jonathan.

— Eh ! Arrête de te dénigrer.

Chelsea lui releva le menton.

— Soit. Tu t'es méprise sur le compte de Jonathan, mais nous faisons tous des erreurs. Tu t'es montrée sincère avec lui, tu étais prête à lui offrir ton cœur, et s'il n'a pas compris quel cadeau précieux tu lui faisais, c'est qu'il est stupide et qu'il ne mérite pas que tu pleures sur lui.

Un sourire naquit sur les lèvres de Natalie.

— Merci, Chelsea. Je ne sais pas ce que je ferais sans toi.

Ou plutôt, si, elle le savait – elle tâcherait de se consoler en mangeant une tourte aux pêches tout entière.

Levé à l'aube après une nuit d'insomnie, Jonathan travaillait à l'écurie pour ne plus penser à Natalie et à sa détresse quand il lui avait confirmé qu'il ne s'engagerait jamais dans une relation durable avec elle et qu'il ne l'aimerait jamais comme elle le souhaitait. En disant cela, il l'avait cruellement blessée.

Cela faisait deux jours qu'il l'avait quittée, et il ne cessait de se remémorer ce moment terrible, mais aussi des images heureuses de leur courte relation. La façon dont elle riait avec lui. La façon dont elle le regardait. La façon dont elle l'étreignait. Quand ils étaient ensemble, il se sentait si bien avec elle qu'il n'avait aucune envie de la laisser partir ; il rêvait de devenir l'homme dont elle avait besoin, mais il ne pouvait pas se le permettre ; le risque était trop grand. Il avait pris la bonne décision pour eux deux. Natalie l'oublierait et serait mieux sans lui et ses problèmes de confiance.

— Que t'arrive-t-il, ce matin ? Tu plantes ta fourche dans cette botte de foin comme si elle était ta pire ennemie ! s'exclama Jayden quand il trouva Jonathan, en nage, en train d'aider ses employés à nettoyer les box des chevaux.

— J'étais réveillé, répondit Jonathan, insensible à l'humour de son frère.

— Et tu t'es levé du pied gauche ?

— Je ne suis pas d'humeur à écouter tes âneries, Jayden, maugréa Jonathan, passant dans le box suivant.

— Et moi, j'aimerais savoir comment tu peux être plein d'allégresse un jour, puis grincheux et méchant le lendemain.

Exaspéré, Jonathan prit son frère par le bras et l'entraîna dans son bureau. Une fois la porte refermée, il ôta ses gants.

— Natalie et moi avons rompu.

Jayden fronça les sourcils.

— Oh. Qu'as-tu fait ?

— Pourquoi penses-tu que c'est ma faute ? demanda Jonathan en s'installant derrière son bureau en bois.

— Parce que Natalie est une femme formidable qui t'adore. La façon élogieuse dont elle a parlé de toi lors de la réception au Club était très touchante.

— Soit. C'est ma faute. Natalie a compris qu'elle ne me

changerait pas. Que je ne serai jamais le mari dont elle rêve, et qu'elle mérite. Elle a donc mis un terme à notre relation. Et elle a eu raison. Ça n'aurait jamais fonctionné entre nous.

— C'est un mensonge, et tu le sais, protesta Jayden. Je ne t'avais jamais vu aussi heureux depuis une éternité. Natalie t'a redonné goût à la vie. C'est vraiment stupide de ta part de l'avoir laissé partir !

— Tu te trompes. C'était la meilleure chose à faire.

— Oh ! non. Tu t'es défilé comme un lâche parce que tu as eu peur d'admettre tes sentiments pour elle. Mais tu t'en mordras les doigts le jour où tu verras Natalie au bras d'un autre homme.

Jonathan ferma les yeux pour chasser cette vision ô combien déprimante.

— De quoi as-tu peur, Jonathan ? demanda Jayden d'un ton radouci. Une femme merveilleuse et aimante est désireuse de te consacrer sa vie et de porter tes enfants. Le rêve de tout homme ! Tu ferais mieux de faire amende honorable auprès d'elle avant qu'elle fasse le bonheur d'un autre homme.

Jonathan repensa aux paroles de Jayden longtemps après son départ. Il ne savait pas s'il pourrait changer. Les blessures qu'Anne avait infligées à son cœur avaient laissé des cicatrices indélébiles. C'était la première fois depuis près de dix ans qu'une femme lui inspirait autre chose que du désir charnel. Il appréciait beaucoup Natalie.

Non. C'était bien plus que de l'estime, mais il refusait de l'admettre. Aussi refoula-t-il ses sentiments aussi loin que possible pour éviter qu'ils mettent son cœur en péril.

— Madame Lattimore, je suis ravie de vous accueillir dans nos locaux, déclara Natalie.

Elle s'effaça pour laisser passer la mère de Jonathan qui

leur rendait une visite impromptue. Pour l'occasion, Barbara portait un pantalon, un chemisier en soie orné d'une lavallière et des escarpins.

— Je me suis dit qu'il était grand temps que je fasse la connaissance de Brent, votre associé. Est-il ici ?

Natalie était déroutée par la présence de Barbara car elle lui faisait penser à Jonathan alors qu'elle faisait de son mieux pour l'oublier. Mais c'était tellement difficile ! Après le départ de Chelsea, le week-end lui avait paru interminable. Elle avait tourné en rond dans la maison, incapable de dormir. Jonathan lui manquait affreusement. Elle *l'aimait*.

Aussi, avait-elle été soulagée de reprendre le travail, lundi matin. Elle pouvait se concentrer sur ses dossiers au lieu de se reprocher d'avoir eu une relation sexuelle avec un homme ayant la phobie des engagements.

— Euh…, non. Je regrette. Brent est en rendez-vous, répondit Natalie. S'il avait su que vous viendriez, il se serait arrangé pour être présent.

— Oh ! ce n'est pas grave. Je suis passée sur une impulsion.

— Puis-je vous offrir une boisson ? demanda Natalie. Un café, un thé ou un jus de fruits ?

— Je veux bien un café, merci.

— Je reviens tout de suite.

Natalie se rendit dans la cuisine. Elle branchait la machine à café Keurig et choisissait une capsule parmi la grande variété de saveurs quand elle perçut un mouvement derrière elle. Barbara se tenait sur le seuil et la fixait avec attention.

— Pourquoi avez-vous rompu avec mon fils ?

Sous le coup de la surprise, Natalie lâcha la capsule.

— Pardon ?

Barbara ramassa la capsule en riant et la lui tendit.

— Vous pensiez que je n'avais pas compris que vous et mon fils aviez fait… plus ample connaissance après Galveston ?

— Euh, non.

— J'ai aussi remarqué à quel point vous plaisez à mon fils. Il a une façon de vous regarder quand il croit que personne ne le voit qui ne trompe pas.

— Je regrette, mais vous faites erreur.

— Oh ! je n'ai pas dit qu'il savait qu'il était amoureux de vous, remarqua Barbara avec un grand sourire. Mais cela viendra. Accordez-lui un peu de temps.

— Je regrette, Barbara, mais je n'ai pas envie de parler de Jonathan avec vous. J'espère que ce n'est pas pour cette raison que vous nous avez confié votre projet.

Barbara rit.

— Ma chérie, je ne gère pas mes affaires en fonction de la personne avec qui mon fils couche.

Natalie devint écarlate et baissa la tête.

— Je vous en prie, ne soyez pas gênée. Je voulais simplement dire que je vous ai choisis pour vos compétences et les atouts de votre agence. Je suis heureuse de faire appel à une entreprise locale.

— Je vous en remercie.

Barbara posa une main sur l'épaule de Natalie.

— Anne n'était pas l'épouse qu'il fallait à Jonathan. Je l'ai su tout de suite, mais il faut laisser les jeunes gens commettre leurs propres erreurs. Tout ce que je vous demande, c'est de ne pas tirer un trait sur Jonathan. Lors de la fameuse réception, je vous ai entendu dire à quel point vous l'appréciez. C'est pourquoi je l'ai envoyé à Galveston. Et depuis un mois, je ne peux que constater l'influence bénéfique que vous avez sur mon fils.

Natalie tenta de protester, mais Barbara secoua la tête.

— N'essayez pas de nier. Je sais que vous avez continué à vous voir après Galveston, et j'en ai été très heureuse. Mais hier soir, quand j'ai vu mon fils, il était redevenu aussi morose et malheureux qu'avant votre rencontre. Je suppose qu'il vous a repoussée, parce que c'est ce que font les hommes Lattimore, mais il comprendra son erreur.

— Vous n'en savez rien.

— Je connais mon fils. Promettez-moi de lui donner une chance de se racheter, parce qu'il vous apprécie plus que ce qu'il veut bien admettre.

— Encore faut-il qu'il change, et je doute qu'il en soit capable.

— Ne le sous-estimez pas. Il pourrait vous surprendre.

Barbara jeta un coup d'œil à sa montre Cartier.

— Oh ! comme le temps passe vite. Je dois me rendre à un autre rendez-vous. Dites à Brent que je regrette de l'avoir manqué et que je vous invite tous les deux à déjeuner après-demain au ranch.

— Je n'y manquerai pas. Merci, Barbara.

Après le départ de la mère de Jonathan, Natalie se demanda ce qu'elle manigançait. Elle semblait toujours avoir une longueur d'avance sur eux. Pourtant, ils avaient gardé leur relation secrète. Mais Royal était une petite ville ; peut-être avaient-ils commis une imprudence à un moment ou à un autre, et quelqu'un les avait vus.

Mais cela n'avait plus d'importance. Elle serait stupide de reprendre espoir et de penser que Jonathan allait soudain lui déclarer qu'il l'aimait simplement parce que sa mère était persuadée qu'il se rendrait compte de son erreur. Il avait eu de nombreuses occasions de lui faire part de ses sentiments. Mais il n'avait cessé de lui dire que l'amour et le mariage n'étaient pas pour lui. Elle devait accepter sa décision et aller de l'avant. Il existait sûrement un autre homme capable de faire chavirer son univers, comme Jonathan l'avait fait.

Hélas, elle en doutait. Jonathan demeurerait toujours son grand amour de vacances.

- 18 -

Jonathan prit le temps de réfléchir au conseil de Jayden et d'analyser ses sentiments pour Natalie. Il n'avait jamais rencontré une femme aussi gentille, aimante et généreuse. Elle lui avait ouvert son cœur dès le début, même s'il ne le méritait pas. Elle s'était donnée à lui corps et âme, et il s'était contenté de tout prendre sans rien lui offrir en retour.

Mais l'avait-elle quitté pour autant ? Non.

Nuit après nuit, elle lui avait montré à quel point elle l'appréciait. Peut-être même, l'aimait-elle ? Il l'espérait de tout cœur, car elle lui manquait terriblement.

Il était amoureux de Natalie. Il aimait sa personnalité, sa bonne humeur, son corps de rêve.

Il avait envie de le crier sur les toits, mais il se souvint de la douleur et du désespoir sur son beau visage quand il lui avait dit qu'il ne s'engagerait jamais dans une relation durable avec elle et qu'il ne l'aimerait jamais. Il s'était persuadé qu'il agissait pour le bien de Natalie, mais il l'avait cruellement blessée. Il devait faire amende honorable en racontant à Natalie ce qui s'était passé entre Anne et lui. Puis il lui dirait à quel point il l'aimait et la supplierait de bien vouloir lui accorder une chance de se racheter.

Natalie se sentait nerveuse en se rendant avec Brent au ranch des Lattimore. Elle redoutait de croiser Jonathan. Que lui dirait-elle ? La situation serait encore plus embarrassante que quand ils s'étaient revus après leur retour de Galveston.

— Es-tu sûre de vouloir aller à ce déjeuner ? lui demanda Brent au moment de monter en voiture. Si tu préfères, nous pouvons annuler.

Elle avait fini par lui raconter sa relation avec Jonathan et leur rupture. La première surprise passée, il avait compris leur besoin d'intimité. Cependant, il en voulait à Jonathan et considérait son refus de s'engager dans une relation sérieuse avec Natalie comme une lâche dérobade.

— Annuler un déjeuner avec une de nos plus grosses clientes ? Tu n'y penses pas ! protesta Natalie.

Elle ne ferait rien qui soit susceptible de mettre leur agence en danger, même si elle risquait de souffrir mille morts à la vue de Jonathan.

Par chance, quand ils arrivèrent au ranch, elle n'aperçut pas son pick-up et put déjeuner l'esprit serein avec Brent et leur hôtesse. Celle-ci avait pris la peine de leur concocter un repas de trois plats, digne d'un chef étoilé.

Le soufflé aux truffes et aux champignons shiitakés était exquis, tout comme le vivaneau accompagné de légumes racines.

— Vous n'étiez pas obligée de cuisiner pour nous, Barbara, dit Natalie en s'essuyant la bouche avec sa serviette.

— Je tenais à ce que vous connaissiez et appréciiez la marque que vous représentez, répondit-elle.

Brent tapota son estomac.

— Oh ! nous l'apprécions beaucoup !

— Quand un de mes lecteurs ou une de mes lectrices utilisera une casserole ou une poêle de ma marque pour préparer un plat, je veux qu'il ou elle sache que cet ustensile a été soigneusement élaboré.

— Comment vous est venue cette passion pour la cuisine ? demanda Natalie.

— Quand j'ai commencé à cuisiner pour mon mari, ma belle-mère a déploré mon manque de savoir-faire. Craignant que mon mari ne mange pas à sa faim, elle m'a pris sous son aile et m'a enseigné ses recettes. Par la suite, j'ai ajouté ma propre touche à chaque plat.

— J'adore cette histoire. Elle est authentique et fera un excellent argument de vente, déclara Natalie.

— Tant mieux. Que diriez-vous d'un dessert ? suggéra Barbara. Je vous ai préparé une tarte aux pommes à la pâte feuilletée, accompagnée d'une boule de crème glacée au fromage de chèvre frais.

Natalie avait un faible pour les desserts sucrés.

— Avec plaisir, merci !

— Je reviens tout de suite, dit Barbara. Brent, voulez-vous venir avec moi ?

Surpris, Brent jeta un coup d'œil à Natalie. Elle ignorait ce que tramait la mère de Jonathan, mais elle fit un signe d'assentiment. Puis, Brent et Barbara quittèrent la salle à manger. Elle prenait des notes dans son calepin quand elle s'aperçut qu'elle n'était plus seule dans la pièce.

Jonathan.

Elle eut un halètement de surprise. Que faisait-il ici ? Barbara était encore en train de jouer les marieuses ! Natalie se leva d'un bond, le cœur cognant dans sa poitrine.

— Je ne veux pas discuter avec toi, Jonathan. Pas maintenant. Je suis ici pour le travail.

— Peux-tu m'accorder quelques minutes ? J'ai vraiment besoin de te parler.

Méfiante, Natalie observa Jonathan. Il avait les yeux cernés et les traits tirés. Visiblement, il n'avait pas beaucoup dormi, comme elle. Toutes les nuits, elle cherchait sa présence dans le lit, mais ne trouvait que le drap froid.

— Entendu.

Elle se rassit tandis que Jonathan s'installait à table, en face d'elle, et non à côté.

— Je souhaite te parler de mon mariage avec Anne.

Elle eut un sursaut de surprise. Qu'est-ce qui lui prenait ? Chaque fois qu'elle lui avait demandé de lui parler de son passé, de son mariage, il s'était refermé comme une huître. Et maintenant, il souhaitait lui faire des confidences !

— Rien ne t'y oblige.

— Si. Je voudrais te faire comprendre mon point de vue.

Elle soupira. Ses explications l'aideraient peut-être à mettre un point final à leur relation et à aller de l'avant.

— Je t'écoute.

— Anne et moi nous sommes mariés très jeunes. Nos parents respectifs n'approuvaient pas notre projet de mariage, mais nous nous sommes passés de leur consentement, et c'est un juge de paix qui nous a unis. Je commençais à travailler dans le ranch et j'étais déterminé à prouver à mon père et à mon grand-père que je serais apte à gérer le domaine, le jour venu. Ils en doutaient, compte tenu de mon mariage hâtif.

— Que s'est-il passé ?

— Anne est devenue jalouse du temps que je passais dans le ranch à apprendre mon métier d'éleveur. Elle était de plus en plus dépendante de moi sur le plan affectif, elle se plaignait sans cesse que je n'étais pas là pour elle et que je ne le serais pas davantage pour les enfants que nous envisagions d'avoir. Je lui ai expliqué que je n'étais pas prêt à fonder une famille avant quelques années. Puis elle a appris qu'elle était enceinte et a interrompu sa grossesse.

— Oh ! mon Dieu !

Natalie se couvrit la bouche avec la main, horrifiée.

— En aviez-vous discuté auparavant ?

— Non. Je ne savais même pas qu'elle était enceinte, et je ne pense pas qu'elle ait eu l'intention de m'en parler, mais durant une de nos disputes, elle m'a dit ce qu'elle avait fait

J'étais anéanti. Et j'ai culpabilisé. Je me suis dit que c'était de ma faute si elle avait pris une décision aussi drastique sans m'en parler. Et Anne me l'a aussi reproché. Elle m'a dit que je ne m'étais jamais vraiment investi dans notre relation et que, dans ces conditions, je ne pourrais jamais être un bon père. Que je me souciais davantage du ranch que de notre mariage et qu'elle voulait divorcer.

— Après cette expérience, je comprends que tu n'aies plus voulu te remarier. Tu avais perdu toute confiance en ton épouse.

— Et en moi-même, Natalie. Je suis hanté par la perte de cet enfant. Je me suis mis en tête que je suis puni pour ma négligence et que je ne mérite pas d'être heureux.

— Jonathan, ce n'est pas vrai ! C'est Anne qui a décidé d'interrompre sa grossesse, pas toi. Tu dois arrêter de culpabiliser.

— C'est difficile, Natalie. Je porte ce fardeau depuis si longtemps. Je ne pensais pas mériter de trouver le bonheur jusqu'à ce que je te rencontre. C'est mon frère qui a remarqué un changement en moi. Il ne m'avait jamais vu aussi heureux que durant le mois écoulé. Grâce à toi.

Natalie sourit.

— Tes paroles me font plaisir.

Elle compatissait aux tourments qu'il endurait, mais elle lui avait offert son cœur sur un plateau d'argent, et il l'avait piétiné. Elle ne se sentait pas la force de revivre de tels moments. Elle devait accepter le fait que le cœur de Jonathan ne puisse plus jamais s'ouvrir à nouveau à l'amour.

— Mais je ne peux pas vivre avec quelqu'un qui se raccroche à son passé douloureux ou qui me repousse quand il souffre. Je sais bien que je n'ai rien de spécial, mais…

— Ne dis pas ça, Natalie ! protesta Jonathan. Tu *es* spéciale à mes yeux. Je t'en prie, tu dois me croire quand je te dis que tu m'as rendu très heureux. Et je veux continuer de savourer pleinement ce merveilleux sentiment de bonheur.

Des larmes d'émotion perlèrent aux paupières de Natalie.

— Tu m'as dit que tu ne voulais pas être avec moi, que tu ne m'aimerais jamais. Tu t'en souviens ?

— Natalie.

Il ferma les yeux, et quand il les rouvrit, elle s'aperçut qu'ils étaient emplis de larmes.

— Je t'ai repoussée parce que j'avais peur de prendre des risques. Peur de m'attacher à toi et que tu me fasses souffrir, même si, au fond de mon cœur, je savais que tu ne me ferais jamais de mal. À l'intérieur de moi, c'était comme si j'étais mort. Puis, tu as surgi dans mon existence et tu m'as fait renaître à la vie. Grâce à toi, je me suis souvenu de ce qu'était le véritable amour.

— Ne dis pas des choses pareilles, Jonathan, parce que franchement, je ne suis pas sûre de pouvoir les croire.

— Pourtant, je suis sincère. Je t'aime de tout mon cœur, Natalie. Je le savais déjà inconsciemment après notre semaine à Galveston, mais j'ai refoulé mes sentiments. Je me suis comporté comme s'ils n'existaient pas. Mais je ne veux plus me mentir à moi-même. Je veux m'ouvrir à la vie et prendre tout ce qu'elle a à m'offrir *avec toi*, parce que notre séparation m'a fait comprendre que je ne pouvais pas vivre sans toi. Je t'en prie, dis-moi que je n'ai pas détruit les sentiments que tu avais pour moi.

Natalie était bouleversée. Quand elle avait vu Jonathan, elle s'était aussitôt mise sur la défensive, mais sa déclaration d'amour était tellement inespérée ! Elle lui donnait envie de se montrer aussi honnête que lui et de lui ouvrir son cœur.

— Mes sentiments pour toi ne sont pas aussi fragiles, Jonathan. Oui, j'ai été blessée et furieuse d'être repoussée, mais cela ne change rien à l'affaire. Je t'aime, moi aussi.

— Vraiment ?

Elle lui sourit.

— Voyons, Jonathan, j'ai dit à la ville entière que tu étais l'homme le plus fabuleux que je connaisse, et maintenant que j'ai appris à te connaître, j'en suis encore plus convaincue.

— Peux-tu me pardonner de m'être montré aussi insensible et cruel ? demanda Jonathan.

Natalie aimerait croire que l'amour était suffisant, mais elle savait qu'un point en particulier risquait de compromettre leur réconciliation.

— Oui, je te pardonne. Mais veux-tu des enfants ?

Jonathan comprenait la réticence de Natalie. Ne venait-il pas de lui dire qu'il était hanté par la perte d'un enfant ? Mais il ne voulait plus se morfondre au sujet d'une petite âme qui n'était pas destinée à vivre.

— Oui, je veux des enfants, Natalie. Je les veux avec toi.

— En es-tu sûr ?

Il détestait qu'elle ait encore des doutes à son sujet. Alors, désireux de la convaincre, il se leva, s'agenouilla devant elle et prit son visage entre ses paumes.

— Je comprends que tu aies du mal à me croire, mais je veux des enfants. Je me rends compte maintenant que si je n'en voulais pas avec Anne, c'est parce que j'avais compris que notre mariage était une erreur et qu'il ne fonctionnerait jamais. Mais j'en ai assez de me morfondre sur le passé. Je veux un avenir avec toi, Natalie. Ces derniers jours m'ont prouvé que je ne pouvais pas vivre sans toi.

— Vraiment ?

— Oui. Tu es la femme de ma vie, Natalie. Et je veux fonder une famille avec toi. Nous aurons les plus beaux bébés ; ils auront ton visage tout en rondeur et tes grands yeux marron.

Il s'empara de ses mains et les embrassa.

— S'il te plaît, accorde-moi une autre chance. Je sais que je ne te mérite pas, mais je te le promets, je passerai le reste de ma vie à regagner ta confiance, pourvu que tu m'aimes.

Il la contemplait, suppliant, le cœur débordant d'amour. En voyant les yeux de Natalie s'emplir de larmes, il crut que tout était fini entre eux, puis elle se jeta dans ses bras, et il la serra contre lui, transporté de joie.

— Je t'aime tellement, Jonathan. Tu représentes tout pour moi. Je suis à toi, corps et âme.

Il ferma les yeux, émerveillé, et resserra son étreinte.

— Tu ne sais pas à quel point j'ai eu peur de t'avoir perdue. Car tu avais toutes les raisons du monde de me repousser.

Natalie leva ses yeux embués vers lui, et il sut qu'il avait trouvé la femme avec qui il passerait le reste de sa vie.

— Et si nous partions d'ici ? suggéra-t-il.

— C'est impossible. Que dirait ta mère ?

— Elle est au courant depuis le début. Tu sais qu'elle adore jouer les entremetteuses.

Jonathan sourit.

— C'est moi qui lui ai demandé de t'inviter ici, parce que je me doutais que tu ne voudrais pas me voir.

— Oh ! tu as osé…

Il ne la laissa pas terminer sa phrase et couvrit ses lèvres d'un baiser délectable qui déclencha des feux d'artifice dans sa poitrine.

Puis, ils s'écartèrent pour reprendre leur souffle.

— Emmène-moi à la maison, demanda Natalie.

— Avec joie.

Au comble du bonheur, il la souleva dans ses bras et l'emporta vers l'avenir radieux qui les attendait.

- 19 -

— Tu es splendide, ma chérie, déclara Jonathan, prenant sa main et pénétrant avec elle dans le Texas Cattleman's Club, quelques jours plus tard.

Pour cette soirée estivale, Natalie avait choisi une robe longue drapée noire, dos nu, qui s'accordait avec la tenue de Jonathan, en costume noir et cravate grise.

L'été était officiellement terminé, et le Club profitait de cette fin de saison pour organiser une réception dans le parc. Elle et Jonathan avaient failli oublier ce rendez-vous, trop absorbés dans les bras l'un de l'autre. C'était Barbara qui leur avait rappelé que leur présence était indispensable.

Alors qu'ils s'avançaient sur la terrasse à l'arrière du bâtiment, Natalie fut surprise de voir que les organisateurs avaient délaissé le traditionnel barbecue au profit d'une soirée tropicale, avec des guirlandes lumineuses, des bouquets de fleurs colorées et un linge de table aux motifs tropicaux. Il y avait même un bar à champagne où les convives pouvaient choisir leur boisson préférée. Mais ce qui attira le plus l'attention de Natalie, ce fut l'écran géant qui diffusait des clips vidéo des plus grands succès de l'été. Après le fiasco de la dernière fois, elle avait l'intention de faire profil bas.

— Regardez qui voilà enfin !

Un large sourire aux lèvres, Barbara s'avança pour accueillir Natalie.

— Je suis si heureuse que vous vous soyez réconciliés.

— Oh ! nous avons eu un petit coup de pouce, remarqua Natalie, avec un clin d'œil complice.

À aucun moment elle ne s'était doutée que la mère de Jonathan *et* Brent avaient fomenté ce déjeuner d'affaires pour attirer Natalie au ranch des Lattimore, mais leur stratagème avait fonctionné, et elle en était ravie. Elle et Jonathan faisaient déjà des projets d'avenir.

Le jour où elle avait révélé ses sentiments pour Jonathan via Facebook Live, elle n'aurait jamais imaginé qu'ils seraient ensemble, deux mois plus tard. Bien sûr, elle l'espérait, mais la réalité avait dépassé ses rêves les plus fous. Jonathan était l'homme de sa vie, et elle attendait avec impatience le jour où elle deviendrait sa femme.

À cet instant, elle aperçut Vic Grandin et Aubrey Collins qui fendaient la foule, main dans la main. Le couple qu'ils formaient à nouveau suscita la stupéfaction et la curiosité des convives.

— Étais-tu au courant qu'ils s'étaient réconciliés ? demanda Jonathan, se tournant vers Natalie.

— Non. Chelsea ne m'en a jamais parlé. Je savais qu'Aubrey souffrait d'amnésie après sa chute, mais depuis, je n'avais aucune nouvelle d'elle.

— À une époque, ils étaient inséparables, précisa Jonathan. Vic invitait toujours Aubrey à nos réunions familiales.

— Apparemment, ils se sont remis ensemble.

— Tant mieux, dit Jonathan. Ils étaient très amoureux. Comme nous, maintenant.

Il inclina la tête pour effleurer ses lèvres.

Elle était heureuse que Jonathan lui témoigne des marques d'affection en public, d'autant qu'il s'agissait de leur première sortie officielle en tant que couple. Comme Vic et Aubrey, ils attiraient les regards et suscitaient des murmures parmi la foule des invités, mais aujourd'hui, elle ne s'en formalisait pas parce qu'elle avait son homme à ses côtés.

— Alors, souhaitons-leur de trouver le chemin du bonheur.

Jonathan l'embrassa à nouveau, et leur baiser aurait pu devenir encore plus passionné si Chelsea et Nolan ne les avaient pas rejoints, toussant très fort à leur approche. Ils s'écartèrent aussitôt, et Natalie se sentit coupable d'être prise en flagrant délit de bonheur. En effet, elle n'avait pas eu l'occasion de prévenir Chelsea qu'elle et Jonathan s'étaient réconciliés car ils avaient été trop occupés à rattraper le temps perdu.

Chelsea sourit d'un air entendu. Ses longs cheveux bruns retombaient en vagues souples dans son dos, et elle portait une robe longue sans bretelles à motif de feuilles de palmiers. Elle leur donna une chaleureuse accolade.

— Jonathan, je suis si heureuse que tu sois revenu à la raison et que tu n'aies pas laissé partir Natalie.

— Je suis un homme chanceux, admit-il.

— Et souviens-toi, dit-elle, pointant son index vers lui. Natalie est une perle.

— Oui, tu as mille fois raison.

Puis il se tourna vers Natalie.

— Chérie, tu veux bien m'excuser un instant ?

— Bien sûr.

— Nolan, veux-tu venir avec moi ? demanda Jonathan. J'ai besoin que tu m'aides pour quelque chose.

— Entendu.

Nolan eut un geste d'ignorance quand Chelsea l'interrogea du regard. Puis les deux hommes disparurent dans la foule.

— Je me demande ce qu'ils manigancent, déclara Chelsea.

Natalie haussa les épaules en souriant.

— Peu m'importe. Je suis sur mon petit nuage.

— Je suis contente de te voir aussi radieuse. C'est exactement ce dont je rêvais pour toi : que tu trouves l'amour, comme moi avec Nolan.

— Merci, Chelsea.

Soudain, le visage de Jonathan apparut sur l'immense écran vidéo derrière Chelsea.

— Mais... Que se passe-t-il ? s'exclama Natalie, abasourdie.

— Je m'appelle Jonathan Lattimore et je suis ici, ce soir, pour vous parler de l'amour de ma vie. Vous vous souvenez sûrement d'elle, Natalie Hastings. Elle avait révélé ses sentiments pour moi lors de la dernière réception au Club. Alors, je me suis dit que ce serait la moindre des choses de lui rendre la pareille et de lui déclarer à quel point je l'adore. Elle est intelligente et pleine d'esprit, gentille et généreuse, sincère et honnête. Bref, c'est une femme merveilleuse. C'est pourquoi je lui demande, ici, devant vous tous, si elle veut bien faire de moi l'homme le plus heureux au monde.

Abasourdie, Natalie lut le sous-titre sur la vidéo :

« Veux-tu m'épouser ? »

— Oh ! mon Dieu !

Bouleversée, elle cherchait des yeux Jonathan dans la foule quand il se matérialisa devant elle, un genou à terre, tenant dans sa main un écrin en velours contenant un énorme diamant.

— Je te le demande à nouveau, Natalie, Marie Hastings. Veux-tu m'épouser ?

— Oh ! oui, oui, mille fois oui !

Des applaudissements et des acclamations fusèrent quand elle se jeta dans les bras de Jonathan et qu'il la serra contre lui. Puis il posa ses lèvres sur les siennes pour le baiser le plus doux et le plus tendre qui soit avant de glisser la splendide bague à son doigt.

Tous leurs amis et les membres de leurs familles les entourèrent pour les féliciter et leur souhaiter beaucoup de bonheur. Il y eut des accolades et des larmes de joie de la part de Chelsea et de Barbara, laquelle se félicitait sans vergogne de ses talents de marieuse. Même Jayden le frère de Jonathan, lui souhaita la bienvenue dans la famille.

— J'ai toujours su que vous étiez faits l'un pour l'autre, déclara-t-il avec un clin d'œil complice avant de retourner faire le joli cœur auprès de ses admiratrices.

— Natalie, tu nous avais caché que tu voyais Jonathan en secret ! s'exclama sa grand-mère, les mains sur les hanches.

Manifestement, Ben et Barbara les avaient invités. Leur présence rendait ce moment encore plus parfait.

Ce fut Jonathan qui lui répondit :

— Je suis désolée, madame et monsieur Hastings. Tout est de ma faute. Natalie voulait vous en parler, mais je lui avais demandé de garder notre relation secrète. Du moins…, jusqu'à maintenant.

— Du moment que notre fille est heureuse, c'est tout ce qui compte pour nous, intervint son grand-père.

— Oh ! oui, je suis très heureuse, répondit Natalie, leur donnant à tous deux une tendre accolade.

— Alors, soyez le bienvenu dans notre famille, Jonathan, dit son grand-père en lui serrant la main.

Une fois les félicitations terminées, Natalie et Jonathan avaient très envie de fêter leurs fiançailles seuls et en privé. Ils étaient tellement consumés d'amour et de désir l'un pour l'autre qu'ils furent incapables d'attendre d'être de retour chez eux. Une des cabines de la piscine du Club étant vide, ils s'enfermèrent à clé à l'intérieur.

Leurs regards se rencontrèrent, celui de Jonathan brûlant de passion, pour la plus grande joie de Natalie. Puis leurs lèvres s'unirent dans un baiser exigeant et affamé. Leurs langues s'effleuraient et s'emmêlaient dans une joute sensuelle, provoquant l'embrasement du corps de Natalie. Elle s'attaqua fébrilement aux boutons de la chemise de Jonathan, les faisant voler dans sa hâte à le déshabiller.

Elle le voulait, *maintenant*.

Jonathan devait être aussi ivre de désir qu'elle car il lui ôta sa robe en un tournemain. Puis il l'embrassa à nouveau, caressant la courbe de sa taille avant d'atteindre l'élastique de sa culotte. Il la fit glisser lentement le long de ses jambes et tomba à genoux devant elle.

— Je veux te vouer un culte avec ma bouche, dit-il, lui écartant en grand les cuisses.

Natalie s'agrippa à ses épaules pour garder l'équilibre pendant que la langue de Jonathan s'immisçait en elle et qu'il la savourait avec voracité. Elle cria quand l'orgasme explosa en elle. Et quand ses jambes ne purent plus la porter, ils s'écroulèrent sur le sol, leurs membres emmêlés.

Jonathan s'écarta d'elle le temps d'ôter le reste de ses vêtements et de se protéger. Puis il s'allongea sur elle et la pénétra d'un puissant coup de reins.

— Jonathan, gémit-elle, extatique, enroulant ses jambes autour de sa taille et s'arc-boutant contre lui.

Elle avait besoin de sentir sa force et son amour. Par chance, il lui offrit exactement ce qu'elle désirait. Il agrippa ses hanches et entama ses va-et-vient érotiques, adoptant un rythme délicieux. La passion entre eux était si intense et l'émotion si puissante qu'ils atteignirent ensemble le pic du plaisir – une magnifique façon de célébrer leurs fiançailles.

Et quand leurs lèvres fusionnèrent à nouveau, ils s'embrassèrent avec abandon, faisant l'impasse sur le monde extérieur, parce que seul comptait l'amour qu'ils avaient l'un pour l'autre.

Retrouvez prochainement,
dans votre collection

PASSIONS

Les flammes de la passion, de Sheri WhiteFeather - N°1043

Série : Liaisons à Los Angeles 1/2

C'est décidé : Margot va mettre un terme à la liaison qu'elle entretient avec son ex-mari Zeke! Bien que ses baisers langoureux la fassent fondre, leur relation est dans l'impasse. Parce qu'elle est une célèbre actrice, Margot vit sous le feu des projecteurs, tandis que Zeke aspire à une vie tranquille. Surtout, il y a Liam, le petit garçon qu'elle vient d'adopter, et auquel elle veut pouvoir se consacrer sans imaginer à chaque instant que Zeke pourrait faire partie de leur famille…

Amis et amoureux, de Sheri WhiteFeather

Série : Liaisons à Los Angeles 2/2

Bailey et Wade étaient de simples amis au lycée, mais une réunion d'anciens élèves les entraîne sur la piste de danse… et dans un lit. Bailey entame alors une liaison sans attache avec l'ancien rebelle devenu milliardaire. Pas exactement le *happy ending* qu'elle espérait… En effet, troublée par les tendres sentiments que Wade éveille en elle, Bailey craint d'avoir le cœur brisé quand viendra l'heure de se séparer…

La proposition de l'héritier, de Niobia Bryant - N°1044

Bobbie, détective privée de renom, a bouleversé la vie de Lincoln en lui révélant qu'il était l'héritier de Phillip Cress, un riche homme d'affaires à la tête d'un empire culinaire. Alors qu'elle pensait en avoir fini avec son enquête et cet homme exaspérant, voilà qu'elle le retrouve à New York quelques mois plus tard. Et sa surprise grandit encore quand Lincoln lui propose de jouer le rôle de sa petite amie auprès de sa nouvelle famille…

Troublée malgré elle, de Kerri Carpenter

Grace doit faire équipe avec Xander pour préparer le mariage de leurs meilleurs amis. Un seul problème : ils ne cessent de se disputer! Pourtant, Grace doit bien l'admettre : malgré son arrogance, Xander l'attire au plus haut point! Et quand un baiser troublant les transporte, Grace se surprend à espérer voir leur étreinte se prolonger encore…

Dans le lit du play-boy, de Katherine Garbera - N°1045

SÉRIE : UN MARIAGE À NANTUCKET 2/3

Créatrice de bijoux, Danni a besoin d'un mentor, pas d'un amant ! Alors que le mariage de son amie était l'occasion parfaite pour rencontrer Leo Bisset, son rival en affaires, et lui demander des conseils pour lancer son entreprise, voilà qu'elle a passé la nuit avec lui ! Une nuit de rêve mais dont elle mesure aujourd'hui la folie. *Jamais* elle n'aurait dû mêler travail et plaisir…

Sous le charme de Spencer, de Brenda Harlen

Kenzie était éperdument amoureuse de Spencer lorsqu'elle était adolescente, avant qu'il quitte leur petite ville de Haven, dans le Nevada. Or – surprise ! – le champion de rodéo est de retour, accompagné par sa fille de quatre ans. Si Kenzie ne tarde pas à retomber sous le charme de son premier amour, elle reste sur ses gardes. Pas question pour elle d'avoir le cœur brisé une seconde fois…

Un séduisant célibataire, de Karen Booth - N°1046

SÉRIE : SCANDALEUSES RÉVÉLATIONS 2/3

Les intentions de Taylor sont tout sauf romantiques quand elle gagne une soirée avec Roman Scott à une vente aux enchères. Ce qu'elle veut, c'est approcher le séduisant hôtelier afin de solliciter ses conseils pour le lancement de son hôtel. Hélas, elle perd vite son objectif de vue, en succombant au plaisir entre les bras de Roman. Un moment d'égarement qu'elle regrette d'autant plus que le sulfureux compte « Petit Carnet Noir » menace bientôt de le dévoiler…

En souvenir de nous, de Jessica Lemmon

La tentation. Voilà ce qui réunit Vic et Aubrey, sa trop charmante ex-petite amie. Mais quand, le lendemain, cette dernière est victime d'un accident et perd en partie la mémoire, leur relation devient plus ambiguë encore. Parce qu'elle a tout oublié de leur rupture, le rancher décide de jouer le jeu pour ne pas la brusquer. Une comédie dangereuse, car tout en comprenant qu'il aime encore Aubrey, Vic se demande comment elle réagira le jour où les souvenirs lui reviendront…

Ce fils dont tu ne sais rien, de Cat Schield - N°1047

Harcelée par sa belle-famille – qui menace de lui retirer la garde de Dylan, son fils de dix-huit mois, si elle ne renonce pas à son héritage –, Savannah comprend qu'elle n'a plus le choix : elle va devoir accepter la protection que lui propose Trent, son ex-fiancé. Trent, qu'elle a toujours passionnément aimé, mais qu'elle a quitté deux ans plus tôt sans lui dire qu'elle attendait un enfant de lui…

Rival et amant, de Michelle Celmer

Comment Roman ose-t-il revenir dans sa vie pour lui demander une seconde chance? Pour Grace, il est absolument hors de question de renouer avec le détective privé, qui s'est odieusement servi d'elle pour détruire sa famille dix ans plus tôt. Pourtant, chaque regard que Roman lui lance la bouleverse. Au point que, bien qu'elle s'en défende, Grace se surprend à douter. Est-elle en train de commettre une terrible erreur en le repoussant?

Un époux sous contrat, de Joanne Rock - N°1048

Depuis qu'elle vit avec Quinn, Sofia est perdue. Car, à force de côtoyer cet homme très séduisant, elle en est arrivée à la plus inattendue des conclusions : il est le prince charmant dont elle a toujours rêvé! Hélas, il ne s'agit entre eux que d'un mariage de convenance lui permettant à elle, danseuse étoile au ballet de New York, de repousser ses admirateurs les plus insistants. Malgré leur formidable entente, jamais Quinn ne partagera ses sentiments…

Coup de foudre au Texas, de Jules Bennett

Frappée par un coup de foudre pour Colt Elliott, Annabelle est désemparée. Cet homme est son ennemi, celui qui a ruiné son père! Si elle lui fait face aujourd'hui, c'est pour lui demander d'annuler une dette de jeu – une hypothèque sur leur maison de famille. L'enjeu est trop grand pour abandonner la lutte. Annabelle doit se ressaisir. Sur-le-champ.